I0762702

Los dias para encontrarte

Papel certificado por el Forest Stewardship Council®

Primera edición: noviembre de 2025

Travessera de Gràcia, 47-49. 08021 Barcelona
Imágenes de los interiores: Shutterstock

Printed in Spain – Impreso en España

ISBN: 979-13-87741-57-0
Depósito legal: B-17.313-2025

Compuesto en Punktokomo, S. L.
Impreso en Black Print CPI Ibérica
Sant Andreu de la Barca (Barcelona)

AL 41570

ANDREA SERRAZ

Los días para encontrarte

ALFAGUARA

Para todas las que alguna vez se han sentido perdidas.
No estáis solas.

Prólogo

Nina

Horas después del gran desastre
Nadie me podría haber preparado para lo que vieron mis ojos en aquel momento, para lo que sintió mi corazón. Ya estaba acostumbrada al dolor, pero ni siquiera a esas alturas era más fácil.

Me senté en la cama y, con manos temblorosas, abrí el sobre con cuidado. Ese que había hecho que mi mundo se pusiera de nuevo patas arriba. Vacié todo el contenido sobre las sábanas y cogí la pequeña nota de papel que cayó, sentí el tacto rugoso entre los dedos. La desdoblé y admiré las palabras que bailaban sobre el papel.

Era la letra de Scott.

La hubiera reconocido en cualquier parte. ¿Cómo no iba a hacerlo?

Tuve un *déjà vu.* Otro más. Como si hubiera vuelto a aquella caótica noche de la tómbola a principios de agosto, donde me reencontré con él, y leí la carta que Scott me había dejado cuatro años antes para aclarar todo lo que había ocurrido entre nosotros. En teoría.

Sentada en la cama, con sus palabras entre las manos de nuevo y una sensación extraña en el centro del pecho, dejé que los recuerdos volvieran a apoderarse de mí. Parecía que me fueran a comer viva. Los buenos, los malos y los que creí que merecía la pena atesorar. Todo había cambiado y, a la vez, sentí que volvía a estar en la maldita casilla de salida. En el mismo sitio y con una sensación similar a la que hizo que me marchara aquella noche. Excepto por el hecho de que sabía que acababa de volver de esa misma huida y tenía el corazón hecho pedazos. Incluso más aún. Si es que era posible.

Pese a eso, algo me decía que no estaba encajando todas las piezas del puzle. Que tenía que indagar un poco más, investigar y no conformarme con lo que acababa de escuchar. ¿Debería haberlo hecho? No lo sé. ¿Y si me equivocaba? Nada parecía tener sentido. Nada estaba bien.

No importaba, porque no me hubiera perdonado si no luchaba hasta el final; si no remaba a contracorriente hasta averiguar la verdad y nada más que la verdad. Esa amarga realidad que se interponía entre Scott y yo. Me negaba a creer que todo había terminado de esa manera.

Si algo tenía claro, era que yo era la única capaz de averiguar lo que fuera que estuviera ocurriendo. Y si para ello tenía que enfrentarme a una verdad dolorosa, estaba dispuesta a desangrarme en el camino.

Por él, me daba igual si una daga me atravesaba el corazón.

Porque su alma y la mía estaban hechas para estar juntas.

¿Verdad?

Capítulo 1

Scott

Todo por lo que luchas, y por lo que vives y sueñas, puede desmoronarse en menos de dos segundos. Unos ridículos instantes que te cambian el rumbo de la vida sin previo aviso. Cuando eso pasa, ya no hay vuelta atrás, y yo parecía estar condenado a cadena perpetua.

«La he vuelto a perder».

La había vuelto a perder.

En el instante en el que Cormac Hunter le dio la vuelta a esas dos fotografías y tuve la imagen de Nina ante mis ojos, supe que la había vuelto a perder. Algo hizo clic y comprendí que los maravillosos días que habían pasado hasta tenerla de nuevo se me estaban escurriendo de entre los dedos como la arena fina de un reloj. El peso de la realidad me cayó encima: iba a tener que acabar alejándome de ella una vez más en contra de mi voluntad.

Otra maldita vez.

Parece que nuestra historia tiene tendencia a repetirse una y otra vez. ¿Por qué el destino tiene que ser así de caprichoso?

Una corriente eléctrica puso sobre aviso a cada músculo de mi cuerpo del peligro que se nos venía encima. Me recorrió de la cabeza a los pies, me dejó paralizado en el sitio, incapaz de salir de este torbellino de emociones. Sentí que me iba a desbordar. Pero... ¿qué sentía en realidad?

¿Rabia?

¿Angustia?

¿Impotencia?

¿Miedo?

¿Preocupación?

¿Rebeldía?

Quizá fuera una mezcla de todas ellas. Y lo más curioso era que sentía que cada una de esas emociones me recorría las venas con ansia. Ardía en mi interior y me provocaba arcadas. Por más que quisiera moverme, reaccionar, cargar contra mi padre o partirle la cara a Cormac y defendernos, sabía que no podía. Era como un bloque de hielo ahí plantado.

Un bloque de hielo llamado Scott Hovland Fernández.

Dos de los guardaespaldas de mi padre me sujetaban, aunque más bien parecían dos orangutanes. No dudé en que serían capaces de asfixiarnos a Justin y a mí en menos de un segundo si se daba la oportunidad. ¿Sería nuestro padre capaz de ordenar algo así? Ya no sabía qué pensar, porque la realidad era que no podía considerar mi padre al hombre que estaba plantado ahí, delante de mí. Ya no.

«Joder».

Ni siquiera con todas las horas de entrenamiento que llevaba encima era capaz de reaccionar. Me acababan de dar donde más dolía: Nina. Mi niña de ojos claros. Acababan de partirme el alma en dos. Otra vez.

Tenía en la cabeza todos y cada uno de los movimientos que me habrían podido ayudar a soltarme, cada una de las llaves que me hubieran dejado libre del fuerte agarre de esos matones. El problema era que ni uno solo de mis músculos era capaz de reaccionar. Ni uno. Los tenía agarrotados e inmóviles. El pánico me tenía preso.

Porque la había vuelto a perder.

Porque yo estaba ahí, en esa sala enorme del casino de Mónaco, siendo una marioneta de mi padre y el cabrón que tenía al lado mientras ella estaba en el barco.

Sin mí.

Sola.

Otra vez.

¿Y el gilipollas que la había atacado en el barco? Guille. Desde el primer momento que lo vi, ese tío me había parecido sospechoso. ¿Seguiría ahí? Esperaba que no. Me ponía malo solo de pensarlo. Si algo le pasaba a Nina, no iba a ser capaz de soportarlo.

Le había jurado que jamás íbamos a volver a separarnos. Estaba rompiendo mi promesa de nuevo y eso me quemaba por dentro. ¿Por qué a nosotros? ¿Por qué otra vez? ¿Por qué justo en el instante en que creíamos que podíamos vivir en paz?

Por un segundo, Justin y yo habíamos creído que teníamos la situación controlada, que habíamos sido cuidadosos con todo. Habíamos sido minuciosos con la investigación y meticulosos con cada uno de los movimientos que hacíamos. Pero, visto lo visto, lo más probable era que, mientras nosotros creíamos eso, ellos llevasen días siguiéndonos el rastro. Eso me hizo dudar de si esa era siquiera la primera vez que mi padre seguía nuestros pasos de cerca. A esas alturas, ya no me fiaba ni de mi sombra. Y mucho menos de él.

¿Cuánto sabían Cormac y él? ¿Qué cojones querían de nosotros? ¿Y por qué montaba todo ese espectáculo? ¿Acaso era necesario de verdad?

Miré a Justin de reojo. Él también se había quedado de piedra al ver la foto de Catalina sobre la mesa. Normal. Los dos sabíamos que ese gesto insignificante de Cormac desataba un horror al que nunca antes nos habíamos enfrentado. Porque, cuando hay emociones de por medio, cuando te enfrentas a tu propia familia, las cosas pueden torcerse en una milésima segundo. De hecho, ¿para qué engañarnos? Ya lo habían hecho. Estaban retorcidas hasta la médula. Todo lo que habíamos construido, todo lo que creíamos conocer, se deshacía, se derretía y se nos escurría entre las manos a una velocidad vertiginosa. Mientras tanto, ahí estábamos, inmovilizados.

El parpadeo de uno de los alógenos del techo, los ruidos chirriantes de las máquinas de juego de fondo, las monedas cayendo, las risas, los gritos, las conversaciones, los pasos y otros tantos ruidos que el efecto túnel no me había dejado escuchar antes me golpearon de repente. Poco a poco, empecé a ser consciente de todos y cada uno de ellos. El olor áspero de la bebida empezó a subirme por las fosas nasales. Empecé a oler varios tipos de comida diferentes y un aroma en concreto que no supe identificar, pero que se extendía por todo el lugar.

Centrarme en esos pequeños detalles fue lo que me hizo salir del trance. Cada vez fui más consciente de dónde estaba y qué pasaba en realidad. Me espabilé como quien se despierta de golpe por una pesadilla y decidí plantarles cara con toda esa rabia que crecía en mi interior a pasos agigantados.

—¡¿Qué cojones es todo esto, papá?! —Oí su respiración regular e imperturbable—. ¡¿Y por qué nos tienes atados y sujetos como si fuéramos dos perros, eh?! —Me sacudí entre los brazos de los guardaespaldas y en el proceso me raspé las muñecas con las fuertes bridas que las rodeaban.

Seguí gritando y pataleando todo lo que pude y más, pero no juega a favor de nadie que dos matones del tamaño de dos armarios le sujeten con toda su fuerza. A pesar de que yo también estuviera en muy buena forma y conociera de memoria la llave que, con suerte, me liberaría del agarre. Solo me detuve cuando una vocecita en mi cabeza me dijo que quizá no era tan buena idea perder los papeles de golpe.

—Los actos tienen consecuencias, hijo mío. —La voz grave de mi padre era calma pura, pero ese tono serio y tranquilo que tantas veces había escuchado antes me repugnó en ese instante—. Y, sin duda, vosotros dos necesitabais una lección. Os habéis pasado de la raya. —Se rascó el mentón, pensativo—. Ya lo creo que lo habéis hecho…

Como si no le importara en absoluto lo que estaba ocurriendo a nuestro alrededor, se encendió un puro con esa elegancia que había visto en él tantas otras veces. Se comportaba como si nuestro mundo no se acabara de romper en pedazos, y eso fue lo que me hizo estallar de nuevo.

—¡SOMOS TUS HIJOS, HOSTIAS! ¡Sangre de tu sangre!

¿Alcé la voz? Sí. ¿Me importó? Ni lo más mínimo. En realidad, la incomprensión y la rabia que sentía me nublaban el juicio. Pero me daba igual.

—¡¿Qué problema tienes?! —escupí con desprecio.

La parálisis que me retenía unos minutos antes pasó a un segundo plano y me convertí en una absoluta explosión de emociones. La mezcla de sentimientos que crecían en mi interior se magnificó por segundos.

Por un lado, estaban la rabia y la angustia, que me hacían querer cargar contra todos y cada uno de los presentes en la sala, al sentir que mi vida se estaba desmoronando. Por otro, la impotencia de sentirme atado de pies y manos. Literalmente. Y el miedo. El maldito miedo de que le ocurriera algo a Nina por mi culpa.

Me revolví en el sitio en un intento de liberarme. Ni dos segundos después, los guardaespaldas me agarraron con firmeza por los hombros. Me apretujaron más si cabe contra la incómoda silla y me impidieron que me moviera.

La risa grave y cargada de desdén de mi padre resonó por toda la sala. Esa simple acción hizo que todo explotara en mi interior. Ya no era capaz de contenerme.

—¿Problema? ¿Yo? No, no, no... —dijo él con soberbia—. Estás muy equivocado, Scott. Muy pero que muy equivocado, hijo mío. —Cada vez que me llamaba «hijo», el asco que sentía por él crecía sin límites en mi interior. Se tomó unos segundos de más para darle otra calada al puro. Vi que un círculo de humo se formaba delante de mis narices—. Esta es mi manera de seguir entrenándoos y haceros ver que la familia está por encima de todo.

—¡¿Que la familia está por encima de todo?! Pero... ¿tú te estás escuchando? Si te importáramos lo más mínimo, no estaríamos así. —Hice un gesto con la cabeza para señalar la escena: maniatados y apresados por dos brutos—. ¡Si de verdad nos tuvieras un mínimo aprecio, nos explicarías a qué viene todo esto! —Cada una de mis palabras era veneno puro y su gesto de indiferencia me estaba reventando por dentro.

Él dio un golpe seco en la mesa de madera maciza que resonó en toda la habitación. Vi cómo se le hinchaba la vena del cuello por momentos. Parecía que fuera a explotarle con cada latido del corazón. Por un segundo, deseé que lo hiciera. Deseé que se desplomara ahí mismo. A mis pies. Porque había cruzado una línea demasiado peligrosa.

De reojo, vi que Cormac me miraba con esa sonrisa que me provocaba náuseas. Su mera presencia me repugnaba. Me daba asco mirarlo, porque en esos ojos verdes veía toda la mierda por la que había tenido que pasar Nina. Todo el infierno que él le había hecho pasar. Estaba convencido de que, en cuanto tuviera la más mínima oportunidad, iba a hacérselo pagar.

Mi padre recorrió la distancia que nos separaba, se colocó justo enfrente de mí y me agarró con fuerza por el cuello de la camiseta, sin importarle en absoluto que fuera su hijo. Sangre de su sangre. Me quedé sin aire. Mirarlo era como ver mi propio reflejo. Nos parecíamos físicamente. ¿Tendría yo en mi interior algo de esa maldad que veía en sus ojos? Esperaba que no, pero mirarlo era como ver a una persona que no reconoces, a pesar de conocerla de toda la vida.

—Scott, te lo voy a repetir una vez. Una sola vez, hijo. —Otra vez esa palabra—. Habéis metido las narices donde no debíais. Habéis puesto en peligro mucho más de lo que os pensáis y todo porque sois estúpidos. —Me atravesaba con la mirada sin molestarse en soltarme el cuello de la camiseta—. Os creía más listos. A ambos. —Giró despacio la cabeza para mirar a Justin, que seguía congelado en el sitio, con la mirada clavada en el suelo y sin decir palabra—. El amor os ha hecho perder el norte durante muchos años y he sido permisivo. Demasiado. Hasta ahora. Eso tiene que acabar. Quiero a las Marín fuera de vuestra vida. ¡De inmediato! Y no se os ocurra pensar que es una sugerencia. Es una orden directa de vuestro padre. Porque os necesito preparados para lo que se viene.

—¿De qué estás hablando? —dije con furia, y acto seguido miré a Justin con la esperanza de que reaccionara. Cualquier mínimo gesto me valía. Cualquiera. Sin embargo, ahí estaba. Inmóvil. Volví a dirigirme a mi padre, intentando tomar las riendas de la situación—: ¿Qué mierdas se supone que viene?

Me soltó la camiseta con un gesto de indiferencia, como si no hubiera ocurrido nada. Volvió al mismo sitio de antes mientras le daba unas cuantas caladas más al puro. Se colocó justo en la otra punta de la mesa, al lado de su perro faldero, que no borró en ningún momento esa sonrisa de su maldita cara.

—Eso es algo que os contaré a su debido tiempo. Pero por ahora nos vamos.

—No pienso moverme de aquí y Justin tampoco —expuse con firmeza.

No podía dejarme vencer así. Lo mínimo que podía hacer era intentar luchar, aunque tuviera las manos atadas. Hasta el final.

—Yo voy.

Un carraspeo, seguido de la voz de Justin, hizo que me girase de golpe. Y, si no hubiera sido porque los dos guardaespaldas me sujetaban con fuerza, nada me hubiera impedido que me enfrentase a mi hermano. Porque no era capaz de creer que esas dos palabras hubieran salido de su boca.

—¡¿Qué estás diciendo?! Justin, no puedes… —Solté todo el aire contenido—. No podemos…

Ni siquiera me dejó terminar la frase.

—Scott. Es lo correcto.

Me miró con un brillo en los ojos que gritaba venganza. Cada uno de los poros de la piel le ardía con el ferviente deseo de tomar lo que era suyo. Vengarse. Pero, si mi padre se dio cuenta de esa mirada, no dijo nada.

Fue entonces cuando lo supe: el plan de cazarlos desde dentro seguía en pie. Íbamos a llegar al fondo de todo eso, juntos. Hice de tripas corazón, actué lo mejor que pude y alargué la situación un poco más para hacerla lo más creíble posible.

—No sabemos nada todavía, ¿de verdad crees que es lo correcto…? —susurré como si la verdadera intención no fuera que me escuchasen todos.

—No podemos tomar una decisión sin conocer la verdad y papá nos ha dicho siempre la verdad. ¿A que sí? —Vi de reojo como el aludido asentía—. Piénsalo, Scott. Todos estos años, todo este entrenamiento… Siempre ha tenido un propósito. Quizá es este, hermano. Piénsalo.

Sabía que no creía lo que estaba diciendo y él también era plenamente consciente del tira y afloja al que estábamos jugando. Menudo circo. Me tomé un tiempo para hacer ver como que reflexionaba sobre lo que me decía Justin. Intenté hacer ver que sus palabras de verdad estaban teniendo un efecto en mí para que fuera creíble cuando cambiara de opinión.

Miré a mi padre con un gesto de esperanza, aunque por dentro sintiera un asco terrible. Observé con dudas a Cormac, aunque las ganas de asfixiarlo con mis propias manos hasta que el último aliento saliera de su cuerpo me estuvieran quemando los dedos, y él asintió en ese mismo instante. Y, por último, miré a Justin, que asintió con un gesto casi imperceptible, pero tenía una determinación absoluta en la mirada.

Íbamos a meternos de lleno en la boca del lobo, pero, al fin y al cabo, ese jamás había dejado de ser nuestro trabajo.

—Está bien. Iré.

Si con eso protegía a Nina... Si con eso la alejaba de toda esta mierda, estaba dispuesto a cualquier cosa. Una sonrisa se dibujó en la cara de mi padre como respuesta. La ligera risa cargada de orgullo que soltó retumbó en toda la sala. Traté de contenerme para no partirles la cara a ambos y no salirme ni un solo milímetro del plan que habíamos trazado Justin y yo en silencio.

—Muy bien, hijos míos. Ahora que estamos los cuatro en el mismo punto, ha llegado el momento de daros la bienvenida al verdadero Hovland Security. Preparaos, porque el gran golpe está cerca.

Capítulo 2

Nina

Momento exacto del gran desastre
Y, cuando menos te lo esperas, el golpe vuelve. Como un bumerán. Dicen que las desgracias nunca vienen solas y parecía que yo había ganado la maldita lotería.

Lo vi a cámara lenta. Vi que a Scott le cubrían la cabeza con una capucha roja y lo metían en ese coche negro tan elegante. Fui testigo de todo sin poder hacer nada por evitarlo. Guille cerró la puerta del coche y, con paso firme, empezó a caminar de nuevo hacia el barco.

Pensé que no podía dejar que volviera a poner un pie en cubierta.

—¡Emilie! —grité para llamar su atención.

La fracción de segundo en la que nuestras miradas se cruzaron fue suficiente para entendernos. No me pasó desapercibido que ella no había dejado de tomar nota de cada detalle en ningún momento, como si estuviera analizando la situación con cautela antes de lanzarse al vacío de forma imprudente conmigo. Creo que, en ese instante, ambas fuimos conscientes de que, con Guille fuera del barco y solo un tío de guardia para detenernos, podíamos intentarlo. Quizá tuviéramos alguna posibilidad, ¿no?

Emilie se abalanzó sobre el hombre aprovechando el factor sorpresa y lo inmovilizó con una destreza increíble. Pobre ingenuo. Por la expresión que puso, no se esperaba que pudiera con él. Bien, jugábamos con ventaja. Cogí a mis hermanas de la mano y les hice un gesto para que bajaran al camarote.

—¡Ni muertas vamos a meternos ahí! —sentenció Laia.

—Nina, no te vamos a dejar sola… —añadió Catalina.

—Chicas…, soy la única aquí que sabe llevar el barco. Necesito intentarlo. Por favor, quedaros ahí abajo y no hagáis ningún ruido —les supliqué. Ellas asintieron.

El pánico que vi en sus caras me dio las fuerzas que tanto necesitaba para salir corriendo y tratar de ponernos a salvo. Con la rapidez del que llevaba haciendo aquello durante años, aunque no hubiera sido así, preparé todo para zarpar enseguida. Casi todo estaba ya listo, dado que acabábamos de llegar a puerto y ni siquiera habíamos podido amarrar el barco, lo cual me ahorró un tiempo muy valioso.

Corrí hacia la zona de control y subí las escaleras todo lo rápido que me permitieron las piernas. Vi por el rabillo del ojo que Guille también había empezado a correr hacia el barco. Dejé de pensar, dejé de sentir. Por un segundo, dejé de dudar, recordé las palabras de Scott y con un chute de adrenalina que me recorrió cada poro de la piel, puse el barco en marcha.

«Vuela. Te quiero».

Sabía que era lo que él deseaba. Quería que me fuera, que lo dejara aquí y pusiera a mis hermanas a salvo. Y eso iba a hacer. Pero también pensaba volver a por él. Porque, si algo tenía claro, era que no iba a dejarlo atrás sin más. No iba a separarme de él y no iba a permitir que nos alejaran. Otra vez no.

Salí de puerto como el primer día, cuando me fui de casa cegada por el enfado tras leer la carta y terminé justo en ese mismo barco. La diferencia era que, en aquel momento, Scott estaba conmigo. Había estado ahí para ayudarme. Esta vez, tenía que apañármelas yo sola después de tantos años sin navegar. Aun así, no dudé ni un ápice. Iba a hacerlo. Por nosotras. Por Scott.

Nos iba a sacar de ahí, costara lo que costara.

Como de costumbre, me salté todas las normas de navegación en puerto habidas y por haber. A mucha más velocidad de la permitida y con maniobras un tanto cuestionables, logré esquivar todos los barcos que se nos cruzaron y llegar a una zona más despejada. Miré a mi alrededor, aliviada de no ver nada sospechoso. Era imposible que Guille nos siguiera hasta este punto, se había quedado en el puerto. Por eso reduje la velocidad hasta que el barco se quedó parado por completo.

Emilie estaba en la cubierta, atándole las manos al hombre ese con movimientos diestros y rápidos. Lo sujetó a la barandilla, dejándolo en una posición bastante antinatural. Dolía solo de verlo. No le habría cambiado el sitio ni en un millón de años. Emilie lo dejó atado a la barandilla del barco, ahí, inmovilizado y desarmado, como si ni siquiera fuera una amenaza. Luego, orgullosa de su trabajo, me guiñó un ojo mientras se guardaba en la parte trasera del pantalón la pistola que le había quitado al matón. Le dediqué una sonrisa corta. Quizá formásemos un buen equipo.

El gesto de triunfo se le esfumó de la cara de sopetón en el momento en el que empezamos a escuchar un ruido extraño. No sabíamos de dónde había salido, pero Guille apareció en la cubierta del barco y nos apuntó a ambas con la pistola que sujetaba con la mano dominante.

—¿Cómo…?

No me salían las palabras. ¿Cómo había llegado hasta aquí? Estaba en el muelle justo antes de que arrancara el barco…

—Parece ser que no conoces el mar tanto como crees, rubia. —Usó un tono cargado de rabia. Uno que no le había escuchado nunca antes y que me heló por dentro.

Miré a ambos lados y entonces la vi: una moto de agua se iba alejando con el vaivén de la corriente porque no la había atado al barco. Ese era el ruido que Emilie y yo habíamos escuchado unos segundos antes. El ruido que había roto nuestro breve momento de victoria. Crucé una mirada fugaz con ella y vi que negaba despacio con la cabeza.

Él nos apuntaba con una pistola y, aunque Emilie acababa de conseguir otra, supuse que sacarla en esa situación solo nos complicaría las cosas. Si Emilie hacía el más mínimo movimiento, él dispararía y una de las dos saldría herida.

Estábamos en desventaja, a pesar de la experiencia que supuse que tenía Emilie a sus espaldas. Guille se acercó más a nosotras, con la mirada clavada en mí y la pistola apuntando al pecho de Emilie. No separó esos ojos cargados de furia de los míos cuando ordenó:

—Desátalo.

Era listo. Sabía que, si dejaba de apuntar a Emilie al pecho, no tendría ninguna opción y acabaría atado en la barandilla del barco en una posición tan antinatural como su compañero. Levanté el mentón y lo desafié con la mirada sin moverme del sitio.

—¿Por qué lo haces? —susurré, segura de que me había escuchado.

Estaba cansada de achantarme, de no imponerme y de dejar que otros tomasen el control de las situaciones para volverlas en mi contra. Por un instante, pude ver que la confusión se apoderaba de su mirada. Observé esos pequeños gestos que delataban su nerviosismo evidente. Pude apreciar que el miedo le provocaba un leve tembleque en la mano con la que sujetaba la pistola. Por eso, decidí colarme por los recovecos de ese momento de flaqueza que estaba teniendo, así que me acerqué a él como si no hubiera pasado nada, con la calidez y la confianza de una vieja amiga. Como si aún siguiéramos en la universidad. Aunque en realidad estaba muerta de miedo.

—Guille, sabes que puedes contármelo. En las buenas y en las malas, ¿recuerdas?

Clavó sus ojos en los míos y apretó los labios mientras se rascaba incómodo la cabeza con la mano libre. No estaba segura de si podría presionarlo un poco más, pero no me quedaban muchas más opciones. Así que me arriesgué y volví a dar un paso hacia delante, luego le cogí la mano libre con delicadeza.

—Somos amigos. Por favor, Guille. Habla conmigo.

Eso era lo que me mantendría con vida, actuar como si no hubiera pasado nada, como si no me hubiera disparado un rato antes y no me hubiera hecho un molesto rasguño en la oreja, como si no hubiera estado apuntándome durante varios minutos con esa misma pistola o como si no se hubiera llevado a rastras al amor de mi vida. Eso era lo que nos mantendría con vida. Solo necesitaba llegar a su parte más humana, conectar con sus emociones y tratar de calmar los ánimos. O al menos intentarlo.

—Es demasiado complicado, Nina —dijo casi en un susurro. Por suerte, yo estaba lo bastante cerca como para escucharlo.

—Estoy aquí, Guille. Antes nos lo contábamos todo, ¿recuerdas? —Le sonreí, aunque eso hiciera que me hirviera la sangre. Dedicarle esa sonrisa era lo último que se merecía. Mirarlo me provocaba arcadas, pero no iba a dejar que se diera cuenta de ello. Luego, susurré como había susurrado él—: Cuéntamelo.

—Odio esto. —Hizo un gesto con la cabeza y señaló la pistola—. Tienes que creerme, Nina. Lo odio. Pero no tengo más remedio.

—¿A qué te refieres…?

En ese mismo instante, le llegó un mensaje al móvil. Sacó el teléfono para leerlo sin dejar de apuntar a Emilie, que iba desatando al hombre lo más despacio que podía. Pasaron varios segundos, que se me hicieron eternos. En cuanto despegó los ojos de la pantalla, me miró con un gesto frío que rezumaba arrepentimiento.

—Pon el barco en marcha. Volvemos al puerto.

No podía rendirme así como así. No iba a hacerlo. Tenía que luchar, por nosotras, por Scott y por Justin.

—Por favor, Guille…

Traté de usar el tono más comprensivo que pude, pero sin resultado alguno.

—Nina, no me pongas las cosas más difíciles de lo que ya son, joder.

Su tono serio y firme no iba a hacer que me achantara. Ya no. Quizá la Nina de antes se hubiera quedado callada, petrificada ante esta situación. Pero, si mi única manera de librarme de eso era con palabras, iba a agotar hasta la última de ellas.

—Dime al menos por qué. —No me moví ni un solo centímetro del sitio. No era momento de ser cobarde, aunque cada una de las células de mi cuerpo me pidiera que saliera corriendo de ahí. Que recurriera al camino fácil y huyera—. Me debes eso al menos…, por favor.

—No tengo más opción, ¿vale?

Bajó la voz para que el tío al que Emilie seguía «desatando» no lo escuchara.

—Siempre hay otra opción, Guille. Y tú deberías saberlo mejor que nadie.

—Nina, por favor te lo pido. No me lo pongas más difícil —dijo marcando cada sílaba—. Haz lo que te digo y no me hagas más malditas preguntas.

Enfatizó cada una de las palabras con un tono de voz bastante frío y distante. Me dejó claro que era yo la que estaba perdiendo la batalla y no sabía qué hacer para remontar. Para darle la vuelta al marcador. No podía rendirme. Mucho menos en ese momento.

—Fuiste tú quien me dijo en uno de mis peores momentos que siempre había otra opción. Siempre hay otro camino que tomar y quizá ahora también lo haya. Por favor…

—¡¿Te crees que no lo sé?! Pero esto es diferente, Nina. Aquí solo hay un camino posible.

—Sé que mi amigo sigue ahí dentro —dije con firmeza.

Confiaba en que esas últimas palabras provocasen algo en él, que le removieran algo por dentro. Pero, para mi desgracia, el resultado fue muy distinto. Guille soltó el aire que había contenido y, sin decir ni una sola palabra más, me hizo un gesto con la cabeza para indicarme, de una forma muy seria, que pusiera el barco en marcha y volviéramos a puerto.

Por un momento, se me pasó por la cabeza la idea de seguir desafiándolo. Pero a esas alturas, no estaba del todo segura de que seguir estirando el chicle fuera la mejor idea. De lo que sí estaba segura era de que mis palabras habían hecho algo de mella en él, por poco que fuera. Por lo menos, tenía esa esperanza.

Agradecí que mis hermanas no hicieran ningún ruido en el camarote y que Guille pareciera haberse olvidado de ellas. Como no quería tentar más a la suerte, subí a la zona de control, puse el barco en marcha y, derrotada, deshice el camino que acabábamos de recorrer.

Por un momento, me imaginé que nada de aquello era real, que estábamos Scott y yo solos navegando. Disfrutando de la suave brisa que me golpeaba la cara. Que era uno de esos días en los que me dejaba llevar el control del barco y que de un segundo a otro aparecería por detrás, que apoyaría su ancho pecho contra mi espalda, que me rodearía el cuerpo con sus brazos firmes para pegarme más a él mientras me dejaba un reguero de besos suaves y cálidos por el cuello. Sin embargo, ese momento no llegó. Y no iba a llegar. Porque él no estaba ahí. Haberlo visto marchar de esa manera me tenía muerta de pánico. Pensar que podía estar en peligro, que podían estar haciéndole daño, me carcomía por dentro… Tenía que encontrar la manera de llegar hasta él.

No estábamos muy lejos del puerto, así que, muy a mi pesar, llegamos enseguida. Traté de maniobrar lo mejor que pude, reduje la velocidad y retrasé el momento de parar lo máximo posible. Cuando ya fue inevitable, apagué el motor y bajé a la cubierta. Allí, se habían vuelto las tornas: el tío vestido de negro sujetaba a Emilie mientras Guille me esperaba con semblante serio.

—¿Amarro el barco? —le pregunté esperando ese ansiado «sí» por su parte, pues esperaba tener un par de minutos más que me permitieran trazar un plan que nos sacara de ahí.

—No va a ser necesario —añadió con seriedad—. Te están esperando.

Hizo un gesto con la cabeza y señaló la zona del muelle. Un atisbo de esperanza me recorrió la piel como una corriente eléctrica.

Alcé la mirada y lo vi.

A Scott.

Mi Scott.

Estaba ahí: justo al final del muelle, sobre una explanada rocosa. El nudo que se me había formado en el estómago se deshizo por completo en el momento en el que nuestras miradas se encontraron, en cuanto sus cálidos ojos color miel se posaron sobre los míos. Para mi sorpresa, iba vestido con un traje negro muy elegante que no reconocí. Justin, de pie a su lado, vestía uno parecido. Estaban ambos ahí: tenían un semblante serio, las manos detrás de la espalda y no había nadie más a su alrededor. Nada de hombres de negro, nada de coches elegantes con cristales tintados. Solo ellos, como si no hubiera pasado nada.

El matón que seguía en el barco soltó a Emilie y se bajó como si nada. Sin embargo, ella le lanzó una mirada de odio en la que vi que le perdonaba la vida. Confundida, miré a Guille. Él asintió con un leve gesto de la cabeza. Entonces comprobé que mis hermanas no habían subido a la cubierta, que Emilie estaba bien y, sin dudarlo ni un solo segundo más, salí corriendo hacia Scott. Sentí que me quitaban un peso de encima a cada paso que daba.

No entendía bien lo que acababa de ocurrir, pero había terminado, ¿verdad? Aquellos angustiosos minutos habían llegado a su fin. Corrí hacia Scott, cada vez lo veía y lo sentía más cerca. Estaba guapísimo con ese traje. Le sentaba como un guante. Y, aunque me extrañó que fuera vestido así tras haberse marchado antes con una ropa totalmente diferente, no le di demasiada importancia. Eso era lo que menos me importaba en ese instante. Lo único que quería era llegar hasta él y comprobar que estaba bien. A salvo.

Llevaba el pelo negro alborotado pero elegante, con su característico tupé despeinado. La distancia que nos separaba se me hizo eterna, porque lo único que deseaba era hundir la nariz en su cuello, besarlo y sentir cómo me envolvía con sus brazos. Necesitaba sentirme en casa después de ese rato tan angustioso. Sin embargo, él no se movió ni un solo centímetro del suelo. Ni uno solo.

¿Por qué no se movía?

¿Por qué no corría hacia mí?

Daba igual, yo correría por los dos.

En cuanto llegué a su lado, me lancé a enredarle los brazos alrededor del cuello. Sin embargo, Scott, en vez de envolverme con sus brazos fuertes y firmes, me puso las manos sobre los hombros. Frené en seco. En vez de fundirnos en ese cálido y ansiado abrazo, Scott me detuvo sin más y puso distancia entre ambos. Fue como si no quisiera tocarme, como si no me quisiera cerca. Un dolor frío y punzante me recorrió el pecho. Mil y una dudas empezaron a crecer. Dolía. Ese gesto de rechazo dolía porque pensaba que esas últimas semanas habíamos dejado el pasado atrás. Creía que habíamos vuelto a confiar el uno en el otro, a entregarnos y a hacernos promesas que, después de todo lo ocurrido, se me antojaban hasta extrañas.

—¿Scott?

Su nombre me salió de la garganta acompañado de una risa incómoda. No entendía lo que estaba ocurriendo. ¿Qué había cambiado para que me negase un abrazo, para que se negara a tocarme?

—Hola, Nina.

Su voz grave pero seria se me antojó extraña al instante.

—¿Qué haces? ¿Qué ocurre?

No obtuve respuesta. Él retiró las manos de mis hombros con indiferencia. La incomprensión me recorría todo el cuerpo y estaba segura de que mi mirada lo reflejaba también. ¿Qué estaba pasando? ¿Y por qué de repente se mostraba tan frío conmigo? Miré a Justin como acto reflejo. Traté de encontrar respuestas en él, pero tenía el semblante tan serio como su hermano. No mostraba ninguna emoción y tampoco había rastro de su característica sonrisa y amabilidad. Aun así, lo intenté.

—¿Justin…?

Ni me miró. Ni siquiera se molestó en volver la cabeza. Todo me daba vueltas.

En ese momento, agradecí que Catalina no estuviera ahí para verlo, porque sabía cómo se iba a sentir. Los dos estaban ahí, delante de mí como dos extraños. Plantados como una roca y yo allí, sintiendo que el pecho se me abría en canal ante el chico que me había hecho volver a tener esperanza.

—¿Qué está pasando?

Traté de contener el doloroso nudo que se me empezaba a formar en la garganta.

Con un gesto cuidadoso pero firme, Scott se abrió la chaqueta del elegante traje negro para sacarse del bolsillo interior un sobre blanco doblado a la perfección. Me lo dio con una indiferencia que se me antojó irreconocible en él.

—Por las molestias.

Carraspeó para aclararse la voz mientras se metía las manos en los bolsillos del pantalón de traje, como si nada. Me miraba con odio mientras yo lo contemplaba con un amor infinito.

—¿Qué molestias, Scott? ¿Qué estás diciendo? Yo no... No entiendo nada...

Traté de ocultar que me temblaban las manos mientras abría el sobre, pero me resultaba imposible. El sudor frío que sentía era confirmación suficiente de que nada era lo que parecía. Al final iba a tener razón, solo puedes confiar en ti misma. Cuando rasgué el papel con los dedos, el crujido nos envolvió. Pero lo que crujió y se rompió de verdad fue mi corazón al ver la reluciente tarjeta de crédito y los tres billetes de avión.

Los saqué con cuidado. Me di cuenta de que eran billetes de vuelta a casa y que en ninguno de ellos aparecía su nombre, solo el mío y el de mis hermanas. Alcé la cabeza, lo miré con un dolor que jamás había sentido. Estaba rota por haberme abierto a él, por haber vuelto a confiar en él y por haberme vuelto a permitir quererlo.

«Menuda estúpida».

—¿Qué es esto?

Las lágrimas de una mezcla de rabia y dolor amenazaban con resbalárseme por las mejillas, pero no las iba a dejar salir. Esta vez no. O, por lo menos, no delante de él.

—Era todo parte del entrenamiento. —No sabía que mi corazón todavía podía hacerse más añicos—. Todo esto solo ha sido una prueba más que tenía que superar.

Hizo un ligero gesto señalándonos a ambos. Di dos pasos hacia atrás para alejarme de él.

—No puedes estar hablando en serio, Scott. Tú no... —Me tomé dos segundos para intentar que el aire me entrase con normalidad en los pulmones—. Tú no me harías algo así... —Lo miré con un resquicio de esperanza que se desvaneció en cuanto vi su mirada gélida.

No dijo nada más. No contestó. Ni siquiera se molestó en intentarlo. En vez de tener el valor de darme cualquier tipo de explicación, por mínima que fuera, optó por quedarse callado. Respiró hondo y se pasó la mano por el pelo para peinarse el tupé alborotado como si yo no estuviera delante. Rota de dolor, esperando respuestas. Parecía que no le importaba lo más mínimo.

La realidad cayó por su propio peso.

Scott había estado jugando conmigo todo ese tiempo y yo había caído en sus redes como una imbécil.

—¿He sido una prueba para ti? —pregunté incapaz de ocultar la voz entrecortada. Asintió sin darle demasiada importancia a lo que estábamos hablando—. ¿Qué clase de prueba?

—Eso no importa. —Era extraño escucharlo usar ese tono de voz tan frío, seco y robótico conmigo después de todo lo que habíamos vivido—. En el sobre tienes todo lo que te hace falta. Billetes de vuelta a casa para ti y tus hermanas y una tarjeta de crédito que puedes usar para lo que te dé la gana. Como ya te he dicho, por las molestias causadas.

—¡¿Por las molestias causadas?! ¡¿POR LAS MOLESTIAS CAUSADAS, SCOTT?! Pero ¿tú te estás escuchando? —exploté—. ¡Me he abierto a ti! ¡He confiado en ti...! —Nada, él no reaccionaba—. Eres un imbécil, Scott Hovland... ¡Eres lo peor!

A esas alturas ya no pude evitar que las lágrimas me resbalaran por la cara. Esa vez, él no se molestó en recogerlas. Ya no volvería a sentir el roce de sus dedos cálidos sobre la piel. No dijo ni una sola palabra. Nada. Así que, seguí hablando y soltando todo el dolor que crecía en mi interior por segundos.

—¡¿En serio has jugado conmigo, con mis sentimientos y con todo el dolor que tenía encima para tu propio beneficio?! —Hice una pausa necesaria para que el aire me volviera a entrar en los pulmones—. Confié en ti... De verdad que sí. ¿Sabes lo ruin y mezquino que es eso?

Noté un ligero gesto de dolor en su cara, pero tan rápido como vino, se fue. Mostraba otra vez esa faceta de Scott que yo tanto odiaba.

No podía creer lo que estaba escuchando. Nunca hubiera pensado que Scott tendría el valor de jugar conmigo de esa manera. Él no era esa clase de chico. O al menos, eso pensaba yo. Durante los últimos días, me había convencido a mí misma de que me quería, de que no se había olvidado de mí en los cuatro años que nos habían mantenido separados y de que habría hecho cualquier cosa por mantenerme a salvo. Cualquier cosa por nosotros. Había creído ver amor en sus gestos y en sus palabras, pero supongo que me equivoqué, porque todo había resultado ser una sucia mentira.

Otra más.

Clavé los ojos en los suyos. Tenía las palabras que tanto me quemaban en la punta de la lengua, a punto de salir. Necesitaba saberlo. Necesitaba oírselo decir en voz alta.

—¿Acaso algo de lo que hemos vivido estas semanas ha sido real?

No conseguí impedir que esas incómodas lágrimas, acumuladas en los ojos, siguieran rodándome por las mejillas, como la mezcla perfecta de agua, rabia, sal y dolor. Pero no me importaba. Ya no.

—Nina, coge el sobre y vete a casa, por favor —dijo con pesar.

—¡No! —No dudé. Necesitaba respuestas—. Respóndeme. Dime, por favor, que todo esto no ha sido mentira… —Deshice la distancia que nos separaba—. Dímelo, por favor.

Levanté el mentón y lo desafié con la mirada. Pero lo que vi no fue la calidez de esos últimos días, sino una frialdad y una seriedad absolutas que me rompieron el alma.

—Nina, haznos un favor a los dos y vete ya a casa, anda.

Negó con la cabeza, cansado. Ese gesto me partió en dos.

—¿Tú no…? ¿No me quieres?

Me limpié las lágrimas con rabia mientras Scott soltaba el aire contenido con exasperación. Se tomó unos segundos que se me antojaron eternos antes de responder.

—No, Nina, no te quiero aquí —admitió con determinación, enfatizando la última palabra. Puso los ojos en blanco, como si mi sola presencia le fuera difícil de soportar—. Así que, te lo ruego, hazme el favor de coger los billetes y volverte a casa de una vez.

—¿Y la carta?

Una breve pausa nos envolvió.

—En cuatro años pueden pasar muchas cosas. Cuando volví, no sabía que no la habías leído, pero, en cuanto me enteré, me vino de maravilla. Era la excusa perfecta.

—¡¿La excusa perfecta para qué, Scott?! ¿Para destrozarme? ¿Para jugar con mis sentimientos? ¿Para joderme la vida de nuevo?

Se acercó a mí un poco más, se quedó a escasos cinco centímetros de mi cara. Si me ponía de puntillas, era muy posible que nuestros labios se rozaran. Y, aunque me moría de ganas por sentirlo, no lo iba a hacer. Todo su calor me embriagó y me encontré rezando para que aquello no fuera más que una pesadilla horrible. Hasta incluso me pellizqué la muñeca, pero nada. Era real.

—La excusa perfecta para demostrar que soy capaz de despertar sentimientos antiguos y usarlos en mi favor para cualquier cosa que necesite. —Su voz grave y áspera se me clavó como una daga en el pecho.

Pum, pum.

Pum, pum.

Pum, pum.

Pum, pum.

Dicen que el amor puede definirse como el sentimiento de tener una daga clavada en el corazón. En ese mismo instante, pude sentir el filo de la daga de Scott retorciéndose en mí, atravesándome el corazón. Ese que no hacía más que romperse con cada una de sus palabras amargas.

Tras eso, Scott se dio la vuelta sin dedicarme ni un solo minuto más de su tiempo. Rompió su promesa y me dejó ahí plantada, en mitad del puerto de Mónaco. Sin despedirse, tanto Justin como él empezaron a caminar hacia el Mercedes negro que acababa de aparcar a lo lejos.

Cuando se había distanciado unos tres metros, Scott se paró de golpe y volvió. Un pequeño pinchazo de esperanza me recorrió de la cabeza a los pies. Para mi sorpresa, se sacó otro sobre del bolsillo de la chaqueta y me lo tendió.

—Casi me olvido. Dáselo a Ramírez, por favor. Dile que no ha pasado la prueba. —Cogí el sobre, tratando de que no se me notara lo rota que estaba—. Ah, por cierto, Nina, una cosa más… —Alcé la cabeza y me tragué el doloroso nudo que se me formó en la garganta con solo mirar al que había considerado el amor de mi vida—. No hagas ninguna estupidez, por favor. Prométemelo.

—¿Qué más te da lo que haga, eh? No te importó lo que pudiera hacer o sentir mientras jugabas conmigo día tras día. Mientras me abría a ti y te contaba todos mis miedos. Mientras volvía a confiar en ti… —solté con rabia.

—Tú solo prométemelo, por favor. —Se acercó a mí, me agarró las muñecas entre esas manos firmes y grandes. Después de sus palabras, su contacto cálido fue como un balazo.

—Solo si me prometes que jamás te vas a volver a cruzar en mi vida —respondí con odio.

Era el dolor el que había tomado el control de mi cabeza y de mis sentidos. No quería volver a ver a Scott Hovland en mi puñetera vida. No quería saber nada más de él. Aquella era la segunda vez que me partía el corazón y no iba a permitir que hubiera una tercera.

—Te lo prometo, ojos claros —dijo como si nada, usando ese mote que yo ya sabía que no significaba nada para él—. Te toca. Prométeme que no harás ninguna estupidez.

Guardé silencio durante unos cuantos segundos, mientras pensaba bien cuál iba a ser mi respuesta. No fue necesario darle muchas vueltas, porque esas cuatro palabras ponzoñosas bailaban en mi mente sin descanso, listas para salir y ver la luz.

—Vete. A. La. Mierda.

Pronuncié cada una de las palabras con rabia, levantando el mentón, desafiante.

Scott me soltó las muñecas con delicadeza, aunque no apartó los ojos de los míos. Me pareció ver, aunque solo fuera por un mísero instante, un pequeño destello del Scott que recordaba y quería en ese infinito mar color miel que eran sus ojos. Pero, antes de poder fijarme más y descifrar su mirada, se dio media vuelta y reanudó el paso hacia el coche negro.

En cuanto la puerta se cerró, supe que lo había vuelto a perder.

Y esta vez era para siempre.

Capítulo 3

Nina

Nada se compara con el dolor de perder a alguien que quieres. Sobre todo, cuando esa pérdida viene acompañada de traición. Cuando eso ocurre, lo peor que te puede pasar es seguir enamorada.

Con las pocas fuerzas que me quedaban tras la puñalada por la espalda que me había dado Scott, me batí en retirada. Moví los pies despacio hacia delante. Uno detrás de otro. Intenté dar pasos pequeños, como si el peso de lo que acababa de ocurrir me impidiera ir más rápido. De repente, caminar se convirtió en una tarea de lo más complicada, a pesar de que, en teoría, era algo tan sencillo e instintivo como respirar. Sin embargo, hasta el hecho de mantenerme de pie me resultaba casi imposible.

Sentía el peso de la traición sobre los hombros, cómo me hundía en el sitio sin piedad. Se pegó a mí como un ancla y me arrastraba como si pudiera ahogarme en el ancho mar que tenía delante. Quizá podía. También sentí el peso del corazón que se me había hecho añicos; el pecho se me llenó de pedazos rotos afilados. A cada paso, un corte más. Deseaba que fuera una pesadilla, pero, por más que me esforzaba por despertar, por más que me pellizcaba el brazo, la muñeca, la cara… no pasaba nada. No cambiaba nada. Y no iba a hacerlo.

Porque era real.

La última persona del planeta que pensé que jugaría conmigo de esa manera lo había hecho.

Scott me ha traicionado.

Scott me ha *traicionado.*

Scott me ha traicionado.

Era real.

A pesar de eso, no podía desenamorarme de él en cuestión de minutos. ¿Acaso alguien tiene tal fuerza de voluntad? Yo no.

No lo había conseguido en cuatro años.

No lo iba a lograr en un ridículo instante.

Sin ningún tipo de duda, había cambiado. Este no era Scott. Había jugado conmigo para una estúpida prueba de su estúpida compañía y le había dado igual el daño que eso pudiera causarme.

Scott Hovland no era la persona que recordaba.

¿Qué había pasado con ese chico dulce? Con ese primer amor que compartimos. ¿Qué le había hecho ser así? ¿Quizá algún caso de su compañía? ¿Nuestra ruptura…? ¿Y por qué parecía que tenía una diana en el pecho y solo me cruzaba con gilipollas?

Ya no sabía qué pensar, porque todo dolía demasiado.

Con pesar, subí al barco, insegura de si debía estar en su propiedad después de todo lo ocurrido.

«Que se joda», pensé.

Todas mis cosas seguían a bordo. De hecho, mis hermanas y Emilie estaban ahí. Scott me la había jugado, pero yo tenía que salir de aquello con la cabeza bien alta. No me podía permitir volver a caer en aquel pozo. Otra vez no. Así que, con la poca confianza que me quedaba, subí los escalones de uno en uno hacia la cubierta.

Miré en ambas direcciones para comprobar que ya no había ni rastro ni del matón ni de Guille. En ese momento, ellos eran el menor de mis problemas. Con cada escalón que subía, más me aplastaba el peso de la traición de Scott. Ese era su espacio.

Su barco.

Y él ya no estaba.

Se había alejado.

Otra vez.

En cuanto llegué a la cubierta, mis hermanas y Emilie se me acercaron con cara de preocupación. Debía de tener un aspecto horrible, porque el semblante de las tres cambió de sopetón al verme.

—¿Nina?

Fue Laia quien habló. Los brazos de Catalina los que me rodearon como si pudiera predecir lo que ocurría. Al segundo, Laia se unió también, con cara de preocupación.

—¿Qué ha pasado? —susurró Catalina mientras me acariciaba el pelo con delicadeza, usando ese instinto maternal que no podía evitar que le saliera con Laia y conmigo.

—Se ha ido.

Hice un esfuerzo descomunal para conseguir que esas tres palabras salieran de mi boca, la tenía seca a esas alturas.

—¿Cómo que se ha ido? —Emilie se unió a la conversación, con un tono de voz cargado de dudas—. No, no, Nina. Eso no puede ser. Scott no dejaría a nadie así, mucho menos después de lo que acaba de ocurrir. —Me miró con los ojos como platos, y yo le devolví la mirada. Intenté no llorar más. Emilie insistió—: Y menos a ti, Nina.

—Pues lo ha hecho. Era todo una prueba.

Se hizo un silencio sepulcral. Lo único que lo rompía era el suave sonido del mar. Esas palabras me rasparon la garganta al salir. Escocía decirlo en voz alta. Lo hacía demasiado real.

De hecho, no fui consciente de que me movía hasta que me senté en una de las tumbonas de la cubierta, con Cata y Laia a cada lado, y Emilie de cuclillas, justo enfrente de mí. ¿Cómo había llegado hasta ahí? ¿Estaba caminando por mí misma? ¿Qué…?

—Nina… Nina…, mírame. —Escuché la voz de Emilie como si estuviera a kilómetros de distancia—. Nina…

—No la agobies, Emilie, ¿no ves que está en shock?

La voz de Laia también parecía venir desde muy lejos.

—Solo intento ayudarla. Conozco a esos dos idiotas como la palma de mi mano y esto no tiene ningún sentido.

—Yo también los conozco, ¿sabes?

Escuchaba a mi hermana de fondo, pero yo no podía dejar de admirar el mar. Estaba en calma y eso contrastaba demasiado con cómo me sentía yo en ese mismo instante.

—Son unos gilipollas por los que mis dos hermanas han estado pilladas hasta las trancas demasiados años y nunca... jamás les ha traído nada bueno —insistió—. A ninguna.

—No hables por Justin, Laia.

Si no hubiera sido porque notaba la mano de Catalina acariciándome la espalda hacia arriba y hacia abajo, hubiera jurado que ella también estaba en otro continente.

—Aclárate, Catalina, ¿lo quieres o le odias? ¿Le defiendes o lo atacas? Porque yo ya voy un poco perdida con tanto tira y afloja, ¿sabes?

—Eres idiota —escupió nuestra hermana mayor con rabia.

—Chicas, por favor... Que no es momento. —Emilie me cogió de las manos con un gesto dulce y suave—. Nina..., ¿quieres contarnos qué ha pasado?

No podía seguir escondiéndome en la lejanía y la tranquilidad de las olas del mar. Tenía que enfrentarme a la dolorosa situación. Me tomé el instante que sentía que necesitaba y, cuando me vi con las fuerzas suficientes, empecé a hablar.

—Scott se ha ido. —Miré a Catalina con pesar—. Justin también.

Pude ver cómo el dolor iba tiñendo cada milímetro de su fina cara. Saqué el sobre que me había dado Scott. Me quemaba entre las manos.

—Me ha dado este sobre con tres billetes de avión para que volvamos a casa y una tarjeta de crédito. Por las molestias, dice.

Pensaba que ya no me quedaban más lágrimas, pero noté que otra me recorría la mejilla y se me fundía en los labios; me inundó la boca con ese sabor salado.

Laia me quitó el sobre de las manos y lo abrió con impaciencia para ver lo que contenía. Sacó los billetes y los revisó. Se quedó pálida.

—Es verdad, chicas...

Alcé la mirada tras escuchar su voz, las tres me dedicaron una mirada cargada de horror y lástima.

—Os lo he dicho… Todo era una prueba.

Clavé de nuevo la mirada en el horizonte, buscando la paz que mi cuerpo había dejado de sentir.

—¿Cómo que una prueba? Eso no tiene ningún sentido —sentenció Emilie algo nerviosa.

Catalina me estrujaba con fuerza entre sus brazos, como si quisiera resguardarme de todo lo que nos rodeaba. No le dije nada, pero agradecí cada uno de sus abrazos, porque eran lo único que me anclaba a tierra.

—El entrenamiento… —balbuceé—. Yo solo era una prueba más para él.

—Nina, sé que es duro, pero, por favor, cuéntame todo lo que te ha dicho antes de que vaya detrás de él a arrancarle las pelotas de cuajo —dijo Emilie con rabia en su voz—. Una prueba, ¿para qué?

Emilie era una chica dura. Me caía bien.

—Para demostrar que es capaz de despertar sentimientos antiguos y usarlos en su favor para cualquier cosa que necesite. —Me incorporé para mirarlas bien a todas dejando atrás los brazos cálidos de Catalina—. Esa es la verdad. Volvió para reconquistarme como parte de su entrenamiento y ahora me manda a casa, a saber con cuánto dinero en esa tarjeta por las malditas molestias causadas, dice.

Emilie se levantó del suelo de golpe, su mirada desprendía fuego.

—¿A dónde vas? —dijo Laia.

—A retorcerle el pescuezo al gilipollas de Scott y a su hermano.

—¡Espera! ¡Voy contigo!

Laia se levantó sin dudarlo ni un segundo.

—¡No! —dije firme—. No vais a ir a ningún lado, por favor. —Me puse en pie. Emilie y Laia se giraron, clavando su mirada en mí—. Por favor.

—Nina, tiene que haber una explicación. —Emilie se recogió el pelo corto en una coleta baja con cierto nerviosismo—. No lo hago solo por ti, también es por mí, ¿vale? —añadió seria—. Si lo que dices es verdad y esa prueba existía, me han traído aquí engañada, ¿sabes?

Se volvió a sentar en el suelo, justo enfrente de mí. Yo hice lo mismo, Catalina no me quitaba el ojo de encima.

—Llevo trabajando con ellos muchos años ya —explicó Emilie—. Son como mis hermanos, joder. La única familia que me queda. —Su tono de voz cambió a uno más relajado—. Se suponía que había confianza entre nosotros y yo no sabía nada sobre ningún maldito entrenamiento.

Al escuchar sus palabras, recordé el sobre que tenía guardado para ella. Lo saqué con cuidado y se lo tendí, nerviosa e intrigada por el contenido del mismo. Sentí que se me revolvía el estómago a cada segundo que pasaba, la angustia provocada por el estrés iba creciendo a pasos agigantados en mi interior. Recurriendo a todas y cada una de las fuerzas que me quedaban, hice de tripas corazón para tratar de calmarme y mantener todo el contenido de mi estómago en el interior.

—Scott me ha dado esto para ti. Me ha dicho que te dijera que no habías superado la prueba.

Emilie me miró con los ojos abiertos como platos y después cogió el sobre con decisión. Segundos después, lo rasgó con impaciencia y sacó de su interior un papel blanco perfectamente doblado.

Ninguna de las tres la siguió cuando se apartó un par de metros y subió hacia la zona de control para leer con tranquilidad lo que fuera que hubiera en esa nota. No conocía demasiado a Emilie, pero en sus ojos pude ver que lo último que necesitaba en aquel momento era que la siguiéramos y la atosigáramos con nuestra presencia.

Era evidente que esos dos chicos de pelo moreno le importaban. Scott había mencionado que Emilie era hija única y, según nos acababa de confesar, para ella eran como sus hermanos. Unos hermanos que acababan de traicionarla y dejarla en la estacada.

Me imaginaba a la perfección cómo se sentía. Yo estaba igual. Traicionada y rota. Había confiado en la persona equivocada, otra vez. Y ya no sabía si las piezas no encajaban del todo, si yo era una ingenua que no sabía leer a las personas o si Scott era tan buen actor como para fingir todo ese sentimiento que había creído ver en sus ojos. Porque lo había creído de verdad.

Creí haber visto amor sincero en su mirada.

Me costaba entender cómo había sido capaz de decirme todas aquellas cosas y de demostrarme, durante días, no solo con palabras, sino también con mil y un hechos y acciones, que me quería, que se preocupaba por mí y, sobre todo, que quería estar conmigo. No era capaz de comprender cómo había sido capaz de dormir abrazado a mí durante esas últimas noches. De buscarme y pegarme a su cuerpo cuando no me notaba a su lado de madrugada. De consolarme contra su pecho mientras sollozaba en mitad de la tormenta aquella noche. De preocuparse cuando le confesé lo de Cormac o de estar pendiente de mí de esa manera tan intensa y protectora suya que tanto adoraba.

No era capaz de procesar que esos besos dulces o los besos hambrientos que depositó en mi piel podían ser una mentira. ¿Cómo podía ser eso cierto? ¿Cómo podía una persona cambiar tanto en unos cuantos años? ¿Cómo podía una persona jugar así con los sentimientos de otra?

Era terriblemente doloroso ser consciente de que no le había importado lo más mínimo cómo me pudiera afectar eso a mí ni cómo me sentiría al descubrir la verdad. Se había marchado sin mirar atrás, otra vez. Y, aunque no sabía cómo iba a salir de esta o cómo me iba a recomponer, una pequeña llama dentro de mí me gritaba que yo había cambiado. Que era más fuerte e iba a estar bien. Que lo iba a superar, como había superado todo lo demás en mi vida. Como cada uno de los baches a los que me había enfrentado hasta la fecha.

Estaba harta de agachar la cabeza, de dejar que otros decidieran por mí y me manipularan de maneras tan crueles. Esa vez iba a ser diferente. Esa vez iba a ser yo la que saliera victoriosa. Porque no iba a dejar que ningún hombre más me pisoteara sin sufrir las consecuencias. Si querían hacerme daño, recibirían lo mismo multiplicado por dos.

Ya había tenido suficiente. Tenía que hacer eso por mí. Y, mientras rumiaba la idea, esa pequeña llamita que crecía dentro de mí, la que notaba pero que todavía no tenía nombre, empezó a formarse. Empecé a darme cuenta de que lo que de verdad sentía era determinación. Una determinación ardiente y clavada en el centro del pecho que me decía que todo iba a estar bien. Que todo iba a cambiar.

Aunque estuviera enredada en el dolor de la pérdida, el tiempo pondría todo en su lugar. El tiempo me daría las fuerzas que en ese momento me faltaban.

—¿Cómo estás, Nina?

La voz de Cata me sacó del torbellino de pensamientos que me acechaban.

Clavé los ojos azules en los suyos y me vi reflejada en ellos. Eran de un tono azulado similar al mío, al igual que los de Laia. Con esa mirada cómplice, me di cuenta de todo lo que ella también había perdido ese día. Una parte de ella también se había alejado de forma cruel sin ni siquiera mirar atrás.

Justin también formaba parte de toda esta mierda y mi hermana acababa de perderlo como yo había perdido a Scott.

Incapaz de contenerme, la abracé con fuerza.

—He estado mejor… ¿Y tú?

No nos soltamos en ningún momento. Mucho menos aún cuando noté los sollozos de mi hermana mayor en el cuello.

—Pues supongo que también he estado mejor.

Sus palabras fueron un reflejo de las mías porque ambas estábamos sintiendo ese dolor en el centro del pecho.

—Lo sé, Catita.

Fue mi turno de acariciarle el pelo, en un intento de calmarla y hacerle ver que estaba ahí para ella, como ella siempre lo había estado para mí. La apretujé con más fuerza y Laia se unió a nosotras. Nos envolvió con sus brazos y, sin necesidad de palabras, nos hizo saber que iba a estar a nuestro lado en cada paso que diéramos. Hasta ese nivel llegaba la conexión de las Marín.

—No soy capaz de entender lo que está pasando, ¿sabes? Justin podrá ser muchas cosas, podrá cometer mil y un errores, pero esto… Me niego a pensar que ha sido capaz de jugar así de sucio.

—Yo hubiera puesto la mano en el fuego por que Scott tampoco, pero no le ha temblado la voz al decírmelo.

—Lo siento tanto, chicas… De veras —añadió Laia.

Ninguna de las tres se soltó. Porque podría pasar cualquier cosa, incluso el fin del mundo, pero nosotras seguiríamos unidas. Las Marín estaban hechas de otra pasta y, si estábamos juntas, podríamos enfrentarnos a lo que fuera que se nos pusiera por delante.

—¿Él no te ha dicho nada, Nina? Ha tenido que decirte algo —dijo Cata nerviosa—. No es propio de Justin mantener esa bocaza suya cerrada…

Noté varias de sus lágrimas rodándome sobre la piel del cuello. Cogí aire y me recompuse para contarle cada detalle a mi hermana.

—En mitad de la conversación, cuando no podía creer ni una sola palabra que salía por la boca de Scott, lo miré. Hasta incluso le pregunté sin rodeos. Pero él ni siquiera me dirigió la palabra. Era como si no estuviera ahí. Yo necesitaba respuestas y ambas sabemos lo expresivo que es Justin. Pero nada, Cata… Su cara era más fría que un bloque de hielo. No lo reconocí, ni a él ni a Scott. No me dijo nada. Ni un mísero gesto que me diera alguna pista. Nada. Solo se quedaron ahí, quietos. Como si no les importara nada más que ellos mismos y su trabajo…

—¿Me estás diciendo que…?

La corté antes de que sacara sus propias conclusiones.

—Que se quedó ahí plantado mientras Scott hablaba. No trató de desmentirlo en ningún momento. Tan solo estaba ahí, apoyándolo, dándole la razón a su hermano y asintiendo de vez en cuando.

Catalina se tomó un par de segundos para tranquilizarse y coger algo de aire. Aunque su respiración no sonaba del todo acompasada, empezó a hablar de nuevo.

—¿Sabéis…? Justin me ha decepcionado muchas veces. Demasiadas quizá. Igual que yo a él. Hemos vivido una enorme cantidad de cosas juntos. Unas buenas, otras malas… Y eres mi hermana y te creo por encima de nadie, Nina. Pero me resulta demasiado complicado aceptar que él haya hecho eso. Justo él. Justo ellos. —Se tomó un par de segundos para coger aire—. He visto cómo te miraba Scott estos días y los ojos no mienten, Nina. Jamás. Ese chico te quiere, he visto en su mirada lo enamorado que está de ti, y no puedo aceptar que no haya una explicación razonable para todo esto.

—La hay.

La voz seria de Emilie nos sobresaltó a ambas, haciendo que rompiéramos nuestro abrazo.

Laia nos dio un corto beso a cada una en la cabeza antes de levantarse e ir hacia Emilie.

—¿Estás bien?

Laia no era muy de contacto físico, a no ser que fuéramos nosotras o alguna de sus amigas más cercanas. Por eso mismo me sorprendí en cuanto la vi abrazar a Emilie para ofrecerle apoyo y consuelo. Las tres miramos a Emilie perplejas, esperando a que expresara con palabras lo que sus ojos gritaban a los cuatro vientos. Creo que todas sentimos una pequeña chispa de esperanza en el centro del pecho.

—Puede que sean unos tocapelotas cuando se lo proponen, sobre todo Justin. Pero a pesar de todo, son como mis hermanos. —Entendí el sentimiento: la negación por la que estaba atravesando—. Los conozco, chicas. Y tiene que haber un motivo detrás de todo esto. Me niego a creer que de verdad son así. Que me han estado enseñando una versión suya que no existe durante todo este tiempo. No puede ser…

Expulsó el aire contenido, derrotada. Seguí a Catalina cuando se incorporó, se levantó de la tumbona y se dirigió hacia donde estaban Laia y Emilie. Una vez que estuvimos las cuatro juntas, Laia se atrevió a hacer la pregunta que todas queríamos hacer.

—¿Qué había en el sobre, Emilie?

Una sonrisa le cruzó los labios, pero era una de las que conocía bien. Una sonrisa cargada de incomodidad y asombro.

—Solo un papel. Una carta escrita a mano y firmada por los dos, explicando de forma resumida lo que nos ha contado Nina

—confesó—. Nada nuevo en realidad. Que todo esto formaba parte de un largo proceso de maniobras de entrenamiento y que yo no he pasado la prueba por haber roto el protocolo de infiltración.

Se giró de golpe y se alejó para darle una patada a la tumbona más cercana. Se arrepintió al instante de que la rabia la cegara por un momento, porque la colocó de nuevo en el sitio con delicadeza, como si no hubiera pasado nada.

—¡Menudos imbéciles! —Dio un par de pasos en círculos por la cubierta. Casi podía ver cómo los engranajes de la cabeza le iban a mil por hora. Cuando se calmó un poco, añadió—: La confianza da asco. Confiaba en ellos. A pesar de que siempre intentaba ser profesional en el trabajo y actuar acorde a mi rango, nos conocemos demasiado bien y desde hace demasiados años como para no implicarnos emocionalmente, ¡joder!

—¿Cómo que emocionalmente? —preguntó Cata, de repente, con un tono de voz que reflejaba las dudas que le habían asaltado. Alzó la ceja derecha con descaro.

—Tranquila, Catalina, son como mis hermanos. Jamás tendría nada con ellos. Ni con ningún hombre, ya que estamos dejando las cosas claras.

Vi de refilón que Laia y Emilie intercambiaron una mirada y una sonrisa fugaz.

—Emilie… —Le coloqué una mano en el hombro para tratar de mostrarle que no estaba sola en esto—. Lo siento mucho. Todo esto es en parte culpa mía. Sigo sin entender bien del todo por qué y cómo, pero todo lo que ha ido pasando: Scott, la supuesta investigación, Cormac… No sé si había algo de verdad en sus palabras… Lo que sí sé es que yo era el centro de toda esa mierda. Así que, por la parte que me toca, lo siento.

Me sonrió con una amabilidad que me llenó el alma. Como si de una hermana más se tratase.

—Ni se te ocurra pensar que tienes algo de culpa en esto, Nina. Eres una buena persona, ¿sabes? Y me alegro de haberte conocido. Aunque me hubiera encantado que las circunstancias hubieran sido otras.

Le sonreí, agradecida a más no poder por sus palabras. Quizá nos conociéramos poco, pero ya se había ganado un pequeño hueco en mi corazón. Y aunque mi parte más dañada me decía que no confiara en nadie más, que no volviera a abrirle el corazón a más personas, la parte más racional de mi cabeza me dijo que ella era buena, que podía convertirse en una amiga increíble y que podía empezar a depositar pequeñas píldoras de confianza en esa chica morena que tanto me había ayudado en las últimas horas.

—¿Qué vas a hacer ahora? —le pregunté con curiosidad—. ¿Te vuelves a Edimburgo?

—En realidad, no tengo a dónde ir. Vivía en uno de los pisos que la compañía ofrece a los trabajadores, pero ahora que me han echado… pienso mandarlo todo a la mierda. —No pude evitar que al dolor que sentía por la partida de Scott se le sumase la culpa—. No es que tenga buena relación con mis padres, y las personas que consideraba mi verdadera familia me han echado de su vida. Así que nada me ata ya a esa fría ciudad.

—¿¡Te han despedido!?

No era la primera vez que Cata y Laia hablaban con tanta sincronía.

—No he superado la prueba, ¿recordáis? —Se encogió de hombros, estaba claro que se sentía incómoda.

La rabia que había visto en su mirada escasos minutos antes estaba siendo sustituida por un pesar con el que me sentí muy identificada. Podría estar muy dolida, estar pasando mi propio duelo, pero era difícil no ponerme en su lugar. Puede que yo hubiera perdido al que consideraba el amor de mi vida a pesar de todo, el chico del que jamás pude desenamorarme. Pero ella había perdido no solo a dos hermanos, sino su trabajo y su casa. El dolor que debía de estar sintiendo, el agujero que quizá se le hubiera abierto en el centro del pecho, tenía que ser gigante.

Por un segundo, pensé en cómo me sentiría si Cata y Laia me hicieran eso a mí. Hubiera estado rota de dolor. Y eso era justo lo que reflejaban los ojos verdes y vidriosos de Emilie.

—Bueno… Te puedes venir al pueblo con nosotras —dijo Laia—. Vamos a olvidarnos de esos gilipollas y vivir tranquilas. ¿Qué dices?

Asentí. Catalina también. Creo que las tres pensamos que era algo que podía venirle muy bien a Emilie.

Esta le dedicó una amplia sonrisa a mi hermana.

—Gracias, Laia.

No sabía lo que íbamos a hacer o lo que nos iban a deparar las próximas horas, pero la necesidad de estar un rato a solas se apoderó de mí. Quizá estaba siendo una masoquista empedernida, repitiendo una y otra vez la conversación con Scott en mi cabeza, pero no podía evitarlo. ¿Cómo podía conseguir salir del bucle si estaba todo tan reciente?

Buscando un poco de tranquilidad, me quité los zapatos y bajé al camarote. En el instante en el que rocé el áspero suelo de madera con los pies descalzos, ese olor me abofeteó la cara. Su olor. Fue como un tsunami emocional que no dudó en engullirme en segundos.

Todo olía a él.

Todo me recordaba a él.

Los últimos días se repetían una y otra vez en mi cabeza. Cada beso. Cada «te quiero». Cada caricia. Cada mirada suya, con esos ojos brillantes color miel. Cada uno de los momentos en los que me había hecho sentir la chica más afortunada y querida del planeta. Todo lo que me rodeaba en este instante era suyo, pero él me acababa de echar de su vida a golpe de palabra. Tenía que olvidarme de él por segunda vez y no sabía ni por dónde empezar.

Incapaz de aguantar la imperiosa necesidad que me recorría las manos, ese hormigueo familiar que sentía en las yemas de los dedos, me senté al borde de la cama. En su lado. Abrí de nuevo el sobre, con la esperanza de ver su nombre en uno de los billetes de avión. Los revisé de principio a fin numerosas veces, pero por más que deslizaba los dedos sobre el suave papel tintado, nada cambiaba. Los tres mismos nombres una y otra vez.

Catalina Marín.

Marina Marín.

Laia Marín.

Cansada de seguir apedreándome a mí misma una y otra vez con una esperanza frustrada, saqué la tarjeta de crédito que había en el sobre. No pensaba gastar ni un solo euro. No quería su falsa piedad ni su misericordia. Era capaz de crear mi propia vida, tener mis propios ingresos y salir adelante. Ese dinero estaba manchado de su lástima y lo último que necesitaba era su falsa modestia.

Me daba igual el dinero. Solo quería que todo fuera una pesadilla, que él bajara por las escaleras hacia el camarote con esa sonrisa suya, esa en la que se le marcan los hoyuelos, y que nos pasáramos las horas enredados entre las sábanas de nuestra cama. Pero eso no iba a pasar nunca más.

En el instante en el que saqué la tarjeta, me di cuenta de que había algo pegado en la parte posterior del plástico. Un papel. Lo despegué con cuidado y lo desdoblé con impaciencia por leerlo.

«Confía en mí, ojos claros».

Por un segundo, me quedé sin respiración. Fue como si se me parase el corazón de golpe. Un desagradable sudor frío me recorrió la espalda, la frente y cada rincón del cuerpo.

Era la letra de Scott. Era su maldita letra.

Y eran nuestras cinco palabras.

No sé cuánto tiempo estuve paralizada. Quizá fueron solo unos segundos. Quizá fueron minutos u horas. No tenía ni la más remota idea. Pero ¿por qué me dijo todo aquello en el puerto y después dejó una nota con esas cinco palabras que tanto significaban para nosotros? Esas palabras que estuvieron cargadas de significado en algún momento de nuestra historia.

Abrí el sobre de nuevo, desesperada por encontrar algo más. En cuanto vi lo que hasta entonces había estado escondiendo tanto la tarjeta como los billetes, me quedé de piedra. Saqué con cuidado las llaves que había en el fondo del sobre, las admiré con delicadeza y esmero. ¿Qué significaban?

Deslicé los dedos por cada una de las tres llaves: una de ellas tenía un aspecto más antiguo que las demás, pero todas ellas estaban enlazadas con un llavero precioso y sencillo en forma de ola de mar. Me quedé embobada ante todos y cada uno de los relieves y detalles del llavero, que parecían estar pintados a mano. Cada uno de los tonos azulados que formaban la ola perfecta y cada uno de los detalles del barquito pintado en ella. Era una mezcla preciosa de elementos. Le di la vuelta a la ola con curiosidad, sorprendida al ver la grabación en el metal.

Era una dirección.

Una dirección que no reconocí.

También había una inscripción: MI HOGAR ES TU HOGAR, HOY Y SIEMPRE.

Busqué con prisas la dirección grabada en la chapa. Era una calle de Edimburgo. No podía ser. Esas solo podían ser las llaves de su casa.

Las metí con una mezcla de furia y tristeza de nuevo dentro del sobre, un único pensamiento me rondaba cabeza.

Con todo lo que sabía, aquello podría haberse tratado de otra de sus pruebas, y no iba a concederle ni un solo segundo más de mi tiempo. No iba a dejar que ese chico volviera a jugar ni conmigo ni con mis sentimientos.

Scott Hovland no volvería a destrozarme la vida.

Nada de lo que hiciera podría hacerme confiar en él de nuevo.

Capítulo 4

Scott

A veces no tienes más remedio que remar en contra de tu propia voluntad, aunque eso signifique alejarte de todo lo que quieres y crees, aunque eso signifique perderte a ti mismo en el proceso.

Ver esos preciosos ojos azules como el mar rebosantes de lágrimas me estaba matando por dentro. Sabía que cada una de las palabras que me salían por la boca estaba sentenciando nuestra relación, que estaba alejando a Nina de mí hasta un punto de no retorno. Con ellas, construí ladrillo a ladrillo un muro impenetrable de hormigón entre nosotros y acabé con cada una de las cosas maravillosas que habíamos construido durante todo ese tiempo juntos. Sabía que, al decirle toda esa mierda en voz alta, no habría perdón posible. Sabía que esas palabras eran un adiós.

Así que ahí estaba, cometiendo el mismo error del pasado que nos había costado todo lo que algún día fuimos. Estaba renunciando a ella a golpe de palabra y no me había temblado el pulso al hacerlo.

Ni una sola duda se apoderó de mí al pronunciar esas palabras porque sabía que, al hacerlo, la estaba protegiendo. Y, si para que ella estuviera a salvo de todo eso tenía que hacer lo imposible..., pensaba hacerlo. Lo estaba haciendo. Y lo haría mil veces más. Aunque eso implicase romperle el corazón y romper también el mío en el proceso. Joder, me habían amenazado con ella. Con ella. ¿Cómo habíamos llegado a ese punto?

Oculté cada uno de mis sentimientos bajo una máscara de frialdad. Me convertí en un robot sin emociones al bajar del coche. Pensé que lo tenía todo bajo control, pero nada más verla correr hacia mí, con esa increíble sonrisa dibujada en la cara, esos ojos cargados de alivio al verme, buscando cobijo entre mis brazos... Al verla mi mundo se rompió en pedazos.

Estaba seguro de que eso iba a ser lo más difícil que tendría que hacer en toda la vida, pero ella lo era todo para mí. Lo era absolutamente todo para mí y estaba dispuesto a dar incluso mi propia vida para que la dejaran en paz y estuviera a salvo.

Lejos de mi padre y, más aún incluso, muy lejos de Cormac.

Las amenazas eran claras. O me separaba de ella o la tendrían en el punto de mira. A ella y a Catalina. Y ni en un millón de vidas iba a tolerar que le hicieran nada. Y Justin tampoco iba a permitir que le hicieran nada a Cata. Por encima de nuestro cadáver.

Le di la espalda a Nina tras tenderle el sobre para Emilie y, aunque me costó horrores, me subí al coche sin mirar atrás. Lo hice a pesar de que lo que me pedía el cuerpo era darme la maldita vuelta y correr de nuevo hacia sus brazos; estrecharla contra mi pecho y no soltarla jamás. Llenarla de besos. Hasta que me pidiera que parara. Porque jamás podría haber tenido suficiente de ella.

Sabía que le estaba haciendo un daño terrible. Que mis palabras la estaban destrozando y me mataba pensar que se había vuelto a abrir conmigo, que había vuelto a depositar su confianza en mí, que había vuelto a decir en voz alta que me quería, haciéndome el tío más feliz del jodido planeta y que yo la estaba traicionando de esa manera tan cruel. Necesitaba una excusa lo más creíble posible para que se alejara de mí, para que se lo creyera y no mirase atrás al marcharse. La del entrenamiento me había parecido la peor de todas, las más ruin, así que por desgracia esa es la que tuve que usar.

«Te juro que lo hago por ti, ojos claros. Ojalá algún día sepas toda la verdad y puedas perdonarme».

Pero no era a ella a la única a la que le estaba haciendo daño y yo era consciente de ello. Emilie Ramírez era como una hermana para nosotros y también quería que se alejara todo lo posible de aquella mierda. Pero ella sabía mucho más que Nina sobre este trabajo y la empresa. Emilie había formado parte de ella, había trabajado codo con codo con nosotros durante años. Sabía cómo funcionaba eso. Sabía cómo funcionábamos nosotros. Así que solo me quedaba rezar para que, por una vez en su vida, se quedara al margen. De todas formas, tenía mis dudas respecto a que no intentase ponerse en contacto con nosotros, aunque solo fuera para mandarnos a tomar por culo.

Justin y yo fuimos todo lo fríos que pudimos en la carta al decirle que no había pasado la prueba. Una prueba que, para ser sinceros, ni siquiera existía. Si alguien tenía que hacer frente a aquello, éramos nosotros.

Mi hermano y yo. Solos.

No queríamos llevarnos a nadie que nos importara por delante.

Y eso era justo lo que planeábamos hacer.

A Emilie no podía dejarle pistas como a Nina. Ella se metería de lleno en la boca del lobo por nosotros, como una jodida kamikaze. Sin pensar dos veces en las consecuencias. No estaba dispuesto a dejar que eso pasara, así que no nos había quedado más remedio que echarla a la fuerza de todo ese lío. Y, aunque era consciente de que su cabreo sería monumental, esperaba que algún día pudiera sentarse con nosotros a escuchar la verdad.

No dejaba de darme vueltas otro pensamiento: quizá haberle dejado a Nina la nota y las llaves en el fondo del sobre había sido mala idea. No sabía ni qué pensar ni qué creer. Mi parte más egoísta y emocional no me había dejado seguir adelante sin hacerlo. Porque, aunque quería protegerla con todas mis fuerzas y que no formara parte de esto, mi corazón no podía renunciar a ella así como así. No podía dejar que se marchara sin pedirle perdón de alguna manera, por mínima que fuera.

Más aún, después de todo lo que habíamos vivido. De toda nuestra historia.

Supongo que albergaba la esperanza de que conectara las pistas y comprendiera que aquello también era algo temporal. Que nada de lo que había salido por mi boca había sido verdad. Pero también era consciente de que quizá estaba pidiéndole demasiado. Quizá y solo quizá, era hora de dejarla marchar. A pesar de que la idea me estuviera matando.

Ya solo me quedaba terminar con aquello de una vez por todas y averiguar lo que escondía nuestro padre. Terminar con él y con toda esta mierda y esperar que, con suerte, algún día Nina me perdonara y entrara por la puerta de nuestra casa.

Sí, nuestra casa.

Me iba a aferrar a esa imagen con uñas y dientes. Nina abriendo la enorme puerta de madera, entrando al calor de nuestra casa, decorándola a su gusto hasta hacerla parecer un hogar. Me daba exactamente igual cómo, solo suplicaba por que algún día pudiera volver a tenerla a mi lado. Hasta entonces, hasta que no termináramos con aquella puta mierda, Nina tenía que estar fuera de mi vida. Costara lo que costase y doliera lo que doliese.

Me permití derrumbarme en silencio durante el trayecto en coche hasta el casino de Mónaco. En cuanto el Mercedes negro frenó en seco en la mismísima puerta, me puse de nuevo mi mejor máscara de indiferencia. Me armé de valor y, con la falsa seguridad de un hombre roto y gracias a los años de experiencia y entrenamiento que tenía a la espalda, salí del coche para aceptar mi nueva vida.

Hovland Security no era lo que parecía. Mi padre estaba de mierda hasta las cejas. Por lo tanto, Justin y yo también. Aunque no sabía el motivo exacto y la incertidumbre me estaba comiendo por dentro.

Entré en la misma sala amplia de antes, Justin iba pisándome los talones. Yo trataba de no hacer demasiado contacto visual ni con Cormac ni con mi padre. No estaba del todo seguro de mi autocontrol en ese momento.

Justin no había vuelto a abrir la boca, pero sabía que estaba destrozado por Catalina. Ni siquiera había tenido el valor de decirle nada. Respeté por completo su decisión, porque entendía que no se veía capaz de mirarla a los ojos y mentirle a la cara. Él había decidido que desaparecer sin más era la mejor opción y, aunque yo no estaba del todo de acuerdo con su estrategia..., ¿quién cojones era yo para juzgarlo? Yo mismo acababa de decirle al amor de mi vida que se marchara. Le había hecho creer que había estado jugando con ella todo este tiempo, cuando aquellos últimos días juntos me había hecho el chico más feliz del jodido planeta.

La quería.

La quería con locura.

Y estaba seguro de que jamás, ni en mil vidas, llegaría a querer a nadie como la quería a ella. Básicamente porque no estaba dispuesto. Para mí, solo existía Nina.

Ella era como el aire que respiraba y me estaba asfixiando no tenerla cerca. Sin embargo, le acababa de soltar la mentira más grande que jamás había salido por mi boca solo para alejarla de mí. Así que no, no iba a juzgar los métodos de mi hermano. Había elegido un camino tan difícil como el mío.

Solo esperaba que Nina estuviera bien, que volviera al pueblo con sus hermanas y que no me odiara demasiado. Aunque sabía que eso era imposible. Le había metido una de mis tarjetas de crédito en el sobre. Lo hice con la excusa de «sofocar las molestias causadas», pero la realidad era que me mataba pensar que le pudiera faltar algo. No había podido evitarlo, aunque era consciente de que para apartarla de mi vida por completo y alejarla del peligro que suponía estar juntos, no podía tener ni una sola vía de contacto.

Sabía lo cabezota que podía ser Nina, incluso rencorosa en ciertos momentos. Así que también cabía la posibilidad de que no gastara ni un solo euro. De cualquier manera, me quedaba más tranquilo dándole la tarjeta; sobre todo si contribuía de alguna manera a que crease la vida que siempre me había dicho que quería tener.

Aunque no podía quitármela de la cabeza, hice un esfuerzo titánico por olvidarme durante unos minutos de esos ojos azules como el mar y tratar de conectar los cables sueltos de lo que era en realidad Hovland Security con las píldoras de información que habíamos ido obteniendo Justin y yo a lo largo de los últimos días.

Por el momento, solo teníamos pruebas de ingresos millonarios y recurrentes a las cuentas de la empresa y la certeza de que existía un almacén de barcos en Sicilia a nombre de Cormac. El cual también pagaba la empresa. Era obvio que había mucho más oculto.

—Bienvenidos de nuevo, hijos míos —nos saludó nuestro padre—. Espero que hayáis cumplido con vuestra palabra y las Marín estén bien lejos de vuestra vida. Bien enterradas. —Una risa seca se le escapó de la boca.

Tanto Justin como yo alzamos la mirada con rabia, estábamos preparados para lo que fuera. Fui incapaz de ocultar ese instinto protector que crecía en mí cuando se trataba de Nina. ¿Acababa de decir «enterradas»?

—En sentido figurado, por supuesto —añadió con una sonrisa que hizo que se me pusieran los pelos de punta.

—Figurado. Por supuesto —repitió Cormac, como si la puta conversación fuera con él.

El destino de ese tío iba a pasar por mis manos. Eso lo tenía claro como el agua. Antes de que pudiera decir nada, nuestro padre siguió hablando:

—Tengo mucho que contaros, tenéis que poneros al día para tomar las riendas. —Mi padre se colocó justo entre Justin y yo, nos puso una mano a cada uno en el hombro—. El avión está listo. Volvemos a casa.

—¿A Edimburgo?

Intenté controlar cada uno de mis gestos para no delatarme.

—¿A dónde si no, Scott? —Mi padre me miró con una expresión que sabía que escondía mucho detrás—. Volvemos a casa, de donde nunca os deberíais haber marchado.

La voz seria y áspera de mi padre me caló hasta los huesos, y no fue al único. La mirada que compartí con Justin me dijo que él se había sentido igual. Tenía una sensación extraña en el cuerpo. Era duro decir que no confiaba en mi padre, pero, teniendo en cuenta todo lo que había pasado durante las últimas horas, era la verdad.

No confiaba en ese hombre. En absoluto.

Pero me fiaba mucho menos del rubio que no se separaba de su lado: Cormac Hunter.

El cabronazo que le hizo la vida imposible a Nina. El que le disparó a mi hermano. Y el que mató a una chica a sangre fría delante de nuestras narices.

Después de esa conversación, nos fuimos directamente al aeropuerto. Mi padre no volvió a dirigirnos la palabra a ninguno de los dos. Cuando nos subimos al avión privado, se sentó lo más lejos posible de nosotros, pero el maldito rubio no se despegaba de él. Hablaban en susurros el uno con el otro. Era desesperante.

Me sentía como una especie de rehén voluntario y estaba a punto de explotar de los nervios. La paciencia nunca había sido una de mis grandes virtudes, mucho menos en una situación como esa. La adrenalina me recorría todas y cada una de las fibras de mi ser, poniéndome en un estado de alerta constante.

Necesitaba descubrir qué cojones estaba pasando. Qué ocultaban.

Eso y volver a recuperar a la chica que me había cambiado la vida tantos años atrás.

Capítulo 5

Nina

La confianza es de las cosas más frágiles que existe. Puede tardar años en construirse y solo hacen falta un par de segundos para destruirla.

Nada más guardar las llaves, la tarjeta de crédito y los billetes de nuevo en el sobre, que a esas alturas ya estaba más que arrugado, me levanté como un resorte de la cama. Estaba decidida a recoger todo lo que tenía esparcido por el camarote para no alargar más aquel sufrimiento innecesario. Cuanto más tiempo pasaba entre esas cuatro paredes flotantes, más difícil se me antojaba salir de una sola pieza de ahí. Del espacio que Scott y yo habíamos compartido. De ese lugar que me había dado tanto y del que, inevitablemente, tenía que alejarme.

Decidí no alargar más el momento. Cogí la mochila y metí en ella toda la ropa, los productos de aseo, la cámara de fotos y las pocas otras cosas que había traído. Levanté la almohada, con la intención de coger el pijama que guardaba debajo, y me di cuenta de que durante todos estos días lo único que había usado para dormir había sido la camiseta blanca de Scott. El recuerdo me abofeteó y se me clavó en el centro del pecho. Siempre me había encantado dormir así, con algo que oliera a él. Me reconfortaba, me tranquilizaba. Me hacía sentir en paz.

Sostuve la camiseta entre las manos, mil y una dudas me revoloteaban por la cabeza. ¿Qué iba a hacer? Sabía que debía dejarla ahí. Que no necesitaba llevarme nada que me recordara a él. Lo último que necesitaba era crear más lazos innecesarios con Scott. Tenía que dejar de complicarme la vida de una vez por todas. Pero, tras darle muchas vueltas, mi parte más emocional ganó la batalla.

Decidí que la camiseta se venía conmigo.

El horrible nudo que tenía la costumbre de formárseme en la garganta apareció entonces con más fuerza que nunca y me hizo ser verdaderamente consciente del golpe que acababa de azotar mi vida. Cada una de las palabras venenosas de Scott, la mirada gélida que me sostuvo y la poca empatía que parecía habitar en su cuerpo cuando lo hizo. Todo contrastaba demasiado con la actitud que había tenido antes de que lo obligaran a abandonar el barco. Bueno, «obligar» era un verbo demasiado específico teniendo en cuenta lo que había ocurrido. ¿Quién era ese chico en realidad?

Me había hecho mucho daño. En cuestión de minutos, lo había tirado todo por la borda. La confianza puede tardar años en construirse y solo hacen falta un par de segundos para destruirla. Pero yo era fuerte. Por supuesto que sí. Lo que me perforaba el pecho era que tenía la mala costumbre de perder la cabeza cuando el corazón amaba con tanta fuerza. En concreto, cuando se trataba de él.

«Te odio, Scott Hovland. Te odio y te quiero a partes iguales. Otra vez».

Estábamos de nuevo en el punto de partida, solo que esta vez me sentía traicionada en vez de abandonada. Pero todo volvía siempre a él, al chico de pelo negro y ojos color miel.

Siempre a él.

Aunque en este momento quisiera odiarlo, no podía hacerlo así como así. Lo había querido demasiado. Aún lo hacía. Y quizá el odio sea un sentimiento muy fuerte, pero no es incompatible con el amor que creía haber visto en sus ojos durante los últimos días juntos.

Decidí ignorar esa molesta voz que se me instaló en la cabeza. Esa que me decía que lo que estaba ocurriendo no podía ser verdad, que Scott me quería y jamás sería capaz de hacerme algo así. Porque no era cierto. Era imposible, ¿verdad? Sin embargo, la parte lógica insistía: a Scott no le había temblado la voz al decirlo. La confianza y la frialdad que reflejaban sus ojos eran confirmación suficiente. Decidí enterrar esa voz que dudaba, pero guardé la camiseta blanca en la mochila.

Tras echarle un último vistazo al espacio que un día había considerado mi hogar, subí las escaleras hacia la cubierta. Estaba lista para marcharme y dejar atrás de una vez por todas a Scott Hovland.

Cata y Laia hicieron las maletas en menos de diez minutos. De hecho, nunca llegaron a deshacerlas del todo. Tras recoger las cosas de Emilie, nos dirigimos hacia el aeropuerto. Las cuatro juntas. Conforme el taxi se iba acercando más y más, esa incómoda voz interior iba ganando más peso. Cada vez la escuchaba con más atención. Algo me decía que no debía coger ese avión. No debía volver al pueblo porque algo raro estaba pasando.

Yo sabía que no tenía sentido que Scott actuara así, pero, cuando quise darme cuenta ya estaba montada en el avión. Me encontraba sumida en una especie de trance extraño, no podía dejar de darle mil y una vueltas a lo que había ocurrido.

Estábamos todas sentadas en la misma fila. Habíamos tenido la suerte de que todavía quedase libre otro asiento en esta misma línea cuando Emilie decidió comprar su billete. Me senté en el asiento más cercano a la ventanilla y, aunque solo veía el asfalto de la pista de despegue, esperaba que el paisaje me animara un poco.

Sin ser del todo consciente de lo que pasaba a mi alrededor, mientras despegábamos, me saqué del bolsillo las llaves con el precioso llavero en forma de ola y mil tonalidades azules diferentes, además de ese barco que tanto me recordaba a Bruma. Le di la vuelta al llavero con manos temblorosas, recordando la inscripción de atrás, la cual hacía que el corazón me latiera a mil por hora y con un poco de esperanza.

Mi hogar es tu hogar, hoy y siempre.

Pasé el dedo por la superficie metálica rugosa, admirando y guardándome todas y cada una de las letras. Esas ocho palabras eran para mí. Solo para mí. En algún momento, Scott sintió que tenía que preparar ese regalo. O eso quise pensar.

Algo así no se le da a alguien que no te importa. Mucho menos a alguien a quien nunca has querido, ¿no? Quizá solo intentaba autoconvencerme. Por el momento, esa era mi manera de sobrellevar la situación. Pero ¿y si esa era otra maldita prueba más? ¿Y si era otra forma de jugar conmigo?

No debía volver a caer en sus redes. No podía.

—¿Qué es eso?

La voz de Laia me sobresaltó.

—¿Eh? —Miré a mi hermana con dudas y cerré la mano alrededor de las llaves. Ilusa de mí, como si eso impidiera que me bombardearan a preguntas…

Quería a mis hermanas con locura, pero después de lo que había pasado, me imaginaba cómo reaccionarían cuando les dijera lo que quizá significaban esas llaves.

—Que qué tienes en la mano, Nina.

Noté que Cata y Emilie centraban su atención en mí con una curiosidad genuina. Levanté las llaves y las agité en el aire mientras las sostenía por el precioso llavero.

—Mis llaves.

Recé para que no me hicieran más preguntas y pensaran que eran las de casa, pero la cotilla de Catalina no pudo resistirse.

—¿Puedo verlas?

La conocía demasiado bien y sabía que era mejor contarle las cosas antes de que sacase sus propias conclusiones. Por eso le tendí el manojo de llaves, con la esperanza de que se acabaran pronto las preguntas. Yo estaba sentada al lado de la ventana, con Laia a mi lado, seguida de Emilie y para cerrar la fila, Catalina. Mi hermana cogió las llaves, admirando el precioso llavero que colgaba de ellas.

—Es un llavero muy bonito, Nina. ¿Dónde lo has comprado?

Me quedé sin habla. Se me daba fatal tanto mentir como ocultar la verdad.

—Eeeh… —dudé por un segundo. Tiempo suficiente para que Emilie se hiciera con las llaves.

Sucedió lo que más temía. Le dio la vuelta al llavero, dejando la inscripción a la vista, y llegó a la conclusión ella sola.

—Un momento… Estas son las llaves de la casa de Scott —afirmó sin ningún tipo de duda.

No me quedó otra opción que asentir. Me moría de vergüenza por no haberme quedado quieta y no haber dejado las malditas llaves en el bolsillo.

—¿Y qué haces tú con las llaves de Scott, Nina? —preguntó Cata seria.

Se hizo el silencio. Bueno, se hizo un silencio momentáneo hasta que la bocas de Laia no pudo evitar abrir su enorme bocaza.

—No me jod… ¡Sí, Nina! ¡Sí! Dime que se las has robado. —La miré confundida, y ella insistió con una sonrisa en la cara—: ¿Se las has robado? Muy bien, hermanita, dándole donde más duele. Que, cuando llegue, se quede tirado a las puertas de esa casa lujosa y millonaria que seguro que tiene. Olé tú.

No podía creer lo que estaba escuchando. ¿Cómo iba a haberle robado las llaves? Estaba cabreada y decepcionada, vale, pero tampoco era para hacer algo así. Era ridículo. Sí, claro. Por venganza, me iba a llevar las llaves de Scott para que los secuaces de esa compañía de seguridad privada suya vinieran a mi puerta a reclamármelas. O peor, a arrestarme por ladrona o algo parecido. Suficientes problemas tenía ya.

—Laia, no seas idiota. Nina es incapaz de robar nada y lo sabes —me defendió Catalina.

Laia, por eso, me cogió la cara con las manos para que la mirara a los ojos mientras me aplastaba las mejillas con los dedos.

—Tía, Laia, qué bruta eres —le dije.

—Sigo teniendo esperanzas. Dime que se las has robado. —Negué con la cabeza y vi que la desilusión recorría la cara de mi hermana mediana—. Entonces…, ¿de dónde han salido?

Me quité las manos de Laia de la cara y me acaricié las mejillas con cuidado.

—Estaban en el sobre, junto con la tarjeta de crédito, los billetes y una nota.

—¡¿Cómo?! —gritaron las tres a la vez.

Por si no tenía suficiente con mis hermanas, Emilie parecía haberse sincronizado con ellas a la perfección. Pensaba que era una chica seria, pero cuanto más tiempo pasaba con ella, más podía ver que esa actitud era una coraza para el trabajo. Que era una chica con carácter, segura de sí misma y valiente hasta la médula.

—No gritéis, por Dios. No quiero que se entere toda la tripulación de que tengo las llaves de mi ex. —Fruncí el ceño, pensando mejor en lo que acababa de decir—. Doble ex, para ser exactas.

—No existen los dobles ex, Nina —dijo Laia tratando de ocultar una pequeña risa.

—Ah, ¿no? ¿Y cómo lo llamo? Porque el mismo chico me ha dejado dos veces. Así que sí, es mi doble ex.

Estaba intentando tomármelo con humor, pero para ser sincera, no me hacía ni pizca de gracia.

—Siendo justas, la primera vez no te dejó. Fue más bien una confusión tonta.

—¿Una confusión tonta, Catalina…? ¿En serio? Ha sido una confusión estúpida de cuatro años… Anda, mira, no me hagas hablar, porque para lo que me ha servido volver a confiar en él…

Di la conversación por terminada. Me giré hacia la ventana y decidí consolarme con el paisaje.

Mis hermanas lo dejaron pasar.

—¿Sabes una cosa, Nina? —La voz de Emilie me sobresaltó unos minutos después—. Scott no dejó de hablar de ti en esos cuatro años. Ni un solo día.

Me quedé de piedra tras las palabras que acababa de escuchar. Giré la cabeza y miré a la chica de pelo moreno que empezaba a ganarse mi confianza.

—¿Qué?

—Ni uno.

—¿Co-cómo dices?

—Que solo tenía ojos para ti —siguió—. Scott es un profesional de la cabeza a los pies, pero hasta las personas que tienen todo controlado al milímetro tienen momentos de flaqueza de vez en cuando. En especial con la gente con la que se sienten en confianza. Y tú, sin ninguna duda, eras su talón de Aquiles. —Sonrió con suavidad—. Yo no te conocía en persona, pero sabía más de ti que tus propias hermanas.

—Bueno, bueno, tampoco nos pasemos, Em… —intervino Laia.

Me pareció ver que Laia y Emilie intercambiaban una mirada cómplice fugaz, pero no era momento ni lugar de interrogar a mi hermana. Aun así, tomé nota. ¿Cómo que «Em»?

—Cuéntamelo, Emilie, por favor —dije ansiosa.

—¿Estás segura?

—Necesito saberlo.

Compartimos una mirada cargada de comprensión y, unos segundos después, ella empezó a hablar:

—Conozco a esos dos idiotas desde que soy pequeña, ¿sabes? Nuestros padres se movían por las mismas altas esferas y coincidíamos tanto que nos hicimos amigos. Aunque estuvieron viviendo en vuestro pueblo durante mucho tiempo, venían a Edimburgo varias veces al año. Sobre todo para las galas anuales de la empresa Hovland Security.

¿Galas? No tenía ni idea de que fuera una empresa tan sofisticada como para celebrar galas. Seguí escuchando a Emilie con atención.

—El caso es que mis padres son unos abogados muy reconocidos en Reino Unido —continuó—. Sobre todo, en Escocia, y querían que yo siguiera sus mismos pasos. El problema era que esa vida no me llenaba. No me apasionaba. No era mi camino. Y sigue sin serlo. Así que, un día, después de años y años peleando por elegir mi propio futuro y plantarles cara a mis padres, me dieron un ultimátum: o seguía sus pasos y me convertía en una gran abogada de prestigio para continuar con el legado o me echaban de casa. Como podréis adivinar…

—Te echaron —dijimos las tres a la vez, atentas a su historia.

—Más bien me largué antes de que lo dijeran en voz alta —explicó y agachó la cabeza.

A pesar de que hubieran pasado años, se notaba que era algo que le dolía.

—¿Estás bien? —Laia se inclinó un poco hacia ella.

—Lo tengo más que superado —añadió Emilie con confianza, como si no hubiera pasado nada.

No quise presionarla porque nos conocíamos desde hacía bien poco, aunque sí me aseguré de que estuviera lo más cómoda posible hablando del tema.

—No tienes que continuar con la historia si te resulta difícil, Emilie —le dije y le dediqué una amplia sonrisa para tratar de apoyarla.

—Tranquila, Nina. Quiero hacerlo. —Asentí en respuesta, agradeciéndole con la mirada que hiciera el esfuerzo—. ¿Por dónde íbamos…?

—Te fuiste de casa —apuntó Catalina.

—Efectivamente. Me largué sin mirar atrás. Justin y Scott acababan de volver a Edimburgo de manera permanente y mi lista de amigos era y sigue siendo bastante escueta. Así que, me presenté en su casa sin pensármelo dos veces. En ese momento, vivían ellos dos juntos en un piso y me acogieron como si de una hermana más se tratase. Pueden ser dos idiotas, pero son mis idiotas, y siempre les estaré agradecida por todo lo que han hecho por mí. Ni siquiera preguntaron el porqué, tan solo me abrieron las puertas y me hicieron sentir como en casa.

Sentí un pinchazo en el corazón. Ese era el Scott que yo recordaba. El Scott del que me enamoré.

—Yo ya sabía a lo que se dedicaban —siguió ella—. Me habían contado cosas sobre lo que hacían en su empresa y siempre había admirado su trabajo. Así que, con sangre, sudor y lágrimas, decidí ganarme un puesto en la compañía. No me regalaron nada, ya os lo digo. Pero, después de muchos meses de trabajo, conseguí un puesto allí… Y no uno cualquiera, sino que entré en el equipo principal. Ese día, chicas… Puf. ¡Quería llorar de la alegría…! —Hizo una pequeña pausa para coger aire—. Scott se convirtió en mi jefe, pero nunca dejó de ser como mi hermano. Por eso me cuesta creerme las palabras que me ha escrito. Tanto las suyas, como las de Justin… Ya lo conocéis, Justin es incapaz de mantener la bocaza cerrada y menos de ponerse así de serio.

A Catalina se le iluminó la cara con la misma ilusión que supuse que reflejaría mi propio rostro. Las dos albergábamos todavía algo de esperanza.

—¿Y qué más? ¿A qué te referías con que nunca dejó de hablar de mí? —La impaciencia me estaba carcomiendo por dentro.

—Pues que salías en varias conversaciones. Casi todos los días. Muchas cosas le recordaban a ti y las decía en voz alta. Para serte sincera, creo que ni él mismo se daba cuenta hasta que salían por su boca. —Un hormigueo provocado por los nervios me estaba perforando el estómago—. Por ejemplo, íbamos a hacer la compra y siempre se acordaba de las cosas que más te gustaban. Las patatas de bolsa de mil sabores y el chocolate. ¿Verdad?

Me quedé congelada. Era una tontería. Una de las más grandes. Pero el hecho de que se hubiera acordado de mí de esa forma durante todos esos años era algo que no se podía fingir. Cuando alguien no te importa, no le escuchas, no te quedas hasta con el más mínimo detalle. Pero él sí lo hizo. Él sí atesoró todos esos recuerdos. Que Emilie supiera eso era confirmación más que suficiente.

—Te encanta leer con un buen café caliente en las manos, ¿me equivoco? —siguió. Asentí con la cabeza, incapaz de contener la sonrisa—. No se te dan demasiado bien los deportes, y... espera que haga memoria. Te dan miedo los perros, excepto tu *golden retriever*. ¿Cómo se llama...?

Pude sentir cómo a las tres hermanas nos invadía la misma aura de tristeza.

—Se llamaba Quesito, por lo dorado y bueno que era... —añadí.

Emilie nos miró con pesar al darse cuenta de su fallo. Había hablado en presente del perro.

—Ay. Perdón, chicas, no sabía que...

Laia le colocó una mano sobre la suya.

—No te preocupes. ¿Cómo ibas a saberlo?

Las tres le sonreímos para tratar de quitarle importancia al asunto, aunque nos doliera horrores pensar en Quesito.

Quisimos mucho a nuestro perro. Fue quien devolvió la alegría a nuestra casa cuando ocurrió lo de nuestro hermano. De la noche a la mañana, él dejó de estar en nuestra vida para siempre. A su paso, se llevó la alegría de nuestra familia. Por eso, ese cachorro fue una luz para una casa triste y siempre lo recordaré con un amor inmenso; con Quesito, mis padres parecieron recuperar las ganas de seguir adelante.

Por otro lado, que Emilie supiera de él era extraño. Scott tampoco sabía que Quesito ya no estaba con nosotras, claro. No habíamos hablado durante cuatro años y tampoco nos habíamos detenido a hablar de ello en los días que pasamos en el barco, más que nada porque jamás salió el tema. Pero sí que fue compartiendo con ella muchas de las cosas que rodeaban mi vida, cosas que me gustaban y cosas que uno solo puede saber cuando se toma la molestia de escuchar con atención.

Noté que las llaves me quemaban en el bolsillo.

Nada cuadraba.

Nada estaba bien.

Si Scott de verdad se había olvidado de mí durante los últimos cuatro años y lo que me había dicho en el puerto era real, no tenía sentido que hubiera estado no solo pensando en mí, sino hablándole de mí a Emilie. No sabía lo que le había pasado y no entendía en qué estaba pensando para actuar así. A pesar de que sus palabras me habían hecho mucho daño, ¿hasta qué punto podía llegar a fingir todo lo que habíamos vivido durante los últimos días?

¿Acaso Scott Hovland era tan buen mentiroso?

Capítulo 6

Scott

Y, sin quererlo, todo lo que creí conocer un día se desvanecía ante mis ojos. ¿La casa de mi infancia? Ya no se sentía como tal. ¿El hombre que un día consideré un ejemplo a seguir? La peor mentira de todas.

En cuanto aterrizó el avión en la pista y empecé a deslizar los pies por el brillante suelo del aeropuerto sentí que un gran peso me caía sobre los hombros. El peso de lo que se nos venía encima, supongo. Porque, aunque no supiera a lo que íbamos a enfrentarnos, sí que tenía la certeza de que no iba a ser para nada agradable.

Mi padre lo había llamado «el gran golpe». Nada bueno podía salir de eso.

Justin no había abierto la boca en todo el trayecto y lo último que yo quería era presionarlo. Cuando estuviera preparado, hablaría. Así funcionábamos los dos. Necesitábamos nuestro espacio. De cualquier manera, me aseguré de que supiera que me tenía para lo que necesitara. A veces solo una mirada o un simple gesto basta para apoyar a alguien.

Siempre estaría para mi hermano y daría la cara por él. Había perdido a mi familia y también al amor de mi vida, así que él era lo único que me quedaba.

Estaba tratando de recolectar cada resquicio del autocontrol que confiaba seguir teniendo en mí, pero me estaba matando pensar en lo que yo mismo había hecho, en cómo me había portado con Nina durante las últimas horas.

Ella no se lo merecía, joder.

Jamás.

Pero, sobre todo, no se merecía pasar por todo aquello después de la gran cantidad de mierda que había tenido que aguantar en los últimos años. Se me vino a la cabeza la noche de la tormenta. Aquel recuerdo juntos. Fue el momento exacto en el que algo cambió entre nosotros, cuando volví a sentirla cerca. Fue la primera vez, después de mucho tiempo, en que pude rodearla con los brazos sin sentir que me fuera a rechazar. Pude volver a sentir el peso de su cabeza apoyada en mi pecho, subiendo y bajando al ritmo de mi respiración calmada. Me acojoné al verla teniendo un ataque de pánico, pero me reconfortó saber que todavía se sentía segura entre mis brazos. Eso era justo lo que acababa de romper con mis propias manos, con aquellas palabras. Había hecho que la confianza que poco a poco había ido volviendo a depositar en mí, estallara por los aires.

Se lo había visto en los ojos. Después de eso, nada iba a volver a ser como antes.

Por supuesto, la entendía. ¿Cómo no iba a hacerlo? Me hubiera destrozado que ella me dijera lo que yo le había dicho. Pero no tenía elección. Era o eso o que el cabronazo de Cormac siguiera teniendo acceso a ella de su retorcida manera. No iba a permitir que se volviera a colar en su vida y le hiciera pasar un infierno de nuevo. Esa vez, yo recibiría esa bala por ella. Nina no volvería a apagarse por ese desgraciado. Yo mismo me iba a ocupar de ello.

Una figura parada justo delante de mí me hizo frenar en seco.

Era mi padre.

—¿Me estáis escuchando? —dijo como si le molestara mi mera presencia.

—¿Eh?

Vi que el enfado crecía en sus ojos castaños, mientras Cormac dibujaba una sonrisa cargada de suficiencia. Lo detestaba. Me miraba de una forma extraña, con unos aires de grandeza insoportables.

—Prestadme atención cuando os hablo, ¿os queda claro? —ordenó mi padre.

Odié la forma en la que lo dijo. Como si él fuera más que nosotros, como si fuéramos lo peor que le había pasado en la vida. Odié aquella orden, pero más lo odié a él, a mi padre. En ese momento me reafirmé en que ese hombre que estaba delante de mí no era mi familia. Ese tono cargado de cansancio y exasperación que de repente usaba para hablarnos, esa mirada, esa furia… No sabía en qué se había convertido aquel hombre que me había criado. ¿Dónde estaba? ¿Qué había pasado con él? A saber… quizá eso era lo que había sido toda su vida sin que lo supiéramos. Pero, desde luego, Jack Hovland no era el padre que yo creía haber tenido.

—¿El frío de Edimburgo os ha congelado las neuronas o qué? —siguió hablando cuando no obtuvo respuesta de ninguno de sus hijos.

—No te equivoques, Jack, están así por las chicas.

Cormac deslizó sus ojos hacia los míos y después los posó sobre los de Justin. Nos miró a los dos, con una arrogancia que debería haberse considerado como mínimo ilegal. ¿Qué cojones se creía ese tipo?

Mi padre giró la cabeza a toda velocidad para mirar a Cormac y este asintió en respuesta, como si hablaran un lenguaje que solo ellos dos entendían. Quizá así fuera. Crucé una mirada rápida con Justin, también hablábamos nuestro propio lenguaje. Reconocí ese destello de rabia que acababa de ver en los ojos de mi padre. La única diferencia era que los de mi hermano tenían un color diferente. No era rabia sin más, sino un deseo de venganza que sabía que llevaría hasta el final. Y yo lo acompañaría en cada maldito paso.

—No te equivoques tú, rubito. ¿Acaso sabes cómo funciona este mundo? Pregunto, eh… —Justin le estampó a Cormac el dedo índice en el pecho mientras las palabras cargadas de veneno salían disparadas hacia él, con ese tinte de rabia que irradiaban también sus ojos—. Somos dos profesionales de la cabeza a los pies y estamos así porque estamos preparándonos. Deberías saberlo, ¿no te parece?

Mi padre posó la mano con un gesto amable sobre el hombro de Justin y le dio un ligero apretón.

—Así me gusta, hijo. Y tú… —desvió la mirada hacia Cormac— no des tantas cosas por hecho. Aún tienes mucho que aprender.

Al rubito no le sentó nada bien que mi padre se pusiera del lado de Justin y le respondiera así. Los ojos se le tiñeron de una especie de neblina que se transformó pronto en una mirada de odio que se centró en mí. Yo le sostuve la mirada, decidido a no dejarle ganar. Si quería guerra, la iba a tener. Jugando sus mismas cartas, le guiñé un ojo con chulería, lo que provocó que su lado más rabioso saliera a la luz.

—Puede que él se esté preparando, pero Scott… —Me señaló con el dedo, acusándome como si de un crío se tratara. Y mientras lo hacía, volvió a dibujar esa sonrisa cargada de aires de grandeza que yo tanto odiaba—. Está pensando en una chica rubia. Preciosa. Con ojos claros, unas curvas de escándalo y un culo para morirse.

El tono baboso y repugnante que usó para referirse a Nina me provocó arcadas e hizo que todos mis sentidos se pusieran alerta. Di un paso al frente, pero Justin me cogió del brazo e impidió que me acercara más.

—Tranquilo, fiera. Yo te la cuido. —Me lanzó un beso al aire con chulería y mi parte menos racional tomó el control de cada uno de mis músculos.

Tardé menos de dos segundos en soltarme del agarre de Justin y abalanzarme sobre él. Escuché las quejas de mi padre de fondo, pero me dio lo mismo. Le coloqué el antebrazo sobre la garganta a Cormac, no me importaba lo más mínimo que le doliera, y lo estampé contra la pared con la intención de que la simple tarea de respirar le resultara imposible.

—Escúchame bien —gruñí—. Ni se te ocurra nombrarla, ¿me oyes? Y mucho menos hablar así de ella. Bórrate su nombre de la puta cabeza porque, como la vuelvas a mencionar, estás muerto. —Con cada palabra, le presionaba más la garganta con el brazo. Y, aunque sabía que cada vez le llegaba menos aire a los pulmones, no me importaba—. ¿Me has entendido? ¿O te lo tengo que repetir?

Le presioné con más fuerza la garganta.

—Es... mía... —dijo con dificultad.

Un escalofrío me recorrió el cuerpo y, aunque me importaba una mierda que no pudiera casi ni hablar, le quité el brazo de la garganta para cogerle con ambas manos por las solapas de la chaqueta y volver a estamparlo contra la pared con más fuerza que antes.

—Mira, gilipollas, solo para que te quede claro. Nina no es tuya ni mía ni de nadie. Ella es perfectamente capaz de elegir a quién quiere tener a su lado. Así que, no se te ocurra tocarme los huevos, porque te aseguro que lo lamentarás toda la vida.

Esa sonrisa cargada de maldad no desapareció de su cara. A esas alturas, parecía que la tuviera tatuada, joder.

—No te equivoques. De una manera u otra, tu ojitos claros va a terminar conmigo. Aunque sea en contra de su voluntad.

Si quedaba algo de autocontrol en mí, desapareció al escuchar el modo en que dijo ese «ojitos claros». ¿Como mierdas sabía él eso?

—¿Sabes quién sí que va a terminar contigo? —Le cogí con más fuerza las solapas de la chaqueta y volví a estamparlo contra la pared, quería que su cabeza chocara contra la superficie dura—. Yo. Así que, dale la bienvenida a tu peor pesadilla.

Si las miradas mataran, ese imbécil ya habría estado bajo tierra.

Noté el peso de unas manos grandes y fuertes sobre mis hombros que me hicieron retroceder y soltarlo de golpe. Era lo último que quería. Me daba igual que nos mirase todo el jodido aeropuerto, que llamaran a seguridad o a quien cojones quisieran, pero no pensaba dejar que Cormac se pasara de la maldita raya. Y mucho menos con Nina. Sin embargo, Justin me pasó el brazo por los hombros, me giró para que le diera la espalda al gilipollas y caminara junto a él en dirección contraria.

—Eres mejor que eso, Scott. Y sé que lo sabes.

Sus palabras me hicieron despertar de ese trance cargado de rabia en el que me había sumido.

—Estaba hablando de ella, hostias. De una manera asquerosa y despreciable. No he podido evitarlo y te aseguro que volvería a hacerlo...

Giré la cabeza con furia para volver a mirar a ese cabrón. Vi que él seguía con los ojos clavados en mí, seguía cada uno de mis pasos con una atención patológica mientras mi padre le arreglaba las solapas de la chaqueta como si nada. Flipante. Justin me colocó la mano en la nuca para que dejase de mirar la extraña escena de esos dos.

—Lo sé, yo también lo haría —me dijo y lo miré con atención—. Pero sé que, si hubiera sido yo quien se hubiera encarado con alguien de esa manera, tu estarías haciendo lo mismo que estoy haciendo yo ahora. Así que, tranquilo, hermanito. Te aseguro que acabaremos con él. Tiempo al tiempo.

—No lo soporto, Justin. Está enfermo de poder. ¿Has visto cómo se comporta con papá? Como si fuera a heredar la puta empresa.

—Quizá es lo que busca.

La voz de mi hermano era grave e imponente, no dejaba lugar a duda alguna. Lo miré con algo de sorpresa, analizando las palabras que acababa de escuchar. Confiaba en Justin porque, a pesar de que era consciente de que la intuición no nos solía fallar a ninguno de los dos, también era un tío cauto y prudente.

—¿Crees que papá haría algo así?

Justin era mi hermano mayor, así que me era imposible no admirarlo y buscar su aprobación. En él siempre encontraba consuelo y tranquilidad en momentos complicados.

—¿Acaso te sorprendería?

—No lo sé, joder. A estas alturas ya no sé ni lo que pensar.

—Scott, creo que no somos conscientes ni de la mitad de las cosas que están pasando aquí en realidad. Por ahora, hermanito, cálmate. —Me dio un par de golpecitos suaves en el pecho con la mano libre—. Diga lo que te diga el imbécil de Cormac, trata de contener a esa bestia que llevas dentro, mastodonte. —No pude evitar que se me escapara una pequeña risa en cuanto lo dijo—. Vamos a estar atentos a cualquier detalle, por mínimo que parezca. Quizá nos han llevado la delantera durante este tiempo, pero te aseguro que eso se va a acabar pronto.

Un brillo especial se le coló en los ojos. Quizá hubiera estado callado durante todo el viaje, asimilando lo que había ocurrido, pero volvía a tenerlo conmigo.

—Gracias, hermano.

Le di un abrazo rápido y, tras intercambiar una mirada cómplice, empezamos a caminar hacia donde esperaban mi padre y Cormac.

Ambos estaban serios. Cormac había borrado esa horrible sonrisa de antes. Un sentimiento de victoria me invadió el cuerpo. «Que se joda», pensé. Conforme nos acercábamos, nuestro padre empezó a caminar hacia nosotros.

—Solo te lo voy a decir una vez, Scott. Por tu propio bien, que no se repita.

Usó un tono de voz acusatorio que me fue indiferente. Asentí para que me dejara en paz. Él se dio la vuelta y lideró la marcha hacia la salida, Cormac iba justo detrás como un perrito faldero.

Salimos de la terminal y llegamos a una zona desierta de gente, reservada para clientes VIP. Mi padre habría tenido que pagar una millonada por algo así. Un Mercedes negro precioso nos estaba esperando, el conductor esperaba delante del vehículo. Lo reconocí de inmediato.

Erik era el chófer de mi padre. Era un hombre ya mayor, tenía los ojos azules y el pelo canoso. Nos había llevado a todos lados cuando éramos niños: al colegio, a los entrenamientos y a cualquier sitio al que quisiéramos ir, la verdad. Le dediqué una amplia sonrisa, un gesto que él me devolvió al instante. Le tenía mucho cariño, pues se había portado como un padre con nosotros en más de una ocasión.

—¿Qué pasa, Erik? —sonreí.

—Te veo bien, colega. —Justin le dio dos palmaditas en la espalda a modo de saludo. Cormac y mi padre entraron al coche sin dedicarle ni una sola palabra al hombre.

—Hacía tiempo que no os veía, chicos. ¿Cómo os va todo?

Estaba a punto de responderle cuando la voz de mi padre nos lo impidió.

—Justin, Scott, por si no os habéis dado cuenta, tenemos prisa. Y tú, Erik —lo miró con dureza—, ¿tengo que recordarte para qué te pago?

Lo ignoramos por completo. Podía meterse las órdenes por el culo. Que él no mostrara un mínimo de educación no significaba que nosotros fuéramos a hacer lo mismo. Sin embargo, Erik nos dedicó una pequeña sonrisa, acompañada de un gesto amable que decía: «Luego hablamos». Agachó la cabeza y entró en el coche, se sentó en el asiento del conductor y lo preparó todo para salir.

No lo culpé, ese era su trabajo. Un trabajo que muy posiblemente le daba miedo perder.

En cuanto entramos en el amplio Mercedes y nos sentamos justo enfrente de Cormac y mi padre, noté la horrible tensión e incomodidad que se respiraba tras lo que acababa de ocurrir en el aeropuerto entre Cormac y yo. Lo ignoré por completo, no estaba dispuesto a concederle ni un solo segundo más de mi atención. Estábamos en un coche que mi padre había mandado hacer exclusivamente para él unos años antes, con capacidad para seis personas más el conductor. Así que, en la parte de atrás había seis asientos de cuero, caros hasta la médula: tres enfrente de otros tres. Además de adornos bastante ostentosos y un espacio para mantener las bebidas refrigeradas, claro. En fin, todo lo que uno pueda imaginar del coche de un millonario con dinero para despilfarrar.

—¿A dónde vamos?

Lancé la pregunta al aire, esperando que alguno de los dos se dignara a decirnos a dónde narices íbamos.

—A casa.

Miré a mi padre y me hice el sorprendido.

No soportaba esa nueva faceta suya. Esa nueva actitud que parecía haber adoptado y que chocaba mucho con la versión del hombre que nos había educado y nos había visto crecer. Sin embargo, si quería que todo saliera según lo planeado, tendría que empezar a comportarme como el hijo ejemplar que él esperaba que fuera. Aunque no estaba dispuesto a hacer lo mismo con Cormac. El odio y la repugnancia que sentía hacia él eran demasiado grandes.

—Vuestra madre está como loca y sois vosotros quienes vais a lidiar con ello. Vais, le explicáis lo que ahora mismo os voy a decir yo y os largáis cada uno a vuestra casa. No quiero lidiar más con vosotros por hoy. Mañana a las siete y media os quiero en la compañía.

No levantó la vista del teléfono. Visto lo visto, le importábamos una mierda. Yo ya no dudaba de que así era.

—¿Y qué se supone que tenemos que decirle? —preguntó Justin.

—Primero vais a pedirle perdón. —Levantó la mirada de la pantalla para mirarme a los ojos—. Scott, tú le vas a decir que te largaste como acto de rebeldía por haberte sacado del caso Hunter. —Miré a Cormac con asco y este me saludó con demasiados aires de superioridad—. Y que tu hermano mayor, a quien siempre he considerado bastante sensato, tuvo que ir para hacerte entrar en razón. Eso hará que deje de hacer tantas malditas preguntas.

¿Por qué usaba también ese tono para dirigirse a mamá?

—Entonces, ¿cuál es tu papel en todo esto? —Intenté que no se me notara la rabia que sentía hacia él.

—Le decís que he ido a recogeros para que volvierais lo más rápido posible. Fin de la historia. No quiero juegos. Vuestra madre no sabe lo que hay detrás de Hovland Security, y más os vale que siga siendo así. ¿Me habéis entendido?

No solo teníamos que mentirle a nuestra madre, sino que encima teníamos que contarle una versión en la que él quedaba como el bueno de toda esta historia y yo como un imbécil que no sabía gestionar sus emociones. Él quedaba como el hombre perfecto que iría hasta al fin del mundo por ayudar a sus hijos y yo, como un déspota maleducado y malcriado.

«Hay que joderse», pensé.

Sin embargo, no me quedó más remedio que asentir para volver a metérmelo en el bote. Tenía que conseguir que volviera a confiar en mí. Era la única manera.

—Alto y claro.

Fue Justin quien respondió por los dos. Yo me limité a asentir y a poner mi mejor cara, escondiendo todo sentimiento de rencor.

Ninguno de los cuatro volvió a abrir la boca durante el trayecto. No tardamos mucho en llegar a la casa donde había crecido antes de que nos mudáramos al pueblo. Más que una casa, era una mansión. Tenía unos jardines enormes, perfectamente cuidados, más de seis habitaciones, además de terrazas, piscina, gimnasio, vestidores e incluso una biblioteca. Era bonita, pero no la sentía como un hogar. Me parecía fría y distante, lo cual chocaba mucho con la visión que yo tenía de un hogar.

El piso en el que vivía yo no era tan frío como la mansión, aunque en el fondo, desprendía la misma sensación. Siempre había querido creer que el día en el que tuviera mi casa, esta sería un hogar de verdad. Uno en el que formar una familia, con chiquillos correteando por ahí y, aunque sabía que era mucho pedir dadas las circunstancias, quería que Nina estuviera a mi lado, presente en ese futuro que sentía que se me escurría de entre los dedos. Soñaba con un hogar, nuestro y real. No lo concebía de ninguna otra manera.

El coche frenó justo en el camino de piedra de la entrada, junto a la fuente principal. Erik se bajó del coche y nos abrió la puerta, aunque detestaba que lo hiciera, porque no era mi criado.

Mi padre se guardó el teléfono en el bolsillo de la chaqueta y nos hizo un gesto serio con la cabeza para indicarnos que bajáramos del vehículo. Saludé a Erik, que me devolvió la sonrisa, y me encaminé hacia la entrada. Henry, el mayordomo que tenía mi padre desde hacía años, me abrió la puerta. Tras darle las gracias, le dediqué una sonrisa. No sabía qué manía tenía mi padre con tener a tanta gente para servirle. Lo odiaba de pequeño, lo odiaba entonces y lo odiaré siempre.

¿Acaso no tenía él manos para abrirse una maldita puerta? ¿O para prepararse un mísero café? Intentaba empatizar con estas personas y, aunque entendía que esto para ellos era un trabajo, no dejaba de sentirme mal cuando hacían todas esas cosas por mí. Era como si yo fuera más que ellos por el hecho de tener dinero y lo odiaba.

En cuanto puse un pie en casa, sobre el suelo de mármol brillante, la voz estridente de mi madre nos recibió. Se la oyó por todas partes y sentí como si aún tuviera dieciséis años, cuando ese tipo de situaciones ocurrían casi a diario y me recibía enfadada.

—¡Scott Hovland Fernández!

Cuando mis padres se casaron, mi madre se negó a que su apellido se perdiera y, aunque no era nada común en Reino Unido tener segundo apellido, ese no era nuestro caso.

—Hola a ti también, mamá.

Lo último que me apetecía era aguantar la charlita que sabía que me iba a caer, pero no me quedaba otra.

—¡¿Cómo se te ocurre largarte así?! ¿Tú te has vuelto loco? —empezó a decir, hecha un manojo de nervios. A veces era algo exagerada, pero la quería igual.

—Mamá, tengo edad para hacer lo que me dé la gana.

El carraspeo de mi padre me puso sobre aviso. Era su manera no tan discreta de decirme que me ciñera a lo que habíamos hablado en el coche.

Me giré para echarle un vistazo a su actitud. Parecía serio, pero su semblante había cambiado a uno menos exagerado. Era diferente. Con mi madre delante, su cara era más amable, como si ocultara lo que era de verdad. Lo comprendí entonces: esa era la misma actitud con la que se había estado dirigiendo a nosotros toda la vida antes de que descubriéramos su tapadera.

Ese hombre era todo fachada. Nos había engañado toda la vida y no le importaba lo más mínimo.

Justin se acercó a mí y le dio un abrazo a nuestra madre. Después, se quedó de pie a mi lado. Agradecí sentir su apoyo en todo momento, porque lo que peor llevaba de todo eso era tener que mentir. Me costaba mucho no ser sincero y él lo sabía. Suficientes mentiras había tenido que soltar ya por la boca como para seguir haciendo más grande la bola de nieve.

—¿Cómo estás, cielo? ¿Está mejor tu hombro?

La voz de mi madre cambió a un tono más dulce cuando se centró en mi hermano.

—Sí, mamá, ¿ves? —Justin movió el hombro para que comprobara que se había curado sin problemas—. Ya estoy perfectamente.

¿Acaso mi madre sabía que el causante de la lesión de su primogénito era el hijo de puta que esperaba en el coche? El imbécil que estaba en la puerta de su casa y que seguía a su marido a todos lados. Y lo peor de todo: este último lo permitía. Dudé que ella fuera consciente de todo aquello. No, claro. Mi padre también le había mentido a ella.

—Cuánto me alegro… —Clavó sus ojos en mí y me señaló con el dedo—. Y tú, señorito… ¿Por qué, eh? No puedes actuar así cada vez que algo no sale como tú esperabas, cielo. ¿Qué es esa manera de controlar tus emociones? —El tono de voz que había usado antes cambió a uno más dulce.

—Mamá, lo siento, ¿vale? Era un caso importante para mí y me dolió mucho dejar de formar parte de él.

Eso no era mentira: el caso era importante de la hostia para mí. Habían disparado a mi hermano y, encima, después había descubierto que ese mismo tío estaba relacionado con el amor de mi vida. ¿Acaso había algo más importante que eso?

—Lo sé… Pero tu padre siempre hace lo mejor para ti y tu hermano. Eso lo sabes, ¿verdad? —Me colocó la mano, decorada con anillos dorados, sobre la mejilla.

No había escapatoria, tenía que mirarla a los ojos y mentirle. No, nuestro padre no hacía lo mejor para nosotros. A nuestro padre le dábamos igual. No había dudado en amenazarnos para que volviéramos y, encima, lo había hecho atacando a lo que sabía que más daño nos haría: ellas.

Como si me leyera el pensamiento, Justin me pasó el brazo por el hombro y dejó caer parte de su peso sobre mí.

—Mamá… Creo que ya lo sabe.

Le guiñó un ojo y una sonrisa de alivio recorrió el rostro de nuestra madre.

—Vale. Pero, por favor, que no vuelva a ocurrir, Scott. No quiero que te vuelvas a ir así, ni tampoco que tu hermano y tu padre tengan que irse de esa manera para traerte de vuelta. ¿Harías eso por mí?

Asentí, era incapaz de decir nada más en este momento.

Agradecí que mi hermano hablara por mí, que verbalizara lo que yo debería haber dicho, porque no me veía capaz de seguir mintiendo más por el día. Y menos a otra persona importante para mí. Porque mi madre era importante para mí. Suficiente había tenido con mentirle a Nina, con dejarla tirada en Mónaco cuando le había prometido que jamás me volvería a separar de su lado.

«Joder. Nina». La preocupación me estaba carcomiendo por dentro. ¿Estaría bien? ¿Habría llegado sana y salva al pueblo? ¿Cómo se sentiría? Y lo que me mataba: ¿me odiaría por siempre?

—Bien, pues no os quedéis ahí. Pasad a la cocina que os preparo un café, anda.

Su tono, esta vez dulce, fue lo único que hizo que me sintiera en casa.

Sin que Justin retirara el brazo de mis hombros, empezamos a caminar hacia la inmensa cocina. Me giré por un instante, para ver el abrazo que se daban mis padres y la cara de felicidad que tenía mi madre al estar entre los brazos de su marido.

Mi madre, Teresa Fernández, se había enamorado de mi padre, Jack Hovland, treinta y pico años atrás. Yo siempre había pensado que se querían, pero… ¿Cómo podía una persona que en teoría ama a la otra hacer lo que hacía él y encima pedirles a sus hijos que le mintieran? No era capaz de entenderlo. Pero, tarde o temprano, Teresa Fernández se enteraría de la verdad. Me daba igual si para ello tenía que dejarme la piel.

Pasamos una hora más o menos tomándonos el café con mi madre. Un café que se convirtió casi en una merienda completa, porque como una mamá leona, ella empezó a sacar toda la despensa para alimentar a sus cachorros. Hablamos de cosas sin importancia para no volver a sacar el tema de mi partida, cosa que agradecí infinitamente. Solo quería eso, olvidarme de todo por un rato. Centrarme en cosas que no tuvieran nada que ver con el verdadero problema y que el nudo que sentía en el pecho se aflojara un poco. Si es que eso era posible. Necesitaba un respiro.

Cuando ya nos íbamos a marchar, justo en el momento en el que mi madre me dio un abrazo de despedida, me susurró para que nadie más la escuchara:

—Si el amor es correspondido, encontrará la manera de volver a ti, cielo.

Me separé de ella de golpe. Sus palabras me sacudieron por dentro, removiéndolo todo de nuevo.

—¿Cómo sabes que…?

—¿Que tienes mal de amores? —Una pequeña sonrisa se le escapó de los labios—. Soy tu madre, Scott. No ha sido difícil atar cabos. Puedes decir lo que quieras, pero te vas de repente, vuelves con esa cara de pena… A ti te han roto el corazón. Y me apuesto la mano derecha a que esa chica no es otra que Nina Marín.

Me quedé clavado en el suelo, sintiendo cómo un sudor frío me recorría de la cabeza a los pies. Agradecí que no estuviera mi padre cerca, solo el pensar que podía escuchar cualquier detalle de la conversación me ponía los pelos de punta.

—Mamá…

No me salían las palabras. Ella me colocó con un gesto suave la mano sobre la mejilla.

—Nunca te he visto tan enamorado en la vida como lo estuviste de ella, y dudo que ese sentimiento tan fuerte desaparezca algún día de ti. Cuando el amor es de verdad, no hay manera de borrarlo, ¿sabes? —Asentí despacio, empapándome de sus palabras—. Te vi quererla de una manera preciosa y sincera, y, sobre todo, vi como tú recibías el mismo amor que dabas, y como madre, no puedo estar más agradecida de que alguien quiera así a mi hijo. Así que sí, reconozco esa carita, Scott.

Agaché la cabeza de nuevo y le di un abrazo rápido.

—Gracias, mamá.

Ella me acarició el pelo con suavidad.

—Todo se arreglará, ya verás.

Quería creerla, con todas mis malditas fuerzas, pero no sabía si recuperar a Nina era posible. Salí por la puerta. Buscaba con ansia la bocanada de aire fresco que tanto necesitaba. Si mi madre supiera que había sido yo quien había roto los corazones…

Y no solo el de Nina, claro.

También había destrozado el mío en el proceso.

Capítulo 7

Nina

Hablar de tus emociones y expresarlas en voz alta. Comunicar. Eso es lo que te hace fuerte.

Llegamos al aeropuerto más cercano al pueblo varias horas después, agotadas. Cogimos un taxi de vuelta a casa. Lo último que queríamos era molestar a nuestros padres pidiéndoles que nos vinieran a buscar. Así, de paso, podíamos darles una sorpresa. Sabía que mis padres no iban a presionarme para que les contara lo que había ocurrido ni me iban a atosigar con preguntas nada más llegar, pero también era muy consciente de que tenía una conversación pendiente con ellos. Se merecían una explicación de por qué me había ido de casa aquel día de la manera en la que lo hice.

Sabía que no había hecho nada malo. Era mayor de edad y podía ir a dónde me diera la gana y cuando me apeteciera. Sin embargo, el problema en nuestra casa no era el qué, sino el cómo: irme de esa forma, sin avisar a nadie.

No había pensado en ello. Pero, después de lo que habían pasado con nuestro hermano mayor, no era justo. Un día todo cambió y él jamás regresó. Sus cosas seguían en casa, pero no había ni rastro de él. Todavía recuerdo ver a través de la ventana el coche azul marino aparcado en la entrada, como de costumbre. La habitación se quedó tal y como él la dejó. Congelada en el tiempo. De hecho, incluso su taza de café del desayuno —la roja, su favorita— estuvo durante días en la encimera de la cocina, llenando la casa con la esperanza de que iba a volver para acabárselo. No lo hizo.

Yo tendría unos cuatro años cuando él murió. Él, dieciocho. Aunque era muy pequeña para entender bien lo que ocurría, sí que recordaba la incómoda sensación que se desató en casa. Era febrero. Mis padres esperaron y esperaron. Pasaron varias horas sin saber nada de él, hasta que, al fin, recibieron la llamada. La llamada de los horrores que hundió a mis padres.

Recuerdo que Cata y Laia, que tenían cinco y seis años en ese momento, me dijeron una y otra vez que volvería. Que nuestro hermano mayor, el que tanto nos quería y cuidaba, no nos iba a abandonar. Que todo era una confusión. Que se había perdido de camino a casa y que, en un rato entraría por la puerta y nosotras nos lanzaríamos a sus brazos como cada día.

Pero no lo hizo.

No lo hizo y no volvimos a saber nada más de él.

Nunca.

Cuando era pequeña, lo adoraba. Aún lo hacía. En realidad, todos lo queríamos. Mis padres lo tuvieron cuando eran muy jóvenes. Demasiado, diría yo, pero jamás se arrepintieron. Les cambió la vida. Él les enseñó lo que significaba ser padres y, hasta que no llegó la primera de nosotras, doce años después, él fue su mayor regalo. A partir de ahí, digamos que los regalos empezaron a multiplicarse de manera exponencial en forma de niñas rubias.

Nos llevábamos tantos años con Gabriel que era como un segundo padre para nosotras. Jamás llegué a entender qué pudo hacer que una persona que lo tenía todo, un chico joven con una familia que lo quería con locura, con mil oportunidades, con una buena vida… que alguien como mi hermano se metiera en aquella clase de problemas que terminaron arruinándolo todo de la peor manera posible y también la más dolorosa. Y supongo que, aunque no había pensado en ello y no me sentía culpable por haberme ido, sentía que les debía una disculpa a mis padres por cómo había decidido marcharme.

Nada más abrir la puerta del taxi y poner un pie en el suelo empedrado del pueblo, lo sentí. La calidez del mar. De mi mar. Ese aroma característico de la playa, la suave brisa marina, esa luz anaranjada tan bonita.

Estaba en casa.

En mi verdadero hogar.

Sin embargo, notaba que las llaves de Scott me quemaban en el bolsillo. Me resultaba imposible olvidarme de la inscripción del llavero.

Mi hogar es tu hogar, hoy y siempre.

Esas ocho palabras resonaban en mi cabeza una y otra vez, imparables. ¿Edimburgo sería mi hogar? ¿La capital escocesa? ¿Cómo podía ser la casa de Scott mi hogar? Una ciudad que no había visitado nunca, un sitio que no había pisado jamás. ¿Mi hogar? ¿A santo de qué? Lo que me había dicho en el puerto en Mónaco contradecía la inscripción del llavero.

No.

No era cierto.

Imposible.

Mi hogar estaba ahí, en la cálida costa mediterránea.

Con mi familia.

Porque Scott me lo había dejado muy claro: a su lado no iba a estar. No me quería junto a él.

«Que se las apañe. Yo habré perdido mucho, pero cuando él se dé cuenta de lo que también ha perdido…, será demasiado tarde», pensé.

No iba a derramar ni una sola lágrima más por él.

Ni una sola.

—Nina, ¿estás bien? —Sentí la mano de Cata sobre mi hombro.

Salí del bucle de pensamientos en el que me había quedado atrapada mientras ellas le pagaban al taxista. Confusa, clavé la mirada en mi hermana mayor.

—¿Eh? Ah… Sí, sí. Todo bien —sonreí. Como si no pasara nada.

No pareció convencerla, porque vi que fruncía el ceño y me miraba preocupada.

—Las dos sabemos lo que le pasa, Cata —dijo Laia mientras caminaba hacia nosotras.

Catalina la miró extrañada y de repente cuando algo que no supe descifrar le cruzó por la cabeza, su semblante se volvió un poco más serio.

—Eso fue hace mucho tiempo, Laia —contestó con una seriedad que hizo que se tensara el ambiente.

Siempre había pensado que era curioso que, a pesar de que yo era la más emocional y sensible de las tres en las pequeñas cosas, cuando algo grave ocurría, era Cata quien se bloqueaba. Siempre le había sucedido lo mismo desde que éramos muy niñas. Y, por supuesto, lo de nuestro hermano no era una excepción. Catalina se encerraba en ella misma, se envolvía de una armadura para tratar de ignorar y sobrellevar mejor el dolor y nos dejaba fuera. En vez de abrirse, en vez de hablar, comunicar y expresar cómo se sentía, hacía todo lo contrario. Se encerraba y no había manera de sacarla de ahí.

Intuía que eso era lo que le había pasado con Justin durante años.

—¿Y…? —Laia nos cogió a ambas de la mano—. Nina siente el dolor y lo deja salir, Catalina. Le da igual enseñarnos sus heridas y expresar sus emociones. Conecta con ellas, ¿sabes? Así es como funciona ella. —Noté que varias lágrimas se me empezaban a acumular en los ojos. Tenía toda la razón—. Y, aunque sea algo que pasó hace mucho tiempo, en casa no es algo que se ha superado y lo sabes. Por lo menos, yo no lo he superado. Y dudo que algún día lo consiga.

Las abracé, les pasé un brazo a cada una y las estreché con fuerza contra mi cuerpo. Todas éramos conscientes de que nos dolería toda la vida que nuestro hermano hubiera muerto de aquella manera.

—Me preocupa que mamá y papá estén molestos.

Mis hermanas me estrechaban con más fuerza.

—No lo estarán, Nina. Has estado hablando con ellos estos días, han sabido de ti. No es lo mismo ni mucho menos. Solo estarán preocupados por cómo estás —susurró Cata.

—Y, si lo estuvieran, estamos contigo, ¿vale? —contestó Laia.

—Gracias por todo, chicas. —Las estreché con más fuerza aún. Su apoyo era lo que muchas veces me había mantenido a flote. Cada vez tenía más la certeza de que daba igual lo que pasara o lo difícil que fuera algo, mientras las tuviera a ellas, todo iría bien. No podía estar más agradecida por las hermanas que me habían tocado. Habían dejado todo atrás solo por verme, por estar conmigo. Por solucionar lo que nos pasaba y que nuestra relación no se resintiera. Se habían pedido vacaciones en el trabajo solo por mí, por venirse al barco y estar juntas. ¿Cómo no iba a quererlas?

Levanté la mirada y vi a Emilie a un par de metros de nosotras. Estaba sola, dejándonos nuestro espacio. Le hice un gesto para que se acercara y la sonrisa que me devolvió me confirmó que era una buena persona. Parecía ser esa clase de gente que, cuando lo daba todo, lo hacía en serio. Aunque yo ya no sabía si confiar en mi intuición, porque visto mi historial no estábamos para tirar cohetes. Pero tenía un presentimiento de que Emilie Ramírez era una persona que merecía la pena tener en nuestra vida.

—Gracias —susurró uniéndose al abrazo.

—Gracias a ti, Emilie. —Abrí más los brazos para que participara en este momento de hermanas.

Emilie se había arriesgado por nosotras, a pesar de que casi ni nos conocía. Y no solo lo había hecho en el barco, sino incluso antes, cuando ni siquiera sabíamos de su existencia. Había creído en Scott y en Justin sin dudarlo y se había venido con ellos desde Edimburgo. Además, no había dudado en hacer lo que hiciera falta por mantenerme a salvo. Me daba igual que hubiera sido su trabajo. Lo había hecho y, por ello, yo estaba en deuda con ella. Encima, la habían traicionado dos personas que consideraba su familia, estaba en un pueblo lejos de su hogar y con tres chicas que conocía desde hacía bien poco. Lo mínimo que podía hacer por ella era esforzarme en que se sintiera como en casa.

—Venga, ya está —dijo Laia en voz alta—. Fuera esas caras largas y sobre todo… —Colocó su dedo índice sobre la frente de Cata—. Ese ceño fruncidito, Catalina, me lo quitas. No te queda nada bien. —Vi que le guiñaba un ojo con descaro.

Todas rompimos a reír. Laia era la alegría personificada, a pesar de todo. Cada una de las Marín complementaba a las demás. Me encantaba.

Aún con los nervios a flor de piel, me envalentoné para ir hacia la puerta de casa. Sentí el frío de las llaves de mi verdadero hogar entre los dedos, mientras que el peso de las de Scott en el bolsillo era un recordatorio constante de todo lo que había vivido durante los últimos días.

Una mentira, sí. Pero, aun con todo, me había curado un poco. Me había hecho más fuerte. No importaba si el resto resultaba ser un engaño. La fortaleza que había encontrado no lo era.

Inserté la llave más grande en la cerradura, oí que todos y cada uno de los engranajes giraban. Abrí la pesada puerta de madera y entré en la calidez de mi hogar. Al hacerlo, el olor a bizcocho recién horneado me inundó las fosas nasales. Escuché la voz de mis padres hablando a lo lejos, quizá en la cocina. Y, en ese momento, sentí que lo tenía todo.

Tenía a mi familia. No necesitaba nada ni a nadie más. Era más fuerte que cuando me había ido. No era la misma Nina que había cruzado esa puerta aquel día. Me había enfrentado al pasado. Lo había soltado de una vez por todas. Y, aunque me doliera admitirlo, Scott había tenido mucho que ver. Aunque todo hubiera sido una farsa, según él.

La herida de Cormac ya no estaba. Ya no le tenía miedo. Solo sentía rabia por haber permitido que me tratara así. Una rabia que confiaba que, día a día, se iría disipando a medida que yo trabajaba más y más en mí misma. El dolor me había cambiado, sí. Pero me gustaba la nueva Nina.

—¡Hola! ¡¿Hay alguien en casa?! —anunció Laia a voces.

Enseguida, en el umbral de la puerta de la cocina aparecieron mis padres: Daniel Marín y Ángela Rodríguez, ambos en la mitad de sus cincuenta. A pesar de ello, se conservaban muy bien. A mí me gustaba pensar que las arrugas que cubrían su piel año tras año eran un recordatorio de todo lo que habían vivido hasta entonces. Tanto lo bueno como lo malo.

Tal y como había sospechado, los dos sonreían de oreja a oreja. Abrieron los brazos para estrujarnos a las tres entre sus brazos y nos fundimos todos juntos en un cálido abrazo.

—Mis niñas… —susurró mi madre con la voz entrecortada.

—Ya estamos aquí —sonrió Cata.

—Os hemos echado de menos —comentó mi padre, que cerró el abrazo y nos rodeó a las cuatro entre sus enormes brazos.

Ese pequeño gesto me pareció muy tierno. Él nos cubría, a su mujer y a sus tres hijas. Era como decir, sin necesidad de palabras, que él estaba ahí, alerta, tratando de protegernos para que no le pasara nada a su mundo más preciado. En ese momento, lo quise un poquito más si cabe.

Fui yo quien rompió el abrazo. Las palabras me estaban quemando en la garganta. Si no las soltaba, sentí que iba a estallar.

—Lo siento mucho. No tenía que haberme ido así, sin avisar a nadie.

Mis padres intercambiaron una mirada cómplice.

—Estás aquí, ¿no? Eso es lo que importa. —Fue mi madre quien habló, pero la sonrisa de mi padre decía a gritos que estaba completamente de acuerdo.

En ese instante, no pude contenerlo más. Dejé salir los últimos resquicios del dolor que me quedaba dentro. Los abracé de nuevo, mientras me prometía a mí misma que todo aquello que había vivido las últimas semanas era un punto y aparte en mi vida. La convicción de empezar a vivir por y para mí misma se hizo más grande.

Mientras dejaba que saliera todo, arropada por la calidez de mi familia, la seguridad empezó a inundarme. Fue llenando los huecos de mi ser que antes rebosaban de dolor.

Ya no más.

Aquello se acababa.

Ya no iba a dejar que otros controlaran mi vida.

Desde ese momento, Nina Marín Rodríguez iba a ser la única que determinara su propio destino. La única que tuviera el control absoluto de su vida.

Me lo debía a mí misma.

Y así iba a ser.

Laia carraspeó y los cuatro clavamos la mirada en ella.

—Mamá, papá, os presento a Emilie. Una… amiga que hemos conocido estos días. Está pasando por un… —Hizo una pausa breve para coger aire. Laia y Emilie intercambiaron una mirada cómplice rápida—. Un pequeño bache y habíamos pensado que…

Mi madre no la dejó terminar.

—Encantada, tesoro. Soy Ángela. Este es Daniel, mi marido. —añadió señalando a papá, que la saludó con una sonrisa—. Puedes quedarte el tiempo que necesites.

Así eran mis padres. Tan atentos, tan cariñosos, tan buenos. Admiraba su forma de enfrentarse a las cosas. Yo esperaba que, si algún día tenía hijos, se sintieran tan orgullosos de mí como yo lo estaba de ellos.

—¿De veras? No querría molestar. —Emilie todavía estaba junto a la puerta de entrada.

—Bobadas —soltó mi padre con esa sonrisa suya dibujada en los labios—. Si lo necesitas, esta es tu casa el tiempo que haga falta.

—Gracias, señor y señora…

—Ay, no, tesoro… —Mi madre se acercó a ella para darle un abrazo de bienvenida—. Nada de señor y señora. Daniel y Ángela para ti.

Emilie se sonrojó. Con todo lo que nos había contado de sus padres en el avión, sobre el poco cariño que le habían demostrado, lo mal que la trataron y cómo se olvidaron de ella tan solo por querer tomar sus propias decisiones, entendí por qué se ponía colorada. Pero en nuestra casa eso no era así. Y me alegraba ver ese brillo de felicidad en sus ojos.

—Ahora, venga. Las cuatro. —Mi padre nos señaló a todas—. Daos una ducha y a cenar, que seguro que venís hambrientas.

—¿Qué hay de cena, mamá?

—No quieras saberlo, Catita… —Empecé a reírme al escuchar las palabras de mi madre, porque sabía lo que se venía: lo olía.

—¡No! Mamá, por Dios. ¿Pescado? ¿Qué bienvenida es esta? —se quejó Cata exagerada.

La verdad era que las tres éramos un poco quisquillosas con la comida. Más de una vez, el menú infantil nos parecía mucho más apetecible que cualquier otra cosa de la carta. Y mucho me temía que seguiría siendo así toda la vida.

—Catalina, tía, supéralo —le dije.

El pescado tampoco estaba tan malo, ¿no? Ella me miró y se rio con esa sonrisa que solo te ponen tus hermanas y que sabes lo que desata.

—¿Mamá?

—Dime, Catita.

—¿Podemos comer fideuá mañana?

Mi hermana mayor me guiñó un ojo con burla. Y yo la asesiné con la mirada. Odiaba la fideuá, ¡y ella lo sabía!

—Ay, claro que sí. Ahora le digo a tu padre que mañana la haga en el jardín.

—¿He oído fideuá? —Laia se unió a la conversación.

—Emilie, tesoro, ¿te gusta la fideuá? —le preguntó mi madre.

—Pues nunca la he probado, seño… —Mi madre la miró sorprendida, y nuestra amiga rectificó a tiempo—: Ángela.

Vi que Emilie sonrió avergonzada, pero supe que se iba a llevar de maravilla con mi familia.

—Oye, a nosotras no nos preguntas nunca si nos gusta, eh. Me parece muy feo.

—Catita, tú no eres la invitada. Llevas veinticuatro años viviendo aquí. Ya sabes cómo va el tema. —Mi padre le guiñó un ojo y Laia y yo rompimos a reír.

Catalina siempre decía que no le gustaban los motes. Pero nunca se quejaba cuando mis padres la llamaban Catita. Qué íbamos a hacerle, ella había sido la primera niña de la casa.

—Tranquila, Nina, tengo mil ideas para devolvérsela a la petarda de tu hermana mayor. —Laia me guiñó un ojo y yo rompí a reír.

Definitivamente, estaba en casa de nuevo. Y me sentía de maravilla.

Subí a la habitación y, al abrir la puerta, me lo encontré todo tal y como lo había dejado. No había cambiado nada. Sin embargo, todo había cambiado. Yo había cambiado. La Nina que había vuelto no era la misma que se había ido. Estaba orgullosa de ella.

¿Ha habido dolor durante los últimos días? Sí.

¿Creía que había habido amor? Por supuesto.

¿Todo había acabado siendo una decepción? Sí, pero hasta cierto punto. Porque cada golpe me había hecho más fuerte. Con cada bofetada que había recibido, había decidido coger las riendas de mi vida con más fuerza y con más seguridad que nunca. Sin embargo, aunque no podía negar que las palabras de Scott me dolieron, algo no me terminaba de encajar.

Me senté en la cama, vacié el sobre sobre las sábanas y me saqué las llaves del bolsillo. Coloqué las tres cosas ordenadas a la perfección sobre la superficie blanda.

Una tarjeta de crédito.

Una nota: «Confía en mí».

Unas llaves: «Mi hogar es tu hogar, hoy y siempre».

Esa sensación extraña en el centro del pecho.

Algo me decía que no estaba encajando todas las piezas del puzle. Que tenía que indagar un poco más. Y, aunque no quería pecar de paranoica, tenía ciertas dudas de que fuera el verdadero Scott quien había hablado durante los últimos momentos que estuvimos juntos en Mónaco. Pero lo vi tan serio… Su cara no reflejaba expresión alguna, aparte de frialdad. Pero ¿por qué me daría una nota con esas tres palabras escritas?

«Confía en mí».

¿Y por qué debería fiarme de él?

«Scott Hovland Fernández, ¿por qué no has dejado de sacudir mi vida desde aquella noche en la playa?», pensé.

Me metí en la ducha con intención de dejar todos los pensamientos atrás y tener un merecido momento de relajación. No me había vuelto a romper, me estaba anteponiendo y enfrentando a la situación y, aunque me sorprendía a mí misma lo entera que me sentía, el orgullo era más fuerte.

Una vez que salí de la ducha y el vapor inundó todo el baño, me detuve frente al espejo empañado. Ese hormigueo que ya empezaba a reconocer se me empezó a formar entre los dedos.

Iba a hacerlo.

Veinte minutos después, bajé a cenar con mi pijama favorito puesto. Mis hermanas y Emilie estaban en el comedor, viendo la tele y charlando de algo que no llegué a escuchar desde las escaleras, pero todas las miradas se clavaron en mí en cuanto entré por la puerta.

—Nina… —dijo Cata.

—Estás… —siguió Laia.

—Te queda increíble, Nina —fue Emilie quien terminó la frase por ellas.

—Gracias, chicas —me sonrojé, pero estaba contenta con mi decisión.

Se levantaron las tres de golpe para admirar la obra maestra que era mi pelo.

—Estás preciosa. Te queda fenomenal así. Por encima de los hombros, ni muy corto ni muy largo.

—Gracias, Cata —le dediqué una sonrisa—. Supongo que necesitaba un cambio, ¿sabéis? Siempre he dicho que el día que renunciase al pelo largo, sería por algo gordo. Pues, ale.

Las tres compartieron una risa incómoda. Por supuesto que sabían a qué me refería.

—¿Qué mejor que toda la mierda que nos acaba de pasar, eh?

Me reí para tratar de quitarle hierro al asunto. No iba a llegar a ninguna parte con una actitud negativa. Así que, cuanto antes cambiara el chip, mejor.

—Si querías parecerte más a tu hermana, solo tenías que decirlo, pequeña. —Laia me revolvió el pelo con las manos.

—¡Laia! ¡Estate quieta!

Empecé a perseguirla por el salón y acabamos corriendo en círculos alrededor del sofá. Yo persiguiéndola y ella tratando de huir, como cuando éramos pequeñas.

—Tú me has copiado el peinado, así que yo cojo la ropa que me dé la gana de tu armario. ¿Trato? —dijo sin dejar de correr.

—Ni lo sueñes —conseguí atraparla y revolverle el pelo de la misma manera que ella había hecho conmigo.

—¿Siempre estáis así? —preguntó Emilie entre risas.

—Oh, calla, calla. Hoy es un día tranquilo. Ya te acostumbrarás —Escuché que le contestaba Cata entre risas.

Sí. Esas éramos nosotras de verdad.

Las Marín.

Capítulo 8

Scott

El único culpable de que nuestra vida se hubiera convertido en un absoluto caos era el mismo que me había dado la vida.

Abrí la puerta de casa y el olor a «nada» me inundó. Como solía hacer cada día desde antes de que volviera al pueblo semanas atrás.

Después de la visita a mi madre y del día tan intenso que habíamos tenido, lo único que quería era meterme en la cama y olvidarme de todo durante varias horas. No me veía capaz de seguir aguantando más el tipo.

Colgué la chaqueta en el perchero. No podía dejar de pensar en que ya no me rodeaba un perfume dulce, ya no olía a protector solar o a ese café recién hecho cada mañana. Ya no habría más ojos azules que admirar ni olor a mar y playa. Tampoco había ese olor amaderado del barco que tanta paz me daba, había desaparecido por completo. Ya no había desorden. Nada de ropa tirada por ahí. Nada de cosas desperdigadas por las mesas. Era un tío ordenado, pero ya echaba demasiado de menos el desorden de Nina.

Volvía a no haber nada de eso.

Porque ella volvía a estar lejos.

Otra vez.

Y era por mi culpa.

«Joder, ¿por qué no podemos tener ni un solo día de paz esta chica y yo? ¿Por qué nuestra relación parece estar destinada al fracaso?».

Me negaba a creer que eso fuera cierto, porque lo que sentía por ella no podía estar destinado al fracaso, no.

Cerré la puerta con llave y me dirigí hacia la nevera. Por supuesto, después de tantos días fuera, dentro no había nada en condiciones para hacerme algo decente de cenar. No me compliqué demasiado: pedí comida japonesa a domicilio y, mientras esperaba a que llegara, fui a darme una ducha.

Ni me molesté en llegar al baño para ir quitándome la ropa, fui deshaciéndome de las prendas por el camino. La camiseta, los pantalones, los zapatos, los calcetines y los bóxeres. Ya lo recogería luego. En verdad, ese desorden tan característico de Nina me dio algo de esperanza. Quizá no estaba todo tan perdido como parecía. Pero ¿a quién intentaba engañar? Todo estaba jodido.

Me metí en el reducido espacio y cerré la mampara con fuerza. Por unos instantes, el agua ardiendo me relajó los músculos, aunque no me había dado cuenta de que había estado en tensión todo ese tiempo. Me pasé los dedos por el pelo mojado, me lo eché hacia atrás y fallé en el intento de dejar la mente en blanco.

Lo único que veía era a ella. Su cara cargada de decepción tras mis palabras. Sus ojos azules sin ese brillo que me calentaba el corazón. En ese momento, adquirieron un tono azul más oscuro y esa sonrisa… Su sonrisa ya no estaba. Yo había hecho que desapareciera y me odiaba por ello.

«Lo siento, ojos claros».

A esas alturas, quizá era mejor sacarlo todo. Dejar salir el enorme nudo que me oprimía el pecho con fuerza para poder pensar con algo más de claridad. Y, aunque odiaba llorar, al menos en la ducha no iba a verme nadie.

Podía permitírmelo.

Cuando el dolor se volvió insoportable y el nudo que llevaba horas formándoseme en el pecho se me subió hasta la garganta, no tuve más remedio que dejarlo salir. No sabía si lo que me recorría las mejillas eran lágrimas o el agua de la ducha, y quizá una mezcla de ambas, pero no me importó. Apoyé la espalda sobre la pared y me dejé caer hasta quedar sentado en el suelo de cerámica. No me veía con las fuerzas necesarias como para mantenerme en pie por mí mismo. Me abracé las piernas y apoyé la cabeza sobre la pared mientras dejaba salir todo el dolor.

El agua ardiendo me caía sobre la cabeza y se llevaba todos los resquicios de aquellos últimos días. Los sollozos y el vapor casi no me dejaban respirar, pero al menos, con cada minuto que pasaba, el nudo de la garganta se me destensaba un poco. Porque, aunque me estuviera matando haberla perdido de nuevo, sabía que había hecho lo correcto. Podía volver a odiarme o a no querer volver a verme en su vida, pero eso no hubiera cambiado mi decisión. Sabía que lo que estaba haciendo era llevarme el golpe por ella. Para que Nina no tuviera que sufrir más.

Ni Cormac Hunter ni Jack Hovland iban a respirar el mismo aire que mi chica de ojos claros y pelo dorado. Si se lo proponían, iban a toparse conmigo en el camino, dispuesto a cualquier cosa por mantenerla a salvo.

Cuando ya no me quedaban más lágrimas que derramar, me puse de pie y terminé de enjabonarme. Me enrollé una toalla blanca sobre la cintura y abrí la puerta del baño. La nube de vapor salió a gran velocidad e inundó el resto de la casa.

Me dirigí a la cocina para coger algo de beber.

—Hombre… ¡Ya era hora, hermanito!

—¡¿Qué cojones?! —grité mientras me giraba para mirarlo—. ¡¿Justin?! ¿No tienes casa o qué?

Me dirigí hacia el salón, que estaba conectado con la cocina por una barra de madera gigante.

—Si, pero no podía estar solo —sonrió con tristeza.

En el instante en el que vi esa sonrisa, supe que escondía muchas cosas. Él también había perdido. A él también le habían dado donde más le dolía. Y él también estaba roto. No podía culparlo por estar en mi sofá, comiéndose mi cena.

Me senté a su lado, sin ni siquiera molestarme en quitarme la toalla y ponerme algo de ropa. Era mi casa, joder.

—Anda, déjame algo de cena.

Alcancé unos palillos y empecé a coger varias piezas del sushi que había pedido. Sentí que me observaba con atención mientras yo seguía engullendo la cena. Sabía lo que se venía a continuación.

—Has estado llorando —dijo serio.

Clavé mi mirada en la suya, tratando de que mi cara no desvelara nada de nada.

—Claro que no. Déjate de gilipolleces y come. —Rompí el contacto visual, pero sabía que mi hermano no se iba a rendir así como así.

Seguí comiendo, con la esperanza de que olvidara el tema.

—Tienes los ojos rojos, Scott —siguió él. Puso esa voz que ponen los hermanos mayores cuando quieren sacar un tema serio.

—Igual me habré fumado algo. Quién sabe —le solté tratando de desviar la atención.

—¿Y arruinar ese cuerpo de atleta del que tanto presumes? Permíteme dudar, hermanito.

Lo miré fijamente y dejé los palillos sobre la mesa. Me pasé las manos por el pelo mojado y resoplé. De verdad, no iba a dejar de insistir.

—Me estás tocando mucho los huevos, Justin. En serio, ¿no puedes dejarlo pasar? ¿Por favor?

—Soy tu hermano, imbécil. ¡Puedes contármelo! —Se acercó aún más a mí en el sofá y me dio un golpe amistoso en el hombro con el suyo.

—Que no me pasa naaada… —insistí con retintín.

Odiaba que me vieran llorar, pero sobre todo odiaba tener que dar explicaciones en voz alta.

—¡¿Quieres no ser un jodido bloque de hielo conmigo, joder?!

Me volví para clavar mis ojos en él. Noté que ese hueco vacío que había dejado el dolor dentro de mí se iba volviendo a llenar, pero esta vez de rabia.

—¡¿Y qué quieres que sea, eh?! ¿Que haga como si no pasara nada? ¿Cómo si no la hubiera perdido? —Me levanté como un resorte del mullido y caro sillón—. No puedo, ¿vale? No puedo. La quiero, joder. La quiero demasiado, Justin.

Empecé a caminar de un lado para otro por el salón pasándome los dedos entre el pelo mojado y los ojos. Me habían entrenado para controlar los nervios al milímetro y sabía hacerlo de sobra. El problema era que había llegado a mi límite. Y lo último que quería era contenerme. No, no quería contenerme más.

Quería vivir la vida con la que siempre había soñado, no esa mierda. En menos de veinticuatro horas, cuando parecía que iba a ser capaz de ello, las cosas se habían torcido tanto que soñar con ello ya no solo parecía imposible, sino estúpido. Necesitaba hacer algo. Necesitaba tomar mis decisiones y dejar toda esta pesadilla atrás.

Justin se levantó del sillón y se acercó a mí con paso rápido. Clavé los ojos llorosos sobre los suyos. Me encantaría decir que no se me rompió la voz, pero así fue.

—O-otra v-vez, joder. La he p-perdido o-otra vez, Justin.

Él se acercó y me abrazó con fuerza. Me escondí contra su cuello y él me dio palmaditas en la espalda con cuidado.

—Tranquilo, Scott. Estoy contigo, ¿vale? Encontraremos la manera. Te lo prometo. —Levanté la vista y asentí, confiando en cada una de sus palabras.

—Lo odio…

No hizo falta decir a quién me refería para que me entendiera.

—Ya, yo también.

Nuestro padre. Todo aquello era culpa suya. Era curioso cómo podían cambiar las cosas en cuestión de días. En cuestión de horas o segundos. Porque eso había sido lo único que había hecho falta para que todo cambiara: los segundos que tardó Cormac en darle la vuelta a esos papeles.

El culpable de que Justin y yo estuviéramos así de jodidos, de que estuviéramos entre la maldita espada y la pared, era él: Jack Hovland.

En eso se había convertido nuestra familia.

Pero al menos, tenía a mi hermano. Para lo bueno y para lo malo. Cuando uno no tenía fuerzas, el otro tiraba del carro. Y si ninguno de los dos tenía fuerzas, remábamos como pudiéramos. Pero juntos.

Estábamos solos, sí.

Pero al menos nos teníamos el uno al otro.

Capítulo 9

Emilie

No tenía nada. Ni familia ni casa ni nadie a quien mereciera la pena mantener al lado.
Estaba sola y, esta vez, no los tenía a ellos a mi lado.

Nada más terminar de cenar, Ángela, la madre de las chicas, me enseñó la casa. Al final, me guio hasta la que sería mi habitación.

Era la habitación de Gabriel, el hermano de las chicas. Dijo que llevaba demasiado tiempo sin usarse. Me sentía rara estando allí, ocupando su espacio. Invadiendo su privacidad. Para ser honesta, me ponía un poco los pelos de punta. Por motivos obvios, ¿no?

No le temía a la muerte, pero sí que le guardaba un gran respeto.

Dejé la única bolsa que había traído conmigo en el suelo de la habitación, cerré la puerta y me quedé a solas con mis pensamientos. Justo lo que más miedo me daba. Hasta ese momento, había intentado llevarlo lo mejor posible. Estar rodeada de las chicas me hacía bien. Me hacía sentirme acompañada y, sobre todo, así no le daba demasiadas vueltas al tema. Pero, en ese instante…, no tenía escapatoria.

Me tumbé en la cama y observé el techo.

El recuerdo de la primera vez que vi a los chicos me azotó sin piedad.

Era uno de esos inviernos fríos en Edimburgo. Mis padres y yo íbamos en el coche, de camino a la gala de la empresa de los Hovland. Tenía seis años y llevaba un vestido pomposo de color amarillo que detestaba. No había habido manera de que mis padres cedieran y me dejaran llevar algo más cómodo. Según ellos, había que ir de etiqueta, aunque yo entonces no supiera lo que significaba. Lo que sí sabía, a pesar de ser tan pequeña, era quiénes eran mis padres y lo que se me tenía permitido y lo que no.

No podía levantar la voz ni quejarme ni hacer nada que se saliera de sus estrictos estándares. A menos que quisiera hacerles enfadar y sufrir las consecuencias, claro. Como no me apetecía que se enfadaran conmigo, terminé aceptando sin más y poniéndome el horrible vestido amarillo.

Después del viaje, nos bajamos del coche y caminamos hacia la entrada de una casa imponente. Más que una casa, era una mansión. En la puerta de entrada, había un hombre recibiendo a todos los invitados. En ese momento, no supe quién era, pero se trataba del mismísimo Jack Hovland. A su lado estaban su mujer y sus dos hijos, bien repeinados y vestidos de esmoquin. Uno era más alto que otro y el más bajito no paraba de mirar al mayor y de imitarlo.

Yo no quería estar allí. Quería irme a casa y quitarme el maldito vestido, pero no tuve más remedio que caminar y mantener la boca cerrada. Ya me habían avisado de que no podía montar una escenita. También se me había dejado claro que no podía hablar con nadie. Según me habían dicho mis padres, ellos tenían una reunión muy importante con no sé quién para no sé qué. Algo aburrido. Y, aunque nada me apetecía más que causar una escenita, no lo hice.

Mi madre me dio la mano y empezamos a caminar hacia la entrada. Nada más llegar, mi padre saludó al dueño de la casa con un cálido apretón de manos y yo, fastidiada, esperé mientras se sumían en una conversación interminable y aburrida. Agaché la cabeza. De repente, los zapatos de charol feísimos que llevaba me resultaban la mar de interesantes.

—Pssst, pssst... —Alcé la mirada—. ¿Cómo te llamas?

Era el chico bajito. ¿Me hablaba a mí? Confundida, me giré para ver si había alguien detrás de mí. No había nadie. Clavé la mirada en él. Tenía el pelo negro repeinado hacia atrás y llevaba un traje azul marino con una pajarita a juego, igual que su hermano. Seguro que iban mucho más cómodos que yo con ese estúpido vestido, pensé. Él alzó las cejas, como preguntando de nuevo.

—Ah, ¿yo? —susurré.

—Claro. ¿Quién si no?

Me encogí de hombros.

—No lo sé, es la primera vez que vengo a… —Miré a mi alrededor—. ¿Dónde estamos?

—Es mi casa —dijo el niño con una sonrisa.

El chico más alto le dio un codazo en las costillas.

—¡Scott! Papá nos ha dicho que tenemos que comportarnos. ¿Recuerdas?

El aludido miró a su hermano con un gesto de confusión.

—Solo le he preguntado su nombre, Justin.

Este me miró con curiosidad. Tras un instante, asintió y se unió a su hermano.

—Hummm… Está bien. ¿Cómo te llamas? —preguntó el mayor con renovada curiosidad. El pequeño asintió, también parecía interesado.

Miré a mis padres, que seguían hablando de algo aburridísimo con los padres de esos chicos. No quería que me echaran la bronca, pero habían sido ellos quienes me habían hablado a mí, ¿no? Técnicamente, yo no había roto las normas, habían sido ellos.

—Soy Emilie —dije en voz baja.

—Yo soy Justin y él es mi hermano pequeño, Scott.

El mayor alargó la mano, para que lo saludara como lo habían hecho los adultos. El pequeño agitó la mano en el aire y me sonrió desde donde estaba.

—Que no te engañe: soy el pequeño, pero algún día le patearé el culo —dijo con chulería.

Su hermano resopló con ese mismo gesto de chulería que le acababa de ver a Scott. Yo no pude evitar que se me escapara una carcajada. Ambos eran unos niños que intentaban comportarse como adultos, pero, en el fondo, eran muy graciosos. Decían cosas divertidas.

—¡Emilie Ramírez! —La voz severa de mi padre hizo que me tensara—. ¿Qué te he dicho antes de salir de casa?

Me sobresalté.

—Que pasara desapercibida —dije con tristeza en la voz.

Yo solo quería divertirme un poco y, de paso, hacer algunos amigos. No iba al colegio. Venían varios profesores a casa para darme clases, así que no tenía amigos. Ni uno solo. Por un momento, había pensado que quizá..., pero no. No iba a ser posible.

—Ay, Víctor, no seas tan duro con ella. —El padre de los chicos me sonrió. Yo miré al mío sin saber qué hacer—. ¿Por qué no se va con Justin y Scott a jugar mientras nosotros hablamos de nuestro asunto pendiente, eh?

Una chispa de esperanza me recorrió el cuerpo. Deseaba que dijera que sí. Deseaba hacer amigos y esos dos chicos parecían simpáticos. Mi padre intercambió una mirada con mi madre y, después, ambos asintieron.

—Está bien. Pero compórtate, ¿de acuerdo, Emilie?

Asentí, estaba eufórica por irme a jugar con ellos. Dos segundos después, los tres salimos corriendo hacia el jardín de atrás. Yo no sabía a dónde íbamos, tan solo los seguí a ellos, que iban decididos hacia el fondo del jardín. En cuanto alcé la vista, aluciné.

—¡Halaaa! —Me froté los ojos, incapaz de creer lo que veía—. ¿Tenéis una casa del árbol?

El pequeño de los hermanos frenó a mi lado y me sonrió.

—¡Sí! ¿Te apetece subir?

—¡Por supuesto!

Justin empezó a escalar por la empinada escalera de madera. Scott lo seguía de cerca y yo cerraba la fila. Cuando me faltaban un par de escalones, ambos me ofrecieron la mano para ayudarme a terminar de subir. Me puse de pie y recorrí la casita de madera con entusiasmo. Yo no tenía nada parecido a eso. Estaba repleta de juguetes. Tenía las paredes pintadas de verde. En ellas había mil pósters de series que me encantaban. ¡Yo también las veía!

—¿Te gusta? —preguntó Justin.

—¡Me encanta!

—Puedes venir a jugar siempre que quieras.

Clavé la mirada en el pequeño: Scott. ¿Hablaba en serio?

—¿Lo dices de verdad?

—¡Claro! Ahora somos amigos.

Casi se me cayó la mandíbula al suelo. Fue la primera vez que escuché algo así. Podría haberme puesto a llorar de alegría en ese mismo instante, pero no lo hice. No quería ahuyentar a mi primer amigo.

—Me gusta. Tienes pinta de tener garra y mala hostia —dijo el otro. Después se tapó la boca, sorprendido.

—¡Justin! ¡Se supone que no tenemos que decir palabrotas! Ya sabes lo que dice mamá… —Bajó la voz—. Pueden salirnos orejas de elefante.

—¡Ay, no! Mírame, corre, ¿tengo algo? ¿Me están saliendo orejones?

Scott se acercó a él y yo, sin saber muy bien por qué, lo seguí. Nunca había escuchado que te pudieran salir orejas de elefante si decías una palabrota. ¡Qué divertido! Los dos miramos las orejas de Justin y, para nuestra sorpresa, comprobamos que eran completamente normales.

—Me parece que vuestra madre os ha tomado el pelo —les dije.

Los hermanos se miraron entre sí con malicia en los ojos. Parecían traviesos.

—Eso significa… —empezó Scott.

—¡Que podemos decir palabrotas! —terminó Justin.

Me reí. Eran muy graciosos. Me gustaba estar con ellos. El mayor se aclaró la garganta.

—Como iba diciendo, tienes pinta de tener garra y mala hostia. Así que eres una candidata perfecta para nuestro equipo.

El corazón me latía tan rápido que parecía que se me iba a salir del pecho.

—¿Para vuestro equipo? —pregunté ansiosa.

—¡Ajá! Por ahora los únicos integrantes somos Justin y yo, pero si quieres la plaza, es tuya.

—¿Qué nos dices, señorita Ramírez?

Colocaron ambas manos en el centro del pequeño círculo que habíamos formado sin darnos cuenta. Yo coloqué la mía justo encima cerrando el saludo.

—¡Acepto! Pero solo si no vuelves a llamarme señorita Ramírez en tu vida. —Lo fulminé con la mirada.

—Hummm… No sé si puedo prometerte eso.

Me sonrió burlón. La alegría que crecía dentro de mi cuerpo hizo que estallara en carcajadas.

—¿De verdad es para mí? La plaza, digo.

Los dos hermanos intercambiaron una mirada y asintieron eufóricos.

—Sí, a partir de ahora, somos un equipo —dijo Scott.

—¡El mejor del mundo entero! —añadió su hermano.

Entonces no se dieron cuenta, pero me habían dado todo lo que siempre había querido: los amigos que nunca tuve y un equipo del que formar parte.

Por primera vez en mi vida, formaba parte de algo.

No fue hasta trece años más tarde que llevamos esa promesa a la cruda realidad. Acababa de cumplir los diecinueve años. Después de demasiado tiempo aguantando, les planté cara a mis padres. Me negué en rotundo a seguir sus planes. No quería ser abogada. No iba a dejar que ellos tomaran el rumbo de mi vida: hice las maletas y me largué de casa sin mirar atrás. No tenía a dónde ir, pero sabía que siempre podía contar con mi equipo.

Media hora después de huir, llamé al timbre del piso que compartían Justin y Scott en aquel momento.

Ellos sabían toda la historia. Habíamos sido inseparables desde aquella primera tarde en la casa del árbol. Éramos un equipo. Acababan de volver del pueblo en la costa mediterránea en el que habían vivido durante años y los había echado muchísimo de menos.

Scott abrió la puerta y, en cuanto me vio, supo lo que había pasado. No preguntó nada, tan solo extendió los brazos y me envolvió en un abrazo. Un par de segundos después, nos separamos y lo miré a los ojos. Parecía triste. Algo grave había pasado en su marcha del pueblo.

—¿Estás bien? —pregunté.

—¿Y tú? —respondió.

—Supongo que he estado mejor.

—Supongo que yo también.

En ese momento, Justin apareció en el umbral de la puerta. Me dedicó una cálida sonrisa y me invitó a pasar.

—Bienvenida a tu nuevo hogar, señorita Ramírez.

Le dediqué una sonrisa triste, pero cargada de agradecimiento.

Aquel primer día, en la casa del árbol, me lo habían dado todo. Cuando me recibieron en su piso, volvieron a hacerlo. No eran mis hermanos de sangre, pero los quería con todo mi corazón.

Tirada en la cama de Gabriel, fui consciente de que mi hogar ya no existía. Todo se había roto en pedazos.

No me salía odiarles.

Me salía echarles de menos.

Sin embargo, mis hermanos me habían echado de su vida, y ahí estaba yo, en el pueblo que los había visto crecer, pero volvía a estar sola. Como cuando era una niña. ¿Qué se suponía que debía hacer?

Capítulo 10

Nina

No me digas eso. No lo hagas. Porque, si te atreves a decirlo en voz alta, las cosas no volverán a ser como antes, y eso me aterra.

Habían pasado varios días desde que habíamos vuelto de Mónaco. Varios días que me habían venido genial para ir mejorando poco a poco la relación conmigo misma. Los pasos que iba dando eran pequeños, pero lo que más me enorgullecía es que los daba.

También había tenido mucho tiempo para pensar. Para analizar cada uno de los gestos y palabras de Scott. Para recordar todo lo que habíamos vivido juntos en el barco, él y yo solos. Como cuando le había dicho que me quería ir a vivir con él y un brillo se había apoderado de sus ojos. ¿Eso también había sido mentira? No podía creer que todo hubiera sido una farsa. ¿Cómo era posible que una persona llegase a fingir y actuar así de bien? Era imposible. Traté de hacer memoria, una y otra vez, analizando cada detalle al dedillo. Pero, en cada recuerdo que encontraba, Scott tenía en los ojos ese brillo que tanto me gustaba.

Me daba rabia.

Muchísima.

¿Por qué yo escuché unas palabras y mi intuición me pedía a gritos que le diera mil y una vueltas? Estaba claro que no podía confiar en ella, estaba estropeada. Estaba rota y esos pálpitos siempre me llevaban a situaciones complicadas. Pero ¿y si hubiera sido su cabeza la que hablaba en vez de su corazón? ¿Qué había oculto tras sus palabras?

Ya no sabía ni qué pensar.

Todo era demasiado confuso, pero, siendo sincera, nunca antes me había sentido tan fuerte. Tan capaz de anteponerme a lo que fuera que se me pusiera por delante. A lo que fuera que la vida quisiera echarme encima. Era extraño, pero sabía que iba a poder con ello.

Toda esa situación me ponía triste, por supuesto que sí. Pero, por otro lado, nunca antes me había sentido tan orgullosa de mí misma. Estaba construyendo una actitud fuerte poco a poco. Estaba aprendiendo a marcar límites y mejorando día a día. Solo por eso, valía la pena haber pasado por toda esta horrible situación.

El problema era que tenía una vocecilla dentro, la cual no sabía de dónde narices salía en realidad, que me impedía seguir avanzando, que me decía una y otra vez que necesitaba respuestas. Aunque Scott había hablado alto y claro en Mónaco, esa molesta voz me pedía más y más. Necesitaba seguir indagando y no conformarme con lo que otros me dijeran. Por eso decidí que esa vez iba a averiguar la verdad por mí misma. Que no iba a conformarme con nada. No esperaría a descubrir una carta cuatro años después. Iba a ser yo la que consiguiera esa respuesta. Me lo debía a mí misma.

Varios golpes en la puerta de mi habitación me sobresaltaron de repente.

—¡Pasa!

En cuanto la puerta se abrió, vi asomarse el pelo rubio oscuro y largo de Catalina.

—¿Te apetece que vayamos a la playa? —Se sentó a mi lado en la cama.

Llevábamos varios días haciendo planes las cuatro juntas, aprovechando que Cata y Laia seguían de vacaciones. Cada día que pasaba, conocíamos más a Emilie y la verdad era que nos llevábamos genial con ella.

Nos complementábamos muy bien las cuatro. Ella era la pieza, en ocasiones fría y siempre racional, que le faltaba a las Marín.

Nosotras nos dejábamos llevar mucho por las emociones. Era algo que no podíamos evitar. Pero, de vez en cuando, Emilie nos hacía poner los pies en la tierra. Nos daba una perspectiva diferente. Y, en cierto modo, quizá eso también me estaba ayudando a avanzar. Admiraba su fortaleza y resiliencia.

—¡Claro! ¿Comemos también allí? —pregunté.

—Me parece genial, podemos preparar unos bocatas y comprar algo de picoteo por el camino —propuso mi hermana y yo asentí ilusionadísima por el plan.

Sin embargo, Cata me dedicó una sonrisa escueta que escondía algo.

No habíamos sacado el tema de Justin desde que habíamos vuelto. Estaba esperando a que fuera ella quien viniera a mí o al menos que me diera una mínima pista de que quería hablar del tema, de él. No quería presionarla si no se sentía preparada. Y, aunque no parecía que ese fuera el momento, me preocupaba por ella. Veía que su brillo de siempre se iba apagando poco a poco, y conocía de primera mano ese proceso. Sabía que eso te puede consumir hasta llevarse toda tu esencia.

Todo empieza con un poco de tristeza y, de manera progresiva, ese sentimiento va creciendo más y más dentro de ti hasta que al final pierdes toda tu luz y acabas hundida en un pozo de oscuridad del que parece imposible salir. Es como nadar a la deriva sin bote salvavidas y rodeada de tiburones.

Ni en un millón de vidas iba a dejar que Catalina pasara por lo mismo que había pasado yo. Por encima de mi cadáver iba a dejar que se hundiera.

Así que decidí dar el primer paso.

—Cata… —le busqué su mano—, habla conmigo. Suelta todo lo que lleves dentro —dije mientras le acariciaba el dorso de la mano con el pulgar—. Te voy a entender mejor que nadie y creo de verdad que te va a venir muy bien.

Me miró con duda en los ojos, debatiéndose entre si hacerlo o no.

—Nina, no hace falta que…

—Estoy aquí para ti. Como tú has estado todo este tiempo para mí, ¿vale? —la interrumpí. Ella asintió con pesar—. Cuando te sientas preparada, habla conmigo. Suéltalo todo. Porque no te voy a juzgar, Cata. No puedes guardarte siempre todo lo que llevas dentro, en algún momento vas a explotar.

—¿Y qué llevo dentro? Si se puede saber...

—Sé lo dolida que te sientes. Lo sé porque yo me siento igual. No tienes que pasar por eso sola, Catalina. Estoy aquí.

Se tomó unos segundos de más para responder. Durante ese tiempo, la vi debatirse entre contarme lo que fuera que le rondaba la cabeza o no. Al final, tras un largo suspiro, supongo que se decantó por intentarlo.

—No sé muy bien cómo encajar todo esto, ¿sabes? Justin y yo no éramos nada. Me encargué muy bien de dejárselo claro. Y no sé por qué, pero me duele igual que se haya ido así... —Desvió la mirada hacia el suelo y siguió hablando—: Me porté fatal con él en el barco y me siento tan culpable...

Le apreté la mano con más fuerza.

—Quizá te pasaste un pelín con tus comentarios, eso no te lo voy a negar. —Defendí al que en su día había sido mi cuñado, aunque siempre iba a estar del lado de mi hermana primero—. Pero también sé que estabas dolida. Son muchos años ya, Cata. Y si yo hubiera pasado por eso, si Scott me hubiera llamado a mí desde el hospital y luego no hubiera podido ponerme en contacto con él porque bloqueó mi número... Pufff. Quizá también hubiera dejado que el dolor y el enfado se apoderaran de mí.

—Tú no eres así, Nina... —suspiró—. Tú te hubieras enfadado, pero no le hubieras estado lanzando pullitas a cada segundo.

—¿Acaso no recuerdas la noche de la feria?

Ella alzó la vista al recordarlo. Nuestras miradas coincidieron. Y, sin poderlo evitar, ambas rompimos a reír al pensar en el numerito que le había montado a Scott delante de todo el pueblo.

—Vale, de acuerdo. Tienes razón... Tú eres más como una bomba que explota en el momento y luego viene la calma de después de la tempestad.

Volvimos a reírnos, conscientes de que tenía más razón que un santo. No lo podía evitar. Así era yo.

—Cata, escúchame… —seguí—. Tienes todo el derecho del mundo a expresar cómo te sientes y lo que piensas. A comunicar y a decir en voz alta las cosas que te molestan. Agárrate a eso con fuerza, porque es lo que te hace humana. Agárrate a lo que eres y no te sientas culpable por sentir. No te olvides de eso, ¿vale?

Me dedicó una sonrisa preciosa que me calentó el corazón.

—Gracias, pequeñaja.

—No soy… —Me interrumpió y me abrazó con fuerza mientras yo intentaba defenderme—: No soy ninguna pequeñaja.

Ella me estrujó contra su cuerpo.

—Eres mi hermana pequeña. El último bebé de la casa. Así que, cállate, ¡porque siempre lo vas a ser!

No la rebatí. Entendía lo que podía estar sintiendo. Aunque a veces me hubiera encantado dejar de ser la pequeña y poder sentir esa protección de una hermana mayor. Más en concreto, lo que sentía Cata hacia nosotras.

—Sabes que adoro a Laia —siguió hablando—. No podría vivir sin ella, pero tú y yo, Nina… Tú y yo somos muy iguales. Me veo reflejada en ti. Y eso a veces me asusta, porque me encantaría poder evitarte el dolor que sé que sientes, pero no sé cómo hacerlo. Supongo que porque la realidad es que no sé ni cómo lidiar con el mío propio.

Rompí el abrazo para mirarla a la cara. Entrelacé sus manos entre las mías con cuidado.

—Bueno, por eso estamos ahí la una para la otra, ¿no te parece? —Le dediqué una amplia sonrisa, esperando que eso la reconfortara.

—Por supuesto que sí, pequeñaja.

Aunque me devolvió la sonrisa, supe que ese gesto también escondía una tristeza que yo misma conocía muy bien.

Creía cada una de las palabras que le dije a Cata. No había nada de malo en sentir emociones, en expresar cómo te sientes y en marcar tus límites. Cuando dejas que otros decidan por ti, cuando no tienes la valentía de defenderte a ti misma, de alzar la voz y gritar a los cuatro vientos lo que te gusta, lo que te molesta, lo que te entristece… Bueno, cuando eso sucede, te pierdes a ti misma. Y lo último que deberíamos perder en esta vida es a nosotros mismos.

—Cata, tengo que preguntártelo —seguí incapaz de quitarme la duda de la cabeza.

Ella me miró con curiosidad.

—Lo quieres, ¿verdad?

Su respuesta no tardó en llegar.

—Más que a nada en el mundo.

Lo sabía.

—¿Y por qué no se lo dices?

—Es complicado, Nina.

Agachó la cabeza y centró toda su atención en las sábanas. De repente, le resultaban la mar de interesantes.

—¿Crees que todo lo de Mónaco iba en serio? —le pregunté casi a la desesperada.

—¿Acaso están aquí?

—Supongo que no. Pero ¿sabes qué? —Catalina alzó la vista de la cama con una curiosidad repentina—. Llevo días dándole vueltas y hay cosas que no me cuadran del todo.

—Te lo dije una vez y te lo repito hoy, Nina. Los ojos nunca mienten.

Me quedé de piedra al oírla: ¿a qué se refería?

—Scott aún te quiere —susurró.

Ese hormigueo volvió a formarse en el centro del estómago y se me extendió hacia cada rincón del cuerpo. Mi intuición regresaba. Pero ¿quería escucharla?

—No, Catalina…

Trataba de mantener la compostura, pero me estaba costando horrores.

—Yo también creo que hay algo extraño en todo esto. —La escuché con atención—. Me parece muy rara esa actitud de repente, ¿a ti no? Puede que hayan pasado muchas cosas, pero creo que conozco lo suficiente a Justin como para saber que no haría eso.

Y tampoco me imagino a Scott haciéndolo. En el fondo, creo que tú también lo piensas.

—No me digas eso, Cata.

Nerviosa, me puse en pie. Empecé a dar vueltas por la habitación, tratando de no pisar las camisetas y los zapatos que tenía ya esparcidos por el suelo.

—¿Por qué no?

Ella también se incorporó expectante.

—Porque eso lo cambia todo.

Capítulo 11

Scott

Nunca llegué a pensar que encontrar respuestas pudiera ser algo tan complicado. Supongo que, cuando tu propia familia conspira en tu contra, se vuelve tarea imposible.

Eran las siete y media de la mañana. Tenía un café en la mano y estaba entrando por las puertas de Hovland Security, tal y como había hecho cada día desde que habíamos regresado.

No había vuelto a cruzarme con mi padre desde que volvimos de Mónaco. Para ser exactos, no había hablado con él, aunque sí que lo había visto de lejos en la compañía, yendo de un lado para otro, de reunión en reunión, haciendo a saber qué. Lo que mi padre no había hecho o no se había dignado a hacer era dirigirnos la palabra a Justin o a mí. ¿Por qué tanta prisa e insistencia para que regresáramos a Edimburgo si después iba a pasarse los días ignorándonos por completo?

A quien sí que no dejaba de ver era al puto Cormac de los cojones. El tío era insistente y pesado a más no poder. Mi padre le había enviado un mensaje a Justin para avisarle de que no nos separáramos de él. Al parecer era responsabilidad nuestra enseñarle la compañía, cómo funcionaba, cómo trabajábamos y, por supuesto, que le asignáramos una rutina de entrenamiento. Porque, para ser sinceros, el tío estaba en forma, pero no era nada fuerte.

Por si no teníamos suficiente con todo lo que estaba pasando, encima teníamos que hacer de niñeros.

Lo que más me tocaba los huevos era que Cormac no solo iba a empezar a formar parte de la plantilla oficial, sino que tenía papeletas para entrar en el equipo principal porque Emilie ya no estaba. Es decir, *mi* equipo y *su* puesto. Eran órdenes que venían desde arriba y… ¿qué podía hacer yo? Absolutamente nada, aunque iba a poner todas las trabas que me fueran posibles para impedirlo. Ese puesto era de mi hermana. Pero, para mi desgracia, que lo consiguiera Cormac significaba que lo iba a tener pegado al culo todo el santo día. Allá donde iba, él iba detrás. Excepto cuando se reunía con mi padre, claro. Para eso no nos necesitaban.

En teoría, estaba aprendiendo. Sin embargo, lo que hacía en realidad era sacarnos de nuestras casillas a Justin y a mí. En más de una ocasión, mi hermano había tenido que meterse en medio de nosotros dos en los entrenamientos de boxeo y, para qué mentir, se había llevado algún que otro golpe. Sin querer por mi parte y adrede por la de Cormac, no me cabía duda. Porque cada comentario que soltaba por la boca era más repugnante que el anterior y mi paciencia tenía un límite. Sobre todo, con él.

—¡Hombre, Scott! Buenos días.

Suspiré y agarré mejor el café. Ya estaban ahí otra vez su irritante voz y esa sonrisa torcida que daba mal rollo.

—Eran buenos hasta que has aparecido —solté sin detenerme. Seguí caminando por el largo pasillo hasta el despacho.

—¿Sabes? No deberías tratarme así, niño rico de papá. Tienes todo lo que yo siempre quise tener y, aun así, tienes cara de amargado. Dinero, reconocimiento… ¿Qué más necesitas?

Me giré de golpe y me encaré a él.

—¿Qué mierdas sabrás tú? —Mi voz destilaba rabia.

—Ay, Scott, Scott… —Otra vez esa sonrisa que me ponía los pelos de punta—. Sé más de lo que te crees.

—Pues enhorabuena, gilipollas.

Me separé y seguí caminando pasillo abajo, hasta llegar al despacho que en su día había compartido con Justin y Emilie. Estaba preocupado por ella, pero la conocía y sabía que iba a estar bien. Lo importante era que también estuviera fuera de toda esta mierda. Suficiente había pasado con sus padres. No quería que se viera envuelta en problemas con el mío.

Recé para que Cormac se perdiera por cualquier rincón, pero quizá era pedir demasiado. Entró al despacho justo detrás de mí.

—¿Sabes? —continuó—. Si no fuera porque estás enamorado de la chica que me pertenece, incluso podrías llegar a caerme bien. Eres un tío con sangre en las venas y una mala hostia que te cagas. —Se tomó unos segundos para pensar—. Nada, olvídalo. En verdad, ni aun con esas te toleraría.

—Controla tus palabras, Cormac. —Miré hacia ambos lados con gesto burlón—. Justin no está aquí aún para frenarme.

Se acercó más a mí, quedando a una distancia ridícula.

—¿Acaso lo vas a echar todo a perder por una chica que jamás será tuya? —El tono que usó no podía desprender más aires de superioridad—. ¿Necesitas que te refresque la memoria? Porque parece que se te ha olvidado la conversación que tuvimos en el casino…

Me tomé mi tiempo para responder. Me aclaré la garganta. Apoyé las manos sobre el escritorio de madera maciza y empecé a hablar:

—No se me ha olvidado nada. Por si no te habías dado cuenta… —Volví a mirar a ambos lados con gesto burlón, intentando que no se me notara el dolor que sentía en el centro del pecho—. Bueno, Nina ya no está en mi vida. Pero te lo dije en su día y te lo repito hoy, desgraciado. —Cogí el aire que sabía que tanto iba a necesitar—. Nina no es tuya. Ni de nadie. Déjala en paz. Permite que tome sus propias decisiones. Olvídate de ella —dije con furia mientras daba un golpe sobre la mesa—. Acepté la propuesta, ¿no? Estoy aquí porque confío en mi padre, pero no me fío ni un pelo de ti.

Volví a acercarme a Cormac y él no se achantó.

—Te lo advierto otra vez. —Le clavé un dedo en el pecho—. No me toques los cojones ni la nombres más, porque te aseguro que te arrepentirás toda la puta vida.

Su risa inundó todo el despacho y mis ganas de partirle la boca no hacían más que aumentar.

—Lo que decía, un tío con cojones. —Se cruzó de brazos, aún con esa sonrisa llena de malicia en esa estúpida cara—. Tú a mí tampoco me gustas, Scotty.

—¿Cómo mierdas me has llamado?

Lo miré con el ceño fruncido. Estaba a punto de llegar a mi límite. Ese imbécil me drenaba la paciencia a marchas forzadas. Me senté en la silla, agotado de esa situación de mierda. Él seguía delante de mí, al otro lado del escritorio. Poner distancia me pareció una buena solución para no llegar a las manos antes de tiempo.

Cormac alzó las cejas como si la cosa no fuera con él.

—Eso es totalmente irrelevante. Pero tienes mucho valor para hablarme así, ¿no crees?

—¿Y eso por qué? Si se puede saber, claro —dije con el tono que tenía reservado solo para él, serio y desagradable.

—Porque podría hundirte la vida. —Chasqueó los dedos—. Puf. En menos de veinticuatro horas. —Se acercó hacia la mesa de madera en la que me encontraba—. Tienes suerte de que papá ande cerca.

—¿Se supone que eso es una amenaza...? ¿Debería asustarme?

Me puse de pie para quedarme a su misma altura.

—Lo que deberías hacer es andarte con ojo.

Le dediqué una sonrisa chulesca. Podía decirme mil y una cosas, amenazarme en cuarenta idiomas diferentes, pero para mí ese tío seguiría siendo lo que era: un gilipollas empedernido. Si alguien tenía las de perder en esa sala era él, sin duda alguna.

—Lo mismo te digo, porque como tengas la poca decencia de volver a amenazarme en mi propio despacho y a nombrar a Nina delante de mí... —Me acerqué todavía más a él, con una mirada y un tono de voz que desprendían odio.

No llegué a acabar la frase. En ese preciso instante, la puerta del despacho se abrió. Lo único que vi de reojo fue una mata de pelo negra y, acto seguido, unas manos fuertes sobre mi pecho que me invitaban a alejarme del desgraciado que tenía enfrente y volver a sentarme.

—Scott, cálmate —susurró Justin.

—Se está cavando su propia tumba —contesté con odio en la voz.

—No te lo niego, pero aquí no…

No podía creer lo calmadas que sonaban sus palabras.

—Te disparó… ¡y parece importarte una jodida mierda!

—¡¿Te crees que no lo sé?! Tengo una cicatriz en el hombro para toda la vida.

—¡¿Qué pasa, Scotty?! —me provocó Cormac, desde el otro lado de la sala—. ¿Es que siempre va a venir el hermano mayor a salvarte el culo?

Me resistí al agarre de Justin. Si algo tenía que reconocer era que el chaval tenía un don de la hostia para sacarme de mis casillas. Pero mi hermano insistió con una mirada. Me pidió que me quedara quietecito por una vez. De no haber sido por lo que vino a continuación, no le hubiera hecho caso ni de coña.

Sin embargo, Justin tomó cartas en el asunto: se giró, se encaró a Cormac y lo cogió por el cuello de la impoluta camisa blanca que llevaba. ¿A quién cojones se le ocurría venir en traje a un día de entrenamiento?

Sin lugar a dudas, Justin tenía mucha más paciencia que yo. Pero, si alguien le tocaba demasiado los huevos, que se anduviera con ojo, porque él también tenía un límite.

—Escúchame, rubito. Te aseguro que estoy teniendo muuucha más paciencia de la que te mereces. —Enfatizó cada una de las palabras—. Pero me lo estás poniendo muy difícil. No te pases ni un pelo con nosotros, ¿oyes? Porque vamos a tener que trabajar juntos y, créeme, tanto Scott como yo queremos formar parte del proyecto…

«Mentira».

—Así que baja esos humos y compórtate como un profesional. Si es que lo eres… —terminó Justin con una rabia brutal.

Decidió intentar desescalar la situación, pero Cormac no se achantó.

—Vaaaya… Dejar a Catalina te ha dejado escocido, ¿eh?

Ambos centramos toda nuestra atención en él al oír el nombre.

—¿Sabes qué? —continuó—. Ojalá tengas pesadillas con ella y aquella pistola en su sien. Seguro que te mata por dentro pensar que un simple clic… y estaría muerta. —Cormac soltó una carcajada y supe que nada bueno venía a continuación—. Hubiera dado lo que fuera por ver aquella escenita en el barco. Vuestras chicas preciosas a punta de pistola y vosotros sin poder hacer nada…

Se relamió los labios como si pensar en esa escena le produjera algún tipo de placer extraño.

Tal y como había supuesto, Justin se volvió y afianzó su agarre. Esa vez sujetó a Cormac por las solapas de la camisa y lo estampó contra la pared. Tenía que admitir que al menos el chaval los tenía bien puestos. Lo suficiente como para plantarnos cara sabiendo que ni de coña podía contra nosotros físicamente.

Para empezar, éramos dos y él estaba solo. Por no hablar de que Justin y yo llevábamos años entrenando, no solo con armas, sino también en combate cuerpo a cuerpo. Cormac estaba perdido.

La rabia se apoderó de mi hermano.

—Mira, imbécil, lo que yo haga con Cata es cosa mía. Te aconsejo que mantengas esa bocaza cerrada de ahora en adelante.

—¿Sabes? Si Nina no fuera mía, quizá me follaba a tu Catalina. Tiene algo que… ufff. Me revuelve por dentro.

La lascivia con la que esas palabras le salieron de la boca era repugnante. Me coloqué al lado de Justin y me crucé de brazos. Quizá mi hermano tuviera la decencia de frenarme cuando me encaraba con Cormac, pero yo no iba a detenerlo a él, mucho menos después de eso. Llevaba días ganándoselo a pulso.

—¡¿Qué puto problema tienes en la cabeza, eh?! —alcé la voz.

—Ahora sí que te has buscado un enemigo —lo amenazó Justin con un tono de voz gélido.

Cuando miré a Cormac a los ojos, parecía que estuviera disfrutando de todo aquello. Parecía que no apreciaba su vida. O quizá es que era así de repugnante en su día a día.

—Perturbado de los cojones —murmuré negando con la cabeza.

Pensé que habría tenido que ponerse una máscara de la hostia para que Nina llegara a estar con él. Dudaba mucho que ella pudiera llegar a fijarse en ese tío viendo la actitud tan asquerosa que tenía con nosotros. Como si una idea me llevara a la otra, me acordé de la noche de la tormenta en el barco. Recordé el momento en el que Nina se sinceró conmigo y me contó todo lo que había vivido con este tío. Volví a jurarme a mí mismo que jamás permitiría que volviera a acercarse a ella. Ni en un millón de vidas.

La puerta del despacho se abrió de par en par y dos tipos corpulentos vestidos de negro entraron con total confianza, seguidos por mi padre.

—¿Qué está pasando aquí? —dijo este último con tono firme.

Vi de reojo que Justin le clavaba la mirada sin soltar a Cormac.

—Dile a este imbécil que mantenga la bocaza cerrada si quieres que sigamos trabajando contigo.

En cuanto pronunció la última palabra, Justin lo soltó. Lo empujó y Cormac perdió un poco el equilibrio. Luego, empezó a recolocarse la camisa de una manera ridícula, como si no hubiera pasado nada, pero la mirada que le dedicó a Justin, como si le estuviera perdonando la vida, no me pasó desapercibida. Mi padre, por eso, clavó su mirada en cada uno de nosotros, parándose menos de dos segundos en cada uno.

—Nos vemos en cinco minutos en mi despacho —concluyó—. Es una orden.

Se dio media vuelta y salió del despacho con los dos guardaespaldas pisándole los talones.

Nos estaba tratando con una indiferencia descomunal y yo seguía sin entender por qué. ¿Para qué se había molestado en seguirnos la pista durante tantos días? ¿Para qué se había molestado en venir a buscarnos a Mónaco y montar un numerito si iba a tratarnos así? Y lo que más me jodía: había echado a Nina de mi vida por su maldita culpa, joder, y todavía no sabía cuál era el motivo.

En el casino, nos había dejado muy claro que teníamos que estar centrados en lo que se venía. No hizo falta que verbalizara qué iba a pasar si no lo hacíamos. Con las dos fotos que había sobre la mesa, sus intenciones quedaron más que claras: si no hacíamos caso y nos alejábamos de las Marín, si no colaborábamos, Nina y Catalina pagarían las consecuencias. Y no estaba dispuesto a averiguar cuál era el precio de algo así.

Pero habían pasado días. ¿Qué se suponía que «venía»? ¿Qué cojones era Hovland Security en realidad?

¿Y por qué nadie nos daba ni una sola respuesta?

Capítulo 12

Scott

Lo hago por ti, ojos claros. Hoy y siempre.

—La próxima vez que te apunte con una pistola —Cormac hizo una pequeña pausa para coger aire—, te aseguro que no fallaré.

En cuanto nuestro padre salió por la puerta, le escupió a Justin con desprecio.

—Y eso también va por ti, Scotty.

El muy patético me apuntó con el dedo y todo.

—Inténtalo, rubito. —Justin le lanzó un beso con tanta chulería que me fue imposible no reírme—. Te estaremos esperando.

—Anda, tira. Lárgate y déjanos descansar dos segundos de ti, colega —dije con toda la intención de sacarlo de quicio.

Una risa se le escapó de los labios. Recé para que se diera media vuelta y se largara, porque se me estaba poniendo dolor de cabeza solo de escucharlo. El tío era peor que mis migrañas, que ya es decir… No había vuelto a tener ninguna desde aquel día en el barco y esperaba que continuara siendo así.

—Que no se os olvide quién tiene el control aquí —amenazó. Justin y yo intercambiamos una mirada cómplice—. Sé dónde viven. Así que, no os conviene seguir jugando. ¿No os parece?

Dio un par de pasos hacia nosotros, pero en cuanto la última palabra de su amenaza estuvo en el aire, se separó de nuevo. Se cruzó de brazos y nos dedicó esa sonrisa maliciosa que yo tanto odiaba. Detestaba que me amenazaran, pero de él odiaba hasta el tono de su repugnante voz. Oírlo hablar conseguía sacar lo peor de mí: la rabia, el odio y la venganza crecían en mi interior a pasos agigantados, haciendo que me fuera casi imposible tener un mínimo de autocontrol. Pero sabía que debía mantener la calma. O al menos intentarlo. Porque, si no lo hacía, lo iba a joder todo.

Y no sería yo quien pagase las consecuencias.

«Lo hago por ti, ojos claros».

—Y ahora, venga —sentenció Cormac—, papá nos espera.

Enfatizó la palabra «papá» con burla y nos indicó que saliéramos por la puerta haciendo un gesto exagerado. Era obvio que, a pesar de estar trabajando codo con codo con mi padre, Cormac nos detestaba por haber tenido la vida que habíamos tenido. Y esa manera de hablar era prueba suficiente.

—Tú primero —dije con frialdad. No me fiaba de darle la espalda.

—Si insistes…

Me guiñó un ojo con aires de superioridad y se largó.

«Por fin», pensé.

Esperé dos segundos de cortesía para que se alejara y, entonces, decidí desahogarme con Justin. Me pasé las manos por la cara y me froté los ojos con intensidad.

—Este desgraciado va a acabar con toda mi paciencia.

—Tampoco es que tengas demasiada, eh —dijo él, sonriendo con tranquilidad pese a la tensión del momento que acabábamos de vivir.

—Te juro que lo cogía del cuello y le ponía los huevos de corbata. Hasta que no pudiera respirar más, joder.

Empecé a caminar por el despacho soltando todos los nervios acumulados.

—Y yo te ayudaría encantadísimo.

—¿Qué se supone que quiere de nosotros, eh? Es un grano en el culo, joder.

—No me da buena espina, Scott. A este tío no le pesa la conciencia, ¿sabes? Lo veo muy capaz de hacerle algo a Nina y a Cata si se le antoja, aunque sea solo por hacernos daño a nosotros.

Seguí caminando en círculos por el despacho, pasándome las manos por el más que despeinado tupé negro. Cogí aire y seguí hablando:

—Ya lo sé, Justin. Ya lo sé. Yo también lo veo. A ese cabrón se la pela todo y, si encima en el proceso nos da donde más nos duele, mejor que mejor. —Me detuve. Respiré, quería que el aire fresco me entrase en los pulmones—. Es que no soporto que hable así de ellas.

—Pues vamos a tener que hacer de tripas corazón y aguantar un poco. Precisamente por ellas, hermano —me advirtió Justin.

Lo miré a los ojos. Confiaba en Justin. Y, si él me pedía que saltara, aunque yo no viera el fondo, iba a hacerlo sin dudarlo. Asentí y le pasé un brazo por los hombros anchos. Tenía razón: no podía olvidarme del propósito de todo aquello

—Anda, vamos —dije—, nos están esperando.

Salimos del despacho para dirigirnos al de nuestro padre. Para llegar a él teníamos que subir al último piso de los seis que tenía el edificio. Esa sexta planta era solo suya, una especie de lugar prohibido para el resto de los trabajadores.

Aún recordaba que, cuando mi abuelo dirigía la empresa, eso no era así. Por supuesto que su despacho había estado también en la sexta planta, pero había mucha más vida allí. Mucho más movimiento. De niños, Justin y yo nos pasamos horas jugando en la sexta planta. Desde que mi padre había accedido al puesto, casi ni la pisábamos. Con mi abuelo, quien lo necesitara podía pasarse por allí para hablar con él. Ni de coña había tantas restricciones ni prohibiciones ni aires de superioridad como con mi padre.

Llegamos a la sexta planta, a la que solo se podía acceder mediante un ascensor especial. Nada más se abrieron las puertas, nos dirigimos hacia el gigantesco despacho.

—Llegáis tarde —dijo mi padre irritado.

—En realidad, solo han pasado cuatro minutos y treinta segundos.

Le clavé a Justin el codo en las costillas tratando de que mantuviera la boca cerrada. ¡Acabábamos de acordar que no nos pasaríamos de la raya!

Mi padre nos miró con descaro y le asintió a su primogénito. Me pregunté si habría reaccionado igual si lo hubiera dicho yo o si se habría comportado de una forma muy diferente. Apostaba por lo segundo.

—Sentaos.

Fue más bien una orden que una sugerencia. Y, para mi desgracia, me tuve que sentar al lado de Cormac. A ese ritmo, no iba a poder descansar de él ni siquiera diez minutos al día. Eso complicaba la ardua tarea de gestionar mejor mi autocontrol en lo que al rubito en cuestión se refería.

—Scott, Justin. Ha llegado el momento de que os cuente la verdad —empezó a decir mi padre desde su enorme y ostentoso sillón de cuero marrón.

Se me heló la sangre al escuchar sus palabras. ¿La verdad? ¿De qué verdad estaba hablando? Aunque intuía que no me iba a gustar ni un pelo, estaba deseando que fuera sincero de una vez por todas.

—No quiero que os abruméis de golpe, así que vamos a ir poco a poco.

Intercambié una mirada gélida con Justin, ambos estábamos expectantes sobre lo que nos iba a caer encima.

Una cosa era intuir la verdad, sospechar que algo no iba bien e investigar. Pero, si al final esa intuición se convertía en realidad, la historia cambiaba. El peso que tendríamos que cargar sobre nuestros hombros, e incluso sobre nuestra conciencia, sería enorme.

—Veréis, no sois conscientes de la realidad de Hovland Security.

«O quizá sí…», me dije a mí mismo.

—La verdad es que los ingresos por las resoluciones de casos son una mínima parte de lo que generamos en realidad.

—¿De qué estás hablando? —pregunté impaciente.

—No te adelantes y escucha, Scott. Sé que se te da fatal, pero inténtalo, ¿quieres? —comentó con seriedad.

Tuve que morderme la lengua y callarme, pues no quería montar una escena. Sin embargo, cada vez tenía más claro que mi padre me toleraba a duras penas. Y yo a él, más de lo mismo.

—Lo que quiero decir es que, si la empresa ya era grande cuando vuestro abuelo la dirigía, lo que yo he conseguido durante estos años ha sido estratosférico. ¿No era ese acaso el verdadero propósito?

Hizo un gesto sutil con la mano para que la secretaria, una chica de pelo oscuro y tez pálida que se sentaba a escasos metros de nosotros, le trajera un café. Ni siquiera se dignó a mirarla ni tampoco a darle las gracias, cosa que me supo fatal por ella. Me puse en su lugar: aguantando las órdenes de ese imbécil todo el día por lo que con toda probabilidad sería un salario no muy decente. ¿Acaso no podía levantarse él y prepararse el maldito café?

Me disculpé con la mirada. La chica asintió y se encogió de hombros de manera casi imperceptible tratando de quitarle hierro al asunto.

Era algo superior a mí. Me pasaba de niño con los mayordomos y sirvientes que contrataba mi padre para servirle y atenderle en casa. Y me seguía ocurriendo de adulto, tanto con el servicio en casa como con los trabajadores de la compañía que dependían directamente de mi padre. No lo entendía. No era capaz de comprender que una persona pudiera llegar a tratar con tan poco respeto a otras. Si al menos las tratara con un mínimo de educación, quizá no me hubiera sentido así. Era humillante.

Mi padre le dio un sorbo al café y Justin aprovechó el momento para lanzar la misma pregunta que me estaba haciendo yo:

—Entonces, si la mayoría de los ingresos no vienen de los casos, ¿se puede saber de dónde vienen?

Acto seguido, la risa de Cormac inundó el despacho enorme. Ambos nos giramos para mirarlo, extrañados y algo incómodos. Estaba claro que él sabía algo que nosotros todavía desconocíamos. Mi padre se unió a él, soltó una risa en perfecta armonía con la suya. Es más, hasta se parecía. Me puso los pelos de punta.

—Ay, hijos míos. —Se tomó su tiempo para darle otro sorbo al café con calma—. Eso es algo que os desvelaré a su debido tiempo. Por ahora, lo único que tenéis que saber es que la manera que tenía vuestro abuelo de llevar la compañía no era la correcta. He tenido que hacer muchos cambios y reestructuraciones, lo cual ha provocado que el propósito de la empresa cambie. De ahí lo que os comenté del gran golpe. Era esto.

Cormac asintió con firmeza. Así que eso era el gran golpe: enterrar el verdadero propósito de Hovland Security. De puta madre.

—Entonces, ¿ya no vamos a llevar más casos? —pregunté, no entendía demasiado bien el rumbo que había tomado la conversación.

—Por supuesto que sí, Scott —siguió mi padre—. De puertas para fuera, somos una empresa en la que la gente puede confiar. Seguiremos ayudando a quien lo necesite, resolviendo casos y siendo la compañía de seguridad privada referente a nivel mundial. Y, para eso, os necesito a vosotros dos. —Nos señaló a Justin y a mí—. Vais a ser los encargados de seguir manteniendo las apariencias. Es precisamente a lo que os habéis dedicado en cuerpo y alma durante muchos años y así tiene que seguir siendo. Sois los herederos Hovland. —Escuché que Cormac soltaba un gruñido por lo bajo—. Pero de puertas para dentro… Bueno, la situación es muy diferente, hijos míos.

—¿Y qué pinta él en todo esto?

Señalé a Cormac con el pulgar, estaba cansado de escucharlo quejarse una y otra vez por lo bajo.

—Quizá tu hermano y tú conozcáis la empresa por fuera. Pero él es quien mejor la conoce por dentro, Scott. —Volvió a darle otro sorbo al café con una indiferencia descomunal—. Llevamos trabajando juntos desde hace años. Puede que Cormac tenga mucho que aprender de vosotros, pero os aseguro que vosotros también tenéis mucho que aprender de él.

—Una pregunta —intervino Justin.

—Dime, hijo.

Mi padre centró toda su atención en él.

—¿No se supone que somos una empresa familiar? Desde niños nos inculcaste que la dirección de la compañía solo pasaba por manos de los Hovland. Entonces, ¿por qué llevas trabajando tanto tiempo con el rubito?

Eso mismo me preguntaba yo. Agradecí que mi hermano tomara la iniciativa. Yo tampoco le encontraba ningún sentido a la conversación. Todo lo que creía conocer se estaba viniendo abajo a pasos agigantados. Me sentía perdido, desubicado. Era como vivir en una realidad paralela en la que no existía todo lo que creía conocer.

—Como bien acabas de decir —siguió mi padre—, la dirección de la compañía solo pasa por manos de los Hovland. Tu hermano y tú seréis las cabezas visibles. Seréis los directores en algún momento. Pero necesitamos gente que opere en la sombra y Cormac sabe muy bien cómo hacer ese trabajo.

—¿Y en qué consiste exactamente su trabajo? —Apoyé los codos sobre las rodillas y dejé caer todo el peso de mi cuerpo hacia delante—. Porque, que yo sepa…

—Ya lo irás descubriendo, Scotty —me interrumpió el rubito.

—No estoy hablando contigo —repliqué.

—Aaah, ¿es que he ofendido al niñito rico de papá?

Estaba a punto de contestarle cuando la imagen de Nina me cruzó la mente. Tenía que guardar las apariencias, así que me mordí la lengua. Sacudí la cabeza y retomé la conversación.

—Tranquilo —le contesté y, acto seguido, procedí a ignorarlo por completo—. Papá, me gustaría saber más sobre lo que hacéis.

—Siempre con ese fuego y ansia en tu interior, Scott. Cómo me alegra que no lo hayas perdido con el paso de los años. Puede llegar a sernos muy útil.

—O jodernos todos los planes, Jack —añadió Cormac con cierta inquietud.

—Estate tranquilo, Cormac. No nos fastidiará nada —respondió mi padre serio.

Me quedé bastante sorprendido al escuchar que me defendía. No era algo que hiciera a menudo.

—Papá, ¿cuál es el otro trabajo? Porque quiero formar parte.

La incertidumbre me estaba comiendo vivo.

—Ay, Scott —suspiró—. Todo a su debido tiempo, hijo. Guarda fuerzas y controla bien esa paciencia

Lo miré con desdén, pero no me ayudó en nada.

—Y ahora, ya podéis marcharos.

—Pero ¡si no nos has contado prácticamente nada! —protestó mi hermano.

—¿Acaso estabas escuchando lo que le acabo de decir a tu hermano, Justin? Todo a su debido tiempo. Ya sabéis suficiente por hoy.

Le di una palmada en la espalda a Justin para indicarle que nos marchásemos. Acto seguido, ambos nos levantamos decididos a salir del enorme despacho.

—Gracias, papá.

—De nada, Scott. —Hizo una breve pausa y continuó hablando—: Estoy confiando en vosotros. No hagáis que me arrepienta.

—Tranquilo, no te fallaremos —dijo Justin por mí.

Yo asentí escondiendo el asco que sentía por él. Seguimos caminando hacia la puerta, pero justo antes de cruzarla, las palabras de mi padre volvieron a llamar mi atención.

—Ah, chicos. —Ambos nos giramos para mirarlo y siguió—: ¿Lo que os dije en Mónaco? —Alzó las cejas para dejar claro quién mandaba—. Que no se os olvide. Sigue en pie. No quiero que os metáis en ninguna relación. Mucho menos con las Marín. Quiero que os centréis. De ahora en adelante, somos un equipo. Así que, mantenedlas fuera de vuestra vida y hacednos un favor a todos, anda.

—Descuida —le sonreí, tratando de que pareciera que de verdad compartía su opinión.

Sin embargo, en cuanto les di la espalda, mi semblante cambió a uno mucho más serio. ¿Qué obsesión tenía con que mantuviéramos a Nina y a Catalina fuera de nuestras vidas? ¿Era algo personal contra ellas? ¿O tan solo estaba siendo un egoísta de mierda y nos quería centrados en sus asuntos en vez de prestar atención a nuestra vida?

Me sentía atado de pies y manos, no tenía libertad alguna para tomar mis propias decisiones. Amenazado y coartado por ese extraño imperio que tenía montado. Todo ello mientras yo seguía sin saber qué cojones se escondía detrás de la supuesta cara visible de Hovland Security.

—¿Qué opinas? —pregunté en voz alta una vez que Justin y yo entramos en el ascensor.

—¿Te parece si ceno esta noche en tu casa?

Alzó la mirada hacia el techo, como si tuviera miedo de que nos estuvieran escuchando. Puede que no anduviera desencaminado, visto lo visto. Decidí unirme al juego.

—Cabrón, ¿que no tienes casa o qué? Llevas más de tres días sin salir de la mía —dije entre risas.

—¿Qué le voy a hacer? No puedo estar lejos de mi hermano pequeño.

—Venga va. Pero pagas tú la cena.

—Trato hecho, hermanito.

Me guiñó el ojo contento por haberse salido con la suya. A veces no sabía quién de los dos era el hermano pequeño, si él o yo.

Sin decir ni una sola palabra más, salimos del ascensor nada más se abrieron las puertas y continuamos con el día como si no hubiera ocurrido nada. Papeleo, análisis de casos, entrenamiento y dudas que me azotaban cada pocos segundos.

No podía dejar de recordar una y otra vez la conversación que habíamos tenido con mi padre. No entendía por qué había tenido que destruir lo que un día fue Hovland Security, su verdadero propósito. La idea de intentar hablar con mi abuelo empezaba a parecerme necesaria, pero debía ser cauto. Sobre todo en momentos como ese. Por eso no le confesé a Justin lo que se me estaba pasando por la cabeza, pues no podía permitirme dar ningún paso en falso. Porque sería Nina quien pagaría las consecuencias.

Capítulo 13

Nina

Necesitaba aferrarme a esa esperanza como a un clavo ardiendo porque, si eso era verdad, era lo único que me quedaba de él.

La conversación con Catalina me había dejado algo trastocada. No había sido capaz de sacarme sus palabras de la cabeza, ¿qué se suponía que debía hacer?

Sin quererlo, no dejaba de analizar todos y cada uno de los recuerdos que guardaba de esos días que había pasado en el barco con Scott. Iba desde la noche de la feria, cuando no quería ni verlo y su mera presencia me quemaba por dentro, pasaba por los días en Formentera y se quedaba estancada en nuestro último día en Mónaco, cuando ya no podía ocultar el amor tan grande que sentía por él. Estaba tratando de analizar con sumo cuidado y detalle todo lo que era capaz de recordar: cada gesto, cada mirada, cada palabra suya...

Todo parecía importante para tratar de entender lo que había ocurrido en realidad. Para entenderlo a él. Cada mínima cosa que recordaba de ese chico de pelo negro y ojos color miel contaba. Ese chico que, a pesar de todo, seguía revolviéndome todo por dentro. Hubiera sido inútil negar que no era así. Scott seguía siendo la única persona que había querido de verdad, podía decirlo sin dudarlo ni por un segundo. Y a esas alturas no sabía a qué agarrarme. ¿Me aferraba a la esperanza o me aferraba a la realidad?

Era todo demasiado confuso.

Estaba tumbada sobre una toalla, sintiendo las irregularidades de la arena sobre la espalda. Incluso así, bajo el sol de finales de agosto, con mis hermanas y Emilie cerca, escuchando su conversación y sus risas de fondo, era incapaz de salir de ese bucle destructivo que me arrasaba. Alcancé a oír algo sobre lo gracioso que les parecía a Cata y Laia que mi madre le hubiera hecho a Emilie una visita guiada con todo lujo de detalle por toda la casa nada más llegar, pero yo no prestaba demasiada atención. Mi cabeza seguía pendiente de otras cosas. Más bien de cierto chico.

Emilie estaba instalada en la habitación de mi hermano, esa que llevaba años vacía. A mi madre parecía hacerle feliz volver a darle uso a ese espacio que tanto significaba. Aunque lo habíamos mencionado, todavía no le habíamos contado la historia a Emilie. Ella se había mostrado muy respetuosa. A no ser que nosotras empezáramos a hablar de ello, dudaba que ella sacara el tema. Lo cierto era que lo agradecía mucho, porque tenía suficientes cosas en la cabeza como para ponerme a pensar en el hermano mayor que ya no tenía.

Seguía tumbada boca arriba en la arena, sobre la toalla mullida, con mis gafas de sol favoritas y con el pelo, más corto que antes, desperdigado sobre la toalla, notando el sol que bañaba mi piel. Oía de fondo las olas, pero hasta eso me recordaba a Scott.

A los días que pasamos en el barco.

Gracias a él, había podido quitarme el peso que llevaba cargando desde hacía meses y volver a vivir sin ese lastre que antes arrastraba. En ese sentido, me daba igual que todo hubiera sido una mentira. Me había ayudado a sacarlo todo y a dar un paso al frente, eso no podía negarlo. Y, aunque todo el esfuerzo por mejorar estaba siendo mío, a él también tenía mucho que agradecerle.

Aunque ya no estuviera conmigo para decírselo.

—Pues viene hacia aquí… —Escuché que decía Laia.

—Me suena mucho —añadió Cata.

—¡Joder!

—¿Ese no es…? —dijo Emilie con curiosidad—. Vale, chicas, ¡quedaos detrás de mí!

—Pero ¿te has traído la pistola?

El comentario de Laia me hizo incorporarme de repente. ¿Había dicho «pistola»? Me quité las gafas de sol con la intención de unirme a la conversación.

—¿Quién viene? —pregunté.

—¿Cómo me voy a traer la pistola a la playa, Laia? —contestó Emilie.

Sentí que se me aceleraba el corazón.

—Yo qué sé, podía ser un complemento más —respondió mi hermana.

—¡Chicas, que viene…! —interrumpió Catalina.

Entonces lo vi.

—¿Nina?

Crucé la mirada con mi hermana mayor, ambas teníamos la cara desencajada. La idea no me gustó ni lo más mínimo.

—¿Qué narices hace él aquí? —gruñí.

Aunque sentía miedo, me puse de pie con decisión. Tratando de apelar a toda la seguridad que sabía que podía tener, le planté cara. Al segundo, noté que Emilie se colocaba a mi lado, un poco por delante de mí con un aire protector. Me dedicó una mirada cómplice que agradecí. Contar con ella me hizo sentir mejor. Al fin y al cabo, ambas sabíamos lo que habíamos vivido durante aquellos minutos interminables en el barco.

—Guille, ¿se puede saber qué se te ha perdido aquí?

Mis palabras lo detuvieron. Guille se detuvo delante de nosotras a una distancia prudencial. Mis hermanas también se incorporaron, guardándonos las espaldas.

—Nina, por favor. Solo quiero hablar —susurró como si le pesaran las palabras.

—Es un poco tarde para eso, ¿no te parece?

Se pasó las palmas de la mano por la cara. Supuse que estaba nervioso, porque eso era justo lo que gritaban sus gestos, pero no me importaba. Ya no.

Guille dio un paso al frente, pero Emilie se le adelantó y le cortó el paso.

—Si yo fuera tú, ni se me ocurriría —le advirtió ella con fiereza.

—No voy armado, os lo juro. —Agitó las manos en el aire para que viéramos que era cierto—. Solo quiero hablar.

Le hice un gesto con la cabeza para invitarle a que empezara. Emilie no se apartó en ningún momento de mi lado.

—Sé que la he cagado y que me he portado como un amigo de mierda. Pero, de verdad, no tenía otra opción, Nina.

Di un paso hacia delante, esta vez sin ningún tipo de miedo.

—¡¿Que no tenías otra opción?! ¿En serio no había otra opción que apuntarnos con una pistola en el pecho? —Hice un gesto con el dedo señalándonos a Emilie y a mí—. ¿A hacer que esos guardaespaldas apuntaran a mis hermanas? ¡¿Que le apuntaran y pisotearan la cara contra el suelo a Scott?! ¡¿De verdad que no había otra opción?!

Alcé la voz más de lo que pretendía. Me alegré de que estuviéramos prácticamente solas en aquella zona de la playa porque, si no, la gente se hubiera enterado de una historia poco agradable. Por otro lado, era obvio que había mejorado lo suficiente durante este tiempo como para que la seguridad en mí misma fuera creciendo. No pensaba dejarle pasar ni una a Guille.

—Sé lo que parece, Nina —insistió él—. Pero te aseguro que no había alternativa. Me topé con la gente equivocada en el momento equivocado y eso es algo de lo que me arrepentiré toda la vida.

Guille tenía unas ojeras muy marcadas por debajo de los ojos. No las tenía aquel día fatídico. Qué curioso, pensé. ¿Acaso estaría diciendo la verdad?

—No quiero escuchar ni una sola palabra más. Me has jodido la vida —dije con seriedad—. Date la vuelta y vete por donde has venido, no quiero volver a verte en la vida.

—Nina, escúchame…

—No, Guille. Se acabó. Estás muerto para mí. ¡Muerto!

Noté la mano cálida de Emilie sobre mi hombro.

—Ya la has oído. Lárgate —insistió ella. Guille clavó sus ojos en los de Emilie durante unos segundos—. ¿O prefieres que te inmovilice como a tu amiguito del barco, eh?

Guille negó con la cabeza.

—Lo siento, yo… —susurró sin mirarme a la cara.

—¿Qué se supone que sientes? ¿Mentirme? ¿Engañarme? ¿Utilizarme? Porque eso parece que es lo que hace todo el mundo a estas alturas… ¿O sientes haberme puesto una pistola aquí? ¡Aquí! —Me puse la mano en el punto exacto en que me colocó la pistola fría—. ¿En el centro del pecho? ¡A mí! Te recuerdo que en algún momento fuimos amigos, Guille.

—De verdad que espero que algún día puedas perdonarme, Nina. Y, sobre todo, que yo esté aquí para verlo.

—Vete olvidando, Guille —solté con rabia.

Él cogió aire, se tomó el tiempo necesario para controlar la respiración.

—Lo suponía —cedió—. Pero tenía que intentarlo. No podía dejar las cosas así, no…

—No tengo nada más que hablar contigo, así que vete.

Me crucé de brazos.

—Está bien, pero antes tengo que decirte una cosa más.

—No, Guille. Ya está bien. Voy muy en serio, no quiero verte. No quiero saber nada más de ti. No quiero…

—Scott está en peligro —me interrumpió. En ese instante, a pesar del solazo que nos calentaba la piel, empecé a sentir un frío tremendo—. Y Justin también. Pensé que tenías que saberlo.

El corazón me iba a mil por hora.

—¿Cómo dices? —preguntó Catalina justo detrás de mí.

—Están en peligro —repitió Guille—. Los dos. Pensé que teníais que saberlo. Sé que la he cagado y que merezco todo el odio que veo en tus ojos, Nina, pero esta es mi forma de hacerte ver hasta qué punto me arrepiento. Que os vaya bien, chicas. Y, de nuevo, lo siento mucho, nunca quise haceros daño.

Tras soltar esa bomba, Guille se dio media vuelta y se largó por donde había venido.

Me quedé paralizada, de pie sobre la arena húmeda de la playa. Escuchaba el mar de fondo, pero en realidad no era consciente de lo que me rodeaba. ¿Qué acababa de decir? Lo que yo tanto había temido oír. Porque una parte de mí lo sabía, ¿verdad? Esa parte que no paraba de gritarme a los cuatro vientos que nada de lo que estaba pasando cuadraba, que Scott no era así.

«Scott está en peligro».

Haciendo caso omiso de las voces de mis hermanas, Emilie o cualquier pizca de sentido común, salí corriendo. Traté de alcanzar a Guille antes de que se me escurriera de las manos. Estaba lejos, pero no podía escapar de mí así como así, ¿no? Ya no me importaba cómo narices nos había encontrado. ¿Qué más daba eso? Lo único que me importaba eran esas cuatro palabras que acababa de soltar por la boca. Y, mientras corría, ese pensamiento no dejaba de darme vueltas por la cabeza.

«Scott está en peligro».

Corrí para intentar alcanzarlo de nuevo.

«Scott está en peligro».

Lo vi saltar de la arena al paseo marítimo.

«Scott está en peligro».

Estaba dispuesta a revolver cielo y tierra para conseguir la respuesta. Por eso, en cuanto lo alcancé, le tiré del brazo para que me mirara a los ojos.

—¿A qué te refieres con que Scott está en peligro, Guille?

No me anduve con rodeos.

—Nina —suspiró—, no puedo decirte mucho más. Ya me he jugado demasiado el cuello.

Emilie nos alcanzó entonces. Le dediqué una mirada rápida para agradecerle que me hubiera seguido.

—Por favor, Guille. Me lo debes —dije con firmeza.

—Empieza a hablar y te aviso que no es una maldita sugerencia. —Emilie imponía bastante.

La duda recorrió sus ojos. Tras varios segundos que se me hicieron eternos, en los que intuí que Guille estaba valorando todas sus opciones, empezó a hablar:

—No sé demasiado, porque a mí no me informaban de las cosas gordas. —Escuché con atención—. Pero sí sé que no existían ningunas maniobras de entrenamiento. Os estaban mintiendo.

Me quedé clavada en el sitio.

Scott me dijo en Mónaco que todo había sido parte de unas pruebas de entrenamiento de la empresa. Que había jugado conmigo y con mis sentimientos porque todo era una prueba. Necesitaba comprobar si era capaz de controlar a su antojo a alguien, como hizo conmigo. Me dijo que yo no significaba nada para él. ¿Y Guille decía que esas pruebas jamás existieron? ¿Que eran mentira?

—¿Cómo sabes tú eso? —pregunté impaciente.

—Tomé malas decisiones —insistió—. Confié en quien no debía y terminé haciendo el trabajo sucio. Pero escuché cosas. No puedo decirte mucho más, Nina. Solo que creo de verdad que Scott es un tío legal. Cuando esos tipos y yo llegamos al barco, a Scott y a Justin les pilló por sorpresa de verdad. No sabían nada de nosotros. De mí.

—¿Qué quieres decir? —intervino Emilie por mí.

Yo me quedé clavada en el sitio, sintiendo un hormigueo que no hacía más que crecer y expandírseme por el cuerpo. Mi intuición quería que creyera las palabras de Guille. ¿Qué ganaba contándome algo así?

—Su reacción fue demasiado real como para ser una farsa, eso quiero decir. Además, si hubiera existido ese entrenamiento, ellos hubieran sabido lo que iba a pasar, ¿no? Quizá no cuándo ni cómo, pero sin duda hubieran estado al tanto de que algo así podía ocurrir. —Hizo una pausa para coger aire. Se le veía agotado y no precisamente porque hubiera dormido mal—. Pero no fue así. Ellos no tenían ni idea. ¿Acaso no viste cómo reaccionó Scott en cuanto te puse las manos encima?

Un escalofrío me hizo temblar. Las imágenes de aquel momento me inundaron de golpe: Scott revolviéndose en el suelo, gritando que me soltaran, buscando con la mirada si estaba herida tras el disparo.

—Eso no hay quien lo finja, Nina —murmuró Guille—. El amor no se puede fingir así. Y lo sabes.

—No, no, no… Esto que me estás diciendo no puede ser, Guille. —Solté una carcajada tonta de los nervios—. Esto es… demasiado. No entiendo nada. —Me giré para mirar a Emilie—. Eso no puede ser cierto, ¿a que no, Emilie?

Desquiciada, me pasé las manos por la cara.

—No lo sé, Nina. —Sonaba tan desconcertada como yo—. No sé qué pensar…

—Espero que al menos esto te sirva para perdonarme un poco —siguió Guille—. Porque de verdad que lo siento en el alma. —Suspiró—. Me tengo que ir. De corazón espero que todo te vaya bien.

No fui capaz de articular ni una sola palabra más. En lugar de decir nada, me quedé plantada descalza sobre el paseo marítimo, viendo al que un día había sido mi amigo alejarse cada vez más. ¿Cómo me había encontrado? Aunque quizá debería haberme importado, no fue así. Estaba demasiado ocupada tratando de procesar, sin demasiado éxito, lo que acababa de escuchar.

No me di cuenta de que mis hermanas nos habían alcanzado hasta que empezaron a sacudirme por los hombros.

—¡¿Nina?!

¿Era Cata quien hablaba? ¿O Laia?

¿Habían escuchado lo que acababa de decir Guille?

—¡¿Nina?! —Más zarandeos.

Salí del trance en el que me había perdido y deslicé la mirada de una a la otra.

—Dime que no te has creído ni una sola palabra de este tipo. —Era Laia la que me zarandeaba—. Por favor te lo pido, eh.

—¿Ah? —fijé la mirada en mi hermana.

—Ese tío está mintiendo, Nina. No te fíes de lo que te ha dicho ni te comas la cabeza, por favor.

Me di cuenta de que tenía los ojos cargados de preocupación.

—Laia, no sé. Sonaba tan sincero… —Me encogí de hombros.

—Pero ¡¿qué dices?! —Se tomó unos segundos para coger aire—. Nina, que os apuntó a Emilie y a ti con una pistola. ¡No te creas ni una sola palabra, por Dios! ¡Díselo tú, Em!

Clavé mi mirada en ella, que no se había apartado de mi lado. Emilie hizo un pequeño gesto con la cabeza, quizá estaba de acuerdo conmigo.

—Creo que todo esto es más rebuscado de lo que parece, Laia.

—¡No me lo puedo creer! ¿Cata?

Cuando me volví para verle la cara, vi que esta última también dudaba.

—Yo estoy con Laia —admitió al final—. Ese tío no me da ningún tipo de confianza, pero también es cierto que… No lo sé, estoy confusa. —Negó con la cabeza—. Ya no estoy del todo segura de que…

—Explícate —le pedí—. Porque esta mañana no pensabas lo mismo.

—No te equivoques, Nina. Creo que es lógico que no confíe en Guille después de lo que hizo. No sabemos si este es otro más de sus trucos. Sin embargo, es cierto que las actitudes de Justin y Scott tampoco me terminan de cuadrar. Estoy confundida, ¿vale? Todo esto es muy extraño y yo…

—¡No me lo puedo creer! —Laia levantó los brazos y alzó la voz con fastidio—. Pero ¿os estáis escuchando?

—Laia, no vayas por ahí —le pedí.

—Sí, sí que voy por ahí, Nina. —Se acercó a mí y me cogió las manos con suavidad.

—Lo quiero, Laia. Demasiado —admití en voz alta. Aunque fuera un secreto a voces, me sentí aliviada al decirlo en alto.

—Escúchame, Nina —insistió Laia—. Entiendo que estés dolida y que te aferres a un clavo ardiendo o a cualquier cosa que te dé un mínimo de esperanza para estar con Scott. Pero no confíes en Guille, por favor te lo pido. —Intercambió una mirada con nuestra hermana—. Cata y yo pasamos un miedo terrible escuchando todo lo que pasó aquel día en el barco, estábamos escondidas en el camarote y no podíamos ayudaros. ¡No sabíamos qué os estaba pasando! Y ya sabes las malas pasadas que te puede jugar la imaginación… —Se tomó unos segundos para coger aire y continuó—: Nina, pasamos un infierno pensando que os podía pasar algo terrible. Así que, por favor, no confíes en Guille.

—Laia, te entiendo y lo siento mucho. Pero tengo que averiguar si todo eso es verdad. No puedo quedarme de brazos cruzados. No esta vez —admití—. Te aseguro que no estoy confiando en Guille. O eso creo. Pero me ha dicho que Scott está en peligro, que nada de lo que me dijo fue real…

—Nina. —Catalina se sumó a la conversación—. Soy consciente de cómo te sientes, lo sabes. Solo te pido que, por favor, no tomes decisiones en caliente.

Estaba confundida, mil datos inconexos me flotaban en la mente y no era capaz de conectarlos de manera lógica. Negué con la cabeza como pidiendo un poco de paciencia.

—Chicas, yo no conozco a Guille —intervino Emilie—. Solo lo he visto dos veces en mi vida, aquella tarde en el barco y hace un momento. Y, aunque me parezca un gilipollas de cuidado y no confíe en él por motivos más que evidentes…, ha dicho algo que no puedo ignorar —añadió con cautela—. Ha dicho que no existía ninguna maniobra de entrenamiento. Y eso solo puede saberlo si de verdad escuchó algo. Así que yo estoy con Nina.

Miré a Emilie sorprendida y con cierto alivio. Albergaba la esperanza de que dijera lo que tanto necesitaba oír en este momento. No era solo mi esperanza. Hasta Emilie pensaba que había gato encerrado.

—Supongo que, a pesar de todo, creo que seguiría poniendo la mano en el fuego por esos dos inútiles. ¿Qué le voy a hacer? —sonrió algo incómoda—. Son como mis hermanos…, son la única familia que me queda. —Un destello de tristeza le recorrió la mirada—. Si no lucho por ellos, no me queda nada. Y de verdad creo que, si algo así hubiera existido, me lo hubieran contado.

—Entonces, ¿tú tampoco crees que lo de Mónaco fuera real? —pregunté.

—No puedo afirmarlo al cien por cien, pero sí creo que está pasando algo raro. Algo de lo que no quieren que formemos parte. Por lo que sea.

—No voy a dejar que nadie más vuelva a decidir por mí —dije firme.

—Te aseguro que yo tampoco.

Una sonrisa cargada de determinación se dibujó en la cara de Emilie. El gesto hizo que una oleada de esperanza se apoderara de mí.

Nadie más iba a tomar ni una sola decisión por mí.

Nadie.

Ni siquiera Scott iba a decirme de lo que podía o no formar parte.

Y quizá me estaba agarrando a un clavo ardiendo, sí. A esa chispa de esperanza de la que Laia hablaba. Pero supongo que no me importaba. Porque necesitaba asegurarme de que sabía la verdad.

Y, sobre todo, de que él estaba bien.

A pesar de todo.

Capítulo 14

Scott

¿A ti también te cuesta dormir? Cuando cierro los ojos, todo se me viene encima.

En cuanto sonó la alarma a las seis y media de la mañana, lo único que quise hacer fue estampar el móvil contra la pared más cercana para no volver a escuchar ese sonido estridente y molesto. Justin y yo nos habíamos quedado hasta bien entrada la madrugada hablando sobre lo que nos había contado nuestro padre. Aunque, para ser sinceros, no había sido mucho. O más bien no había sido nada útil.

No cabía duda de que era un hombre listo. No iba a desvelar todas sus cartas a la primera de cambio, por muy hijos suyos que fuéramos. Pero eso me hacía dudar: ¿de verdad iba a llegar a confiar en nosotros en algún momento? ¿O tan solo nos estaba usando de nuevo? ¿Qué pretendía en realidad de todo aquello? No lo sabía. Y dudaba que fuera a averiguarlo en un futuro cercano.

Por tanto, solo me quedaba seguir haciendo el papelón, bailarle el agua y exprimir al máximo cada oportunidad que surgiera para obtener algo de información. Todo ello con la esperanza de parar lo que cojones fuera que estaba ocurriendo. De nuevo, Justin y yo habíamos pasado la noche intentando recabar algo de información por nuestra cuenta, pero no habíamos logrado averiguar nada nuevo. Lo único que teníamos eran esos movimientos sospechosos y millonarios que iban directos a la cuenta bancaria de Hovland Security y los informes que Emilie había logrado descifrar cuando aún estábamos en el barco.

Con ello, me cuadraba un poco más lo que nuestro padre había dicho: la resolución de casos ya no era la principal fuente de ingresos de la compañía. Y si no lo era, ¿cuál era esa nueva fuente de ingresos? ¿Qué escondía? Nuestras sospechas nos inclinaban a pensar en el narcotráfico. ¿A qué venía si no ese almacén de barcos en Sicilia y todos esos casos sin resolver?

La realidad era que, con o sin conjeturas, seguía faltándonos información de todo tipo. Si no la conseguíamos pronto, íbamos a seguir avanzando a ciegas. Él seguiría sacándonos ventaja y eso era algo que no podíamos permitirnos durante mucho más tiempo.

Por otro lado, Justin y yo habíamos encontrado otro archivo cifrado. Lo malo era que nosotros solos no íbamos a ser capaces de abrirlo muy rápido. Como poco, íbamos a tardar semanas. En cualquier otra situación, Emilie se hubiera encargado de ello. Ella hubiera podido abrirlo en un par de días o incluso quizá en unas horas lo tendríamos.

Pero ya no.

Porque no estaba con nosotros.

Ni siquiera sabía si estaba en Edimburgo o dónde podía estar. La había echado de nuestra vida, tal y como habían hecho sus padres en su momento. Me sentía culpable y una mierda de hermano. Lo había hecho porque, si las cosas llegaban a ponerse feas, no quería que se viera implicada. Suficientemente mal lo había pasado ya en la vida y con su familia como para añadirle algo así.

La cuestión era que, sin ella, íbamos a tardar demasiado en conseguir descifrar el archivo, y eso nos ponía en desventaja.

Me levanté de la cama. Era lo último que me apetecía, pero lo hice igual. No sabía por qué, pero tenía la sensación de que no iba a ser un buen día. La intuición me fallaba pocas veces, pero tampoco creía que la cosa pudiera empeorar. Fui directo al baño para lavarme la cara y tratar de despejarme un poco. Abrí el grifo, esperaba que el agua saliera lo más congelada posible. Entendí por qué me sentía así cuando un dolor más que familiar se me arremolinó en el centro de la cabeza. Esperé que el agua fría me ayudara. Entre la tensión que me provocaba Cormac y que había dormido menos de cuatro horas, sospechaba que las migrañas iban a poder conmigo.

Tenía que hacer algo antes de que fueran a más.

Odiaba usar las gafas, pero supuse que no me iba a quedar más remedio que ponérmelas si quería evitar que el dolor creciera por segundos. No eran feas. Eran de pasta negra. La forma redondeada me quedaba bastante bien con la cara un poco alargada. Aunque no me sintiera muy cómodo con ellas, eran necesarias en momentos como ese.

Empezaba a acostumbrarme a que la casa no oliera a nada, pero seguía echando de menos el olor dulzón de Nina, el mar, el calor y el olor a madera del barco. Lo que seguía teniendo, por suerte, era ese delicioso olor a café por la mañana.

Y todo porque Justin al final se había quedado a dormir en mi casa, claro. Cosa que ya sospechaba. Él se había ocupado de prepararlo. En cualquier otro caso, me hubiera cogido uno cualquiera para llevar de camino al trabajo y la casa hubiera seguido tan intacta en cuanto a olores se refería como de costumbre.

—Buenos días, hermanito —dijo Justin, todavía medio dormido cuando entré en la cocina. No me pasó desapercibida la taza que ya tenía entre las manos—. Te he hecho café.

—Creo que voy a invitarte todos los días solo por esto. —Sonreí mientras alcanzaba la taza—. ¿Qué tal estás? ¿Has podido dormir bien?

—No, he dormido como el culo. Y respecto a lo otro... —Le dio un sorbo a su café antes de continuar—. Pues como tú, Scott. Supongo que he estado mejor.

Sonrió con desgana sin entrar en detalles. Alcé mi taza de café y la acerqué a la suya en un brindis improvisado.

—Amén, hermano.

Ambos dimos un largo sorbo a la bebida amarga.

—La echo de menos, ¿sabes? —No había que ser muy listo para saber que se refería a Catalina—. Sé que ella no quiere ni verme ni saber de mí y que probablemente le he hecho un gran favor alejándome de su vida, pero no puedo evitar echarla de menos.

—Te entiendo. —Compartimos una mirada cómplice—. Yo estoy igual.

Los Hovland estábamos unidos en el mal de amores. Aunque, bueno, ya podía caerse el mundo, que nosotros sí que no nos íbamos a perder el uno al otro.

—¿A ti también te cuesta dormir? —pregunté sabiendo que me entendería—. Cuando cierro los ojos, todo se me viene encima. Lo de papá. Nina…

—Lo sé. Yo tampoco consigo sacármelo de la cabeza.

—Tío, no consigo salir del bucle, ¿sabes? No paro de darle mil y una vueltas a toda la porquería que le solté en Mónaco, joder. Me está matando la culpa. ¿Le viste la cara de decepción? —Me llevé los dedos al puente de la nariz y me lo pellizqué con fuerza—. Fui duro y un mezquino de la hostia, ¿verdad?

Justin alzó las cejas, quizá estaba buscando las palabras adecuadas. Le estaba preguntando, pero yo ya sabía la respuesta.

—No te voy a mentir. Fuiste un cabronazo —admitió. Me pasé las manos por la cara tratando de controlar la respiración—. Pero tenías que serlo para que estuviera fuera de toda esta mierda, Scott. Hiciste lo que tenías que hacer, no había otra salida.

—Joder. Esta no me la perdona.

La culpa me estaba matando. Cada vez que recordaba su mirada mientras le decía todo aquello, algo se rompía dentro de mí. Estaba convencido de ello. Nina no me iba a perdonar en la vida, porque la había vuelto a traicionar incluso cuando le había prometido que no lo haría. ¿Cómo se puede superar ese dolor y perdonar a alguien por algo así? Le había hecho pensar que todo había sido un juego después de haber empezado de cero. Nina debía de creer que me importaba una absoluta mierda. Y nada más lejos de la realidad. Me mataba ser consciente del dolor que le había causado.

Incluso aquella noche en el hotel, cuando hablamos de que se viniera a Edimburgo, había quedado manchada por todo eso. ¿Cómo había permitido que se torciera todo tanto? La había perdido. Otra vez. Siendo lo que más quería en esta vida. Lo que sí que no pude hacer fue decirle que no la quería cuando preguntó. Por eso le había dicho que no la quería allí, haciendo énfasis en esto último. Esa era la única verdad: la quería lejos de cualquier peligro. ¿Ella se habría dado cuenta de eso? Dios, esperaba que sí.

Ni siquiera sabía cómo iba a perdonarme a mí mismo. Dejarla marchar de nuevo era algo que me iba a perseguir por siempre.

Le di un último sorbo al café para apurar lo que quedaba antes de dejar la taza en el fregadero. Ya lo limpiaría después. Me giré y me apoyé sobre la encimera decidido a preguntarle a Justin lo que me rondaba por la cabeza.

—¿Tú has hablado con Catalina?

Clavó su mirada en mí.

—También la quiero fuera de todo esto —dijo con seriedad—. No habrás hablado tú con Nina, ¡¿verdad?!

—¿Qué? No, joder. Si lo hubiera hecho, no iría llorando por las esquinas —admití sin vergüenza alguna.

—Tienes razón. Estás muy llorica últimamente, ¿eh?

Me dio un ligero golpe en el hombro y no pude evitar que se me escapara una pequeña risa.

—Anda, no me toques los cojones, Justin. Que tú tampoco estás muy fino como para hablar. Te recuerdo que llevas días viviendo en mi casa, comiéndote mi comida y lloriqueando también por las esquinas.

—*Touché.* —Me guiñó un ojo.

Justin se acercó a dejar su taza en el fregadero. Me colocó una mano sobre el hombro con un gesto cariñoso. No le hicieron falta palabras para recordarme que al menos nos teníamos el uno al otro.

—Encontraremos la manera de arreglar esto, hermano.

Expulsé todo el aire que había estado conteniendo al escuchar esas palabras.

—Ojalá tengas razón.

Después de aquello, me fui directo a mi habitación con la intención de darme una ducha rápida. Elegí algo de ropa cómoda, porque tenía casi todo el día programado con entrenamientos y pasaba de arreglarme en exceso.

Cogí unos pantalones cargo negros, una camiseta blanca y también una sudadera negra para ponerme por encima. A pesar de que estábamos a principios de septiembre, ya no estaba en el Mediterráneo, en ese mar cálido rodeado de calor y de un verano que casi se extendía hasta principios de octubre. Estaba en Edimburgo y ya hacía frío. También me puse mis zapatillas blancas favoritas, que ya estaban para tirar a la basura del uso que les daba.

Quince minutos después, y solo tras echarle un poco la bronca a Justin por tardar tanto, bajamos al garaje. Agradecí que mi hermano estuviera conmigo, porque no me veía capaz de conducir ni tampoco me apetecía. Lejos de mejorar, el dolor de cabeza iba creciendo conforme pasaba el tiempo, a pesar de que llevara las gafas y no pensara quitármelas en todo el día.

En cuanto las puertas del ascensor se abrieron, el Audi nos recibió. Era un A5 gris oscuro, el primer y único coche que me había comprado jamás. Estaba tremendamente orgulloso de esa preciosidad. Nunca dejaba que nadie más lo condujera, pero, dadas las circunstancias, podía hacer una excepción.

Le lancé las llaves a Justin, quien las cogió al vuelo. Por su cara de sorpresa, supe que lo había pillado desprevenido.

—Sí, hombre.

Pude ver la emoción en su cara.

—No te acostumbres. Me duele demasiado la cabeza hoy como para conducirlo yo.

Abrí la puerta del copiloto y me senté en el asiento. Justin me siguió al vuelo, enamorado de la idea. Lo vi ponerse el cinturón.

—Lo suponía. Nunca te pones las gafas. Pero oye, si conduciendo esta maravilla te hago un favor…, no seré yo quien se oponga.

Se me escapó una pequeña sonrisa ante su comentario.

Justin empezó a admirar todo el cuadro de mandos, a deslizar las manos por el volante de cuero. A pesar de que se había subido al coche veinte millones de veces, todavía lo miraba con ojos golosos.

—Anda, arranca.

—No me lo digas dos veces —añadió con una sonrisa juguetona.

El potente rugido del motor nos envolvió y la sonrisa de mi hermano se volvió aún más amplia.

Salimos a toda velocidad, en dirección a Hovland Security. Nos habíamos convertido en una empresa tan grande que, antes siquiera de que Justin y yo hubiéramos empezado a trabajar en ella, trasladaron las oficinas del centro de la ciudad a las afueras. Por las fotos que había visto de la antigua sede, las nuevas instalaciones eran infinitamente mejores.

Pusimos algo de música, no muy alta por mi dolor de cabeza, y seguimos recorriendo kilómetros. Sin embargo, cuando estábamos a punto de llegar a la empresa, supe por la cara de Justin que algo no andaba bien.

—¿Qué pasa? —pregunté con curiosidad.

—Llevo a uno pegado al culo un buen rato ya.

Me giré en el asiento para tratar de ver el coche del que hablaba mi hermano.

—Hostia puta —solté—. Ya de buena mañana, joder.

Me volví a colocar bien en el asiento, fastidiado.

—Déjame adivinar: nuestro querido amigo.

—Bingo.

Cruzamos una mirada.

—No aprende, ¿eh? Parece que no le quedó del todo clara la amigable charlita de ayer.

No me gustó ni un pelo el tono que usó Justin ni que los nudillos se le pusieron blancos de agarrarse con fuerza al volante. Nos acercábamos a la próxima salida, pero él decidió empezar a trastear con las marchas.

—Justin. Te lo advierto, eh… ¡Ni se te ocurra jugar con mi coche!

—Tranquilo, joder. Solo me voy a apartar, para que el prisas pase y se largue.

Demasiado tarde.

En el momento de tomar la salida que nos llevaba directos a las oficinas, Justin se arrimó al arcén de la izquierda y frenó para dejar pasar a nuestro perseguidor. Llegué a ver el coche rojo de Cormac pasando a toda velocidad por nuestra derecha, el cual ni se molestó en frenar lo más mínimo. Pero eso no fue lo peor. Lo peor fue el chirrido metálico y estridente. El darme cuenta de la línea que se estaba trazando y cómo se extendía por todo el lateral derecho del coche.

Todo pasó demasiado rápido. Tal y como me había dicho mi intuición nada más despertarme: no iba a ser un buen día.

En cuanto Justin hubo detenido el coche, abrí la puerta del copiloto y salí todo lo rápido que pude para apreciar el destrozo. Cuando lo vi, no pude evitar llevarme las manos a la cabeza.

—¡No! ¿Qué ha hecho? ¡Mi bebé…!

Un arañazo enorme recorría el coche desde la zona del maletero hasta el morro. El otro coche había pasado tan cerca que se había llevado parte de la pintura y había dejado un rastro rojo a su paso. Incluso había reventado el retrovisor, que se había quedado colgando en el lateral.

—¡Hostia puta! —gritó Justin en cuanto lo vio.

—¡Me cago en su puta estampa! —añadí incapaz de separar la mirada del destrozo—. No puede ser, ¡no…!

Era posible que mi familia tuviera mucho dinero y que lo hubiera tenido más fácil que el resto, pero si estaba tan orgulloso de aquel coche era porque lo había comprado después de meses y meses de trabajo y ahorro. Antes de empezar a trabajar en la compañía, lo había tenido todo en bandeja. Ese coche había sido lo primero que había comprado con verdadero esfuerzo. Verlo así de destrozado me tocó mucho los cojones. Sobre todo porque sabía de sobra que Cormac lo había hecho a propósito. Justin se había arrimado al lateral para dejarle pasar y a él le había dado completamente igual.

Si quería jugar sucio, la partida había empezado.

—¡Es que me cago en su puta calavera!

Yo lo intentaba. Trataba de evitarlo, de pasar de él y limitarme a hacer mi puñetero trabajo. ¿Tenía intenciones de descubrir que no era trigo limpio? También. Pero el colega no me daba ni un maldito respiro. Ni uno solo.

—Este tío es gilipollas… —dijo Justin mientras se agachaba para ver con detalle el rayón del lateral—. Pufff. Está bien tocado, ¿eh?

Sin pensármelo dos veces, abrí la puerta derecha del piloto y me senté en el asiento. Ignoré por completo el dolor de cabeza. Y, aunque era consciente de que estaba cegado por la rabia, no me importó.

—¿Qué haces? —preguntó Justin mientras yo me abrochaba el cinturón.

—¡¿A ti qué te parece que estoy haciendo?!

—Scott, hay que llamar al seguro…

—¡Yo sí que le voy a dar seguro al imbécil de Cormac!

—Scott, escúchame. Sé que estás…

—Justin, o te subes al coche o te juro que te dejo aquí —lo interrumpí. Él chasqueó la lengua y se subió al asiento del copiloto dándose por vencido.

En cuanto escuché el clic de su cinturón, arranqué de golpe. Aceleré hasta alcanzar una velocidad superior a la permitida para seguir a Cormac.

—Recuérdame que no haga nada para cabrearte en los próximos meses —soltó de repente mi hermano.

—No te equivoques. Contigo no me pondría así, pero es que este tío…

Apreté las manos sobre el volante.

—Oooh, hermanito, ¿acaso te estás ablandando?

Supe que estaba tratando de calmar la situación, pero, para su desgracia, ninguno de sus intentos hubiera servido. Al menos no en ese momento.

—Voy a arrancarle la cabeza al desgraciado ese.

—Pues menuda manera de empezar el día —desistió Justin.

—Ya te digo —dije pisando aún más el acelerador.

Llegamos al aparcamiento exterior de las oficinas en menos de tres minutos, tenía un único objetivo en mente. En cuanto lo vi ahí sentado sobre el capó de su coche rojo, de brazos cruzados y con esa sonrisa maliciosa, como si me estuviera esperando, no lo dudé ni un instante. Frené delante de él, sin molestarme en aparcar bien, y me bajé del coche como un loco.

A estas alturas ya no medía bien. Y no me importaba.

—¡¿De qué cojones vas, eh?! ¡Gilipollas!

Su carcajada inundó el amplio aparcamiento. Si no hubiera sido porque Justin me deslizó el brazo por los hombros como medida de contención, me hubiera lanzado a partirle más de la mitad de los huesos del cuerpo al estúpido de Cormac.

—Hoy va a ser un buen día, Scotty —dijo Cormac—. O al menos, para mí. Parece que tú te has levantado un poco rayado.

De un salto, se bajó del capó de su coche rojo y me guiñó un ojo. Se encogió de hombros y apostó por entrar por la enorme puerta de las oficinas sin molestarse en mirar atrás.

—Ey, ey, ey, frena, mastodonte.

Justin me cogió por los hombros en el momento en el que traté de ir tras él.

—¡Déjame! —intenté soltarme de su agarre con brusquedad.

—No. Hoy no, Scott.

Lo miré con furia.

—No me digas lo que tengo que hacer o no. Ya soy mayorcito.

Mi hermano me cogió aún con más fuerza de los hombros. Aunque podría haberme soltado, no quería usar mi fuerza contra él.

—¿Acaso no me has escuchado? —protestó—. Te he dicho que hoy no.

—Dame un solo motivo. Uno solo —solté con rabia—, y más te vale que sea bueno.

—No quiero llevarte al maldito hospital por las migrañas. ¿O no te acuerdas de lo que pasó la última vez, eh?

Sabía de qué estaba hablando. Unos meses antes de toda esa historia, antes del disparo y de lo de Nina, Justin tuvo que acabar llevándome de urgencias al hospital por una migraña. Estaba casi seguro de que mi hermano creía que esa había sido la última vez que las había tenido. Lo que él no sabía era que la última vez había sido en el barco, con Nina. Y no meses atrás.

En el momento en el que la imagen de mi chica de pelo dorado y ojos claros me cruzó la mente, encontré la fuerza para intentar calmarme. El recuerdo de estar apoyado sobre sus piernas aquel día, notando que me deslizaba los dedos entre el pelo, el frío de la bolsa de hielo que me trajo sobre los ojos… Gracias a ella, el dolor se había ido poco a poco, hasta que me había quedado dormido sin ni siquiera darme cuenta.

No quería volver a llegar a eso, pero si sentir ese dolor hubiera significado que podía volver a estar con ella, lo hubiera aceptado mil millones de veces. Por esa misma razón también traté de respirar y calmarme. Porque ella no estaba aquí. Y no iba a estarlo por mucho que me enfrentara a Cormac.

Me lo pensé dos veces. No iba a dejar que me condicionara que el día hubiera empezado con tan mal pie. Llevaría el coche al taller y lo dejaría pasar.

Aunque solo fuera esa vez.

Capítulo 15

Emilie

Mi familia me dio la espalda, no iba a permitir que los dos imbéciles de mis hermanos también lo hicieran. Por encima de mi cadáver se iban a librar de mí así como así.

Después del encontronazo con Guille, habíamos decidido volvernos a casa. Como era evidente, todas las ganas de seguir en la playa habían desaparecido.

Ninguna dijo mucho más durante el camino de vuelta, porque ¿qué se dice en casos como ese?

Todas teníamos mucho que procesar.

Los cientos de casos en los que había trabajado no me habían preparado para lo que estaba sacudiendo mi vida. Pero no todos los días te apuntan con una pistola y luego vienen a pedirte perdón. ¿Qué narices? Así no era como funcionaban las cosas. De hecho, pese a todo el tiempo que había estado trabajando en Hovland Security, jamás me había ocurrido nada parecido.

Pero yo ya no formaba parte de ese mundo, ¿verdad? Y no había pasado la prueba, así que no iba a volver a tener acceso a él. No iba a poder volver a ese lugar al que tanto me había costado llegar, ese en el que me había conseguido abrir un hueco a base de sangre, sudor y lágrimas. Durante mucho tiempo, había pensado que había perdido a mis padres en el proceso, pero en realidad había ganado a dos hermanos. Sin embargo, después de todo lo ocurrido en Mónaco, también los había perdido a ellos.

O eso había pensado. Al menos hasta que tuvimos la conversación con Guille.

Esos dos imbéciles me iban a escuchar. Y tanto que lo iban a hacer. Se iban a cagar encima cuando los pillara.

Por supuesto, aquellos primeros días había estado desubicada por todo lo que había ocurrido, pero lo veía todo más claro después de lo de Guille. Mucho más. Tendría que haber sabido leer mejor entre líneas, saber que esa mierda de excusa de la prueba era justo eso: una mierda de excusa para apartarme de lo que fuera que se traían entre manos. Porque esos dos estaban metidos en algo de lo que no querían que yo formara parte, ¿verdad?

Pues lo llevaban claro si pensaban que me iban a dejar fuera del asunto así como así. No se iban a ir de rositas después de hacerme eso.

«Ya pueden ir preparándose para la que les va a caer».

En cuanto llegamos a casa, tras saludar a Ángela, la madre de las chicas, fui directa hacia la habitación que me habían prestado. Sabía que era la habitación del hermano mayor, Gabriel. Me habían dicho que había fallecido hacía años, cuando solo tenía dieciocho años. No sabía más detalles sobre lo ocurrido, pero tampoco quería preguntar y meter la pata. Sin embargo, era curioso que, hasta mi llegada, su habitación parecía haber quedado detenida en el tiempo. Todas sus cosas seguían ahí: papeles por el escritorio, libros y videojuegos decorando las estanterías, algunos trofeos de fútbol y, sobre todo, su ropa en el armario. Como si no hubiera pasado nada. Ni siquiera el tiempo.

Sí, claro que había echado un ojo. No había podido resistirme. Le echaba la culpa a mi experiencia con las investigaciones y casos, pero la realidad era que me sentía un poco rara durmiendo ahí. Era como si estuviera invadiendo su privacidad y su espacio. Me ponía los pelos de punta.

Me senté en el borde de la cama y metí la cabeza entre las manos. ¿Qué se suponía que debía hacer con todo lo ocurrido? Si lo que había dicho Guille era verdad, no podía dejar a Scott y a Justin solos. A ellos no. Estaban en peligro y yo estaba demasiado lejos.

Alguien llamó a la puerta. Antes de que me diera tiempo a nada, esta se abrió despacio.

—¿Puedo pasar?

Era Laia.

—Claro que sí, es tu casa. —Le hice un gesto para que se sentara a mi lado en la cama.

Ambas nos quedamos en silencio observando la habitación y cada uno de sus rincones. No sabía qué decir. Pero, como era habitual, Laia sí.

—Suelo venir mucho aquí, ¿sabes? —me confesó—. Me encanta entrar y ver todas sus cosas. Es como si no hubiera pasado nada. Como si fuera a entrar por esa puerta de un momento a otro. —Le echó un vistazo a la habitación con nostalgia.

—Lo siento mucho, Laia.

Le ofrecí una mano para intentar mostrarle mi apoyo. Ella me miró con una sonrisa y la aceptó. Por una vez, no había atisbo de su habitual actitud cómica. No la conocía desde hacía mucho, pero me parecía obvio que su actitud de bromista escondía algo más. Era una tapadera. Al ver esa nueva faceta, no pude evitar preguntarme si acaso estaba bajando sus barreras conmigo.

—Fue hace mucho tiempo —dijo—, pero creo que no lo superaré jamás. Adoro a mis hermanas, daría la vida por ellas, pero Gabriel era… —Hizo una pequeña pausa y, por un momento, sentí que me estaba confesando algo que nadie más sabía—. Él era como yo. Bueno, mejor dicho, yo soy como él. —Se le escapó una sonrisa al hablar de su hermano—. No sé si te has dado cuenta, pero Cata y Nina son como dos gotas de agua. Tienen esa misma conexión especial que yo tenía con Gabriel.

—¿Por qué me cuentas esto? —pregunté confundida.

—Porque ahora ellas son lo único que tengo, Em.

Un pequeño pinchazo se me instaló en el estómago. Me gustaba que me llamara así. Em. Nadie más lo hacía. De hecho, si cualquier otra persona hubiera usado ese diminutivo, creo que no me habría hecho ni la menor gracia.

—No lo sé… —continuó Laia—. Supongo que me da miedo que les pase algo por ir detrás de ellos.

No hizo falta que aclarara a quiénes se refería. Me soltó la mano y se recogió el pelo corto en una coleta a la altura de la nuca. Después se volvió para mirarme con una expresión sincera.

—Sé de sobra lo que sienten mis hermanas por Scott y Justin. No estoy ciega, les veo en la cara cuánto los quieren. Pero desde lo del barco… Todo esto me tiene aterrorizada y me da miedo perderlas a ellas como lo perdí a él.

Sin pensarlo dos veces, le tiré de la muñeca, la acerqué a mí y la rodeé con los brazos.

—No las vas a perder, Laia —le prometí—. Pero tampoco puedes impedirles que luchen por lo que quieren. Si deciden lanzarse al vacío solo por averiguar la verdad, es su decisión.

Sentí que Laia dudaba, así que rompí el abrazo. Aunque yo me sentía lo bastante cómoda, tampoco había tanta confianza todavía con ella, ¿no?

—Ya lo sé y no pretendo interponerme. —Resopló—. ¡Si yo quiero que sean felices…! Te lo aseguro. Pero demasiado daño les han hecho ya los Hovland. No quiero que se lo vuelvan a hacer. Sobre todo, si estar cerca de ellos las va a llevar a algo tan peligroso como lo que hemos pasado.

—Supongo que a veces pueden ser unos completos idiotas —concedí. Cuando la vi sonreír, le guiñé un ojo con complicidad.

—En eso estamos totalmente de acuerdo. —Laia se rio con suavidad, parecía mucho más tranquila.

Su risa era contagiosa.

Estar con Laia era fácil. Me sentía cómoda y me entraban ganas de contarle más de mí y de que ella hiciera lo mismo. Qué extraño, ¿no? Me apetecía saber más de ella. Sentía curiosidad por saber cómo habría sido su infancia en una casa que derrochaba tanto amor y calidez, pese a lo de su hermano. Su vida debía de haber sido muy diferente a la mía gracias a sus hermanas. La mía había sido bastante irrelevante: hija única en una casa fría y vacía. Cuando apenas llevaba unas horas en la de las Marín, había empezado a anhelar lo que nunca había tenido con mis padres.

De reojo, vi a Laia admirar la habitación de su hermano de nuevo. En un momento dado, se levantó de la cama y se dirigió hacia las estanterías que teníamos enfrente. Rebuscó en el interior de una caja llena de papeles y más cosas que yo no alcanzaba a ver desde donde estaba, luego se volvió a sentar a mi lado.

No me esperaba que me tendiera una foto que hizo que se me partiera el corazón en pedazos.

—Mira —dijo.

Eran ellos cuatro de pequeños.

Sentado sobre el césped de lo que reconocí al instante como el jardincito de la casa de los Marín, rodeando a sus tres hermanas pequeñas con los brazos como si pudiera protegerlas del mundo entero y de cualquier peligro, estaba Gabriel. Era un chico joven. Se parecía a su padre: era rubio, tenía el mismo color de pelo que Catalina y los mismos ojos azules que sus hermanas. ¿Y las chicas? Eran diminutas. Laia no tendría más de tres o cuatro años en esa foto.

Mientras Nina y Cata miraban a cámara haciendo tonterías, con las uñas pintadas de rosa y mil lazos en el pelo, Laia estaba en su propio universo. Llevaba el pelo revuelto y alguna que otra mancha de barro en la cara, igual que Gabriel. En la foto, estaba enganchada a su brazo con fuerza y lo miraba como si hubiera puesto las estrellas en el cielo. Él la miraba a ella con complicidad.

Sin duda era una estampa preciosa.

—Es mi foto favorita —confesó Laia.

Alcé la mirada para mirarla a los ojos. En un gesto casi instintivo, busqué su mano con la mía y le di un pequeño apretón. No se apartó, sino que me la cogió con fuerza.

—Es preciosa, Laia.

Ella se rio con timidez y estiró la mano libre para tocar el borde de la fotografía.

—Lo sé. La guardo ahí porque siento que es lo único que me queda que sea solo de mi hermano y mío. No sé si tiene algún sentido.

—Lo tiene, Laia. Lo tiene. —Le di otro pequeño apretón.

Ella no levantó la vista de la foto.

—Me llamaba su «pequeña salvaje». A mí me encantaba que lo hiciera. ¿Ves las manchas de barro que tenemos en la cara? —Señaló ese detalle en el que yo ya me había fijado—. Acabábamos de terminar de entrenar.

—¿De entrenar? ¿Tan pequeña? —pregunté con curiosidad.

—Bueno, entrenar entre comillas. Yo me lo tomaba muy en serio, pero ahora entiendo que para él era una forma bonita de pasar tiempo con su hermana.

—¿Y para qué entrenabais? —sonreí con ternura.

—Pues todas las tardes, cuando volvía de su entrenamiento de fútbol, yo lo esperaba aquí, sentada en su cama —explicó—. Daba igual lo cansado que viniera, siempre sacaba tiempo para estar con nosotras. Conmigo. —No la interrumpí, porque la verdad era que sentía mucha curiosidad y quería que el momento durara un poco más—. En esa época, se me metió entre ceja y ceja que quería ser boxeadora.

Hice un ruido de sorpresa y a ella se le escapó una carcajada, a lo mejor estaba recordando el momento.

—Sí, lo que oyes. Y a mis padres les dio un patatús cuando se lo dije, porque solo tenía como cuatro años —siguió—. No querían que fuera a clases de boxeo hasta que fuera más mayor, así que mi hermano dio un paso al frente y me dijo que me entrenaría él.

Por su tono de voz, supe que la historia se iba a poner fea a partir de este punto. Torcí los labios y le apreté la mano con suavidad. Ella tomó aire.

—Aquella tarde, yo estaba aquí sentada —concluyó—. Estuve esperándolo como cada día para entrenar. Pero, como te podrás imaginar, nunca cruzó esa puerta.

Se me encogió el corazón al imaginarme a una versión pequeña de Laia esperando a un hermano que jamás volvió a casa.

—Así que supongo que por eso sigo volviendo aquí, ¿no? A su habitación. Me hace pensar que, de alguna manera, sigue conmigo.

—Por supuesto que lo está, Laia —dije con dificultad.

Me costó un poco hablar porque, a pesar de que no solía emocionarme, su historia me había roto. ¿Cómo no iba a hacerlo?

Ella me miró con ojos llorosos.

—No dejes que les pase nada, por favor.

—Te lo prometo.

Insistí y le agarré la mano con fuerza, como si quisiera jurar por algo. No sé por qué exactamente. Ella me sonrió como sellando nuestra promesa. Después se levantó de la cama y dejó la foto donde estaba, en esa cesta llena de papeles y más cosas, justo en la estantería.

—Gracias, Em —dijo justo antes de marcharse.

Me quedé trabada y a ella le dio tiempo a cerrar la puerta antes de que encontrara la respuesta.

—De nada, Laia —suspiré, aunque ya no pudiera escucharme.

Puse los ojos en blanco, estaba algo frustrada conmigo misma. ¿Qué acababa de pasar? Sin embargo, en vez de perderme en esa sensación, me levanté de la cama, decidida a hacer lo que mejor se me daba: investigar.

¿Qué le había ocurrido a ese chico de dieciocho años? ¿Qué podía ser tan grande como para faltar a su cita diaria con su hermana pequeña? ¿Un accidente de coche? ¿Otro tipo de accidente? ¿O se trataba de algo más turbio?

No quería preguntar directamente, pero estaba más que dispuesta a descubrir lo que le había ocurrido a Gabriel Marín.

Capítulo 16

Scott

Ya era hora de que te enteraras, hermano.

Después del incidente del coche y del enfrentamiento con Cormac, me fui directo al despacho que compartía con Justin. La idea era intentar quitármelo de la cabeza y adelantar el papeleo que se me había ido acumulando durante los últimos días. La realidad era que no tenía el cuerpo para temas serios.

Por suerte, el dolor de cabeza no me había aumentado en exceso. Tampoco se me había ido del todo, para ser sincero. Aunque estaba agradecido por haberme puesto las gafas, el remedio no era suficiente.

Justin y yo habíamos aceptado un caso nuevo. Después de adelantar el papeleo como pude, nos dedicamos a estudiar dicho caso a fondo y a empezar a trazar teorías en común.

Teníamos una pared gigante blanca en el despacho que habíamos dejado vacía. Si uno se detenía a observar con atención, en ella se podían apreciar los agujeritos de las legiones de chinchetas que habían pasado por ahí. Justin era mucho de trasladar los mapas mentales a algo tangible, así que cada vez que nos metíamos en un nuevo caso, nuestro despacho se convertía en una especie de escena de película americana. Con el tiempo, me había acostumbrado a ello e incluso me costaba más trabajar en un caso sin fotos, notas amarillas e hilos rojos conectando pistas en la pared.

El caso no parecía demasiado complicado: un problema de herencia perdida y familias enfrentadas. Sin duda, nos habíamos visto en situaciones mucho peores. Iba a ser pan comido.

De normal, Justin, Emilie y yo cogíamos los casos más enrevesados. Pero en ese momento, sin Emilie y con la mente puesta en destapar lo que fuera que ocurría con Hovland Security, era mejor centrarse en algo más sencillo. Algo que en apariencia fuera menos complejo no significaba que no diéramos el doscientos por cien de nosotros. Así que nos pasamos el día encerrados en esta amplia habitación, comiendo algo rápido y tratando de recabar toda la información posible sobre las dos familias y sus entresijos.

A eso de las siete de la tarde, cuando tenía la cabeza a punto de estallar, decidí que era buena idea bajarme a entrenar. Avisé a Justin y empecé a recoger mis cosas.

—¿Estás seguro de que estarás bien solo? —me preguntó mi hermano, la preocupación se le coló en la voz.

—Tranquilo. Me las he visto en peores situaciones —admití con una pequeña sonrisa.

—Hablo en serio.

—Justin, me duele la cabeza. No me estoy muriendo. —Puse los ojos en blanco.

Me sentía agradecido de que se preocupara así por mí, pero era un poco demasiado.

—Bueno, ya sabemos cómo terminan tus migrañas. No se te ocurra llevarme la contraria.

—Estoy bien.

La verdad era que me dolía bastante la cabeza, pero necesitaba estar solo y despejarme un rato. Además, no quería que se preocupara en exceso.

—¿Y para conducir te ves? —insistió.

—Justin, por Dios. —Se me escapó una risilla—. Estoy bien. Voy a estar bien, ¿vale?

—Bueno, bueno. Cualquier cosa me avisas y voy. —Chocamos la mano para despedirnos—. Yo me piro a mi casa, creo.

—Eso, que ya toca que dejes de invadir la mía. —Le guiñé un ojo con gesto burlón.

—No te engañes. ¡Te encanta que esté ahí! —dijo mientras salía del despacho.

—¡Anda…! Hasta mañana, chaval.

Justin se despidió con un gesto y, en cuanto se hubo ido, el silencio me invadió. Me quedé solo en el amplio despacho. Apoyé las manos sobre la mesa de madera maciza. Dejé caer todo mi peso en ella. Agaché la cabeza e inspiré y espiré, tratando de controlar la respiración. El nudo que sentía en el centro del pecho no se iba. Y dudaba que lo fuera a hacer. Sería difícil, pero quizá con tiempo terminaría aprendiendo a vivir con él, ¿no?

Volví a inspirar y espirar un par de veces más hasta que me vi capaz de continuar. Con una seguridad fingida, salí del despacho con la intención de ir a entrenar y quizá incluso boxear un rato. Me ayudaba mucho a liberar tensión y pensé que no me vendría mal.

No tardé demasiado en llegar. Al poco, ya me había puesto la ropa de deporte que siempre me aseguraba de tener en la taquilla del vestuario. Me dirigí a la zona del gimnasio en la que estaban los sacos y empecé dando varios toques. Me centré en controlar el movimiento, la postura y, por supuesto, los golpes.

El boxeo era un deporte que me hacía ser consciente de cada músculo de mi cuerpo. Tenía que controlar todos los movimientos para que fueran perfectos y eso implicaba mucha concentración y coordinación. Si a eso le sumamos la música que estaba escuchando a través de los cascos, mi nivel de abstracción subía de manera exponencial. Por eso mismo no me di cuenta de que había alguien detrás de mí hasta que noté el golpe en la espalda.

«¿Qué cojones?», pensé.

Me giré, tan sorprendido como confundido. No entendía nada. ¿Quién…? Entonces vi un destello de ese pelo rubio y sus ojos verdes.

Cormac.

Me quité los cascos como pude sin deshacerme de los guantes de boxeo.

—Tío, ¿qué puto problema tienes? —escupí con rabia.

—Tú eres el problema —contestó con un ansia de venganza exagerada que hasta entonces no le había visto en los ojos.

Me acerqué a él, amenazante y serio.

—Yo no te he hecho nada. —Le di un empujón en el hombro, lo que hizo que retrocediera varios pasos—. De hecho, eres tú el que no para de provocarme y buscarse problemas.

—¿Que yo me estoy buscando problemas? —repitió con un tinte de sarcasmo en la voz.

—Ay, no sabes cuántos. —Le di otro empujón y retrocedió varios pasos más—. De hecho, no sabes cuánto me estás inflando los cojones ahora mismo. —Le sonreí como él me sonreía a mí.

Identifiqué su postura corporal. Nadie era más observador en un cuerpo a cuerpo que yo. Así que, cuando me lanzó el puño enguantado hacia la cara, me agaché. Esquivé el golpe como el profesional que era.

—Suerte en la próxima. —Le guiñé un ojo y vi que se le hinchaba la vena del cuello de pura rabia.

Me recordó a mi padre, porque le ocurría lo mismo cuando se enfadaba.

—Vamos al ring —exigió—. A ver si ahí eres tan chulo y valiente.

—Te vas a arrepentir de esto. Lo sabes, ¿no? —le advertí.

—¿Apostamos algo?

Lanzó otro golpe que esquivé sin problemas. Su técnica era una mierda absoluta.

—¿Qué quieres, rubito? —Alcé las cejas con un gesto burlón mientras subíamos al ring.

No lo perdí de vista, por supuesto. No me apetecía que me volviera a golpear por la espalda como el maldito cobarde que era. Estaba cansado. Decidí que ese tío no me iba a joder más y no había nadie que fuera a pararme.

—Si gano —me dijo—, aceptas de una vez que Nina es mía. Y por tu propio bien, te alejas por las buenas.

Paré el golpe que me lanzó.

—No pienso apostar nada que tenga que ver con Nina.

Le estampé el puño en la mejilla con un golpe que, por supuesto, no se vio venir. Le giré la cara. Lo vi retroceder sorprendido. Volvía a tener la vena del cuello hinchada. Era evidente que a mí se me daba mejor el boxeo que a él y que sus posibilidades de ganar eran nulas, pero él parecía ser el único que no lo veía.

—¿Tienes miedo de que te gane o qué, Scotty?

Lanzó otro golpe que esquivé sin problemas.

—Pufff. Por favor. ¿Tú te has visto?

Antes de que contestara, le estampé el puño en las costillas y lo dejé sin respiración. Pero Cormac no se achantó: cogió aire y volvió a la carga. Su posición era pésima. Ni siquiera estaba bien colocado, por lo que sus movimientos eran demasiado predecibles y lentos.

—¡Es mía!

Volví a esquivar el golpe riéndome de su intento ridículo.

—¿Cuántas veces tengo que repetírtelo? —dije entre risas. Sabía que eso le jodería más—. Nina es perfectamente capaz de tomar sus propias decisiones.

Le volví a estampar el puño en la cara antes de que pudiera contestar. Cormac aguantaba los golpes, aunque no con dignidad.

—¡Ni se te ocurra decidir por ella! —Otro golpe en las costillas—. Y ya que estamos… ¡Olvídala! —Esta vez ataqué al estómago—. No te mereces a una chica como ella. Ni en un millón de años.

—¡¿Y tú sí?! —gritó él con rabia, la vena del cuello parecía a punto de explotar.

Se acercó a mí. Quizá me confié demasiado, no lo sé. Lo que sí sé es que el dolor que sentí de repente en la mejilla derecha me pilló por sorpresa. Reaccioné a gran velocidad agachándome para esquivar el golpe que iba directo a mi cabeza.

—¡Yo tampoco me la merezco, gilipollas! —admití.

Le lancé otro golpe hacia las costillas, pero esta vez lo esquivó.

—¡Pues quítate del medio! —alzó la voz, enfurecido.

—¿No ves que no hay ningún medio del que apartarse? ¡Nina ya no está en mi vida! ¡La eché! ¡Por tu jodida culpa!

Le asesté otro golpe, directo al estómago. Se encogió en el suelo envolviéndose el torso con los brazos. Había que reconocer que el tío tenía valor, porque se levantó y volvió a ponerse en posición. Valor o de verdad era un completo idiota.

—¡Me alegro!

—¡¿Que te alegras?! ¡¿QUE TE ALEGRAS?! ¡Repite eso!

—¡ME ALEGRO!

Cormac lanzó otro golpe y consiguió golpearme en la misma mejilla de antes. Retrocedí consciente de que el golpe me costaría un moratón.

—No sabes cuánto me alegro de que la hayas perdido —dijo Cormac—. Me alegro de que la dejaras sola, tirada en Mónaco. Me alegro de que la hayas perdido, porque lo único que quiero es verte sufrir —admitió con maldad.

—¡¿Qué puto problema tienes conmigo?! —Esquivé otro golpe—. ¡No me conoces de nada!

—¡Te conozco más de lo que crees…!

Harto de aguantarlo a él y a sus gilipolleces, lo acorralé contra la esquina de mi derecha. Así, le resultaba complicado lo de seguir luchando. Eso también significaba que yo tenía una posición muy favorable. No dudé en sacarle ventaja. Lancé un golpe directo de nuevo a sus costillas. Otro a la mejilla y una vez más, a su estómago.

A esas alturas, me importaba una mierda que estuviera abusando de que yo tenía mayor control y experiencia en el deporte. Arremetí contra él sin vergüenza alguna y noté que las gotas de sudor me resbalaban por la frente. El tío llevaba días y días haciéndome la vida imposible. Había disparado a Justin y había matado a aquella chica inocente, la amiga de Nina. Había acosado a Nina. La había hecho pasar un infierno. Me la sudaba por completo hacerle daño a este desgraciado. De hecho, quería hacerle daño. Estaba dejando salir toda la rabia acumulada. Estaba defendiendo a las personas que más me importaban de él. Me daba igual lo que me hiciera a mí, pero no a mi hermano o a Nina.

A ellos no.

Había perdido la cuenta de los golpes que le había metido cuando unas manos me agarraron por los hombros y trataron de que retrocediera.

—¡Hijos! —Escuché la voz de mi padre—. ¡Parad! —No estaba en mis planes hacerle caso—. ¡Hijos! ¡Estaos quietos de una vez!

Sin embargo, varios brazos fuertes me separaron de Cormac. Los guardaespaldas de mi padre me levantaron del suelo y me alejaron de él. Cabe la posibilidad de que yo me hubiera llevado varios golpes de sorpresa, pero, sin lugar a duda, el rubito se había llevado la peor parte. Y no me importaba lo más mínimo.

Sonreí.

—¡¿Se puede saber qué estáis haciendo?! —dijo mi padre tratando de mantener la compostura.

Por suerte, el gimnasio estaba vacío. Excepto por mi padre, sus hombres, Cormac y yo, claro.

—Ha empezado él —me acusó Cormac como si fuera un maldito crío.

—Te recuerdo que tú me has dado el primer golpe. Y por la espalda, pedazo de cobarde.

—¡Ya está bien! ¡Los dos! —Mi padre alzó la voz—. No quiero volver a enterarme de que os peleáis a golpe limpio —admitió con una voz fría como el hielo.

No aparté los ojos de Cormac en ningún momento, desafiándolo con la mirada. Él tampoco la apartó.

—¡Hijos! ¡¿Acaso me estáis escuchando?!

De repente mi cabeza conectó las palabras que estaba escuchando.

«Hijos».

—¿Cómo has dicho? —Clavé la mirada en mi padre.

—¡He dicho que no quiero volver a enterarme de que os peleáis a golpe limpio! ¡Ya tenéis una edad para gestionar los problemas como toca!

La cabeza me iba a toda velocidad.

—No, no, no… —Intenté acercarme a mi padre, todavía conectando las piezas a toda velocidad—. Después de eso, joder.

Mi padre pareció ser consciente de lo que había salido por su boca. Sin embargo, decidió tomar el camino fácil.

—Os he preguntado si me estabais escuchando.

—¡No te hagas el imbécil conmigo! —dije quitándome los guantes con rabia.

—Scott, escúchame.

—Nos has llamado «hijos». A los dos. —Lo apunté con el dedo—. Y, por si no te has dado cuenta, Justin no está aquí.

—Ya era hora de que conociera la verdad, ¿no te parece, papá?

Todas y cada una de las palabras de Cormac se me grabaron en lo más profundo del cerebro. Noté que un sudor frío se me extendía por todo el cuerpo.

—Dime, por favor, que no te acaba de llamar «papá».

No podía ser verdad. Tenía que haberlo escuchado mal. No podía ser cierto. Todo me daba vueltas.

—Scott, hijo... Escúchame.

Traté de mantener la compostura tan bien como pude.

—¡Dime que es mentira, joder!

Luché para que las lágrimas que se me empezaban a acumular en los ojos no salieran. Tenía que ser un error. Una confusión. Me negaba a aceptarlo.

Alguien me pasó un brazo frío y no demasiado musculado alrededor de los hombros.

—Ya era hora de que te enteraras, hermano.

Las palabras de Cormac se repitieron demasiadas veces a una velocidad de infarto en mi cabeza.

«Hermano».

«Hermano».

«Hermano».

«Hermano».

El fuego voraz que habitaba en mi interior explotó. Me zafé del agarre de Cormac asestándole un golpe con el puño descubierto que lo mandó al suelo de nuevo. Los guardaespaldas de mi padre trataron de agarrarme, pero un gesto de su jefe fue más que suficiente para que se quedaran quietos en el sitio y me dejaron a mí libre.

Antes de que pudiera golpearlo de nuevo, mi padre habló.

—Scott, hijo. Fue hace muchos años. Tu madre no sabe nada. Por favor, puedo explicártelo.

Lo miré con la mayor decepción que una persona podía llegar a sentir.

—Dudo que haya nada que explicar.

La tristeza y la decepción me invadieron reemplazando a la rabia. No soportaba estar ahí. No soportaba ni mirarle a la cara. Me empezaba a faltar el aire. Necesitaba salir de ahí. Mi padre no solo nos había estado mintiendo con la verdadera cara de la empresa, sino que también había llevado una vida paralela durante años. Era asqueroso.

Di media vuelta sin pronunciar palabra y me fui corriendo del amplio gimnasio. Ni siquiera me volví para comprobar cuál era su reacción. Corrí y corrí hasta el aparcamiento, incapaz de pensar en lo que había escuchado.

«Cormac es mi hermano».

«Mi padre no es quien dice ser».

«Llevamos años viviendo en una mentira».

«Tengo otro hermano y lo odio».

Llegué al coche en un abrir y cerrar de ojos. Lo último que me importaba era el destrozo que le había hecho Cormac esa misma mañana. Tenía la cabeza nublada. Y, aunque luchaba por mantener las lágrimas a raya, en cuanto llegué al garaje de mi casa y aparqué el coche, no pude contenerlas más.

Exploté.

Como cuando había perdido a Nina, lágrimas y más lágrimas empezaron a brotar. Me recorrían la cara y hacían que me costara demasiado la sencilla tarea de respirar. Pero lo solté todo. No me dejé nada dentro. Me coloqué las gafas sobre la cabeza y me sequé los ojos con el dorso de la mano. Seguro que los tenía rojos, pero me importaba una mierda, nadie me iba a ver.

No había nadie en casa.

Quería subir y darme una ducha caliente. Quería meterme en la cama para olvidarme de todo durante unas horas. Tenía que contárselo a Justin y no sabía ni por dónde empezar. Porque sabía que aquello le iba a hacer tanto daño como a mí. ¿Y mamá? Mi padre había dicho que no lo sabía. En cuanto conociera la verdad, nuestra familia terminaría de romperse. Si es que quedaba algo de nosotros a lo que pudiéramos llamar familia.

Cuando conseguí calmarme, salí del coche con la intención de subir a casa. Me pesaba el cuerpo y el alma. Estaba destrozado.

Mi padre había tenido una aventura con otra mujer.

Tenía otro hermano al que odiaba. Más en concreto, tenía un medio hermano que le había hecho pasar un infierno al amor de vida.

¿Por qué mi vida no paraba de complicarse?

¿Acaso no me merecía algo de paz?

En cuanto el ascensor llegó al último piso, el cuarto, las puertas metálicas se abrieron y dejaron a la vista la puerta de madera algo antigua pero preciosa de mi piso.

Metí la llave y, tras darle dos vueltas, empujé la puerta con un golpe seco para que se abriera. La vieja madera hacía que a veces fuera complicado abrirla. El pomo tenía truco. Pero no fue eso lo que me dejó de piedra, sino encontrarme la luz encendida. Los olores. Mis sentidos se vieron asaltados por algo nuevo, por algo fuerte.

¿Cómo era posible? Mi casa nunca olía a nada. Intuí entonces que Justin volvía a estar invadiendo mi piso. Pero era raro que se pusiera a cocinar. Porque eso era lo que estaba oliendo, ¿verdad?

Avancé por el recibidor hacia la cocina.

—Tío, ¿no me habías dicho que hoy dormías en tu casa? —dije en voz alta.

Pero en cuanto llegué al amplio salón y alcé la vista hacia la barra de la cocina americana, la vi: estaba ahí, de pie en mi cocina. Tenía puesto un videotutorial de alguna receta, rebuscaba entre mis armarios y mi nevera con total confianza.

—¿Nina? —dije frotándome los ojos, no me lo creía.

Ella alzó la vista al escuchar su nombre. La sonrisa que me devolvió me perforó el pecho. Tan amplia, tan risueña, tan preciosa como siempre.

—Hola, Scott.

Se me paró el corazón.

Capítulo 17

Nina

Y en ese momento entendí las palabras de Catalina: «los ojos nunca mienten».

Me había pasado las últimas horas de viaje con dos únicos propósitos en la cabeza: comprobar que Scott estaba bien y averiguar la verdad por mí misma. Estaba dispuesta a que esa verdad doliera. No me importaba, porque tenerla era lo único que me iba a permitir seguir avanzando, lo único que podía ayudarme a ser más fuerte. La verdad podía ayudarme a seguir creciendo y mejorando.

Por eso, tras varias horas de vuelo y otras varias de escala, llegué a Edimburgo. No conocía la ciudad, pero tenía una dirección. Un taxi me llevó a casa de Scott. Albergaba la esperanza de que no estuviera en casa y, gracias al cielo, así fue. Las horas de viaje no habían sido suficiente para que pudiera hacerme a la idea de lo que estaba haciendo. Pensé que tener un rato a solas y acostumbrarme al lugar me vendría bien.

Era extraño estar en casa de Scott sin él. Me sentía muy rara, como si invadiera su privacidad. A pesar de la curiosidad que sentía, había decidido que lo mejor era permanecer en el salón y la cocina, que estaban conectados, hasta que llegara. El problema era que la espera había sido más larga de lo esperado, valga la redundancia. Por eso había decidido ponerme a preparar algo de cena. Después del viaje, de la horrible comida de avión y de los nervios, me estaba muriendo de hambre.

Seguía sin dárseme demasiado bien la cocina, así que, tras cotillear un poco en los armarios y en la nevera de Scott, decidí buscar una receta en internet. Elegí la que parecía más sencilla y apetecible: espaguetis a la carbonara.

Me concentré tanto en cocinar que ni siquiera escuché que Scott había llegado hasta que escuché su voz.

—¿Nina?

Se me paró el corazón. Alcé la cabeza y lo vi justo ahí enfrente de mí.

«Respira, Nina. Uno. Dos. Tres», me dije a mí misma.

—Hola, Scott —saludé sin poder contener la sonrisa.

Estaba guapísimo. No. Era guapísimo.

Era extraño verlo tan cerca y a la vez sentirlo tan lejos. Porque lo quería. Lo quería como nunca había querido a nadie. Estaba convencida de que él era mi persona, a pesar de todo. A pesar de las dudas, de las mentiras, de la extraña situación. Mirarle a los ojos dolía, por supuesto que sí, pero no porque él me hiciera daño, sino porque, a pesar de todo, el amor que sentía por él era inmenso. Si estábamos separados, algo se rompía en mi interior.

Cuando nuestras miradas se cruzaron, una enorme y extraña felicidad se apoderó de mí.

—¿Qué haces aquí?

Su tono de voz era frío. Me recordó al de la última vez que nos vimos en Mónaco.

—Pues hacer unos espaguetis a la carbonara. O al menos lo estoy intentando, porque…

No me dejó terminar la frase.

—Para. Ya sabes a qué me refiero.

Puf, otra vez ese tono serio y seco que tanto odiaba. Me envalentoné y decidí tirar por el guion mental que llevaba horas preparándome.

—Necesitaba hablar contigo —admití algo avergonzada.

—No, Nina, no puedes estar aquí.

Su tono de voz no cambió. Era incapaz de llegar a él, cosa que me partió en dos. Lo miraba y no lo reconocía. Ese no era mi Scott. Nunca pensé que pudiera ser así. A pesar de todo, jamás lo había escuchado usar ese tono tan distante conmigo. No antes de Mónaco. Antes de que se fuera a Edimburgo tampoco. Entonces, ¿cuándo se había transformado en este nuevo Scott?

—Ya sé que no son las mejores maneras y que quizá te tendría que haber avisado. —Aposté por disculparme antes que nada—. Pero, después de lo de Mónaco, creía que pillarte por sorpresa iba a ser la única manera de que me escucharas.

—¿Te has parado a pensar que igual no quiero escucharte, Nina? —respondió cortante—. Porque no quiero. No quiero oír ni una sola palabra.

Todo lo que salía por su boca, sumado a esa horrible indiferencia, me estaban destrozando de nuevo. Pero había ido hasta allí con un propósito y no pensaba irme hasta cumplirlo.

Cedí. Apagué el fuego y, dejándolo todo desperdigado por la cocina, me acerqué a él. Estaba en el salón, a un par de metros de distancia. Lo único que se interponía entre nosotros era la enorme barra de madera que conectaba el salón con la cocina. No me iba a rendir a la primera de cambio. A pesar de que sus palabras dijeran una cosa, sus ojos parecían decir otra muy diferente. Parecía… ¿dolido?

Recorrí esos metros que nos separaban y me coloqué frente a él en silencio. Él evitó mirarme. Para mi sorpresa, agachó la cabeza y centró la vista en el suelo. Le cogí la cara con las manos e insistí volviéndole el rostro con delicadeza para que me mirara. Noté el picor de la barba de un par de días contra la piel de los dedos. Cuando no le quedó otra, nuestros ojos se encontraron y una corriente eléctrica me recorrió de la cabeza a los pies. Un nudo de puros nervios se me instaló en lo más profundo del estómago, haciéndome más complicada aún la tarea de concentrarme en lo que necesitaba decirle. De todos modos, hice de tripas corazón y, sin romper el contacto visual, empecé a hablar:

—Yo te escuché aquel día en el barco, Scott. Cuando necesitaste darme las explicaciones de la carta yo estuve ahí, ¿recuerdas?

Mi idea era intentar hacerle entrar en razón, que se ablandara un poco.

—Por favor, Nina. —Me agarró la muñeca con suavidad, me apartó las manos negando con la cabeza—. No me compliques más las cosas. Lo que te dije en Mónaco iba en serio.

Posé mis ojos en su rostro, vi que una ligera mancha morada empezaba a extendérsele por el pómulo derecho. Parecía reciente. Tenía los ojos rojos, cosa extraña en él.

Ignorando las últimas palabras que había dicho, deslicé los dedos de mi mano libre sobre su pómulo.

—¿Qué te ha pasado aquí?

—Nina, tienes que irte.

Cerró los ojos y soltó un leve suspiro, como si le pesaran las palabras. Eso me dio las fuerzas para seguir hablando.

—¿Has estado llorando? —Alcé las cejas, confusa.

—No me obligues a echarte de casa. Te lo pido por favor, Nina.

—¿Por qué eres tan duro conmigo? Tú no eres así —dije, era consciente de que todavía no me había soltado la muñeca.

Me aferré a ese contacto con todas mis fuerzas. En lo más profundo de mi ser deseaba que ni quisiera ni pudiera soltarme nunca.

—Tú. No. Me. Conoces —enfatizó cada una de las palabras, con un tono de voz afilado—. La versión del Scott del barco no existe. No queda nada del chico que conociste hace años. He crecido, he cambiado. Ahora soy así, Nina.

—No me lo creo —insistí. Decidí que iba a tensar la cuerda hasta que se rompiera. Total, ¿qué más podía perder?—. Sé que sigues ahí, Scott.

—Tienes que irte. Ahora.

Por supuesto que me estaba doliendo todo este rechazo por su parte, pero no iba a darme por vencida así como así.

—Dime por qué has estado llorando y a lo mejor me lo pienso.

Decidí que quizá desafiarlo era la manera de conseguir algo más. Igual así conseguía llegar hasta él.

—Esto no es negociable, ojos claros.

Un escalofrío se me extendió por todo el cuerpo.

—¿Cómo me has llamado? —pregunté incapaz de esconder esa sonrisa de emoción que se me estaba dibujando en el rostro.

—Ojos claros. —Afianzó el agarre sobre mi muñeca y me atrajo un poco más hacia él, la ridícula distancia que nos separaba se hizo incluso dolorosa. Entonces me susurró al oído—: Será que se me ha quedado la costumbre de fingir.

El pecho se me partió en dos. Me dolía la idea de que de verdad hubiera estado fingiendo todos los días en el barco. Pero había ido hasta allí para descubrir la verdad, ¿no? Aunque me partiera en mil pedazos. Hice acopio de todas mis fuerzas, tratando de que no viera cómo me estaban afectando sus palabras, y seguí insistiendo. Volví a acordarme de lo que había dicho Guille en la playa: «Scott está en peligro», me repetía una y otra vez.

—Costumbre o no —dije con firmeza—, sigo queriendo saber si estás bien. Así que dime qué te ha pasado.

Estaba orgullosa de la persona en la que me estaba convirtiendo. La Nina de antes hubiera agachado la cabeza y hubiera aceptado ese no por respuesta. Pero eso se había acabado ya.

Scott resopló, pero empezó a hablar.

—Me he peleado con mi hermano.

—¿Con Justin? Ay, Scott… ¿De verdad habéis llegado a las manos? —Volví a acariciarle el pómulo malherido. Él no me quitaba los ojos de encima—. ¿Qué ha ocurrido?

—Ya te he contado qué ha pasado. No hace falta entrar en detalles, Nina.

Al menos le había conseguido sacar un poco de información.

—¿Y la migraña? ¿Cómo te encuentras? —seguí.

—¿Cómo sabes que…?

—Las gafas. —Señalé—. Solo las llevas cuando te duele mucho la cabeza. ¿O eso solo lo hacía tu versión de hace unos años? —Me reí con una mezcla de incomodidad y sarcasmo—. Perdona, eh. Visto lo visto, no sé si a tu versión actualizada de Mónaco le sigue ocurriendo eso. —Alcé las cejas, mi intención era desafiarlo o provocar una mínima reacción en él. Pero nada.

—Estoy bien.

Sentí el doble de frío en la piel de la muñeca en el momento en el que me soltó. Ya nada me unía a él.

—Nina, por favor. Vete.

—Escúchame, Scott…

Esta vez fue él quien me interrumpió a mí:

—No. No tengo nada que escuchar. Supéralo, olvídame y vuelve al pueblo. Te lo pido como un favor personal.

—Eres un mentiroso, Scott Hovland —solté. Estaba intentando no perder los papeles—. Sé que me estás ocultando algo —reconocí por fin, pues era incapaz de seguir guardándomelo para mí.

—¿Perdona…? —Se llevó los dedos al puente de la nariz, luego inspiró y espiró un par de veces—. Mira, Nina, he tenido un día muy largo. Así que, por favor, haznos un favor a ambos y vuélvete a casa.

—«Mi hogar es tu hogar, hoy y siempre» —dije en voz alta. Él clavó sus ojos color miel en los míos—. ¿Por qué me diste ese llavero si esta iba a ser la actitud que me iba a encontrar cuando llegara, eh?

—Nina, todo era parte del entrenamiento. Todo.

Me fulminó con la mirada, tenía los ojos cansados.

—Eso no hay quien se lo crea —le reproché. Di un paso al frente y me acerqué más a él. No se apartó y eso me dio fuerzas para seguir tensando la cuerda—. ¿Sabes? He estado pensando mucho estos días. Y no te voy a negar que al principio lo veía todo negro. Pero, Scott…, sé que me estás ocultando algo. Y sé que lo que me dijiste no iba en serio.

—Si eso es lo que crees, es tu problema, no el mío. Ahora, hazme el favor y vete de mi casa.

—¿De verdad quieres que me vaya? —pregunté con su mismo tono de voz serio. Estaba siendo imposible. Esperé y, como no contestó, me puse en marcha—. Vale.

Empecé a recoger las pocas cosas que había traído. No tenía ni idea de cómo habían acabado todas desperdigadas por su salón en tan poco tiempo: los cascos por un lado, la chaqueta fina por otro y el bolso. ¿Dónde estaba el bolso?

—¿A dónde vas a ir cuando salgas por esa puerta? —preguntó Scott.

Un alivio fugaz se instaló en el centro de mi pecho. Terminé de ponerme la chaqueta con calma. Alargué el momento.

—¿Por qué? ¿Acaso te preocupas por mí?

Él se cruzó de brazos.

—Habré cambiado, pero tampoco soy tan mezquino como para dejar a una chica tirada en la calle. En una ciudad que ni conoce.

—¿Desde cuándo soy solo «una chica» para ti?

Quizá seguía tensando demasiado la cuerda, pero no tenía nada más que perder.

—Te lo repito. ¿A dónde vas a ir? —insistió él ignorando mi comentario.

Nada, Scott era impenetrable. No iba a dar su brazo a torcer y a mí no me quedaban más cartas que jugar.

—Si de verdad no quieres ni escucharme dos malditos minutos, pues me voy a un hotel. Yo qué sé.

Encontré el bolso tirado en el sofá, me lo coloqué sobre el hombro y me dirigí hacia la puerta.

—¿A cuál? —continuó preguntando mientras me seguía hasta la salida.

—¡Yo qué sé, Scott! No conozco la ciudad. —Empecé a girar las llaves que estaban metidas en la cerradura—. ¡Echaré a andar y el primero que encuentre!

Giré las llaves por última vez y abrí la puerta. El frío del rellano me sacudió, pero no me detuve. Le di la espalda, estaba decidida a irme de su estúpida casa. Entonces, vi su brazo justo al lado de mi cara. Scott cerró la puerta con un gesto firme y rápido, me quedé atrapada entre la madera y él.

Podía notar como su pecho casi me rozaba la espalda. Los dos aguantamos la respiración, aunque solo fuera por un momento. Scott vaciló, tenía la palma de la mano que había usado para cerrar la puerta extendida sobre la madera. Su pecho subía y bajaba contra mi espalda. Su brazo casi me rozaba la mejilla. Respiré hondo en cuanto sentí su perfume amaderado. No me moví ni un centímetro.

Había cerrado la puerta justo cuando iba a salir, pero ¿por qué?

—Quédate a dormir —dijo.

El corazón me empezó a latir a gran velocidad.

Pum, pum.

Pum, pum.

Pum, pum.

Parecía que se me fuera a salir del pecho.

Igual no estaba todo tan perdido como creía, ¿no?

Me giré despacio, me sentía arropada por el calor de su cuerpo. Él no apartó el brazo de la puerta en ningún momento. Alcé la mirada y clavé los ojos en los suyos. Los tenía rojos. Había estado llorando. No me cabía duda. Algo grave le había ocurrido. Y pensaba averiguarlo.

—Pero, Nina, de verdad que necesito que mañana te vuelvas a casa.

Algo extraño que no supe identificar le tiñó la voz. ¿Preocupación? ¿Enfado? ¿Pesar? No estaba del todo segura.

Lo único que sabía era que íbamos a pasar la noche bajo el mismo techo. Eso y que al día siguiente tendría una nueva oportunidad para cumplir mi propósito.

Capítulo 18

Scott

El verdadero Scott quería abrazarla con fuerza. Besarla hasta que nos quedáramos sin aliento y no separarse de ella. Jamás.

En cuanto sus preciosos ojos azules se clavaron en los míos, se me paró el puto mundo.

Estaba ahí.

Nina estaba en mi casa. En la que iba a ser nuestra casa unas semanas antes. En Edimburgo. A pesar de todo.

Dios.

Después del día más horrible de mi vida, allí estaba: cogiendo las cosas que necesitaba con total confianza, con los armarios abiertos de par en par, cocinando a saber qué. Además, sus cosas estaban desperdigadas por todo el salón. Me llenó de vida. Apenas habían pasado unas semanas y ya la había echado demasiado de menos. Había extrañado hasta el desorden que la acompañaba.

—Hola, Scott.

El corazón me latía tan fuerte que parecía que se me fuera a salir del maldito pecho. Quizá hasta se había saltado varios latidos. Me di cuenta al instante de que Nina se había cortado el pelo.

Estaba preciosa, joder.

No.

Era preciosa.

Nunca la había visto sin su melena larga y, en ese momento confirmé que no quería mirar a nada ni a nadie que no fuera ella, jamás. El resto del mundo pareció desvanecerse solo con su presencia.

«Cuánto te quiero, mi niña de ojos claros», querría haberle dicho en voz alta. Pero no podía. No debía. Eso solo nos iba a traer problemas. Sobre todo, después de lo que acababa de descubrir sobre mi familia.

Recordé las palabras de mi padre. Las amenazas que tanto él como Cormac habían lanzado al aire. Estar con Nina, fuera como fuera, solo la ponía en peligro. Por eso, muy a mi pesar, me puse la misma máscara fría que había tenido que usar aquel día en Mónaco. Esa que tanto odiaba. Cada una de las palabras y mentiras que me salían por la boca me repugnaban más que la anterior, pero eran necesarias.

Ese no era yo, joder.

El verdadero Scott quería abrazarla con fuerza. Besarla hasta que nos quedáramos sin aliento y no separarse de ella jamás. Porque la quería. Con todo mi ser. Pero a veces el amor es complicado. Era precisamente ese amor el que me llevaba a ponerme esta máscara. A hablarle con esta indiferencia y frialdad que no se merecía para poder mantenerla a salvo.

Tenía que conseguir lo imposible: que de verdad pensara que no quería saber nada de ella. Que todo había sido una prueba. Que había jugado con ella. Necesitaba que se volviera al pueblo. A la seguridad de su casa. Porque, si se quedaba a mi lado, temía que los dos saliéramos el triple de perjudicados. Y a mí me daba igual, pero eso era lo último que quería para ella. Ni en un millón de vidas lo permitiría.

No estaba seguro de hasta dónde serían capaces de llegar mi padre y Cormac, pero prefería no tentar a la suerte.

Aunque le hablé con frialdad e indiferencia, Nina no se rindió. En ningún momento. Se dio cuenta del moratón que me empezaba a salir en la cara y, en cuanto noté la suave caricia de sus dedos sobre la piel, pensé que iba a romperme. Aguanté todo lo que pude y más. Pero imaginarla caminando sola por las calles oscuras de

Edimburgo buscando un hotel había superado mi límite. No pude soportarlo. Sabía que Cormac estaba ahí fuera y solo de pensar que pudiera pasarle algo… sentía que me perforaba el pecho.

No.

Si tenía que quedarse en algún sitio, sería en mi casa. Allí estaría a salvo.

—Quédate a dormir.

Intenté sonar pragmático, pero en cuanto se giró y sus preciosos ojos azules como el mar me miraron directamente, una corriente eléctrica que solo sentía cuando ella estaba cerca me recorrió de la cabeza a los pies. Fue tan obvio. Estábamos a una distancia ridícula. Casi nos rozábamos. Por mucho que intentara evitarlo, nuestros cuerpos siempre encontraban la manera de acoplarse el uno al otro. De encontrar el camino de vuelta a casa.

Encajábamos a la perfección.

—Pero, Nina, de verdad que necesito que mañana te vuelvas al pueblo.

Hice de tripas corazón para no deslizar los dedos por esas mejillas suaves. Para no contarle toda la verdad y besarla durante toda la noche. ¿Quería que se fuera? Por supuesto que no. ¿Tenía que hacerlo si quería que no le pasara nada? Sí.

—Gracias —susurró a pocos centímetros de mis labios.

Me aparté de golpe porque no quería tentar más a la suerte. Estaba jugando con fuego. Si seguía así, no tenía ninguna duda de que acabaría quemándome.

Traté de aclararme la voz con un carraspeo. Intenté detener el nudo que se me empezaba a formar en la garganta. Me di media vuelta y puse distancia entre nosotros. Avancé hasta llegar a la cocina mientras me pasaba las manos por la cara en un intento de liberar algo de la tensión acumulada.

Sentí su presencia justo frente a mí antes de abrir los ojos. Lo único que nos separaba era la barra de madera americana de la cocina. Con un gesto firme, Nina puso algo sobre la encimera. En cuanto retiró la mano, la vi.

—Esto es tuyo.

Nina me acercó la tarjeta de crédito que recordaba haber metido en el sobre que le di en Mónaco.

—He tratado de no gastar nada, pero no podía dejar el barco en medio del mar —concluyó seria.

—¿Qué?

—En Mónaco, ¿no te acuerdas? —Un pinchazo se fue directo a mi pecho—. Te fuiste y no sabía qué hacer con el barco.

No. No me acordaba. De hecho, había pasado tanto tiempo preocupándome por ella que ni siquiera había caído en el maldito barco. Asentí para que siguiera hablando, algo más humilde en mi estupidez.

—Tuve que alquilar una dársena en el puerto para poder amarrarlo. El barco sigue allí. —Ya intuía lo que me iba a decir—. Y como no tenía nada de dinero, pues di el número de la tarjeta.

Parecía preocupada.

—¿Y cuál es el problema? —Ese tono serio me salió desde el fondo de la garganta.

¿Cómo podía ser que incluso después de todo aquello y de lo que le había dicho ella hubiera pensado en mi barco? No me la merecía.

—Pues que te están cobrando mil euros diarios, Scott.

Ese gesto de preocupación no se le fue de la cara y yo lo único que deseaba era poder borrárselo a besos. Apreté los labios para esconder una sonrisa.

—Te repito: ¿y cuál es el problema?

—Bueno, también la he usado para comprar los vuelos para venir a Edimburgo —añadió algo avergonzada.

Me di media vuelta, abrí el único armario que quedaba por abrir y cogí un vaso de cristal. Me serví un poco de agua y me la bebí sin prisa para alargar el momento un poco más.

—Nina, te lo repito: ¿y cuál es el problema?

Qué asco me estaba dando ser tan frío y distante con ella, joder.

—Bueno, yo solo te aviso

Puso los ojos en blanco y yo me giré para dejar el vaso en la pila de platos sucios.

«Bien, Nina. Mándame a la mierda. Pero, por favor, vete de aquí. Me da pánico lo que te pueda pasar», pensaba.

Entonces me di cuenta de algo. Me volví hacia ella y busqué su mirada, preocupado.

—Espera, ¿has dicho los vuelos? ¿En plural?

—Sí, claro.

«Mierda».

—¿Y se puede saber con quién has venido?

Nina se encogió de hombros, como si fuera más que evidente lo que estaba diciendo.

—¿Acaso te importa? —dijo con chulería.

Me la estaba devolviendo, ¿verdad?

—Para nada.

—Eres un mentiroso —añadió con una sonrisa socarrona en los labios.

«Joder, qué guapa es».

—No tengo ninguna necesidad de mentir —dije y me encogí de hombros, siguiendo con la farsa.

—Ah, ¿no? ¿Y qué hay de lo que dijiste? —Se cruzó de brazos y borró esa sonrisa tan bonita de su cara suave y redonda—. Te recuerdo que en Mónaco me dijiste que habías jugado conmigo y que no te importaban las consecuencias. Que todo era parte de un maldito entrenamiento de la compañía.

Empezó a caminar despacio hacia mí rodeando la barra de madera que nos separaba.

—Pensaba que me habías estado mintiendo todo ese tiempo, Scott Hovland. Que era necesario para tu prueba o algo así.

Joder, cómo me encantaba que dijera mi nombre así. Sonaba tan sexy susurrado en sus labios. Se detuvo a pocos centímetros de mí, aún con los brazos cruzados. Imité su gesto y enderecé la espalda.

—Ahí no te mentí. ¿Jugué contigo? Sin ningún tipo de duda. —Estaba perdiendo la partida—. La verdadera mentira fueron los días en el barco, cariño.

Le guiñé el ojo con chulería en un intento por recuperar terreno. Ella, sin embargo, descruzó los brazos y se colocó de puntillas haciendo que la distancia que nos separaba fuese aún más ridícula. Y ahí estaba yo, plantado a pocos centímetros de ella e incapaz de moverme. Más bien, no quería moverme. A esas alturas, me importaba una mierda el dolor de cabeza y todo lo que había descubierto sobre mi padre. Me daba igual que Cormac fuera mi maldito hermano. Solo quería quedarme ahí, así.

—Hummm… Mientes de nuevo.

Clavé mis ojos en los suyos y me perdí en ese mar azul, era incapaz de darle una respuesta. Dijera lo que dijera, debía mentir. Pero no me quedaban ni fuerzas ni ganas de hacer la bola de nieve más grande.

—Sé que me ocultas algo, Scott —sentenció ella—. Sé que las cosas no están bien. Y sé que no todo lo que vivimos en el barco fue mentira.

«Nada lo fue, ojos claros», quise confesar.

Ella, sin separarse ni un solo milímetro, susurró:

—Lo voy a averiguar. —Me clavó el dedo índice en el centro del pecho—. Sé que sigues ahí.

Y con esas palabras, volvió a alejarse. La distancia hizo que un escalofrío me recorriera todo el cuerpo.

Estaba jodido.

Muy pero que muy jodido.

Fui tras ella, desesperado. Le tiré de la mano para hacer que se girara, con la intención de que quedara de nuevo frente a mí.

—Dime con quién has venido —insistí.

—Solo si me dices por qué has estado llorando.

—Esto no funciona así, Nina.

Mi vista tropezó y fue de sus ojos a sus labios.

Joder, no estaba en lo que tenía que estar. Cuando se trataba de Nina, mi capacidad de concentrarme en algo que no fuera ella desaparecía.

—Ah, ¿no? ¿Y cómo funciona entonces? —dijo desafiante.

Se estaba imponiendo. Y, joder, me gustaba verla así de fuerte. Era indiscutible que esta ronda la estaba ganando ella, una pequeña chispa de valentía y determinación había nacido en su interior.

A pesar de que me hubiera encantado decirle lo orgulloso que me estaba haciendo sentir, no lo hice.

—¿Sabes qué? Me da igual —dije, cambio de estrategia.

—Mientes otra vez —canturreó ella, no se dejaba ganar. Casi me sacó una sonrisa. Casi.

Traté de ignorarlo y cambiar de tema. No pensaba contarle lo que me había llevado a romperme antes de subir a casa. De hecho, ni siquiera lo había asimilado todavía. Todo era demasiado reciente como para intentar sincerarme. Ni tampoco podía hacerlo.

—Mira, Nina, este es el trato. —Cogí el aire que me faltaba para llenarme los pulmones—. Te quedas a dormir esta noche. Solo hoy —recalqué. Más para creérmelo yo que para ella—. Y mañana te compro un vuelo para que vuelvas al pueblo.

—Acepto la primera parte.

Me tendió una mano para estrechármela. La miré con intención, precavido. La conocía muy bien y sabía lo cabezona que podía ser.

—Aceptas las dos.

—Mira, Scott, te agradezco tu hospitalidad, tu pena o el motivo que te haya llevado a dejarme dormir aquí hoy. Pero respecto a lo segundo… Soy una mujer libre —enfatizó cada una de las palabras— y no voy a aceptar que nadie me diga lo que tengo o no tengo que hacer, ¿vale?

Su tono desafiante empezaba a preocuparme. Necesitaba que se alejara de Edimburgo. Que se alejara de Cormac y de mi padre. ¿Qué más me quedaba en el arsenal para convencerla?

—No te lo niego. Pero tienes que irte.

La miré a los ojos, intentaba decirle sin palabras que aquello no era ningún juego. Nada me hubiera gustado más que eso, que se quedara conmigo. Pero era imposible.

—Buuueno —cedió sin más—. ¿Cuál es mi cuarto?

Pero yo no tenía forma de saber si me estaba tomando en serio.

—Dios, Nina. ¡Voy en serio, joder!

—Y yo. ¿Dónde duermo? —Sonrió, como si la conversación de antes jamás hubiera tenido lugar.

Me di por vencido.

—Primera puerta a la derecha —resoplé.

Esa chica iba a acabar conmigo.

Nina cogió el bolso que había dejado en el suelo segundos atrás y se dirigió hacia el dormitorio. En cuanto cruzó la puerta, frenó de golpe bajo el propio umbral. Unos segundos después, se volvió para mirarme sorprendida.

—Esta es tu habitación, Scott.

—Y la única que hay. —Seguí usando el tono distante que tanto odiaba.

—¿Entonces…? —preguntó confusa.

—Supongo que tendremos que apañarnos. —Alcé las cejas con chulería—. ¿No te parece?

Capítulo 19

Nina

Eres un mentiroso, Scott Hovland.

¿Pensaba irme de Edimburgo porque él quisiera? La respuesta era sencilla: no.

Se pusiera como se pusiera Scott, la decisión solo la iba a tomar yo.

Quería enterarme de qué estaba ocurriendo y sabía que la respuesta no me esperaba en el pueblo. No iba a darme la vuelta. De ninguna de las maneras. Le iba a sacar hasta el último ápice de información a Scott Hovland. Por muy serio que hablara y frío que se quisiera poner, yo conocía sus ojos. Y esos ojos decían algo distinto. Catalina me lo confirmó.

Así que, después de todo y sin creérmelo mucho, ahí seguía: en su casa. En concreto, en su baño, dándome una merecida ducha de agua caliente después de cenar los espaguetis que había estado preparando. Siendo sincera, me era imposible no darle vueltas a lo que se suponía que debería hacer, incluso después del viaje, tampoco tenía muy claro cuál era mi plan. ¿Cómo iba a conseguir hacerle hablar? No lo había conseguido todavía, pero confiaba en mí misma y en mis capacidades.

Sin embargo, algo sí que me preocupaba y empecé a darle vueltas, entre el vapor del agua caliente y las burbujas de jabón: si quería quedarme en esa ciudad tan fría, necesitaba un trabajo. A ser posible de algo que me gustara. Pero ¿qué? No tenía experiencia porque acababa de terminar la carrera. Aunque no se me daba nada mal el inglés, la idea de enviar currículums en el extranjero era algo que me imponía. ¿Se podía? ¿O tenía que hacer papeleo de algún tipo? No tenía ni idea.

Me aclaré el pelo y decidí no agobiarme en exceso. Podía consultarlo con la almohada y solucionarlo cuando llegase el momento de tomar una decisión.

Disfruté cinco minutos más del agua caliente. Hacía demasiado frío en Edimburgo y yo no era precisamente una chica calurosa. Siempre tenía las manos y los pies congelados, daba igual si era verano o invierno. No parecía que el clima de esa ciudad fuera a ayudarme con eso. Después de un momento para mí sola, cerré el grifo y salí de la ducha, acompañada de una enorme nube de vapor.

El baño era una pasada. Estaba decorado en tonos blancos y negros, bastante moderno. Quizá era poco acogedor para mi gusto, pero había que reconocer que era bonito y que combinaba con el resto de la decoración de la casa. Me tomé la confianza de desenredarme el pelo con el peine de Scott, ya que se me había olvidado el mío en casa. Total, ya había usado sus cosas miles de veces antes.

Por una vez más, tampoco iba a pasar nada, ¿no?

Cuando estuve lista, con el pelo mojado pero desenredado y ni una sola gota de maquillaje en la cara, abrí la puerta que conectaba con la enorme habitación. Tenía una cama gigante en el centro bajo un techo abuhardillado. Justo ese detalle conseguía que la habitación tuviera una calidez que contrastaba con el resto de la decoración. También había varios cuadros modernos en las paredes y un escritorio justo debajo de la ventana.

Era un dormitorio sencillo pero bonito.

Y Scott estaba ahí, justo delante de mí. Al parecer, andaba rebuscando en el armario. En cuanto se giró, lo vi con una manta y una almohada entre sus brazos y la pequeña chispita de esperanza e ilusión que había ido creciendo en mi interior se desvaneció.

—¿A dónde vas? —pregunté intentando ocultar mi decepción.

—¿A dónde crees que voy a ir? —Me encogí de hombros en el sitio—. Al sofá, Nina. Ha sido un día muy largo y me muero de sueño.

Me acerqué a él y le toqué el brazo en cuanto llegué a su lado. Él me esquivó con agilidad para seguir con su plan de volverse al salón.

—¡Ey! Oye, Scott, para el carro. No puedes dormir en el sofá.

—¿Y eso por qué? —Me miró desafiante, esperando mi respuesta con paciencia.

Traté de buscar el mejor argumento que se me ocurriera. No podía decir: «Oye, ¿te apetece dormir conmigo?». No.

—Por tus migrañas. —Salí del paso de la mejor manera que se me ocurrió—. No quiero que mañana te levantes peor. Anda, duerme tú en la cama. —Le quité la manta y la almohada de las manos—. Ya duermo yo en el sofá.

Aunque lo intenté, tan pronto como hube dado un paso hacia el salón, él se colocó delante de mí y me cortó el paso. Me quitó de nuevo la manta y la almohada.

—No era negociable en el barco y tampoco lo es ahora —susurró inclinándose hacia mí.

—¿No decías que yo no te importaba? —le solté sin pensar. Me arrepentí un poco en cuanto la última palabra me salió de la boca, pero tampoco frené—. ¿Qué más te da que duerma ahí fuera, eh?

Esos segundos de más que tardó en contestarme confirmaron un poco más mis sospechas: no estaba siendo sincero conmigo.

—No estoy para juegos, Nina.

Scott se dio media vuelta y cerró la puerta a su paso. Me dejó sola en su habitación y con la certeza de que si no había respondido a mi pregunta, era porque no soportaba seguir mintiendo.

Capítulo 20

Nina

A veces hay que perderse, tocar fondo y verlo todo negro para poder renacer de las cenizas.

Me desperté en un lugar extraño. En una cama que no reconocía y en una habitación en la que entraba menos luz de la que estaba acostumbrada a ver al despertar.

«Estoy en la cama de Scott», recordé.

Me incorporé y alcancé el móvil que había dejado en la mesilla de noche. La luz de la pantalla me cegó, pero vi que apenas eran las siete de la mañana. Lo dejé de nuevo donde estaba y me volví a tumbar, engullida por las suaves sábanas blancas.

Estaba en la cama de Scott. En la enorme y mullida cama de Scott. Entre sus sábanas. Oliendo ese increíble aroma que desprendían y que tanto me gustaba. Pero él no estaba a mi lado. Y, aunque era consciente de todo lo que había ocurrido entre nosotros, se me antojaba extraño estar así.

En su casa. Una en la que jamás había estado antes. Durmiendo en su cama. Y él estaba al otro lado de aquella puerta.

Scott había decidido dormir en el sofá. Mentiría si dijera que no quería que las cosas ocurrieran de otro modo. Estaba más segura de que algo no andaba bien. Scott no lloraba así porque sí. Al menos no la versión de él que yo creía conocer. ¿Era sensible? Sí. ¿Lo mostraba? Por supuesto, pero a su manera. Pero verlo llorar se me antojaba casi imposible. Le estaba pasando algo. Sabía que no estaba siendo sincero conmigo, pero no sabía cuál era el motivo.

Siendo realistas, él jugaba con ventaja. Y en el fondo, me molestaba no poder hacer nada para ayudarlo. Sin embargo, me faltaba información de todo tipo. ¿Qué podía hacer? ¿Cómo le iba a sacar esa información? ¿Podía llegar a conseguir que confiara lo suficiente en mí como para abrirse y contármelo sin más?

No las tenía todas conmigo, pero no iba a cejar en mi empeño.

Intenté hacer un plan, buscar posibles ideas o soluciones a un problema que, en el fondo, desconocía. Pero nada de lo que se me ocurría parecía lo indicado. Remoloneé un poco en la cama, pues pensaba que al salir el frío típico de Edimburgo me dejaría fuera de juego. ¿Qué le iba a hacer? Era una chica de sol y playa. Yo pertenecía a la costa mediterránea y no llevaba demasiado bien esas temperaturas. Tan solo esperaba que subieran un poco conforme fuera saliendo el sol.

Para mi sorpresa, no fue así: el frío que esperaba no llegó.

«Qué raro».

Quizá por eso me levanté de la cama de mejor humor. Estaba decidida a preparar café para ambos y, con suerte, lo pillaría de buen humor para hablar. No pude evitar reírme, porque a este ritmo se iba a convertir en algo así como una tradición nuestra: café por la mañana y conversación intensa. Como en el barco.

Necesitaba averiguar lo que le estaba ocurriendo. Él no se había rendido conmigo semanas atrás. O, según él, había fingido muy bien no hacerlo. Cuando yo no quería ni verlo, cuando las mil y una dudas me desequilibraron, Scott estuvo ahí para mí. Quería pensar que esa parte era cierta. Y lo era: había estado ahí, luchando por ambos. Aunque pareciera difícil, Scott debió de haber visto algo en mí que le dijo que tenía que quedarse. Y yo, en ese mismo instante, sentía lo mismo.

Según él, nada de lo que habíamos vivido en el barco había sido cierto. Pero, tanto mis hermanas como Emilie y yo misma creíamos que algo así no se podía fingir. El shock de aquel día en Mónaco no me había dejado prestar atención al brillo que tenía Scott en los ojos. Pero, con perspectiva, empezaba a descifrar lo que se ocultaba detrás de esa mirada llorosa. Esa era la diminuta señal a la que me aferraba. Esa ligera esperanza que me decía que no todo estaba perdido.

Si no, ¿por qué me había dejado dormir en su casa? En su cama, para ser exactos. ¿Por qué le había importado tanto con quién había venido? ¿Por qué se preocupaba si era una simple prueba para él?

«Tú luchaste por los dos y ahora me toca a mí».

Me lavé los dientes y la cara antes de salir de la habitación. Después, mientras me desenredaba un poco el pelo con los dedos, fui hacia la cocina para preparar ese ansiado café, tenía los nervios a flor de piel. En cuanto abrí la puerta, vi que la luz del termostato emitía cierto brillo. Y entonces me di cuenta.

La calefacción estaba encendida.

A veintitrés grados, para ser exactos.

Por eso no tenía frío.

Scott no era tan friolero como yo, así que me permití el lujo de pensar que lo había hecho por mí. Quizá se había acordado de lo poco que me gustaba levantarme tiritando y ese simple pensamiento me sacó una sonrisa. Si de verdad la había encendido para que yo no tuviera frío, eso solo podía significar que yo tenía razón. Que ese brillo no podía ser mentira. Porque eso era algo que solo el Scott al que yo conocía habría hecho. Aunque estuviera tan serio, borde y distante conmigo. ¿Qué otra razón podía haber? ¿Qué otra prueba necesitaba?

Seguí avanzando por el pasillo hasta llegar al salón. Esperaba verlo durmiendo en el sofá, pero no fue así. Las mantas estaban dobladas a la perfección sobre el sofá y no había ni rastro de él.

Nada.

Suspiré y, con un sabor agridulce cargado de decepción, me dirigí hacia la zona de la cocina. Yo sí que me iba a tomar ese café. Abrí varios armarios para buscarlo, pero no vi nada. Seguí rebuscando. Nada de nada.

—Madre mía. Pero ¿dónde guarda este chico el café? —dije en voz alta.

Cerré el último armario dándome por vencida. Me llevé las manos a la cara para frotarme los ojos. La verdad era que seguía medio dormida. En cuanto se me aclaró la vista, lo vi: justo en la encimera, al lado de la cafetera.

«Ostras. Más grande y me come», pensé.

Estaba casi segura de que la noche anterior, mientras buscaba ingredientes para la cena, no estaba ahí. Era como si alguien lo hubiera colocado a propósito. También vi un aparato alargado que tampoco había visto la noche anterior. Me giré para alcanzar los cajones que tenía justo detrás y sacar una cucharilla y ahí fue cuando lo vi: sobre la encimera de madera descansaba un papel blanco doblado con cuidado que me llamó la atención. Tenía mi nombre escrito a mano, con una caligrafía perfecta que reconocí al instante.

Era la letra de Scott, por supuesto. Y justo al lado de la nota estaba la tarjeta de crédito que le devolví la noche anterior.

«Ya empezamos…».

Abrí el papel con cuidado. Temblaba como un flan por los nervios. Lo de Scott y las cartas era algo que no llevaba muy bien, por razones obvias. De una manera u otra, siempre conseguía que se me parara el corazón.

Buenos días, Nina.

Me he ido a desayunar con Justin y a trabajar. Te he dejado el café justo al lado de la cafetera para que no tengas que buscarlo, junto con el espumador de leche para que te hagas el café como te gusta. No tengo mucho más de desayuno en casa, pero quédate la tarjeta de crédito y cómprate lo que te apetezca. Por las molestias, ¿recuerdas?

Gasta lo que necesites y ahórrate lo de devolvérmela, porque no te la voy a coger. Siempre va a haber dinero en esa tarjeta para lo que te pueda surgir. Es una compensación de parte de Hovland Security.

En un par de horas, te mando al móvil el billete de avión para que te vuelvas a casa, además de un taxi a la puerta para que te lleve al aeropuerto.

Voy en serio, Nina.

Esto no es un juego.

Que te vaya bien.

Scott

Se había ido sin despedirse. Menudo cobarde. ¿Hubiera preferido verlo en vez de leer la carta? Por supuesto. Pensándolo bien, no era la primera vez que se piraba dejando un papelín, ¿verdad?

Lo doblé y suspiré fastidiada.

Al menos esa vez tenía una mínima explicación, me dije a mí misma. Encima, era algo que hacía que cobrase más fuerza esa idea a la que no dejaba de darle vueltas en la cabeza. Si en teoría no quería saber nada de mí, ¿por qué me decía lo del espumador de leche? Segundo punto al marcador y llevaba menos de una hora despierta. Él sabía que así era como me gustaba el café. Y a alguien a quien no le importas ni lo más mínimo tampoco tiene en cuenta esos detalles.

Aún con la nota en la mano, sopesé todas mis opciones. ¿Qué debía hacer? ¿Me volvía al pueblo sin haber conseguido respuestas? La verdad era que en su casa no tenía mucho más, aparte de una mochila con algo de ropa. ¿Esperaba en su piso hasta que me enviara el billete de avión? ¿Salía a dar una vuelta para despejarme?

Opté por la tercera opción sin pensármelo demasiado. Necesitaba que me diera el aire fresco para poder aclararme un poco las ideas. Y si algo había en Edimburgo era aire fresco, ¿no?

Así que volví a la habitación, me maquillé un poco y me vestí con la única muda que había traído: unos vaqueros rectos, un top blanco con una rebeca gris y mis botas de cowboy beige. En otra ocasión, me hubiera recogido el pelo en una coleta alta, pero eso era ya imposible. Moví la melena de un lado a otro, sintiendo el roce de las puntas sobre los hombros. Así que en lugar de hacerme una coleta alta, me hice un moño bajo, cogí el bolso y me dirigí a la entrada.

Cuando estaba a punto de terminar de girar las llaves, me acordé de la temperatura real que habría en el exterior. Porque, por lo poco que había podido comprobar, el tiempo de Edimburgo no tenía nada que ver con el de la costa mediterránea. Así que, de nuevo, me tomé la quizá excesiva confianza de coger un abrigo mullido negro que estaba colgado justo en el perchero de la entrada.

¿Me arruinaba el outfit? Sin ninguna duda.

¿Me apetecía ir calentita y encima oliendo su perfume? Definitivamente.

Me coloqué el abrigo y me subí la cremallera hasta arriba. Me quedaba gigante, pero no me importaba. Justo cuando estaba a punto de salir por la puerta, un destello plateado me llamó la atención. La tarjeta de crédito me miró desde la encimera. ¿Qué hacía? ¿La cogía? ¿O dejaba ese plástico a rebosar de dinero en casa?

No quería su limosna, pero no tenía nada. Me dije a mí misma que por una vez no pasaba nada y cogí la tarjeta.

Bajé los cuatro pisos por las escaleras. Quería entrar un poco en calor para que el contraste de temperatura no fuera tan alto. Aun así, lo fue. Nada más poner un pie en la calle, el viento frío me golpeó las mejillas. No me detuve. Sabía que habría sido mil veces peor hacerlo, así que empecé a caminar sin rumbo.

Por un lado, eso me daba tiempo para pensar qué maldita decisión iba a tomar en las próximas horas. Por otro, podía conocer un poquito más de Edimburgo.

La verdad era que no sabía dónde estaba ni a dónde me dirigía. Pero no me importaba. Estaba disfrutando del paseo improvisado, admirando el paisaje de la ciudad. Tenía un aura mágica: los edificios de ladrillo con un estilo muy peculiar que solo había visto antes en fotos, las calles, las señales. Pasé por varios callejones que parecían sacados de una película, con esas luces cálidas que inundaban cada rincón. También atravesé jardines verdes bañados en rocío.

Era una ciudad preciosa. Y, a pesar de que mi humor no era el mejor, me alegró haber podido disfrutar de lo que Edimburgo tenía que ofrecer.

No sé cuánto tiempo estuve deambulando. Pudieron ser minutos como pudieron ser horas, pero no me importó. Solo cuando el frío ya empezaba a calarme los huesos a pesar de que llevaba el abrigo de Scott, decidí que era hora de regresar a casa. Volví a recorrer las calles empedradas que poco tenían que ver con las del pueblo y, con ayuda del móvil, conseguí no perderme. Estaba a un par de minutos de casa y, entonces, vi algo en la calle por la que estaba caminando que me cautivó por completo.

Me topé con una pequeña librería que no había visto antes. Dentro, servían café recién molido. Me enamoré al instante, tanto del concepto como de la energía tan acogedora que desprendía el lugar.

Alcé la mirada y en cuanto vi el nombre del pequeño negocio sobre el toldo verde oliva que lo cubría: Once Upon A Coffee.

Supe que tenía que entrar.

El tintineo de las campanillas me envolvió en cuanto abrí la puerta recubierta de flores. Ante mis ojos aparecieron estanterías y estanterías de madera cargadas hasta los topes de libros. Respiré hondo, disfrutando del increíble olor a papel y café, combinado con ese distante olor a librería antigua que era tan específico pero tan difícil de encontrar. El lugar también estaba decorado con alguna que otra vela en la zona de la cafetería. Por supuesto, bien alejadas de los libros.

Era uno de los lugares más acogedores en los que había estado jamás.

—Hola, bonita —me saludó la dependienta en inglés. Era una mujer de unos sesenta años más o menos, con un acento escocés algo marcado.

—Hola —le contesté en mi mejor inglés, tímida.

—¿Estás buscando algo en especial?

Hablaba con una voz tan dulce que no pude evitar sentir un pinchazo de ternura.

—En realidad, no. —Se me escapó una sonrisa—. Estaba paseando y, al ver su librería, no me he podido resistir a entrar y echar un vistazo.

La mujer me devolvió la sonrisa y se le marcaron varias arrugas en el rostro. Hizo un gesto con la mano para que me acercara.

—Ven, que te invito a un café.

—Oh, no, no se preocupe. Yo solo…

—Bobadas. Por tu acento, sé que no eres de aquí, así que considera esto tu bienvenida a la ciudad.

Sin darme tiempo a contestar, la mujer empezó a preparar el café. Me acerqué hacia la barra de madera desgastada. Pensé que no podía llevarle la contraria. Y no era plan de estar hablando a gritos.

—¿De dónde eres, bonita?

Me senté en uno de los taburetes y, en cuanto me sirvió el café, no pude negarme. Tenía las manos congeladas y encima olía tan bien… Le di las gracias con una sonrisa y enseguida contesté a su pregunta:

—Soy de España. Para ser exacta, de la costa mediterránea. ¿La conoce?

Ella asintió.

—¿Y cómo te está tratando el frío Edimburgo por ahora? —bromeó.

Ella también se había preparado un café, así que cogió la taza humeante y se sentó justo enfrente de mí, dando un sorbo y disfrutando de la bebida. La verdad era que Edimburgo no me estaba tratando demasiado bien por el momento. En concreto, cierta persona que no me podía quitar de la cabeza.

—Bueno…, todavía no he tenido la oportunidad de conocerlo demasiado, ¿sabe? Solo he podido dar un paseo.

Ella asintió, dando un pequeño sorbo a su bebida.

—¿Sabes? Edimburgo es un sitio mágico. Todo depende de los ojos con los que lo mires. Puede parecerte oscuro, gris, frío y distante. Pero, visto con los ojos correctos, puede estar lleno de luz, oportunidades y belleza. ¿Sabes a lo que me refiero?

Me tomé un par de segundos para reflexionar sus palabras. Era cierto que, por lo poco que había podido ver, la ciudad me parecía preciosa. Sin embargo, por el momento, Edimburgo no tenía nada de esa magia que decía. Sentada en la cafetería, sentí que solo había tenido tiempo de conocer su peor parte.

Como si pudiera leerme la mente, la mujer me colocó su mano sobre la mía.

—Algo te preocupa, bonita. Si quieres, puedes contármelo.

Cogí aire y empecé a hablar. No entendí muy bien qué me motivó a hacerlo, pero esa señora me transmitía una confianza que me hacía falta. Quizá porque era una desconocida y en el fondo le daba igual.

—Es complicado —admití algo reticente.

Agaché la cabeza y centré toda mi atención en remover el café. De repente, me pareció de lo más interesante.

—Bueno, por ahora tú eres mi única clienta, así que tengo todo el tiempo del mundo.

Me volvió a dedicar una amplia sonrisa que me calentó el corazón.

—Hay un chico… —empecé a decir.

—¡Ah, hombres y sus tonterías! Pero si eres una chica preciosa… ¿Qué te ha hecho ese muchacho?

No pude evitar atragantarme un poco con el café al escucharla.

—No, no —me reí—. No quiero decir eso. —Le di otro sorbo al café, que estaba espectacular, y dejé la taza sobre el platito—. La cosa es que ya no estamos juntos, pero no me lo puedo quitar de la cabeza, ¿sabe? Fue mi primer amor. Bueno, lo sigue siendo, y… —Suspiré, soltando todo el aire que me oprimía el pecho—. Lo quiero.

—Ya veo… ¿Y él? ¿Él te quiere a ti? —preguntó centrando toda su atención en mí.

—Pues no lo sé —admití—. Hace unas semanas estaba convencida de que sí. Hubiera dado todo por él y hubiera puesto la mano en el fuego sin dudarlo porque él también me quería. Pero un día, de la noche a la mañana, me echó de su vida. Así que ahora no sé qué pensar. Porque lo veo raro. Muy raro. Como si me ocultara cosas.

Me ahorré muchos detalles. Vale que la mujer me transmitiera confianza, pero tampoco era plan de sacar a relucir todos los trapos sucios de mi relación, ¿no? Bueno, relación o lo que fuera que había entre Scott y yo.

—Ay, bonita mía… Los hombres son muy simples. Pero pueden llegar a ser como un bloque de hielo cuando algo se les mete en la cabeza.

—Eso es lo que no entiendo. Él nunca ha sido un bloque de hielo conmigo. Pero ahora, de repente, nada es como antes y…

—Justo lo que decía. Algo se le habrá metido en la cabeza. Algo que no está dejando salir. A mi John le pasó cuando empezamos a salir hace… Pufff. —Se paró a pensar unos segundos—. Hace muchos más años de los que tienes tú, bonita.

La vi reír. Negó con la cabeza, como rememorando la historia al completo.

—¿Y qué hizo? —pregunté con cierta impaciencia.

—Un día me planté delante de él, me abrí en canal y le dije todo lo que sentía. Yo era muy moderna para aquella época, ¿sabes? Era como un huracán —admitió con una sonrisa cargada de orgullo que me hizo sonreír—. Le dije: «Ahora o nunca». Si no era capaz de ser sincero conmigo, no había nada más que hacer. Él se quedó blanco como la leche, incapaz de decir nada. —Volvió a darle un sorbo a su café—. Pensándolo en frío, creo que no se lo esperaba. Yo me envalentoné y le planté un beso. ¿Qué digo un beso? Un besazo. Si es que yo era toda una rebelde…

Ambas estallamos en una carcajada.

—¿Y al final?

—Se derrumbó y ahí mismo me confesó todo lo que le preocupaba sobre nosotros. También me dijo que me quería. No nos hemos vuelto a separar desde entonces.

Agaché la cabeza, pensativa. La señora me colocó los dedos en la barbilla y me la levantó para que la mirara a los ojos, como si de una abuela se tratara.

—Solo tienes que encontrar la manera de llegar hasta él. Rómpele los esquemas y haz que vuelva a ti. Ahora mismo está a miles de kilómetros de distancia. Pero, si te quiere... Si te ama de verdad, encontrará la manera de volver.

—¿Usted cree?

—Estoy más que segura.

Me regaló otra sonrisa que yo no sabía que necesitaba tanto.

—Gracias por escucharme.

—De nada, bonita. Me recuerdas mucho a mi nieta.

Compartimos una sonrisa cómplice justo antes de terminarnos ambas el último sorbo de nuestros respectivos cafés.

Después de eso, empezamos a charlar de cosas sin importancia. Me contó alguna que otra batallita más de su juventud rebelde y yo le conté un poco más sobre mí. Le hablé sobre Cata y Laia, sobre mis padres y sobre mi infancia en el Mediterráneo. Sobre mi hogar. Cuando me di cuenta, había pasado casi una hora. Pero estaba tan a gusto hablando con ella que el tiempo pasó volando.

En ese momento, entró una clienta. No quería interrumpirla, así que me levanté del asiento dedicándole una amplia sonrisa, aunque mil y un pensamientos me revoloteaban en la cabeza. Le di las gracias y me dirigí a la salida.

—¡Espera! No me has dicho tu nombre —me llamó y yo me giré para observarla.

—Nina. Me llamo Nina. ¿Y usted?

—Mary.

—Pues encantada de haberla conocido, Mary. Ha sido un placer.

Agarré el pomo de la puerta, decidida a salir de nuevo a la fría calle.

—Una última cosa, bonita mía... —Me volví, centrando toda mi atención en Mary—. Si decides darle una oportunidad a Edimburgo y quedarte en esta ciudad tan fría..., me gustaría que supieras que estoy buscando a alguien que me ayude con la librería.

—¿Habla en serio? —pregunté sorprendida.

Un escalofrío me recorrió de la cabeza a los pies.

—Claro, hija, los años no pasan en balde. Ya me va costando llevar el negocio yo sola y tú pareces una buena chica. Te veo con mucha energía. Además, me encantaría darle un lavado de cara a la librería. ¿No te parece?

—¿Sabe que me encantan los libros y el café? —admití emocionadísima.

Todas las arrugas de la cara se le hicieron más profundas en el momento que escuchó mis palabras. Ella también era incapaz de contener la ilusión.

—¿Y tú sabes que me encantaría verte por aquí todos los días? Tienes una sonrisa muy bonita escondida detrás de todo ese dolor.

Sus palabras se me clavaron en el centro del pecho.

—¿De verdad lo dice? —repetí nerviosa ante aquella nueva oportunidad.

—¿Cuándo empiezas? —respondió ella con entusiasmo.

Un hormigueo me empezó a crecer en el estómago y, en segundos, me estaba recorriendo todo el cuerpo.

—Mañana mismo.

Supongo que Mary había decidido por mí.

El pueblo podía esperar, me iba a quedar en Edimburgo.

Capítulo 21

Scott

En los peores momentos es cuando te das cuenta de a quién tienes a tu lado de verdad.

Dormir había sido misión casi imposible. La cantidad de cosas que habían ocurrido me abrumaban. ¿Cómo narices iba a ser capaz de gestionarlo todo?

En primer lugar, el numerito de Cormac con el coche. En segundo, enterarme de que nuestro padre no solo llevaba años engañándonos con el verdadero propósito de Hovland Security, sino que además tenía una doble vida. O lo que cojones fuera eso, porque todo lo que sabía era que el cabrón de Cormac Hunter era su hijo y mi medio hermano. Y por si el día en sí no había tenido suficientes emociones fuertes, al llegar a casa, me había encontrado a Nina, a mi niña de ojos claros, sacudiéndolo todo a su paso como un huracán. Bueno, más bien, sacudiéndome a mí.

De no haber estado en esa situación, me hubiera arrodillado ahí mismo ante ella. Me hubiera puesto a sus pies y le habría dicho toda la verdad. Le hubiera declarado mis verdaderos sentimientos y le habría rogado que jamás nos separásemos. Pero eso no podía ser.

¡Cuánto me moría por verla y cuánto necesitaba que se fuera! A pesar de que me hubiera hecho el chico más feliz del jodido planeta solo con su presencia, tal y como estaban las cosas, yo no era bueno para Nina. Mi contexto y mi propia vida me estaban amenazando con tantas cosas y había tanto que escapaba a mi control. No tenía ni la menor idea de lo que mi padre o Cormac podrían llegar a hacer si desobedecía, y tampoco estaba dispuesto a averiguarlo. Y todo por el simple hecho de estar juntos. Menuda puta mierda.

Si hubieran llegado a enterarse de que Nina estaba en Edimburgo, no tenía forma de saber cómo iba a terminar la historia. Dios, no quería ni pensarlo. La idea era suficiente para que un escalofrío me recorriera de la cabeza a los pies. Lo sentía por la columna vertebral, por el cuello, por las manos, por todo el maldito cuerpo. Se me ponían los pelos de punta.

La noche anterior había tenido que hacer un esfuerzo descomunal para no comérmela a besos en cuanto la había visto ahí. El deseo de contarle toda la verdad se había apoderado de mí en más de una ocasión. Cuando me miraba con esos ojos desafiantes, me derretía. Cuando me sonreía así, me enamoraba más aún. Y cuando no se rendía conmigo, cuando luchaba por mí con fiereza, sentía que podía morirme. Lo único que quería era quitarme esa máscara de indiferencia y que viviéramos tranquilos. En paz.

Pero no podía hacerlo.

Ni siquiera podía soñar con ello.

Cansado de dar vueltas en el sofá, me levanté a eso de las cinco de la mañana. Había doblado las mantas y me había dado una ducha rápida en el baño de invitados. Nina estaba durmiendo en mi habitación y lo último que quería era despertarla. Además, estaba seguro de que estaría preciosa, durmiendo tan tranquila en esa cama gigante. Y yo tenía suficientes dolores de cabeza con la migraña. No necesitaba ninguno más.

Respiré hondo y, una vez que me hube vestido con algo de ropa que tenía en el armario del pasillo, me dirigí a la cocina. Sin embargo, antes de salir por la puerta, cogí papel y boli para escribirle una nota.

¿Me moría de ganas de que se quedara en Edimburgo? Por supuesto. Lo único que quería era verla cada mañana al despertar. Me encantaba que estuviera en mi casa. Que se tomara las confianzas que le diera la gana y que sintiera aquellas cuatro paredes como su hogar. Porque para mí también era suyo. Yo era suyo. Pero tenía que ser realista. Y, en ese aspecto, había perdido la jodida partida.

Le dejé la nota sobre la encimera de madera de la cocina junto con la tarjeta de crédito porque quería que se la quedara. Que la usara cuando le hiciera falta y que no se preocupara por nada relacionado con el dinero. Era lo único que podía hacer, por el momento.

Me puse la primera sudadera que pillé en el perchero y salí por la puerta de casa, cargado de preocupación por lo que se me venía encima. Bajé directo al garaje y, en cuanto llegué, volví a ser consciente del destrozo que ese cabrón le había hecho a mi coche. Me hervía la sangre solo de recordarlo. Traté de respirar hondo y me tomé dos segundos para anotar un recordatorio en el móvil. Supuse que tendría que pasarme por el taller urgentemente al salir del trabajo, porque no podía circular por ahí con el retrovisor colgando. Lo último que me apetecía era que me llegara una multa. Con suerte, quizá el seguro se hiciera cargo del destrozo, pero no me apetecía hacer llamadas y esperar a saber cuánto tiempo a que me dieran una respuesta. Lo más fácil era el taller.

Arranqué y, unos diez minutos después, estaba ya en casa de Justin. No vivíamos muy lejos el uno del otro, lo cual me encantaba, la verdad.

Además, tenía llaves de su casa. Entrar no iba a ser un problema, por suerte. Justin era de sueño profundo. El tío caía redondo y era de esos a los que ni una bomba atómica le hubiera despertado. Lo suyo era alucinante. Por eso estaba convencido de que, aunque tocara el timbre mil y una veces, no me abriría la puerta ni de coña.

Giré la llave y abrí la puerta con cuidado. En cuanto entré, varias tablas de madera del suelo crujieron y, aunque sabía que Justin no se iba a despertar, tampoco era plan de hacer tanto ruido a las cinco y media de la mañana. Más que nada por los vecinos. De todas maneras, sin pensármelo dos veces, fui directo a la cocina a preparar dos cafés, porque los íbamos a necesitar. Para ser sincero, no es que estuviera preocupado, es que me temblaban hasta las piernas de lo acojonado que estaba.

Sabía que tenía que hablar con Justin. Que tenía que contarle la verdad. Pero ¿cómo le decía que teníamos un medio hermano y que encima era Cormac? Le iba a dar un chungo. Aunque si algo tenía claro era que prefería que se enterara por mí y no por terceras personas. Por eso, como no quería darle más vueltas, me envalentoné y entré en su habitación.

Estaba completamente a oscuras, pero había estado suficientes veces en su casa como para recordar dónde estaban todos y cada uno de los interruptores. Le di justo al de mi derecha, que encendía la lámpara central.

De repente, se hizo la luz. Joder, me iba a matar. Menos mal que le llevaba un café en son de paz. Dejé ambas tazas en la mesita de noche y, con demasiada impaciencia, empecé a zarandearlo por el hombro.

—Justin, levanta. Tenemos que hablar.

Nada, no se movió ni un milímetro. Esto iba a ser más difícil de lo que pensaba.

—¡Justin!

Nada.

Me dirigí hacia el baño que conectaba con su habitación. ¡Bingo! Saqué el cepillo de dientes del vaso y lo llené de agua. Me iba a matar, pero no me importaba. Seguro que, después de lo que le tenía que contarle, centraba esa rabia contra otra persona.

Me acerqué a la cama de nuevo, conté hasta tres y le vacié el vaso entero por encima de la cabeza. Justin abrió los ojos de golpe y cogió aire de manera exagerada. Bueno, ¡al menos había conseguido que reaccionara!

—¿Scott? Pero ¡qué mierda haces! —dijo con voz ronca, aunque completamente despierto por el shock del agua.

—Tengo que hablar contigo. Levántate.

Fue más bien una orden que una sugerencia. De reojo vi que miraba el móvil. No me cupo ninguna duda de que quiso consultar la hora. En cuanto vio que eran las cinco y media de la mañana, se tapó de nuevo la cabeza con las sábanas mojadas y me ignoró por completo.

—Vete a tomar por culo.

Pero no me iba a rendir así como así. Lo que tenía que decirle era demasiado importante como para dejarlo pasar. Así que, aun a sabiendas de que estaba jugando con fuego, cogí con fuerza las sábanas y lo destapé dando un tirón.

—¡Hostia puta, Scott! ¿No tienes casa o qué?

No pude evitar reírme.

—Sabes que podría preguntarte lo mismo, ¿verdad? Has estado días invadiendo la mía, colega.

Justin se resistía y tiró de las sábanas para volver a taparse. Yo cogí la taza de café que acababa de dejar en su mesilla de noche, sabiendo que eso calmaría un poco ese mal despertar.

—Uh, ¿café? —Eso llamó su atención—. ¡Yuju!

Asentí, incapaz de aguantar la risa, aunque aliviado de que la simple idea del café lo hubiera despejado del todo. Le di un largo sorbo a mi propia taza, no me importaba lo más mínimo que estuviera demasiado caliente. Se incorporó apoyando la espalda en el cabecero de la cama y esperó a que le diera la suya, qué avaricioso.

—A ver… —empezó—. Más te vale que sea bueno lo que tienes que contarme. Si no, te va a faltar Escocia para correr.

Me senté en el borde de la cama y cogí aire con calma para prepararme.

—Te aseguro que lo es —dije con el semblante serio.

—Dispara.

—Vale, pero te advierto que no te va a gustar nada. —Frunció el ceño, ansioso por obtener respuestas—. Digamos que he descubierto otra de las mentiras de papá.

Justin se rio con cierta decepción. Sabía lo que estaba pensando: a esas alturas ya nada nos sorprendía a ninguno de los dos, ¿verdad? Pues se equivocaba.

—Qué novedad. Pues nada, otra más a la lista del viejo. —Puso los ojos en blanco—. ¿Qué ha sido esta vez?

Volví a coger aire, tratando de serenarme y ser fuerte. Porque eso no era nada fácil para mí. De hecho, yo ni siquiera lo había asimilado todavía, ¿cómo iba a decírselo a él?

—Papá tiene una doble vida, Justin. Y no hablo solo de trabajo.

—¿A qué te refieres? —Justin me miró con dudas.

—Antes de nada, estate tranquilo. Estoy aquí contigo. Y, como tú me dices siempre, encontraremos la manera de sobrellevarlo juntos. ¿Vale?

Traté de calmar las aguas de antemano, porque lo conocía demasiado bien. Aunque en verdad esas palabras eran más para calmarme a mí que a él.

—Scott, joder. No te andes con rodeos y ¡dímelo ya!

El ansia se apoderó de su voz. No le iba a hacer esperar más.

—Digamos que… no soy tu único hermano.

Lo solté sin pensármelo dos veces. Y me partió el alma ver ese dolor en sus ojos, pero más se me iba a partir al contarle de quién se trataba.

—Una poll… ¡Viejo mentiroso!

Se destapó por completo de nuevo y, de los nervios, se levantó y empezó a caminar por toda la habitación. Lo seguí con la mirada, todavía sentado en el borde de la cama. Dejé la taza en la mesilla.

—¿Quién es? ¿Lo conocemos? —dijo sin dejar de caminar en círculos por toda la habitación.

—Justin. Siéntate, por favor.

Por sorprendente que pueda parecer, me hizo caso y se sentó en el borde de la cama junto a mí mientras trataba de calmarse.

—Sabes quién es, ¿verdad? —preguntó. Asentí con pesar—. Dímelo.

—Vale, pero pase lo que pase…

No me dejó terminar la frase.

—¡No me vengas con gilipolleces! ¡Dímelo ya!

—Cormac Hunter.

Vi como los ojos se le llenaron de ese brillo que gritaba venganza. Se levantó como un resorte de la cama sin importarle lo más mínimo derramar lo que le quedaba de café por el suelo. Se dirigió como una bala hacia la entrada de casa e incluso de camino cogió las llaves del coche y la pistola.

Por suerte, fui más rápido que él y conseguí bloquearle la salida.

—¿A dónde te crees que vas, fiera?

—Apártate, Scott. No pienso repetírtelo.

—No. Vas a tener que pasar por encima de mí.

Se pasó las manos por la cara, frustrado.

—¡Te he dicho que te apartes!

—¡Y yo te he dicho que no!

Trató de quitarme de en medio, pero moverme del sitio no entraba en mis planes. Parecía que no me escuchaba. Y, al ver que no me movía, empezó a forcejear conmigo.

—¡Scott, no me jodas! ¡Quítate de la puta puerta!

—¿Para qué, eh? ¡¿A dónde vas a ir?!

Intenté frenarlo y que entrara en razón. Aunque entendía de sobra su reacción. Yo mismo había salido huyendo del gimnasio la noche anterior. Le coloqué las manos sobre los hombros para tratar de calmarlo.

—¡Mírate! ¡Vas en gayumbos, tío!

—¡Tengo que hablar con papá!

—¡Ey! ¡Mírame! —Conseguí que centrara toda su atención en mí—. Estoy aquí. Respira, ¿vale?

Ambos empezamos a inspirar y a espirar. Acompasamos nuestras respiraciones y relajamos como bien pudimos la tensión del ambiente.

—Sé cómo te sientes —le dije—. Porque yo también perdí la cabeza cuando me enteré anoche. Pero no estás solo, Justin. Estoy aquí.

Se frotó la cara de nuevo con las manos soltando el aire contenido.

—Anda, ¿te hago otro café y lo hablamos?

Para mi sorpresa, Justin asintió. Sin perder la oportunidad, le pasé el brazo por los hombros y me lo llevé hacia el salón. Preparé otros dos cafés todo lo rápido que pude, porque me daba miedo descuidarme y que se le fuera la olla y se largara. Por suerte, eso no pasó. Al final, me senté a su lado, le tendí el café y unos pantalones de pijama que había encontrado por ahí tirados. Estaba listo para abrir de nuevo el melón.

—¿Desde cuándo sabes esto? —preguntó mientras se los ponía.

—Desde anoche.

—¡¿Y no se te ocurrió venir a contármelo?! Joder, Scott…

Le hice un gesto para que se sentara a mi lado en el sofá, pero no me hizo caso. Mi primera idea había sido esa. Pero un factor sorpresa llamado Nina había trastocado todos mis planes.

—Si no se me hubieran desbaratado los planes, hubiera venido. Te lo aseguro.

Empezó a caminar de un lado a otro del salón, tal y como había hecho en la habitación. Estaba nervioso a más no poder.

—¡¿Qué planes?! ¡¿Qué me estas contando?! No hay nada más importante que esto. Es que… ¡No me jodas!

Me tomé unos segundos para responder. Tenía que mantener la calma si no quería que los dos perdiéramos los papeles y eso fuera una jungla. Uno de los dos tenía que estar centrado. Uno de los dos tenía que mantener los pies en la tierra por ambos o, por lo menos, intentarlo.

—Ayer, cuando me enteré, la idea era volver a casa, darme una ducha y venir aquí. Pero ¿a que no sabes quién estaba en mi cocina? —empecé.

—Y yo qué sé, Scott. Por si no te has dado cuenta, ahora mismo tengo el cerebro colapsado. —Se señaló la cabeza con un gesto exagerado.

—Nina —dije sintiendo una enorme presión en el pecho.

Clavó sus ojos bien abiertos en los míos y se llevó una mano a la boca, incapaz de ocultar la sorpresa. En cualquier otra ocasión, Justin se hubiera alegrado como el que más, por detrás de mí, claro, pero sabía tan bien como yo lo que implicaba que Nina estuviera allí. Sentí otro pinchazo en el pecho.

—Hostias…

—Sí, hostias —respondí pellizcándome el puente de la nariz—. Pero creo que lo he solucionado. Anoche le dije que tiene que irse.

Se acercó hacia el sofá y se sentó a mi lado.

—Pero ¿tú eres tonto, Scott?

—¿¡Qué querías que hiciera?! —Lo miré con asombro y algo molesto.

—O sea, le dices que se vaya y ¿esperas que te haga caso? ¿Así? ¿Por las buenas? La conoces de sobra, tío.

—Yo qué sé, Justin. Tengo tantas cosas en la cabeza que ya no puedo ni pensar con claridad.

—¿Y dónde está ahora?

—En mi casa. Durmiendo. En mi cama —confesé.

Me sentía mucho más tranquilo así, sabiendo que estaba en casa y no por ahí cuando Cormac andaba suelto por Edimburgo.

—¡La madre que te parió, Scott!

—¡¿Qué se suponía que debía hacer, eh?! ¡¿Mandarla a un puñetero hotel?! ¿Qué hubieras hecho tú, joder?

Me dio unas palmadas en la espalda tratando de darme algo de ánimos.

—Hubiera hecho lo mismo, hermano. Pero, por su bien y por el tuyo, espero que te haga caso y se vuelva a casa.

—Y yo, te lo aseguro. Aunque me encantaría que se quedara aquí, joder, nada me gustaría más. Estaba tan guapa, tío. Preciosa. Y encima ha venido con un carácter… Me encantó verla así. Tan segura de sí misma. Está tan convencida de que no estoy siendo sincero con ella… —Paré un segundo para coger aire—. Por un lado, me jode, porque eso complica mucho las cosas, pero por otro… Me alegra muchísimo que me conozca tanto como para darse cuenta de algo así.

Justin volvió a darme unas palmaditas en la espalda, como si estuviera tratando de consolarme.

—Lo siento, Scott.

Lo miré extrañado.

—¿Eh? ¿Por qué?

—Pues porque estás muy jodido…

Suspiré admitiendo mi derrota.

—Lo sé. No hace falta que me lo recuerdes.

Zanjé el tema, porque cuanto más pensaba en ella, más me dolía. Tomé nota mental de comprar el billete de avión de Nina en cuanto llegara a la oficina, muy a mi pesar. Tratando de que no me afectara demasiado, intenté centrarme en el gran problema que teníamos encima: Cormac Hunter era nuestro medio hermano.

Con esa información, entendía muchas otras cosas. Muchos comportamientos y actitudes, por ejemplo. ¿Por qué Cormac tenía un almacén de barcos en Sicilia? Bueno, sabiendo que era nuestro padre quien ponía el dinero y, por ende, el suyo, tenía más sentido. Aunque aún no sabíamos todo lo que escondían en el almacén, cosa que me repateaba.

—Escúchame, Scott. —Justin volvió a ponerse serio—. Tienes que contarme todo lo que pasó ayer. Hoy vamos a subir a hablar con papá y le vamos a exigir que nos lo cuente todo. ¡TODO! Porque estoy hasta los huevos de que seamos la última mierda.

Se pasó las manos por la cabeza para peinarse la mata de pelo. Llevaba la melena un poco larga para mi gusto.

—¿Y qué piensas decirle, eh? —Abrí los brazos, exasperado—. «Papá, por favor, cuéntame todos tus trapos sucios…». No, joder. Tenemos que ser más listos. Hay que adelantarles por la derecha. Pero ¿cómo?

El estridente sonido del timbre nos sobresaltó a ambos. Intercambiamos una mirada fugaz cargada de dudas.

—¿Esperas a alguien? —pregunté mientras él revisaba la hora en el teléfono.

—Son las puñeteras seis de la mañana. ¿Tú qué crees?

—¡Yo qué sé! ¿Esperas a alguien o no?

—¡Claro que no!

Ambos nos levantamos en perfecta sincronía para ver de quién se trataba. Fue Justin quien se asomó a la mirilla.

—Vamos, no me jodas…

—¿Qué? —dije en el mismo instante en el que abrió la puerta.

—Buenos días, pedazo de gilipollas.

Y, como si la vida no quisiera parar de ponernos trabas, ahí estaba ella, apuntándonos con una pistola.

Emilie.

Capítulo 22

Scott

Por la cabeza se me pasaron mil opciones. ¿Qué era lo mejor? Ya no tenía ni la más remota idea.

Emilie estaba ahí.

No habíamos tenido noticias de ella desde lo de Mónaco. Había supuesto que se había ido, porque sabía que nada la ataría a Edimburgo después de decirle que no había superado la prueba. Pero comprobé que me había equivocado. Algo que, al parecer, ocurría cada vez con más frecuencia.

Con total confianza, y sin dejar de apuntarnos con el arma, Emilie cruzó el umbral de la puerta. Justin y yo retrocedimos con las manos en alto. Sabía que no nos iba a disparar, pero Emilie era una tía con garra, así que tampoco quería tentar a la suerte.

—Tú. —Colocó la pistola sobre Justin—. Y tú. —Me clavó esa misma pistola sobre el pecho con un aire acusador—. Tenéis mucho que explicarme.

Emilie cerró la puerta con el pie y los tres caminamos hacia el sofá. Por el camino, Emilie cogió una de las tazas de café que acababa de preparar y se la llevó a los labios, luego nos hizo un gesto para que nos sentáramos en el sofá. No estábamos en posición de exigir nada. Justin y yo cruzamos una mirada cómplice. Ninguno de los dos había contado con que se presentara aquí y mucho menos a punta de pistola, así que obedecimos y nos sentamos en el sofá.

—¿Qué tal, Emilie? —empezó a decir Justin—. Te veo bien. Estos días ha hecho mucho frío, eh.

Me llevé la palma de la mano a la frente, ¿cómo era posible que siempre metiera la pata así?

—Sí, sí. Mucho frío, ¿verdad? —asintió ella aún más enfadada—. Frío vais a sentir vosotros en cuanto empiece a cantaros las cuarenta, pedazo de idiotas. —Tras un instante de intentar calmarse, Emilie volvió a empezar—: Os aseguro que no estoy para tonterías.

—¿Qué haces aquí, Emilie? —tomé las riendas de la conversación.

Me coloqué esa máscara fría de indiferencia que tanto odiaba y, por cómo le cambió la mirada a mi hermano, supe que él también lo había hecho.

—¡Oooh, por favor, Scott! ¡Basta ya de estupideces! Nos conocemos desde hace demasiado tiempo como para que me montes este numerito estúpido.

Emilie dio otro paso más hacia nosotros sin dejar de apuntarnos. Me crucé de brazos tratando de mantener la compostura.

—Yo tampoco estoy para tonterías, Emilie. Te lo dejamos muy claro en la carta, así que no entiendo qué te trae por aquí.

Emilie colocó el seguro a la pistola y se la guardó detrás de la espalda. El alivio me recorrió de la cabeza a los pies. También dejó el café en la mesilla con un golpe más fuerte del que esperaba, incluso derramó varias gotas sobre el cristal.

—¡¿Te refieres a la carta de mierda que le diste a Nina para que me la entregara?! Sí, para tu tranquilidad, la leí. —Se puso justo delante de mí, desafiante a más no poder—. Y que sepas que estoy muy cabreada. ¡Con los dos! —añadió desviando la mirada de mí hacia Justin.

—Bueno, no se puede tener todo en esta vida, Ramírez —soltó Justin con seriedad, mientras le hacía un gesto con la mano para que se largara por la puerta.

Estábamos jugando con fuego. Y lo sabíamos.

—No te conviene jugar conmigo, Justin. —Su mirada desprendía ira.

Decidí intervenir porque, a pesar de que me sentía entre la espada y la pared, no quería que el asunto se fuera de madre. Me levanté del sofá para enfrentarme al cabreo monumental de Emilie e interponerme entre ellos.

—Escúchame. —Ella clavó sus ojos verdes en mí, prestándome toda su atención. Traté de que mi tono de voz no sonara tan frío como antes, porque empezaba a estar bastante harto de hablarle de esta manera tan horrible a la gente que me importaba—. Quizá no fue la mejor manera de contártelo. Ahí puedo darte la razón. Pero esto es serio, ¿vale?

En el momento en el que esas palabras salieron de mi boca, me arrepentí al instante. Pude sentir que Justin se levantaba del sofá a toda velocidad y me taladraba con la mirada. Hostias, si es que tenía tantas movidas en la cabeza que ya ni procesaba bien.

—¿Qué es serio? —preguntó con tono severo enfatizando cada una de las palabras.

Dudé por un segundo. ¿Qué se suponía que debía decirle? Joder, si estaba ahí era porque posiblemente no se había creído lo de Mónaco. ¿Qué hacíamos? ¿Seguíamos estirando la mentira? ¿Nos arriesgábamos a que lo investigara por su cuenta? Porque esa era la única otra opción, Justin y yo lo sabíamos.

—Emilie, acéptalo. No pasaste la prueba. Es una pena, pero la vida sigue, tía —dijo Justin con cierta chulería.

En menos de medio segundo, los ojos de Emilie se llenaron de pura rabia. Más aún, si es que eso era posible. Supe lo que se nos venía encima. Si por algo destacaba Emilie Rodríguez era por tener la mecha muy corta.

—¡Me voy a cagar en vuestra jodida calavera! —Me clavó el dedo índice de una mano en el pecho y el de la otra, en el de Justin—. Os lo voy a repetir una vez. ¡Una sola vez! ¡¿Qué narices está pasando?!

—Es confidencial —admitió Justin con un tono menos serio.

—¿Confidencial? Os voy a dar a los dos confidencial… ¡Quiero saberlo!

Me miró, pero tan rápido como lo hizo, desvió la vista hacia Justin. Sabía que a mí me iba a sonsacar muy poco, y más, después de mi pequeña metedura de pata. Era una tumba.

—Justin —dijo con tono cantarín.

Mi hermano negó con la cabeza ante la insistencia de Emilie. Se estaba poniendo rojo y todo del esfuerzo.

—Tío, no me jodas. Aguanta —le dije serio.

—Joder, Scott, ¡es que me impone mucho su mirada!

—Justin… —Emile suavizó un poco la voz—. Somos como hermanos, ¿no? Dímelo. Sabes que…

Fastidiado, di un paso al frente.

—Eso es chantaje, Emilie.

—¿Y lo vuestro no lo es, Scott? —Se volvió a enfadar—. Tú también eres como mi hermano y aun así no te tembló el pulso cuando le diste esa maldita carta a Nina.

—Sí me tembló —admití con rabia.

—¡Pues decídmelo de una maldita vez! ¡Contadme la verdad!

—¡Te dejamos fuera para que no estuvieras en peligro! —soltó mi hermano.

—Justin, tío, me cago en la puta.

Lo miré con pesar y él me devolvió la mirada encogiéndose de hombros. Emilie era lista. Dudaba que hubiera manera de salvar la situación.

—Ya está, Scott. Estoy hasta los huevos. Que decida ella —añadió Justin.

Por la cabeza se me pasaron mil opciones. ¿Qué era lo mejor? Ya no tenía ni idea. Nos estaban pasando tantas cosas a la vez que no estaba seguro de cómo cojones gestionarlo todo. Me llevé los dedos al puente de la nariz, expulsando con fuerza todo el aire que me oprimía el pecho.

—Joder… —mascullé agotado.

—Scott y Justin Hovland Fernández… —Emilie dio un paso más al frente, asesinándonos a ambos con la mirada—. Más os vale que empecéis a largar por esa boquita. Porque me estáis cabreando lo más grande.

—Emilie, joder. Tranquila.

—¡No me digas que me tranquilice, Scott! —A mi hermano se le escapó una sonrisilla. Lo que decía, ya no había manera de salvar esto—. Tenéis un don para tocar los cojones que madre mía…

Se sacó la pistola de la cinturilla del pantalón y la dejó sobre la mesa, justo al lado de la taza de café.

—Pero bueno, ahora que ya tengo vuestra atención y confesión… —Emilie se sentó con toda la calma en el sofá—. ¿Me vais a decir qué narices está pasando y por qué no puedo estar en medio de todo el peligro? ¿O lo voy a tener que averiguar por mi cuenta? Porque os recuerdo que soy muy capaz.

Clavé los ojos en Justin, quien también me estaba mirando. Sin mediar palabra, nos entendimos. ¡A tomar por culo! Me pasé las manos por el pelo, que si de normal ya estaba bastante despeinado, en ese momento más. Me armé de valor y me senté a su lado en el sofá.

Justin me imitó.

—Vamos a ver… —empecé a hablar—. No te lo habíamos dicho porque te queríamos fuera. A salvo, joder —confesé.

Emilie era como mi hermana y era cierto que la quería fuera de todo aquello. Era mucho peor implicarla y arriesgarme. Nos ponía a todos en una tesitura horrible.

—¿Sabes qué, Scott? Tienes una costumbre muy mala de ponerte en el punto de mira para salvar a la gente que quieres —me reprochó. Sus palabras se me clavaron en el pecho. Era verdad—. Y no te das cuenta de que quizá y solo quizá queremos ayudar. Estar ahí para ti como tú lo estás para nosotros.

Me quedé paralizado por unos segundos. Era cierto. Tenía toda la razón. No lo hacía a propósito ni mucho menos. Emilie me importaba. Nina me importaba. Más que nadie en el mundo. ¿Me había puesto en el punto de mira y las había dejado fuera? Joder, sí. Supongo. Pero solo porque me acojonaba pensar que les pudiera pasar algo. De hecho, estaba seguro de que, si no le hubiera atañido directamente a Justin, con total seguridad también lo habría dejado fuera.

No podía evitarlo.

Me dolía pensar que la gente que me importaba pudiera sufrir por mi culpa. O por alguno de mis problemas. Y mi mecanismo de defensa era callarme y dejarlos a un lado. Dar un paso al frente e ir a pecho descubierto para ser yo el que se enfrentara a cualquier peligro que se pusiera por delante, no ellos.

—No me equivoco, ¿a que no? —insistió Emilie.

Enterré la cara entre las manos y negué con la cabeza.

No quería derrumbarme.

No iba a hacerlo.

Pero el nudo del pecho cada vez se hacía más grande y empezaba a subirme hacia la garganta. Decidido a enterrar cualquier emoción, levanté la cabeza buscando dentro de mí cualquier ápice de seguridad y seriedad.

—No sé qué está pasando, así que más os vale que me lo contéis en los próximos cinco minutos. Pero, chicos, no tenéis derecho a dejarme fuera. Ninguno de los dos. —Nos miró a ambos, agarrando mi mano y la de Justin con fuerza—. Somos un equipo. O al menos eso creía yo. ¿Estaba equivocada?

—No, pero Emilie…

No dejó que Justin terminara la frase.

—Más te vale que ese inicio de frase sea para ponerme al día, guaperas. —Ni Justin ni yo pudimos contener la sonrisa al escuchar el tono con el que lo dijo—. ¿Me vais a permitir la entrada VIP a vuestro drama o qué?

Compartí una última mirada con Justin. Él asintió con suavidad, estaba de acuerdo conmigo.

—Antes de nada, tienes que saber que esto es algo serio. No es ningún juego y nunca antes nos habíamos enfrentado a algo así, ¿vale? —dije serio.

La sonrisa que se dibujó en la cara de Emilie fue demasiado amplia.

—Me da igual lo que sea, estoy dentro.

—Emilie, joder. Te lo digo en serio, esto no es un juego. Vamos a contártelo, pero no quiero... No queremos —me corregí— que te metas en la boca del lobo por nosotros.

Alcé las cejas esperando su respuesta.

—Sois la única familia que tengo. Si no me meto en la boca del lobo por vosotros, ¿por quién lo voy a hacer?

Escuchar eso fue lo que acabó de romperme. Quizá fue por la tensión y agonía de los últimos días. La presión de todo lo que nos rodeaba. O que el nudo que llevaba semanas formándose en el pecho no podía hacerse más grande. Ni mil carraspeos pudieron impedir que varias lágrimas me rodaran por las mejillas. Sabía cómo había sido la vida de Emilie y lo que significaban sus palabras.

Giré la cara con la esperanza de que no se notara demasiado.

—Scott Hovland..., ¿estás llorando? —Escuché que decía Emilie con voz cantarina.

Aunque intenté esconderme, ella me abrazó en un intento por decirme sin palabras que estaba ahí conmigo. Con nosotros.

—Eh, Scott, venga...

—Está muy llorica últimamente, pero déjalo que lo suelte. Hemos tenido unos días para reventar. Y él se ha llevado la peor parte... —Justin hablaba como si yo no estuviera justo a su lado—. Anoche se encontró a Nina en su casa, ¿sabes?

—Ya lo sé. ¿Quién te crees que vino con ella y le enseñó la dirección?

Tras esas palabras, se hizo el silencio. De golpe, alcé la cabeza y clavé la mirada en ellos dos mientras me limpiaba las últimas lágrimas con rabia.

—¡No me jodas, Emilie! —exploté—. ¿La has traído tú?

—Yo no la he traído porque ella tiene una cabeza monísima para decidir y dos piernas que la llevan a donde quiere. Yo solo la he acompañado. Además, ¿a mi qué me cuentas? ¡No haberle dejado las llaves de tu casa!

—¡¿Que hiciste qué, Scott?! —Justin levantó ambas manos, frustrado.

—Ah, que no lo sabes. ¡Ay, madre! —exclamó Emilie—. Pues sí, nuestro querido hermano no solo le metió en el sobre los billetes de avión, también le dejó las llaves de su casa. Con un llavero precioso, hay que reconocerlo, Romeo. —Me guiñó un ojo—. Y su tarjeta de crédito, claro. Esa plateada preciosa que a mí nunca me ha dejado usar.

Emilie me acababa de delatar, pero nada de eso importaba ya. Justin se levantó del sofá con ímpetu y empezó a caminar de un lado al otro del salón. ¿Nos parecíamos físicamente? Sí. ¿Los gestos delataban que éramos hermanos? Sin ninguna duda.

—Vamos, Scott, ¡no me jodas!

—Tío, fue un momento de debilidad. No pude evitarlo, ¿vale?

—¡Yo no le dejé nada a Catalina! —se quejó.

—¡Ese no es mi puñetero problema! —protesté—. ¡Ni siquiera te atreviste a hablar con ella, hostias! Si tantas ganas tenías, ¡haberle dejado algo también!

Me puse en pie dispuesto a defenderme.

—Pero ¡¿te estás escuchando?! ¡La intención de todo esto era ponerlas a salvo, joder! ¡No en el maldito punto de mira! —Justin se encaró conmigo y me agarró por el cuello de la camiseta—. Si a Catalina o a Nina les pasa algo, será culpa tuya.

Mentiría si dijera que lo que me dijo Justin no me dolió. Pero tenía razón, joder. No podía rebatirle ni una sola palabra. Antes de que el ambiente se caldeara más, Emilie se interpuso entre nosotros y nos separó.

—¡Veeenga, ya! ¡Comportaos! Vamos a tranquilizarnos todos, ¿vale? Justin, suelta a tu hermano —dijo seria como si de una madre se tratara—. Scott, a mí me parece un gesto bonito. Aunque te comportaras como un gilipollas en Mónaco.

—Este no era el puto plan, Scott… —añadió Justin mientras me soltaba la camiseta.

—¡¿Qué querías que hiciera, eh?! ¡¿Largarme sin mirar atrás?! Ya lo había hecho antes. Ya la dejé tirada una vez. No podía volver a hacerlo…

No quería explotar con Justin. Suficiente teníamos ya como para enfrentarnos entre nosotros. Pero estaba llegando a mi límite.

—¡Sí, joder! ¡Claro que sí! —exclamó mi hermano.

—¡No puedo, tío! ¡No puedo! —insistí.

Emilie seguía entre ambos, pasando la mirada del uno al otro como si estuviera en un partido de tenis.

—Chicos, vale ya... —Emilie trató de calmar las aguas, pero ambos estábamos demasiado desbordados.

—¡¿Por qué, eh?! ¡¿Por qué?!

—¡PORQUE LA QUIERO, JODER! Más que a nada en el mundo. ¡No podía volver a hacerle lo mismo, tío! No podía volver a irme y que pensara que la había abandonado. ¡Otra vez!

Me acerqué más a él, Emilie seguía en medio tratando de separarnos.

—Ya lo hice una vez —solté agotado—. La jodí lo más grande hace cuatro años. Ya no más, Justin. No podíamos volver a pasar por lo mismo. Necesitaba que, a pesar de todo, hubiera una conexión entre nosotros. Algo que le dijera que esto no era como la otra vez, que...

—¿Alguien me puede explicar de qué estáis hablando? Os recuerdo que no soy adivina —insistió Emilie, perdida en la conversación.

La mirada que me dedicó mi hermano no estaba cargada de enfado, al contrario. Eso era... ¿Pena? ¿Compasión? ¿Empatía? No tenía ni idea. Pero gracias a ese gesto, la tensión del momento se disipó un poco.

—Vamos a sentarnos, anda —propuso Justin.

Rompió la distancia que nos separaba y me abrazó, revolviéndome el pelo a su vez. Me entendía. A pesar de la tensión del momento, me entendía. Él había estado a mi lado durante aquellos cuatro años de mierda que Nina y yo habíamos pasado separados. Él había sido quien había escuchado mis penas mil veces. Así que, con ese abrazo, no me cupo duda de que estaba poniéndose en mi lugar. Él sabía lo que habíamos vivido en el barco. Siempre había sabido que perdía la cabeza por ella. Él lo sabía.

En cuanto rompimos el abrazo, le dediqué una sonrisa, agradecido.

Nos sentamos los tres en el sofá y empezamos a contarle a Emilie todo lo que sabíamos hasta la fecha: la emboscada de Mónaco, la llegada al casino, la amenaza con las fotos de Nina y Catalina por parte de Cormac y nuestro padre. Nos detuvimos en esa parte, puntualizando todas y cada una de las palabras que nos había dicho nuestro padre. En especial, insistimos en la necesidad de sacar a las Marín de nuestra vida, en la amenaza que nos soltó. También le contamos que no sabíamos a qué se referían exactamente, porque no había entrado en detalle y las únicas respuestas que nos había dado habían sido demasiado vagas como para hacernos una idea real. Pero, vamos, que tampoco estábamos dispuestos a comprobar hasta dónde estaba dispuesto a llegar.

Le contamos también que nos había confirmado que los ingresos principales de Hovland Security no venían de la resolución de casos, sino de un negocio paralelo que todavía desconocíamos. Y, por último, la novedad más esperada: que nuestro padre había tenido una vida paralela durante años. Tan paralela que Cormac Hunter era nuestro medio hermano. Una de las cosas que más me jodía era que Cormac tenía la misma edad que yo, lo que significaba que mis veinticinco años habían estado llenos de mentiras.

En cuanto terminamos de hablar, la habitación se quedó tan sumida en el más absoluto silencio que solo se escuchaba las manecillas del reloj de pared.

Nada más.

Supongo que Justin y yo nos tomamos un tiempo para procesarlo todo, porque aquello era fuerte de cojones. Un par de minutos después, Emilie rompió el silencio.

—Hostia puta —resopló hundiéndose en el sofá.

Pues eso.

Estábamos a punto de meternos en la boca del lobo. Pero ya no estábamos solos.

Capítulo 23

Emilie

Si me iba a encontrar problemas por defender a mi única familia, que así fuera.

Por supuesto que cuando llamé al timbre no esperaba encontrarme el percal que los hermanos tenían encima. Mis hermanos. No de sangre, pero como si lo fueran. En el momento en el que había oído a Guille decir que estaban en peligro, había olvidado todo lo demás y me había subido en el primer avión disponible. Tenía que cantarles las cuarenta a esos dos. Joder, ¡qué cabezotas podían ser cuando se lo proponían! Sobre todo, Scott.

Esa afición suya por recibir todas las balas de toda la gente que le importaba le iba a traer la ruina. Y justo eso era lo que yo quería evitar.

Me había hecho mil ideas y esquemas en la cabeza sobre lo que fuera que se traían entre manos el par de dos, pero sin duda la situación era más grave de lo que me pensaba. ¿Nina y Catalina estaban amenazadas y en el punto de mira? ¿Cormac era medio hermano de los chicos? Madre mía… Si todo lo que me habían contado era cierto, cosa que no dudaba, el simple hecho de que Nina estuviera en Edimburgo era más que peligroso. Ninguno de nosotros sabía hasta qué punto lo era, pero era evidente que no estábamos dispuestos a comprobarlo. Ya nos habían llevado la delantera antes.

Esta vez, pensé, tenía que ser diferente.

¿Entendía por qué nos habían dejado al margen? Por supuesto. No me quería ni imaginar por lo que habían estado pasando. La vergüenza de que los amenazara su propio padre, de sentirse entre la espada y la pared, y encima se veían obligados a renunciar a la vida que querían, a las personas que querían. Y el porqué era un misterio.

Un misterio que íbamos a resolver.

Los tres juntos.

Porque yo no me iba a ir. Mucho menos después de lo que acababa de escuchar. No iban a poder apartarme. Es más, estaba dispuesta a hacer cualquier cosa por quedarme a su lado. Como si tenía que pegarme a ellos con pegamento. Lo quisieran o no, íbamos a ser un equipo hasta el final.

Creía con total firmeza lo que le había dicho a Scott. No podía ponerse siempre en el punto de mira por nosotros. No debía cargar con ese peso solo y pretender salir indemne de él. Porque algún día ese mismo peso lo iba a aplastar e iba a acabar con él y yo no estaba dispuesta a permitir que eso le pasara a ninguno de los dos. Scott también se merecía que estuviéramos ahí para él, ayudándolo a que ese peso fuera un poco más ligero. Sobre todo en una situación tan complicada como aquella.

Otra cosa que tenía clara era que pensaba respetar su decisión hasta el final, porque yo no era quién para elegir por él. Y, si lo que había decidido era apartar a Nina de su vida, estaría a su lado en el camino, pues entendía de sobra sus motivos. Iba a estar tanto de su lado y del de Justin como del de Nina, porque durante los últimos días había podido conocerla más y me había dado cuenta de la buena persona que era.

Nina había sufrido mucho y, aun así, yo notaba cómo se esforzaba para que ese dolor no le salpicase a los demás. Madre mía. Eran tal para cual, ¿eh? Entendía por qué Scott estaba tan enamorado de ella. Los dos se merecían vivir su historia en paz de una vez por todas.

En lo que no estaba dispuesta a achantarme era en quedarme y ayudar. Los Hovland y yo íbamos a meternos de lleno en la boca del lobo. Juntos. No los iba a dejar solos. Porque éramos un equipo. Más que un equipo, éramos familia.

A la familia no se la abandona.

—Bueno, ¿dónde duermo? —Ambos me miraron sorprendidos, no entendían por qué lo decía—. En teoría, me habíais echado, así que le dije adiós al piso de la compañía.

Sí, esos pisos a alquiler asequible que la empresa facilitaba a los trabajadores. Estaba tan cabreada que envié varios correos asegurándome de cerrar esa etapa. Así que, en teoría, las pocas cosas que tenía estaban en un trastero. Tampoco me importaba demasiado. No era una chica que se aferrara a las cosas materiales.

—¿Que has hecho qué? —dijo Justin entre risas—. Joder, Emilie, te ha faltado tiempo, ¿eh?

—No te rías, imbécil. Me hicisteis enfadar más que nunca. —Lo asesiné con la mirada—. Lo primero que hice fue cancelar el alquiler porque ya nada me ataba aquí. Así que ahora estoy sin casa y, como es vuestra culpa, os toca acogerme. Otra vez. ¿Con quién de los dos me quedo? —Su risa y la de Scott me envolvieron—. O bueno, si queréis comprarme una casa, tampoco es que me vaya a oponer.

En realidad, yo solía ser bastante más seria, pero los días que había pasado en el Mediterráneo con las chicas me habían calentado un poco el corazón. Quizá quería un poco más de calidez, algo similar a lo que ellas tenían en su hogar.

—Eres única, Emilie.

Scott se levantó del sofá y me revolvió el pelo antes de alejarse.

—Ahora mismo no eres mi jefe, Scott. Así que, ándate con ojo. —Le hice un gesto con los dedos, como si lo vigilara.

Se puso serio de repente, como si le hubiera caído un jarro de agua helada encima. Me levanté también del sofá y me acerqué poco a poco hacia él.

—Esa cara de angustia me la cambias, Scott —solté—. Te van a acabar saliendo arrugas permanentes en el entrecejo.

Escuché a Justin reírse a carcajadas desde el sofá. Me alegró hacerle reír. Por lo que me habían contado, estaba segura de que habían pasado unos días de mierda.

Scott dibujó una sonrisa un poco tensa. Estaba apoyado contra la pared del salón, con los brazos cruzados y esa mirada seria que parecía que no podía quitarse de encima. Cogió aire y empezó a hablar:

—Siento mucho todo lo que ha pasado, Emilie, de verdad. Haberte echado así, aquella carta, la supuesta prueba... Dios, pensaba que no te lo ibas a tragar. —Una risa muy sutil se le escapó mientras se pellizcaba el puente de la nariz—. En el fondo, te juro que pensaba que ni de coña colaría. Era demasiado...

—¡Yo también lo pensé! De hecho, tenía miedo de que nos patearas el culo.

Me giré ante el comentario de Justin con una sonrisa en la cara.

—Aún estoy a tiempo de darte la patada y sé qué hombro tienes pocho, hermano herido.

Justin se incorporó de golpe, con los ojos como platos.

—¿Co-cómo sabes tú lo del «hermano herido»? —dijo mientras caminaba hacia donde estábamos Scott y yo.

—Digamos que he pasado mucho tiempo con las Marín estos días. —Me encogí de hombros. Ambos se quedaron sin habla—. Laia me contó lo del mote. Menuda tienes tú también encima, ¿eh, grandullón?

Le di un golpecito en el hombro y Justin se puso colorado.

—¿Has estado...? —empezó Scott.

—¿En el pueblo? —terminó Justin.

Asentí despacio.

—¿Con las Marín? —continuó Scott.

—¿Dónde si no?

—No sé —balbuceó Justin—. ¿En cualquier otra parte del planeta Tierra? Te hacía en Alaska, Emilie.

—¿Y qué narices se me ha perdido a mi allí, Justin?

—¿Y en el pueblo? —preguntó el susodicho confundido.

—Bueno, parad los dos —nos cortó Scott—. Dejadme terminar y ahora hablamos de esto, porque... ¿Emilie? —Se rio sorprendido y yo le guiñé un ojo en respuesta—. ¿Por dónde iba? Ah, sí... Que perdona por todo lo que tuvimos que hacer. No quería que después de todo lo que has pasado con tu familia, te salpicara la mierda de la nuestra. Supongo que no supe ver más allá y lo siento. —Agachó la cabeza—. Y bueno, perdona también por lo del alquiler.

Le alcé el mentón para que me mirara a la cara.

—Ese piso era una mierda. Lo sabes, ¿no?

Le guiñé un ojo tratando de quitarle hierro al asunto. Sí, quizá no lo habían hecho bien, pero ¿cómo se actuaba cuando te tocaba vivir lo que les había tocado a ellos? No los iba a juzgar. Ese tipo de cosas no vienen con un manual de instrucciones.

—Lo digo en serio, Emilie. —Vi que los ojos se le apagaron un poco más.

—¿Te sentirías mejor si te dijera que te perdono?

Me dedicó una sonrisa mucho más propia del Scott que yo conocía.

—Oye, no es por nada, pero me siento un poco desplazado en esta familia —dijo Justin mientras me pasaba un brazo por los hombros, como tantas otras veces había hecho—. Yo también quiero ser perdonado, señorita Ramírez.

—Te voy a cortar las pelotas como sigas llamándome así.

Nos dedicamos una sonrisa: era el mismo tono que Justin usaba a menudo.

—¿Y dónde vas a dormir hoy si yo estoy en Urgencias, eh? —siguió mi hermano.

—Hummm… ¿Tienes hamburguesas? —pregunté emocionada.

—Anda. Si te apetecen, después bajo a por ellas.

—Sabía que no te tenía que cortar las pelotas. ¡Eres el mejor!

Le pasé el brazo por la cintura. Justin me devolvió el abrazo.

—Te noto… —empezó.

—Diferente —terminó Scott.

Me aparté y los miré a los dos con los ojos como platos.

—No. ¿Qué decís? Soy la de siempre.

Intenté ponerme más seria que antes.

—Eso no se lo cree nadie, hermanita —dijo Scott con cierta sonrisa. Le devolví ese mismo gesto, porque me encantó el pequeño detalle.

«Hermanita».

Ellos sabían lo mal que lo había pasado con mi familia. Todo lo que me había afectado no tener el apoyo de mis padres y que me echaran de casa por no querer seguir sus pasos. Justin y Scott me habían recibido con los brazos abiertos y me habían dado sin dudarlo la oportunidad que siempre había querido. Me acogieron bajo su techo, me dieron mi propio espacio, se preocuparon por mí más que nadie y me habían dado lo que tanto anhelaba: una familia. Por eso, que se dirigieran a mí como su hermana fue lo único que me hizo falta para dejar de fingir que no los había perdonado treinta veces ya.

El carraspeo de Justin me sacó de esa rueda de pensamientos.

—Bueno, Emilie, ha llegado el momento. Creo que tú también tienes mucho que contarnos. ¿Qué te parece si arrancamos?

Justin cogió el abrigo y Scott y yo lo seguimos.

No hacía falta preguntar a dónde íbamos: Hovland Security nos esperaba. Yo iba a volver a entrar por esas puertas, decidida a ayudar a mis hermanos a terminar con todo aquello.

Capítulo 24

Justin

Desde ese momento, nada ni nadie iba a volver a separar a nuestro equipo. Aquel día en la casa del árbol, hicimos una promesa. Una que pensaba mantener hasta el fin de mis días.

¿Me esperaba ver a Emilie a las puñeteras seis de la mañana en la puerta de mi casa? Por supuesto que no. ¿Me alegró tenerla de vuelta? Sin duda alguna.

Para Scott y para mí, Emilie era una hermana más.

Ella sí.

Aunque pensaba como Scott y no quisiera complicarle las cosas con nuestras movidas, porque por suficiente mierda había pasado ya a lo largo de la vida…, me alegré mucho de que hubiera vuelto.

Enterarme de que Cormac Hunter era nuestro medio hermano no iba a ser algo fácil de procesar. ¿Cómo iba a serlo? El gilipollas que me disparó y me dejó el hombro hecho una porquería durante semanas. El cabrón que mató a aquella chica en ese garaje mohoso justo delante de nuestras narices. El imbécil que le había hecho la vida imposible a Nina durante meses y que amenazaba también a Catalina. Ese tío era hijo de mi padre.

Por eso mismo no podía dejar de pensar en nuestra madre. Scott me había contado que papá le había dicho que no abriera la boca porque ella no sabía nada de su doble vida. Mamá vivía engañada, igual que nosotros hasta hacía nada. Menudo desgraciado teníamos por padre… Tampoco podía dejar de pensar en Catalina. En mi Catty Cat, en mi chica de mal genio que tan loco me volvía.

Aquel día en Mónaco, ni siquiera había sido capaz de despedirme de ella, porque me parecía lo más duro del jodido planeta. Además, estaba seguro de que ella no quería verme, porque digamos que su actitud conmigo en el barco no me dio pie a pensar que quisiera saber nada de mí. Seguro que hasta le hice un favor al largarme…

Sentía que tenía que darle su espacio, pero no sabía muy bien cómo hacerlo. Había algo entre nosotros. Eso era innegable o, por lo menos, así lo sentía yo. Pero ¿qué se suponía que debería haber hecho?

Me hundió enterarme de que Scott le había dejado el llavero y la tarjeta a Nina. Me hizo sentir culpable y estallé contra él. Y no precisamente porque él lo hiciera sino por no haberlo hecho yo. Sin duda, los dos estábamos jodidos. Solo esperaba que no saliéramos más heridos de lo que ya estábamos.

De camino a la oficina, sentado en el coche destrozado de Scott, inicié la conversación que tanto quería tener.

—Así que… ¿has estado con las chicas estos días? —me giré hacia Emilie.

Yo iba en el asiento del copiloto y ella, detrás. Por el rabillo del ojo, vi que Scott se interesaba por la conversación. Conducía él, claro. Después del incidente del día anterior con su «bebé», estaba seguro de que no iba a dejarme volver a conducirlo en meses, como mínimo. ¿Qué digo meses? Años.

Emilie asintió soltando un ruidito.

—He estado en vuestro pueblo, que, por cierto, es precioso. Ahora entiendo tanta queja cuando os volvisteis a Edimburgo.

Estallamos los tres en una carcajada.

—Te lo dijimos —añadió Scott con una sonrisa.

Me alegró verlo con ese gesto después de todo. La verdad, ni él ni yo ganábamos para disgustos últimamente. Pero quien tenía el percal más jodido sin duda era mi hermano pequeño.

Dudé antes de preguntarlo:

—Y… ¿Cómo están las chicas?

Emilie me miró con un gesto burlón.

—¿Cómo están las chicas o cómo está Catalina? —Alzó las cejas, sabía muy bien a lo que me refería—. Se te ve venir a leguas, Justin.

—Me refiero a todas —insistí—. Pero sí… ¿cómo está Catty Cat?

Me encantaba llamarla así. Era algo muy nuestro y sabía que a ella le gustaba cuando lo hacía. Por eso mismo jamás dejaría de hacerlo. Pasaran los años que pasaran.

—Bueno, no han sido unos días agradables para ninguna —empezó a decir Emilie—. Laia y yo hemos estado con ellas, hablando, haciendo planes… Pero no lo han pasado especialmente bien. Las dejasteis muy jodidas.

Escuchar eso me sorprendió. ¿Catalina estaba mal porque me había ido? Si eso era verdad, significaba que le había vuelto a hacer daño y eso me dolió en lo más profundo del pecho. Pero, por otro lado, ¿significaba eso que yo le importaba lo suficiente? Su actitud en el barco me había hecho sentir fuera de lugar, pero lo que nos estaba contando Emilie hacía que la esperanza se avivara un poco más. Aunque con todo lo que teníamos encima… la quería fuera de peligro.

Supe que a Scott también le dolieron las palabras de Emilie porque, aunque no dijo nada, su semblante se volvió serio y sus nudillos se tornaron blancos. Agarró el volante con fuerza y aceleró un poco. No me importaba lo más mínimo, confiaba en mi hermano porque la realidad era que conducía de puta madre.

—¿Y te dijo algo de mí? —me atreví a preguntar con cierto miedo en el cuerpo.

—Con el corazón en la mano, Justin: no me corresponde a mí contártelo. Las conozco desde hace poco, pero no quiero traicionar su confianza. Tanto ellas como sus padres me han tratado como a una hija más sin conocerme de nada. Me hicieron sentir parte de un hogar y lo mínimo que les debo es respetar su intimidad. Hasta me dejaron dormir en la habitación de su hermano, con todo lo que le pasó…

Scott frenó en seco en medio de la carretera, aunque tuvo la decencia de arrimarse al arcén.

—¿¡Qué haces, loco!? —Emilie se agarró a los asientos—. ¡Nos podríamos haber matado! ¡Ten un poco más de aprecio por la vida humana!

Sabía el motivo de esa frenada tan brusca, a mí también me estaba dando vueltas y vueltas por la cabeza a una velocidad vertiginosa. ¿Qué acababa de decir Emilie?

Scott se giró de golpe para mirarla.

—¿Qué has dicho?

—¡Que nos podríamos haber matado, imbécil!

—No, no. Antes, Emilie. —Ella lo miró desconcertada—. Y no nos íbamos a matar, sabes que soy el que mejor conduce de los tres.

—Sí, sí, ya lo veo. ¿Te ha llegado ya la convocatoria para la Formula 1 o qué, Scott? Madre mía, me voy unas semanas y os desmadráis…

—¿Has dicho «hermano»? —pregunté inquieto.

—Pero ¿qué os pasa?

Agitó la mano delante de nuestras narices, como si nos saludara de modo irónico para sacarnos de una ensoñación. Tanto Scott como yo estábamos girados en los asientos, centrando toda nuestra atención en Emilie.

—¿Por qué has dicho «hermano»? Las chicas no tienen ningún hermano… Solo son ellas tres —insistió Scott.

—Hummm… ¿No? Claro que tienen un hermano. Bueno, tenían.

Scott me miró. Yo lo miré a él. Nos miramos con mil y una preguntas en la punta de la lengua. Ninguno de los dos sabíamos nada de eso.

—Te equivocas, Emilie. Si tuvieran un hermano, nosotros lo sabríamos. ¿No crees?

—Justin, he dicho que tenían un hermano, en pasado.

—¿Me estás diciendo que tenían un hermano y que murió? —articuló Scott. Yo no sabía ni dónde meterme.

—Me estáis vacilando, ¿verdad? —dijo Emilie con cara de pocos amigos—. No es gracioso. Las chicas lo han pasado muy mal. Sobre todo, Laia.

Se hizo el silencio dentro del coche. ¿Las chicas tenían un hermano? ¿Y había fallecido? Sentí que era demasiada información de golpe. Emilie nos miró con curiosidad y quizá nuestra cara de póquer le dio la pista que necesitaba para entenderlo todo.

—No lo sabíais…

—Claro que no —respondió Scott mientras se pellizcaba el puente de la nariz.

—Pero ¿cómo no lo ibais a saber? ¿No erais sus novios?

—Nunca lo vi y Nina no me dijo nada…

—Catalina tampoco ha mencionado nada sobre un hermano.

—Supongo que es algo de lo que no querían hablar —dedujo Emilie—. Estoy investigándolo, pero parece ser que fue una muerte bastante traumática para la familia.

—Espera, un segundo, Emilie, nos vas a volver locos con tanta información —añadió Scott mientras se frotaba la cara con las manos—. ¿Cómo que estás investigando? Empieza desde el principio, por Dios.

Emilie cogió aire con calma. Era como si los engranajes de la cabeza le fueran a mil por hora, parecía valorar qué hacer o qué decir.

—Vale, pero… ¡Ni una sola palabra, eh! —Ambos asentimos—. Se llamaba Gabriel y falleció cuando tenía dieciocho años. La primera vez que escuché hablar de él fue cuando llegamos al pueblo. Nos bajamos del taxi y Nina estaba preocupada por hablar con sus padres. Se sentía mal por haberse ido rápido y sin avisar, entiendo que porque él hizo algo… ¿parecido? Eso no lo tengo del todo claro todavía.

Scott escuchaba con mucha atención. Esa era su cara de intentar encajar la información para poder usarla luego con la intención de proteger a Nina. Lo conocía demasiado bien.

—Catalina no le dio mucha importancia en ese momento —siguió Emilie—, pero entendí que era su manera de lidiar con ese dolor. Hacer como que no existía.

—Típico en Catty Cat… —suspiré preocupado.

¿Por qué no me había dicho nada en todos estos años? Hubiera estado ahí para ella, sin dudarlo ni un segundo. Emilie nos miró con dudas, pero le hice un gesto con la cabeza para que continuara hablando.

—Luego entramos en su casa y me presentaron a sus padres. Majísimos, por cierto. —Sonreí al acordarme de Daniel y Ángela—. Me enseñaron la casa y la habitación donde podía dormir.

—Primer piso, cuarta puerta al final del pasillo —añadió Scott.

—La puerta que siempre estaba cerrada. —Miré a mi hermano, encajando las piezas del puzle en voz alta.

—La habitación de Gabriel —explicó Emilie—, donde dormí yo. Fue un poco raro, la verdad. Sabía que no iba a entrar por la puerta, pero sentía como si estuviera invadiendo su privacidad, ¿sabéis?

—Pero ¿cómo murió? —preguntó Scott con todo el tacto que pudo, nervioso.

—No lo sé. Eso es lo que estoy investigando. Solo sé que tenía dieciocho años y que las chicas eran muy pequeñas. Si no he calculado mal, tendrían seis, cinco y cuatro años cuando ocurrió. Quizá por eso no lo sabíais…

—Cuando ellas tenían esa edad, nosotros todavía estábamos en Edimburgo, ¿no?

Mi hermano asintió después de cuadrar las fechas mentalmente.

—Parece ser que la llamada llegó una tarde de febrero y eso destrozó a la familia. Las chicas lo adoraban y por una foto que vi… Bueno, él también se desvivía por ellas. En aquella foto las abrazaba como… como si las quisiera proteger del mundo entero, ¿sabéis? De hecho, me apuesto la mano derecha a que, si estuviera aquí, os cortaba las pelotas por hacerles daño a sus pequeñas. A los dos.

—Emilie… —dije.

Ella sabía que estábamos entre la espada y la pared.

—Lo sé, lo sé. Pero tendríais que haber visto la foto. Era como… No sé cómo explicarlo.

—¿Qué? —preguntó Scott confundido.

—Como si supiera que no le quedaba mucho tiempo con ellas —confesó—. No sé, quizá me equivoco con ese pálpito, pero es extraño. En la foto, estaban sentados en el jardín de su casa y él tenía a las tres entre sus brazos. Nina y Catalina estaban disfrazadas de princesas, con mil lazos en el pelo y haciendo tonterías a la cámara. Laia miraba a Gabriel con el pelo revuelto y admiración, él la miraba a ella como si quisiera decirle cosas a su hermana pequeña que sabía que no entendería. Quizá estoy equivocada y es solo una corazonada o…

—¿Crees que sabía que le iba a ocurrir algo? —terminé la frase por ella.

—No estoy segura, Justin. Quizá sí o quizá no. Pero creo que hay algo gordo detrás de esa historia. Algo que igual las chicas no saben.

—Emilie, sabes que tenemos muchos frentes abiertos, ¿no?

—¿Cuándo no los hemos tenido, Scott? —dijo ella.

—Pues también es verdad.

Mi hermano arrancó de nuevo el coche, con esa cara de pocos amigos que tenía de vez en cuando y que solo parecía iluminarse cuando veía a Nina. Sin duda, oír eso había sido un jarro de agua fría para los dos. ¿Las chicas habían tenido un hermano?

La conversación acabó ahí. Ninguno volvió a decir nada. Aunque me hubiera encantado saber cómo se sentía Catalina con respecto a mí, también pensaba que la decisión de no decirme nada honraba a Emilie. Decidí sacar algún tema de conversación, porque la verdad era que el silencio me estaba matando. Lo odiaba, porque eso significaba que mis pensamientos podían campar a sus anchas por mi cabeza y no lo soportaba.

—Bueno, ¿y qué habéis estado haciendo estos días?

Vi de reojo que Emilie centraba su atención en mí.

—Pues Laia y yo solíamos organizar los planes. Hemos ido a la playa, a la montaña, a ver mil y un atardeceres, a otras mil y una cafeterías. Hacía tiempo que no rompía con la rutina y, para seros sincera, a pesar de que me habéis tenido muy cabreada, pedazo de imbéciles —enfatizó—, me ha venido muy bien la playita, la verdad.

Rompimos a reír los tres. Por lo menos uno de nosotros se lo había pasado bien.

—Así que... ¿Laia y tú organizabais los planes? —La miré con socarronería.

—Anda, cállate, imbécil.

Un tinte rosado empezó a cubrirle las mejillas.

—Emilie Ramírez, ¿te estás sonrojando?

Despegó la espalda del asiento trasero y se acercó más a mí con el semblante serio.

—Te lo advierto: no empieces, Justin.

—¿Acaso nuestra hermanita se ha enamorado? —añadió Scott con guasa, pero también con un gesto algo más alegre que el de antes.

—Venga, hombre, el que faltaba ya... —resopló Emilie—. Anda, céntrate en la carretera. No quiero morir al lado de dos imbéciles como vosotros. Ese no puede ser mi final —dijo dramática, tratando de desviar el rumbo que estaba tomando la conversación.

¡Qué ilusa, nuestra Emilie...! Eso no iba a ocurrir. Íbamos a insistir. Claro que sí. Podía ver desde mi asiento que la vergüenza se estaba apoderando de ella. Pero, igual que ella no perdía oportunidad para meterse con alguno de nosotros, yo tampoco iba a desaprovechar esa oportunidad de oro.

—Vale, Emilie. No estás enamorada. Pero ¿ilusionada quizá? Con Laia —enfaticé ese nombre mirándola de soslayo con más socarronería que antes.

—Ay, madre mía... —Enterró la cara entre las manos, muerta de vergüenza—. ¡Si lo llego a saber, no vuelvo!

—Mentirosa. No puedes vivir sin nosotros —puntualizó Scott, que conducía a una velocidad más normal.

—Sois como un grano en el culo, pero tengo que reconocer que sí os he echado de menos.

—Y nosotros a ti, señorita Ramírez —dije, sabiendo que eso la picaría un poco.

—Fuera de las oficinas soy Emilie para ti, hermano herido —enfatizó señalándome con el dedo.

—¿Qué? —me reí.

Scott soltó una carcajada, mientras Emilie buscaba cómo defenderse. Estaba claro que no me iba a poder sacar ese mote de encima. Maldita Laia.

—¿Y quién te ha dicho que vayas a volver a las oficinas? —seguí con el ambiente de broma y piques.

—Vamos, hombre. —Curvó sus labios en una sonrisa desafiante y añadió con confianza—: Sabéis que me necesitáis.

Se hizo el silencio porque era verdad. ¿Scott y yo podíamos apañarnos? Claro que sí. ¿Con Emilie formábamos aún mejor equipo? Pues también. Y quizá nuestro silencio fue confirmación suficiente, porque la tía enseguida añadió:

—Lo sabía.

Volvió a dibujar esa sonrisa desafiante y burlona.

—Yo no lo pienso negar —dijo Scott y le clavé la mirada—. Hechos, hermano. Son hechos. Sin ella, el equipo se cae —añadió con una pequeña sonrisa.

Me giré en el asiento para mirar a Emilie.

—Vale… pero que no se te suba a la cabeza.

Ella me devolvió la mirada con una sonrisa de sabelotodo.

—Sabía que no podíais vivir sin mí… ¡Ah! —nos sobresaltó de repente—. Y os advierto: que no se os vuelva a ocurrir a hacerme ninguna mierda como la de Mónaco. A partir de ahora, el equipo está pegado con pegamento y como se os ocurra romperlo… ¿Me entendéis, hermanitos Hovland?

—Alto y claro —contestamos Scott y yo al unísono.

Íbamos a remar los tres en la misma dirección.

Como un equipo.

Como la familia que éramos.

Capítulo 25

Scott

No me hagas esto, Nina.

Poco después del ajetreado trayecto en coche, llegamos a las oficinas. Por primera vez en mucho tiempo, no me crucé con Cormac nada más entrar, cosa que agradecí infinitamente. Después de lo de la noche anterior, lo último que me apetecía era verlo o respirar el mismo aire que él. Lo mismo se aplicaba también a mi padre. No los quería ver ni en pintura. Tener que verlos era aceptar que mi vida había sido un engaño constante, porque el imbécil de Cormac y yo teníamos la misma edad. Vamos, que cuando mi madre había estado embarazada de mí, el personaje de mi padre, en vez de estar a su lado cuidándola y ayudándola, había ido por ahí dejando embarazada a otra mujer. El muy infiel asqueroso.

Una vez que aparcamos, nos dirigimos los tres juntos al despacho.

—Está todo en tu escritorio, tal y como lo dejaste.

No habíamos quitado nada de la mesa de Emilie. En el fondo, creo que ninguno quería aceptar que ya no trabajara con nosotros.

—¿Veis como no podéis vivir sin mí? —dijo ella, más alegre de lo que la había visto nunca. Pues sí que le habían venido bien los días en el pueblo, sí.

Cada uno se fue hacia su mesa y nos pusimos a currar en el caso que Justin y yo teníamos entre manos. Por supuesto, pasó a ser también parte de Emilie. Porque volvíamos a estar los tres juntos. Mano a mano.

Lo que uno no veía, lo hacían los demás. Con lo que uno no podía, los demás le ayudaban. Y así funcionábamos. Como un equipo de remo. Los tres en perfecta sincronía.

—Emilie —alcé la cabeza del escritorio, a la vez que ella—, ¿puedes acercarte un segundo?

—¿Qué ocurre? —dijo nada más llegar a mi lado.

—Justin, ven tú también —añadí.

En cuanto estuvimos los tres mirando la pantalla, abrí el archivo que tanta guerra nos estaba dando. Bajé la voz por si acaso.

—En teoría, estamos trabajando en otros casos para no levantar sospechas, pero mientras estamos trabajando en *ese* otro tema. —Hice una pausa para asegurarme de que Emilie entendía de qué estaba hablando. Ella asintió—. El otro día, Justin y yo encontramos este archivo, pero como ves… —Intenté abrirlo fracasando en el intento—. Está encriptado.

—Y yo soy la mejor desencriptadora —afirmó con una seguridad arrasadora.

—¿Crees que puedes abrirlo?

—La duda ofende después de tantos años, Justin. —Le guiñó un ojo—. Dejadme que le eche un vistazo y a ver qué puedo hacer.

Se puso a trabajar de inmediato, llenando con su presencia el despacho que a Justin y a mí se nos había hecho tan grande sin ella.

A eso de media mañana, el pitido de un nuevo mensaje me sobresaltó. Me resultó extraño, porque hasta donde yo recordaba, había puesto el móvil en silencio. Pero, nada más darle la vuelta al teléfono y ver de quién se trataba, lo recordé. Claro. Tenía todas las notificaciones silenciadas excepto las suyas.

Desbloqueé el móvil y abrí el mensaje.

Nina: No has comprado el billete de avión todavía, ¿verdad?

Mierda. No, no lo había hecho. Me había puesto a trabajar en el caso y había perdido la noción del tiempo. O quizá era mi subconsciente, que era un egoísta y quería evitar a toda costa que Nina se fuera.

Yo: Ahora mismo te lo mando.

No salí de su chat, dejé la pantalla desbloqueada esperando su respuesta. Mientras tanto, me puse a organizarle el viaje de vuelta y a comprarle el billete en el ordenador.

Nina: No va a hacer falta...

Yo: ¿Perdona?

Nina: Pues que no me voy.

Yo: Nina, eso no es lo que acordamos anoche...

Nina: Bueno, en ningún momento te dije que fuera a aceptar tus condiciones.

Dios mío, ¿cómo podía quererla tanto?

Harto de intercambiar más mensajes, mandé todo a tomar por culo y decidí llamarla. Odiaba las conversaciones que se hacían eternas con mensajes de texto.

Bajé corriendo al coche. No me sentía seguro en ningún rincón de la empresa, mucho menos si Nina estaba involucrada. Me pegué un *sprint* y dos minutos después estaba marcando su número, nervioso por escuchar su voz de nuevo.

—¿Hola? —contestó con voz tímida al otro lado de la línea.

—Hola, Nina.

Intenté sonar serio.

—Hola… —volvió a decir.

Si seguíamos así acabaría convirtiéndose en una conversación incómoda y eso era lo último que quería.

—Vamos a ver... —Me llevé los dedos al puente de la nariz y me tomé dos segundos para respirar hondo—. Dijimos que hoy te ibas.

—No. Eso fue lo que dijiste tú... —respondió ella con seguridad.

—Escúchame, no estoy para bromas. Te lo pido por favor, Nina, no es negociable. Tienes que irte. Por favor —enfaticé cada una de las palabras.

—Y yo no estoy para que me digas lo que tengo que hacer —contestó ella con una seguridad que me hizo sentir muy orgulloso.

Volvía a ver en Nina ese carácter fuerte que había visto cuando nos conocimos. No estaba alicaída como en el barco y eso me alegraba. A pesar de que estuviera ocurriendo en un momento no muy oportuno, claro.

—Te he dicho que me quedo y no hay discusión posible, Scott —insistió.

Dejé a un lado todo resquicio de seriedad y me mostré ante ella tal y como me sentía: vulnerable.

—No me hagas esto, Nina. Por favor...

—¡¿Que no te haga el qué?! Scott, es que no entiendo nada. A veces estás serio, otras así... Es que no te pillo. No sé qué quieres decir.

Llevaba razón. Tenía toda la razón del maldito mundo. Si ella supiera... Solo tenía claro que no era buena idea que se quedara cerca de mí. Quería protegerla.

—¿Puedes hacerme caso y ya está? —le pedí.

—Pues no. La verdad es que no. Nadie, te repito, nadie, va a volver a tomar ni una sola decisión por mí, Scott. Nunca más. —Su tono no era serio, pero sí firme y directo.

—¡No estoy tratando de tomar ninguna decisión por ti, Nina! Te aseguro que no...

Me pellizqué de nuevo el puente de la nariz y expulsé todo el aire que había estado conteniendo. Me estaba agobiando. Si por mí fuera, le habría suplicado que se quedara. Pero no estaba dispuesto a asumir el riesgo de lo que podría pasar si no se marchaba.

—Pero… ¡¿tú te estás escuchando?! Literalmente llevas diciéndome desde anoche que me tengo que ir. Que me vas a comprar el billete para que me largue. Y te lo voy a decir bien claro, Scott, que no me voy. —Cada palabra suya se me estaba clavando en el pecho. El miedo crecía dentro de mí—. No. Me. Voy —enfatizó cada una de esas tres palabras.

¿Qué se suponía que debía hacer yo? Era como estar atado de pies y manos. La quería cerca de mí, pero no podía ser…

—Escúchame, por Dios…

—Sé lo que me vas a decir y no, Scott. No pierdas fuerzas insistiendo.

Suspiré sin despegarme el teléfono de la oreja. «Me vas a volver loco, ojos claros…», pensaba.

—¿Me estás escuchando? ¡Scott!

—¿Eh? —dije confundido.

No me había enterado de lo que había dicho.

—Que si conoces algún hostal decente cerca de tu casa…

—¿Cómo que un hostal? ¿De qué narices estás hablando? —Escuché que una pequeña risa se le escapaba de los labios al otro lado de la línea y, sin poder evitarlo, se me aceleró el corazón. Cuánto deseaba ser siempre quien la hiciera reír, joder.

—Sí, un hostal. Como un hotel, pero más barato y menos acogedor.

—Sé lo que es un hostal, Nina —afirmé con énfasis.

—Ah, yo qué sé… Como preguntas, pues te respondo.

—No te vas a quedar en un hostal —dije con tono autoritario. Eso sí que no era negociable en absoluto.

—Venga va, no me vengas con estupideces. ¿Qué quieres que haga si no, Scott? Hasta que no cobre no puedo pagarme un piso.

¿Había dicho hasta que cobrara? Sin duda me estaba perdiendo muchas cosas. No me estaba centrando.

—Quédate en casa. La cama es tuya.

—¿En qué casa? —preguntó sorprendida.

—En la mía.

Ya está, ya lo había dicho. No me arrepentía de ello. Quería decir «en la nuestra», pero quizá era pasarse demasiado de la raya, ¿no?

—No, no puedo…

Fui yo quien la interrumpí esa vez.

—Eso sí que no es negociable, Nina. No te vas a ir a un hostal.

—Sí me voy —repitió.

«Por Dios, ojos claros. Cede en esto, por favor».

—Por favor, Nina… Quédate en casa.

Sí, me salí del papel y sí, a esas alturas me importó una absoluta mierda. Aunque la amenaza de mi padre y Cormac resonó en mi cabeza, no estaba dispuesto a que estuviera por ahí sola en un hostal. Si se iba a quedar en Edimburgo, por lo menos que estuviera en un lugar seguro. No había otra opción.

Se hizo el silencio al otro lado de la línea. Incluso me despegué el teléfono de la oreja preocupado por si se había cortado la conexión o me había colgado. No lo había hecho. Volví a acercarme el móvil.

—¿Nina? —pregunté extrañado.

—Está bien. —Un escalofrío cargado de alivio me recorrió el cuerpo entero—. Pero solo tienes una habitación.

No pude evitar que una sonrisa de imbécil se me dibujara en los labios.

—El sofá es muy cómodo.

No me importaba dormir ahí si eso significaba que Nina estuviera a salvo en nuestra casa, aun estando en el centro de todo el peligro.

—Si tú lo dices…

Me extrañó el tono que usó. ¿Acaso no quería que durmiera en el sofá? Decidí quitármelo de la cabeza y no pararme a pensar demasiado en ello. Como le diera vueltas, estaba convencido de que no saldría del bucle. Volvió a haber silencio al otro lado de la línea. Pero, por un instante y tras todo ese tiempo, me sentí tranquilo de nuevo.

—Bueno, pues supongo que te espero en casa —dijo ella algo avergonzada.

—Te veo luego.

Menos mal que no podía verme, porque la sonrisa de imbécil que se me puso no me la quitaban ni a palos.

Tras eso, escuché el pitido que indicaba que la llamada se había cortado. No sé cuánto tiempo me pasé en el coche, quizá fueron segundos o minutos. No tenía ni idea. Sin moverme, empecé a darle vueltas a la conversación que acabábamos de tener.

Sin duda, estaba jugando con fuego. Nada de aquello entraba en mis planes, pero estar separado de ella se me estaba haciendo demasiado complicado. Que estuviera allí, que mi niña de ojos claros y pelo dorado hubiera tenido el valor de venir hasta aquí después de lo de Mónaco... Joder, estaba enamorado hasta las trancas de ella. Algo dentro de mí me decía que jamás dejaría de estarlo, ni aunque pasaran mil años.

Desde aquella primera noche que pasamos en la playa, Nina había hecho que mi mundo cayera a sus pies y yo mismo caería a sus pies una y otra vez si con eso la mantenía a salvo. Me arrancaría la mismísima piel por verla sonreír toda la vida. Aquella noche me volví adicto a ella, a sus besos, a sus caricias, a su querer. No había cura posible para esa adicción. Solo ella. Estaba hecho a su medida. Ella estaba hecha a la mía. Y por supuesto que dolía estar en la situación en la que estábamos. No quería tener que renunciar a ella, pero tenía que ir con cuidado.

La decisión que acababa de tomar lo ponía todo en riesgo. Sobre todo a ella.

Y eso me acojonaba.

En cuanto conseguí calmarme, salí del coche y subí de nuevo al despacho. Para mi sorpresa, seguí sin ver ni a Cormac ni a mi padre. Pensé que era extraño. Era demasiada casualidad que se destapara todo el pastel y al día siguiente no hubiera ni rastro de ellos, ¿no?

Aunque, siendo egoísta, era un alivio no escuchar la estridente voz de Cormac allá donde fuera.

Una vez en el despacho, de nuevo con Emilie y Justin, traté de centrarme en el caso que teníamos entre manos, en problemas de herencias millonarias y tramas familiares. Aunque intentaba no pensar en que cierta chica de ojos azules iba a estar en casa cuando volviera, me fue imposible.

—¿Qué te pasa, Romeo? —preguntó Emilie con cierta sonrisa cuando mi nivel de despiste llegó a ciertos límites. Hasta yo mismo me di cuenta.

¿Se lo contaba o no?

—Nada —respondí en un tono neutral, como si no le diera demasiada importancia.

—Scott Hovland, hemos acordado que nada de mentiras, ¿recuerdas?

Me miró con las cejas alzadas esperando una respuesta.

—Más te vale que se lo cuentes, hermanito. Ya sabes que es capaz de ponerte una pistola en el pecho para sacarte la información —soltó Justin de golpe.

Al instante, Emilie le guiñó un ojo.

—Agh, está bien. —Cedí porque si no ni de coña me dejarían en paz.

Inspiré y espiré, tomándome mi tiempo mientras encontraba la mejor manera de empezar. Bajé la voz intentando hablar lo más bajito que podía. Cualquier precaución era poca.

—Era quien ya os podéis imaginar. —Ambos se acercaron a mí y, asintiendo con la cabeza, me confirmaron que sabían de quién hablaba—. Al final no se va.

—Pero ¡¿cómo va a quedarse N…?! —Le hice un gesto a Justin para que bajara la voz. Ambos se levantaron de sus asientos y se acercaron a mi escritorio para evitar hablar a voces.

—No puedo hacer nada, tío. Es su decisión. Y no pienso obligarla, joder.

—Efectivamente, Scott —dijo Emilie colocándome la mano sobre el hombro—. Es su decisión. Y lo que te he dicho esta mañana iba muy en serio. No puedes elegir por la gente, deja que estemos ahí para ti de una maldita vez.

—Ya lo sé, Emilie… —Agaché la cabeza, con la preocupación recorriéndome cada célula del cuerpo—. Solo quería protegerla, ¿sabes?

Ella me sonrió con dulzura.

—Y eso te hace muy buena persona, pero a veces no podemos tener el control de todas y cada una de las situaciones.

Compartí una mirada con ella mientras asimilaba todo lo que me estaba diciendo.

—Hermano…, estate tranquilo —Justin me deslizó un brazo sobre los hombros—. Ahora somos tres. Nos andaremos con mil ojos, ¿vale?

—Gracias, pero eso es justo lo que me preocupa.

—¿A qué te refieres?

—En el barco también éramos tres, Justin…

—Bueeeno, pero yo estaba en la sombra —dijo Emilie tratando de quitarle hierro al asunto—. Esta vez será diferente, Scott.

Intenté ser optimista. Me sentía afortunado por compartir la vida con ellos dos. Me levanté de la silla y me lancé a sus brazos, los estreché y nos fundimos en un largo abrazo que me tranquilizó un poco.

—Gracias. Si le pasa algo…, joder. Si le llega a pasar algo, os aviso de que no respondo de mis actos. Me llevo a quien haga falta por delante —dije convencido hasta la médula.

—Nos llevamos a quien sea por delante, juntos —puntualizó Emilie con chulería—. Yo no pienso perderme la fiesta.

Con ellos a mi lado, me sentía más tranquilo. Pero fue inevitable que una sensación extraña se me instalara en el centro del pecho.

Estuvimos el resto del día trabajando. Incluso Justin empezó a notar que no había rastro ni de papá ni de Cormac. Hasta se escapó un momento, para ver si se cruzaba con ellos. No vio a ninguno de los dos y no me gustó ni un pelo. Eso solo podía significar que se traían algo entre manos.

Algo de lo que no formábamos parte, por supuesto.

Cuando estaba a punto de irme a llevar el coche al taller, un recuerdo fugaz me vino de repente.

—¡Hostias! Se me había olvidado por completo… Justin… —dije llevándome las manos a la cabeza. Él se giró al instante—: Hay algo que no consigo quitarme de la cabeza y necesito hablarlo contigo.

—¿Qué pasa, colega?

—¿Te acuerdas de lo que nos dijo papá el otro día? Aquello sobre que él estaba llevando la empresa mejor que el abuelo. Y que esto era más que necesario...

—Por supuesto. Y creo que sé por dónde vas. Porque he estado pensando lo mismo.

—¿En serio? —pregunté.

—Sí. Tenemos que... —me uní a la frase.

—Hablar con el abuelo —dijimos a la vez mientras asentimos. Joder, qué bien nos entendíamos.

—Mañana, hermano. Si mañana papá se digna a venir, vamos a intentar sacarle toda la información que podamos. Después, con lo que sea, iremos a hablar con el abuelo Wilson.

—Hecho —añadí serio, pues confiaba plenamente en él.

Recogí mis cosas y, tras despedirme, salí de las oficinas directo al coche para llevarlo al taller. El tiempo que estuve allí se me hizo eterno, porque solo había una cosa que me rondara la cabeza: Nina.

Al final, me dieron un coche de sustitución y me dirigí a casa. Tenía tantos nervios que apenas los podía controlar.

Capítulo 26

Nina

Y ahí estaba esa lucha interna. Sí o no, esa era la cuestión. ¿Serían los sentimientos capaces de ganar por encima de todo?

No estaba segura de a qué hora volvería Scott. La conversación que habíamos tenido esa mañana por teléfono me había pillado bastante por sorpresa. No esperaba que, después de lo de la noche anterior y de haberse ido sin decirme nada, me volviera a ofrecer que me quedara en su casa. Además, estaba lo de la nota, pero eso era otra cosa.

Traté de hacerme la dura al principio, aunque por dentro me estaba muriendo de ganas de decirle que sí. Convivir juntos de nuevo era una oportunidad de oro para volver a acercarme más a él. Era una buena ocasión para intentar llegar a él de nuevo y romper sus barreras, tal y como me había sugerido Mary que hiciera horas antes en la librería.

En cuanto llegué al piso, a eso de las doce del mediodía, me puse a organizar mi vida al detalle. Lo que le había dicho a Scott iba completamente en serio: nadie iba a volver a tomar ni una sola decisión por mí. Jamás.

En algún punto, caí en la cuenta de que no tenía nada de ropa, solo lo que llevaba puesto. No podía presentarme a mi primer día de trabajo con la misma ropa con la que había llegado a la entrevista no oficial. Tampoco al día siguiente. Ni al otro. Menuda mala imagen nada más empezar. Por eso me había pasado por un par de tiendas de camino a casa. Me cogí tres pantalones: uno de efecto traje gris, un vaquero negro y otro vaquero azul. Solo que este último era de una tonalidad más oscura que los que llevaba.

También cogí ropa de abrigo, porque, aunque no me importaba ir siempre con el chaquetón de Scott, necesitaba tener algún que otro jersey. Cogí dos, uno gris a juego con el pantalón y otro de lana blanco supermullido. Decidí pasar de comprar zapatillas. Por el momento podía apañármelas con las botas. Cogí también un par de camisetas básicas de manga larga, una gabardina negra super calentita y, por supuesto, ropa interior.

Pagué las prendas con el dinero que quedaba en mi tarjeta y seguí caminando hacia casa. Sin embargo, cuando estaba a punto de girar la esquina que llevaba al piso, vi un supermercado y me acordé de lo vacía que tenía Scott la nevera. Decidí hacer una última parada y comprar algo de comida para salir del paso. Aunque yo no sabía cocinar muy bien, albergaba la esperanza de que fuera él quien cocinara para ambos. Hice memoria, me acordé de cosas que él mismo había elegido cuando habíamos hecho la compra juntos para el viaje en barco. Cogí fruta y verdura fresca, arroz, pasta, fiambre, alguna que otra lata y, por supuesto, patatas de bolsa y chocolate para mí. ¿Qué remedio? Mis caprichos eran mis caprichos.

Una vez que la cesta estuvo hasta los topes, y siendo consciente de que no podría llevar muchas más bolsas aparte de las que ya llevaba, me dirigí a la caja para pagar. Me quedé embobada con el sonido del escáner al registrar todos los productos que había escogido y, cuando llegó la hora de pagar, mi tarjeta dio error por falta de saldo.

—No me lo puedo creer. Disculpe —dije en inglés. Estaba nerviosa. Madre mía, qué vergüenza.

Sin embargo, recordé la tarjeta brillante y plateada que Scott me había dado. Visto lo visto, no me iba a quedar más remedio que usarla. Tomé nota mental de decirle después a Scott lo que me había gastado. Al fin y al cabo, era su dinero.

Una vez que llegué a casa, me hice un sándwich rápido y me puse manos a la obra con la reorganización de mi vida.

Empecé por hacerme un *vision board*. Me quedó precioso, por cierto. Plasmé con ilusión todo lo que quería conseguir. Había fotos de una librería antigua y acogedora, similar a la de Mary. No me había dado cuenta, pero deseaba que esa nueva etapa fuera lo mejor posible pese a las circunstancias. Añadí fotos de chicas escribiendo, leyendo y firmando libros. Porque otra cosa que tampoco podía quitarme de la cabeza era el pensamiento de volver a escribir, de plasmar las ideas que siempre me habían rondado la cabeza desde niña. Después, para darle el toque final, puse fotos de Edimburgo.

Tal y como me había dicho Mary un par de horas antes, la magia de Edimburgo parecía residir en aquellos que son capaces de mirar esa ciudad fría con buenos ojos. Y algo me decía que la mujer tenía toda la razón.

Tras terminarlo y usarlo de fondo de pantalla, decidí que era hora de poner una lavadora con la ropa que me había comprado. Por dos motivos. Primero, porque era tan mona, que quería ponérmela cuanto antes. Y segundo, la necesitaba para el día siguiente.

Aproveché ese rato muerto para llamar a mis hermanas. Solo había pasado un día, pero ya las echaba de menos. Muchísimo.

Me metí en el chat que compartíamos las tres e hice una videollamada grupal. Contestaron mucho más rápido de lo que pensaba.

—¡Hola, Nina! —saludó Cata.

—Pero si es mi florecilla escocesa, ¡dichosos los ojos!

Puse los ojos en blanco ante el comentario de Laia.

—Pero si me fui ayer…

—Suficiente tiempo lejos —apostilló Catalina. Sonreí porque yo también las echaba de menos a pesar de que solo hubiera pasado un día.

Me acerqué a la pantalla y observé mejor a mis hermanas. Reconocí la pared que había detrás de Laia: estaba en casa, en la habitación de Gabriel, para ser exactos. Le encantaba estar allí. Cuando nos lo permitía, Cata y yo le hacíamos compañía, aunque a nosotras nos costara más hablar y recordar a nuestro hermano.

Dirigí la atención a Catalina. Llevaba el pelo recogido en una trenza, ese uniforme azul que reconocería en cualquier parte y marcas en la cara como si hubiera llevado una mascarilla horas y horas. Quizá así era.

—¿Sigues en el hospital, Cata? —pregunté.

—Sí, hoy doblo turno.

Se la veía cansada y las ojeras lo confirmaban.

—Que sepas que mamá y papá van a preparar tu cena favorita —añadió Laia.

—¿¡Pechugas empanadas!?

—Sí, pero no va a quedar ni una cuando vuelvas.

A Laia le encantaba chinchar a Catalina.

—No te atreverás, mala bruja —dijo Catalina muy seria.

Ser la hermana pequeña de esas dos era saber que, si no me metía, se terminarían enzarzando.

—Bueno, chicas, ¿qué tal estáis? —pregunté mientras separaba la ropa de color de la blanca.

—Yo cansadísima. Solo hoy he tenido tres cesáreas y repaso de consultas. ¡No puedo más! Y hasta las doce no termino…

Cata había estudiado Enfermería y ya estaba trabajando en el hospital. La verdad, era buenísima. Todos en casa estábamos muy orgullosos de ella.

—Por cierto, Cata, últimamente me duele mucho el hombro. ¿Me lo miras cuando llegues a casa? —preguntó Laia de repente.

—Laia, por millonésima vez, soy matrona, no fisioterapeuta. Pero bueno, luego le echo un vistazo. Aunque todo depende de si quedan pechugas cuando llegue…

Laia le sacó la lengua, como si de una niña pequeña se tratase.

—¿Y tú, Laia? ¿Qué tal estás? —insistí. Sabía que si estaba en la habitación de nuestro hermano era porque había tenido un mal día.

—Bien, como siempre —sonrió.

—Bruja y, encima, mentirosa… ¿Tú te crees, Nina? —Sonreí ante el comentario de Cata—. ¿Qué ha pasado, Laia? Estás en la habitación de Gabriel.

—Estoy bien, chicas.

—Laia… —añadí preocupada.

—¡Está bien! —resopló—. La echo de menos, ¿contentas?

Las tres nos quedamos calladas. ¿Estaba hablando de quien yo creía que estaba hablando?

—Mira a tu hermana, Nina. La que se burlaba de nosotras por estar con los Hovland y ahora ella echa de menos a la que es como su hermana. —La sonrisa de Catalina iluminó la pantalla—. Ay, la de vueltas que da la vida…

—Catalina, eso no es…

—No te atrevas a negarlo, hermana bruja mentirosa —interrumpí socarrona.

—Ufff, no puedo con vosotras cuando os unís así. Pero vaaale… Quizá tengáis un poco de razón.

—¿Habéis estado hablando? —pregunté con curiosidad.

—Sí, no hemos parado de mandarnos mensajes. Ay, no sé qué me pasa. Vamos a cambiar de tema, ¿vale?

Cata y yo sonreímos al otro lado de la pantalla, felices de esa nueva ilusión de nuestra hermana.

—¿Tú cómo estás, Nina? —Escuché que decía Cata.

Cogí el móvil bien y salí de la zona de la lavandería hacia el salón y enfoqué el piso para que pudieran verlo bien.

—¡Bienvenidas a la casa de Scott!

—Madre mía, el cuñado fugitivo…

—Laia, no lo llames así —la regañé.

—Sabes que tengo razón…

—Tiene que haber un motivo, ¿vale? —insistí, lo creía de verdad.

—Espero que lo haya, porque si no le parto las piernas. Te lo aseguro.

—Relaja, fiera… —contestó Catalina por mí—. Nina, ten cuidado y cualquier cosa nos llamas, ¿vale? Me dejo el móvil en sonido por si me necesitas.

—¿Y qué pasa si te necesito yo, Catita? —añadió Laia, dramatizando una cara de pena muy mal conseguida.

—Pasa que más te vale que queden pechugas cuando llegue. Y cuídate ese hombro hasta que te lo mire, ¿vale? No hagas movimientos bruscos y ponte hielo. —Esa era Cata, siempre preocupándose por los demás. Bueno, por nosotras—. Tengo que colgar, chicas, me llama una paciente. ¡Os quiero!

Laia y yo nos quedamos en la llamada.

—¿Seguro que estás bien, Laia?

Seguía algo preocupada.

—No quería decirlo con Cata delante porque sé lo mal que lo lleva y que se encierra en ella misma nada más oír algo sobre el tema, pero ya sabes que dentro de nada…

—Sería su cumpleaños —dije. Era justo lo que me temía: Gabriel—. Lo sé, cumpliría treinta y seis años.

—Me da mucha pena pensar que ya somos más mayores de lo que él lo será jamás. Sus eternos dieciocho, supongo.

—¿Quieres que organicemos algo por su cumple y le llevemos flores?

Una sonrisa iluminó la cara de mi hermana.

—Nada me gustaría más. Mira, creo que nunca la has visto.

Laia dejó el móvil en el suelo y me quedé viendo el techo.

—¿El qué? ¿Laia? —Ella enseguida volvió al plano. Alzó una foto que no recordaba haber visto jamás—. Laia, ¿y esa foto…? Es preciosa.

Estábamos los cuatro, nosotras tres de pequeñas y él, un año antes de morir más o menos, sentado en el jardín de casa y abrazándonos. Me pareció muy bonito cómo miraba a Laia.

—Es mi foto favorita…

—Laia… —La llamé para que me mirara—. Sé que, esté donde esté, él está muy orgulloso de su pequeña salvaje.

Vi que se le llenaban los ojos de lágrimas y no pude evitar que me contagiara.

—¿Tú crees? —preguntó esperanzada.

—No tengo ninguna duda. —Le sonreí entre lágrimas.

Ambas nos las enjugamos antes de seguir hablando.

—Y tú sabes que, si él hubiera estado aquí, le hubiera partido las piernas a Scott por romperle el corazón a su hermana pequeña, ¿verdad? —Me reí solo de imaginármelo.

—En realidad, creo que se hubieran llevado muy bien —admití al imaginarme a mi hermano y a Scott en la misma habitación. Sin duda, se hubieran entendido bien. Lástima que jamás pudiera comprobarlo.

—Supongo. Él también era un poco cabeza loca.

Ambas nos aclaramos la garganta. No era plan de que la conversación se volviera más triste y las dos sabíamos a dónde nos llevaba ese comentario…

—Llámame para lo que necesites, ¿vale?

—Lo mismo te digo, pequeñaja.

Colgué con un nudo en el pecho. Decidí distraerme con lo que me quedaba de colada y después me puse a recoger lo poco que había ensuciado durante la hora de la comida. Después de eso, no supe muy bien qué más hacer, así que me tomé toda la libertad y confianza posibles. Me acerqué a una de las estanterías repletas de libros que tenía Scott en casa y elegí uno que me llamó la atención.

Era un poemario que no conocía en absoluto. Lo que me hizo escogerlo no fue el título en sí, sino lo arrugado que estaba el lomo. Eso solo podía significar dos cosas: o que el libro era demasiado viejo o que lo había leído cientos y cientos de veces. Decidí decantarme por lo segundo. Eso lo hacía más especial.

Lo abrí con sumo cuidado y me fijé en la fecha de publicación que estaba impresa en las primeras páginas. Se había publicado solo un par de años antes. Así que yo tenía razón: Scott lo había leído cientos de veces. En cuanto lo abrí, empecé a ver frase tras frase subrayada. Unas más marcadas que otras. Pero cada una más bonita que la anterior. Era un poemario muy completo. Había algunos poemas de amor, otros hablaban sobre las diferentes etapas de la vida, las emociones… No sabía cuánto tiempo había pasado cuando escuché las llaves girar en la cerradura, solo sabía que el poemario también había pasado a ser de mis libros favoritos.

Nada más escuché la puerta cerrarse, me puse nerviosa. No pasaba nada malo, pero sentí ese hormigueo que ya me era familiar por todo el cuerpo recorriéndome cada centímetro de la piel. Y lo curioso era que solo lo sentía cuando él estaba cerca. Porque Scott acababa de llegar a casa.

E íbamos a convivir de nuevo.

«Nina, respira».

Por un instante, tuve una sensación similar a la de los primeros días en el barco. Era extraño, pero a la vez familiar y agradable. Me incorporé del sofá en el que había estado leyendo el poemario todo ese rato y, dejándolo sobre la mesilla de centro, me incliné hacia la puerta para verlo entrar.

En cuanto él entró en el salón después de colgar la sudadera sobre el perchero de la entrada, nuestras miradas se cruzaron. No pudimos evitar sentir la tensión durante un par de segundos. El ambiente era raro. Incapaz de aguantar por mucho más tiempo, decidí hablar y mandar esa tensión lo más lejos posible.

—Scott, ¿estás seguro de que quieres que me quede? Puedo buscarme un hostal…

En verdad, no podía. Me había gastado todo el dinero que me quedaba en comprarme algo de ropa para esos días. Así que, aunque fuera egoísta, esperaba que no hubiera cambiado de parecer en esas últimas horas

Él se aclaró la garganta. Con un tono un poco menos serio que la noche anterior, dijo:

—Estoy seguro. No quiero ser responsable de que te pierdas por ahí.

—Sé cuidarme sola —rebatí.

Recorrió la distancia que nos separaba y se quedó a medio metro de mí. Se cruzó de brazos.

—No me cabe la menor duda, pero aquí estás más segura —dijo con cierto tono de voz autoritario pero amable a la vez. El dichoso hormigueo me volvió a recorrer el cuerpo—. Porque digamos que nunca has tenido el don de la orientación muy desarrollado. ¿Me equivoco?

Alzó las cejas socarrón.

Era verdad. Me costaba bastante orientarme en cualquier lado. De hecho, a veces hasta me desubicaba un poco entre las callejuelas del pueblo. Sobre todo cuando era de noche. A pesar de que había vivido allí toda la vida. Ir a la ciudad también era un caos para mí. De hecho, ese mismo día había tenido que ayudarme de una aplicación del móvil para no perderme por Edimburgo.

—¿Y tú qué sabes si eso ha cambiado? —Lo desafié con la mirada.

—Por favor, Nina. Pero si hace unas semanas en el barco no diste ni una con las direcciones en más de una ocasión…

¿Eso que veía en la comisura de sus labios era una sonrisa? Decidí seguir estirando el chicle y ver qué pasaba.

—Algún día cambiará. —Alcé las cejas con chulería imitando su gesto.

—No lo dudo.

Él se acercó dos pasos más y me puso todavía más nerviosa.

—Y tú… ¿estarás ahí para verlo?

Vi que algo cambiaba en sus ojos. Su mirada se volvió un poco más oscura, pero en ningún momento se le borró ese brillo que creí reconocer. Se separó de mi lado y volvió a poner esa amarga distancia entre nosotros. De la manera más bruta posible, cambió de tema.

—Voy a darme una ducha.

Se dio media vuelta y se fue hacia el baño de la habitación. Me quedé ahí plantada en medio del salón como una imbécil.

«Aaagh, ¿por qué habré abierto la boca?».

Pero, sin pensármelo dos veces, y con una fuerza y una seguridad que me seguían pareciendo extrañas en mí, seguí sus pasos hasta el único dormitorio de la casa. En cuanto crucé el umbral, mis ojos se clavaron de nuevo en Scott. Estaba sin camiseta, solo con los pantalones puestos y cara de pocos amigos.

—¿Sabes? Me confundes —confesé. Clavó sus ojos color miel en los míos, haciendo que un escalofrío me recorriera de la cabeza a los pies. Pero no iba a echarme atrás—. Estás raro, Scott. A veces estás todo misterioso e inalcanzable y otras parece que te ablandas… ¿Qué narices te pasa?

Me acerqué un poco más.

—Yo no estoy raro —dijo con ese semblante serio suyo que ni reconocía ni me creía.

—Venga, hombre. —Puse los ojos en blanco, porque eso no había quien se lo creyera—. Te lo dije anoche y te lo repito hoy: sé que no estás siendo sincero conmigo.

Lo desafié con la mirada y, para mi sorpresa, él recorrió la distancia que nos separaba y frenó frente a mí.

—¿Es que acaso alguien te ha dicho algo?

Vi que su gesto se llenaba de preocupación.

—¿Es que hay algo que deba saber?

Scott pestañeó un par de veces. Como si eso le hubiera hecho salir de algún trance, volvió a poner distancia física entre nosotros. Como si no hubiera pasado nada, se dirigió al enorme armario que estaba justo enfrente de la cama.

—No, Nina. No hay nada que debas saber.

Se entretuvo rebuscando entre las perchas. Ya que estaba presionando un poco con tanta pregunta, lo último que quería era agobiarlo aún más con el espacio real. Si quería acercarse a mí, era libre de hacerlo. Decidí no moverme.

—Scott, si hubiera algo que contar, me gustaría que fueras tú quien lo hiciera —confesé un poco cansada.

Cerró las puertas del armario y, cuando pasó por delante de mí para dirigirse al baño, se detuvo un instante. Me colocó los dedos sobre la barbilla y me alzó el mentón para que lo mirara a los ojos. Su dedo pulgar no pudo evitar acariciarme la mejilla con suavidad trazando círculos sobre la piel. Era como si su cuerpo, o alguna parte menos racional de él, fuera incapaz de resistirse a mostrar ese afecto que tan bien conocía.

—Quizá algún día —susurró con un tono de voz roto.

Odié la sensación fría que me recorrió la piel en cuanto rompió el suave contacto. Scott se dirigió al baño sin mirar atrás y me dejó allí. En cuanto cerró la puerta, me sobresalté. Salí del pequeño trance en el que me había sumido. No sé de dónde salieron, pero las palabras de Mary me volvieron a resonar en la cabeza: «Solo tienes que encontrar la manera de hacerle volver a ti…».

Eso era justo lo que iba a hacer. Y sabía cómo hacerlo.

Iba a quedarme en su casa, ¿no? Pues iba a recordarle lo que era vivir juntos. Lo bien que nos entendíamos. Nuestra complicidad. Lo increíblemente bien que nos lo pasábamos. Todo. Iba a exprimir cada segundo, iba a hacerle ver que yo lo quería. Porque ese brillo en sus ojos cuando me miraba no podía ser fruto de mi imaginación. Me negaba a creerlo. Tal y como las palabras de Mary habían vuelto a mí, lo hicieron también las de Catalina: «He visto cómo te miraba Scott estos días y los ojos no mienten, Nina. Jamás».

Con ese fuego y esa determinación, me fui directa al baño de invitados a darme también una ducha. Sin embargo, en cuanto cerré la puerta y me metí dentro de la ducha, me di cuenta de que solo había gel ni rastro de champú.

«Mierda».

Salí del cubículo, me enrollé una toalla blanca alrededor del cuerpo y fui directa al baño de Scott. Toque la puerta para avisarlo. Y no sé si no me escuchó él a mí o yo no lo escuché a él, porque en cuanto abrí la puerta, ambos nos sobresaltamos.

—¡Joder, Nina! ¡Qué susto! —dijo llevándose una mano al pecho.

No pude evitar que se me escapara una pequeña carcajada.

—Perdón, he llamado a la puerta, pero…

Me quedé embobada en cuanto me di cuenta de lo que tenía enfrente. Scott solo tenía una toalla blanca como la mía enrollada en la cintura. Se le marcaban todos y cada uno de los músculos del abdomen, al igual que esa uve incipiente.

Un carraspeo grave me hizo volver a la realidad.

«Dios, qué vergüenza».

—Hum, ah. Venía a por champú, no hay en la otra ducha —dije muy consciente de mi propio rubor.

Scott hizo un gesto con la mano para indicarme que podía coger lo que quisiera de su ducha. Me acerqué a él y pasé por su lado en ese baño estrecho. Fue inevitable que nuestros pechos se rozaran y varias gotas de agua que le cubrían el pelo me salpicaron.

—Voy a…

—Sí, sí, coge lo que quieras —añadió Scott casi en un susurro.

Rebusqué entre los botes que había y cogí el primer champú que me encontré. No me dejaría el pelo perfecto, pero mejor que nada. Seguí mirando, pero no encontré lo que buscaba.

—No tendrás acondicionador, ¿no? ¿O quizá mascarilla?

En cuanto me giré, vi que una sonrisa se le dibujaba en la comisura de los labios. Se cruzó de brazos con cierto gesto burlón que hizo que el hormigueo dichoso creciera de nuevo en el centro de mi estómago y añadió:

—¿Tengo pinta de usar acondicionador?

Me contagió esa sonrisa pícara.

—¡Yo qué sé! Como no conozco esta nueva faceta tuya... Igual me sorprendías con algo así.

No pudo evitar que esa sonrisa se volviera más amplia. Negó con la cabeza.

—Quizá no sea tan distinto, Nina —dijo encogiéndose de hombros.

El corazón me iba a mil por hora. ¿Scott estaba bajando las barreras?

—Quién sabe. Aunque hay cosas que nunca cambian, ¿no? —añadí con socarronería mientras el corazón seguía amenazándome con salírseme del pecho.

—Hay cosas que nunca cambian —asintió él, alternando su mirada entre mis ojos y mis labios.

—Bueno, voy a... —dije muerta de vergüenza.

—Claro, perdona... —añadió aclarándose la garganta.

Tras ese último comentario, salí del baño y me encerré de nuevo en el de invitados. Apoyé la espalda sobre la puerta expulsando todo el aire contenido, porque lo rápido que me latía el corazón no era ni medio normal. ¿Habíamos estado tonteando? No estaba segura, pero lo que sí tenía claro era que ese se parecía mucho más a mi chico de pelo negro y ojos color miel, ese que era capaz de despertar mil y una emociones en mí.

Cuando me calmé un poco, me metí en la ducha. Cuando el agua me caía sobre la cabeza, conseguí que el corazón me volviera a latir con normalidad. Estuve pensando y pensando, pero siempre llegaba a la misma conclusión: si no le hacía volver a mí recordándole lo que era estar juntos, no sabía de qué otra manera hacerlo. Pero, por el momento, ese era mi plan principal y el que iba a seguir.

Unos veinte minutos después, salí del baño con el pijama puesto. Bueno, más que un pijama cualquiera, era la camiseta blanca de Scott y unos pantalones cortos de algodón a juego que me había traído. Además, tenía el pelo mojado y un hambre voraz, a pesar de que no fuera muy tarde. Había comido un sándwich a las doce del mediodía y me rugían las tripas.

Nada más entrar en el salón, un olor demasiado rico como para que fuera verdad me inundó las fosas nasales. Scott estaba en la zona de la cocina moviéndose de aquí para allá entre los fogones.

—Imposible. ¿Eso es…?

Alzó la mirada al escucharme y clavó esos ojos preciosos en los míos. Después, se le fueron hacia mi pecho, se había dado cuenta. Su camiseta. Orgullosa, caminé deprisa hacia la cocina dando saltitos de alegría en el camino.

—Tu comida favorita —dijo—. Que yo recuerde.

—Hay cosas que nunca cambian…

Un impulso se apoderó de mí y, sin pensármelo dos veces, lo abracé por la cintura con fuerza y apoyé la cabeza justo en el centro de su pecho. Igual fue por puro instinto también, pero enseguida noté que me rodeó con un brazo. Scott me colocó la mano justo sobre la cabeza y así cerró el abrazo de forma perfecta. Y ahí, entre sus brazos, volví a verlo tan claro como la primera vez: lo de Mónaco no podía ser otra cosa que un espejismo. Algo irreal. Una mentira. Ese chico y yo estábamos hechos para estar juntos. Esa complicidad era demasiado difícil de ignorar.

¿Cómo podía sentirme así y que nuestra realidad fuera otra completamente diferente? No lo entendía. Pero iba a luchar. Hasta el final. Por él.

«No me voy a rendir, Scott. Yo nos traeré de vuelta».

Aunque era lo último que quería hacer, despegué la cabeza y todo mi cuerpo de su pecho y busqué su mirada.

—Gracias... —dije con una sonrisa—. Pero ¿cuándo has comprado la sopa? Esta mañana he ido al supermercado y se me había olvidado por completo.

Scott volvió a los fogones y, aunque la distancia era ridícula, tenía esa necesidad de volver a estar en contacto con él. De abrazarlo y no soltarlo.

—He bajado mientras estabas en la ducha —me explicó removiendo el contenido del cazo.

—¿Ahora? ¿Con el frío que hace? —Alcé la vista hacia la ventana. La ciudad estaba a oscuras, iluminada solo por la cálida luz de las farolas.

Ni siquiera había escuchado la puerta.

—Nina, yo estoy acostumbrado. He pasado aquí casi toda la vida, ¿recuerdas?

Por supuesto que lo recordaba: su infancia y los cuatro años que estuvimos separados.

—Ah, ya. Bueno, de todos modos, gracias.

Scott me sonrió como única respuesta y se puso de nuevo manos a la obra con la cena. Me gustaba este pequeño cambio que veía en él. Seguía raro, pero ni de lejos estaba como en Mónaco. El chico que tenía enfrente volvía a tener poco a poco su chispa.

—También te he comprado acondicionador y mascarilla —dijo sin dejar de prestar atención a los fogones—. No sé si son los que sueles usar. La verdad es que ando un poco perdido con ese tema, pero he pensado que... —Alzó la vista y clavó de nuevo los ojos en los míos.

Entonces los vi: dos botes nuevos al final de la barra de madera. No pude evitar que el corazón me diera un vuelco.

—Te estás ablandando... —lo desafié con cierto tono burlón, sin dejar de mostrar el agradecimiento que sentía ante ese detalle.

—¿Perdona?

Me miró con esa intensidad que hacía que en mi interior creciera un fuego abrasador.

—Te. Estás. Ablandando —enfaticé cada una de las palabras, incapaz de aguantar la risa en la última.

—Repite eso —dijo serio, pero con cierto brillo chulesco en la mirada.

Me acerqué a él y nuestros pechos casi se tocaron.

—Te estás ablandando, Scott Hovland…

Me puse de puntillas nada más decir la última palabra. Notaba que el aire de su respiración me golpeaba la cara mientras ese hormigueo de antes me crecía en el centro del estómago.

—Te voy a dar cinco segundos de ventaja. —Alcé el mentón, sin dejar de desafiarlo con la mirada—. Corre, ojos claros.

«Ojos claros».

Pum, pum.

Pum, pum.

Pum, pum.

A ese ritmo, el corazón se me iba a salir del pecho.

Sintiendo ese nudo de anticipación y felicidad, salí corriendo hacia el salón incapaz de aguantar la risa. Correr así me recordó a cuando estábamos juntos. Las carcajadas, los juegos, esos nervios, la complicidad… Uf, era una sensación que adoraba.

Me coloqué justo al lado del sofá y, en cuanto hubieron pasado esos cinco segundos de ventaja, Scott empezó a acercarse a mí con pasos lentos pero seguros. Terminamos dando vueltas alrededor del sofá. Yo huyendo y él persiguiéndome sin parar, como si estuviera dispuesto a dar la vuelta al mundo por mí. Hubo un momento en el que conseguí escabullirme. O por lo menos creí que iba a conseguirlo. Dos segundos después, sus brazos me estaban rodeando la cintura y alzándome del suelo sin ninguna dificultad.

—Te pillé —susurró contra mi oreja, lo que me provocó un escalofrío que me calentó el cuerpo entero.

En cuanto volví a rozar el suelo con los pies descalzos, me giré para mirarlo. Nos quedamos frente a frente, muy cerca el uno del otro. Tras unos segundos nada incómodos en los que nuestras miradas estuvieron unidas, le clavé el dedo índice en el pecho y solté sin pensar lo que se me pasaba por la cabeza:

—Sé que sigues aquí, Scott. Y no voy a parar hasta traerte de vuelta.

Vi que él cerraba los ojos y cogía aire, como si buscara fuerzas para hablar.

—No es verdad, Nina —respondió volviendo a usar ese tono frío y serio, pero no se separó ni un solo milímetro de mí. Como si no pudiera.

—Ah, ¿no? —Hice una pausa—. Míranos.

Pestañeó un par de veces y, como si la realidad la cayera encima, se despegó de mí.

—Anda, vamos a cenar.

Se dio media vuelta y caminó de nuevo hacia la cocina. Esta vez tampoco me iba a quedar de pie en el salón como una idiota. Me negaba. Lo seguí y lo agarré por el codo para que se girara de nuevo a mirarme.

—Puedes volver a meterte en tu burbuja si quieres, Scott. No voy a ser yo quien te lo impida. Enciérrate y no salgas. Pero tienes que saber que, cuando decidas salir, voy a estar aquí. Esperándote.

Me miró con los ojos brillantes y después asintió. Muy despacio. No me hizo falta que dijera nada. Ese pequeño gesto me valía. Lo estaba intentando y eso era lo único que importaba. Me deslizó el brazo sobre el hueco del cuello y me pegó más a él. Sin que me lo esperara, me dio un suave beso en la cabeza que duró más de lo normal. Dejé que lo hiciera.

Le rodeé la cintura con los brazos y volví a tener esa sensación de estar en casa. Justo donde debía estar.

Después de eso, cenamos juntos en la barra de la cocina, disfrutando de la sopa rápida que había preparado. Estaba increíble. Y, aunque él no me dio muchos detalles, yo aproveché para contarle lo que había hecho en el día.

—¿Mary te ha contratado? —preguntó entre cucharada y cucharada de sopa.

—¿La conoces?

—Claro, paso por esa calle muchas veces. Suelo pedirme el café ahí. Es de los mejores sitios de la zona.

—Sin duda. —Volví a sentir la misma ternura de esa mañana al pensar en la mujer—. Y eso que no he visto mucho más... Pero sí que he pasado la mañana con ella y me ha ofrecido un trabajo en la librería —dije incapaz de esconder la emoción—. ¿No te parece un sitio increíble?

En cuanto sonrió, pude apreciar que se le dibujaban sobre la piel esos hoyuelos que tanto me encantaban.

—Sí que lo es, sí… —afirmó sin quitarme los ojos de encima.

Cuando nos terminamos la cena, recogimos lo que habíamos ensuciado y estuvimos hablando de cosas sin demasiada importancia en el sofá. La verdad era que no me importó no encontrar todas las respuestas de golpe. Lo único que quería era que la conversación no muriera, intercambiar más de dos frases seguidas con él. Estar con él.

Una hora después, más o menos, cuando el sueño empezó a apoderarse de los dos, decidimos que era buena hora para irse a dormir. No esperaba milagros, por eso no me sorprendí cuando Scott recogió las sábanas y las mantas para irse al sofá a dormir.

Aun así, estaba contenta. Sentía que esta noche habíamos avanzado un poquito. Sus barreras se estaban resquebrajando y lo sentía un poquito más cerca.

Me metí en la cama amplia, me quedé bien arropada en el centro. Su cama. Y, justo cuando estaba a punto de apagar la lamparita de noche, escuché tres golpes en la puerta. Mientras yo me incorporaba, apoyando la espalda sobre el mullido y frío cabecero, la puerta se abrió un par de centímetros.

Era evidente que se trataba de Scott, porque él y yo éramos los únicos que estábamos en la casa. Aun así, en cuanto lo vi aparecer, el corazón empezó a latirme a mil por hora de nuevo.

—Eeeh… —Incómodo, se rascó la nuca—. Te traigo un vaso de agua. Por si te entra sed en mitad de la noche.

Clavó sus ojos en mí y, a pesar de la poca luz, vi algo en su cara que me resultaba familiar.

—Gracias… —contesté sonrojándome.

Se acercó a la mesilla de noche y dejó el vaso encima. Y cuando pensaba que se iba a ir, apoyó los puños sobre la cama y se agachó hasta que se quedó a la altura de mi cara. Por puro instinto, me acerqué un poco dejando de lado el centro de la cama.

—Descansa, Nina —dijo mirándome a los ojos.

El dichoso hormigueo volvió.

—Tú también.

Agachó la cabeza y oí que expulsaba el aire contenido, camuflado con una pequeña carcajada. No fue una risa como tal. Fue más bien una de esas sonrisas incómodas que nos salen sin querer cuando nos estamos debatiendo entre una decisión u otra. ¿Qué le estaría rondando por la cabeza?

Despegó los puños del colchón incorporándose y yo me quedé ahí, en su cama, viendo cómo se marchaba el chico del que estaba enamorada.

Capítulo 27

Catalina

Durante mucho tiempo, enterré mis sentimientos por miedo. Por cobardía. Quizá incluso por orgullo. Pero sus palabras desmontaban las barreras que había ido construyendo ladrillo a ladrillo durante años.

Eran las doce menos veinte de la noche y todavía seguía en el hospital. Había habido no sé qué problema con los registros de los empleados y no me había quedado más remedio que doblar turno.

Llevaba allí desde las siete de la mañana. Lo único que me mantenía despierta, además de los más de cuatro tés que me había tomado ya y el que llevaba en la mano, era la cena que me esperaba en casa. Mis padres siempre me hacían mis comidas favoritas cuando me pasaba el día en el hospital y llegaba tarde y cansada. Eran tan monos...

Solo esperaba que Laia me hubiera dejado alguna pechuga empanada, porque si no se iba a encontrar con la bestia de Catalina, muerta de sueño y hambrienta.

Solo me quedaban veinte minutos para irme a casa y, aunque era mi trabajo, lo último que me apetecía era tener que ver o atender a ningún paciente más. Casi como si lo hubiera invocado, el aparatito que llevaba encima se encendió para indicarme que acudiera a la habitación 332.

«Qué raro. Esa habitación no es de mi sección».

Mi especialidad era obstétrico-ginecológica. Es decir: era matrona. Nada más entrar en la carrera de Enfermería, me había fascinado esa rama. Pronto supe que ese sería el camino que escogería. Ayudar a mujeres a traer vida al mundo era lo que más feliz me hacía. Por eso me resultó tan raro tener que acudir a la habitación 332. Esa era el área donde estaban la mayoría de los pacientes con problemas cardiológicos.

Sin embargo, como tenía el cerebro seco y era incapaz de pensar con claridad por el cansancio, puse un pie detrás de otro y me dirigí hacia la tercera planta. Igual necesitaban algo de apoyo y yo era de las pocas que estaban disponibles. A saber. No tenía ni información ni energía suficiente como para ponerlo en duda.

Llegué tan rápido como pude. Justo cuando estaba delante de la puerta, me extrañó que no se escuchase ni un solo ruido. La verdad era que esa habitación se encontraba en un ala muy silenciosa para lo que yo acostumbraba. Estaba familiarizada con los llantos de bebés, no a ese silencio tan incómodo. Sin embargo, como buena profesional que era, abrí la puerta con la mejor cara que el cansancio me permitió.

—Buenas noches, soy Catalina Marín, su…

Antes de poder terminar la frase, un escalofrío me recorrió de la cabeza a los pies. En ese instante supe que no iba a olvidar jamás lo que acababa de ver.

Me llevé las manos a la boca para contener el grito que amenazaba con delatarme. A pesar de trabajar todos y cada uno de mis días en el hospital, no supe reaccionar. Eso era demasiado. Se salía de mi especialidad. No era un caso para una enfermera, y mucho menos para una matrona. Quien debería estar ahí era la policía, no yo.

Ante mis ojos estaba Guille, el chico al que un día Nina había considerado un amigo. El mismo chico que nos había amenazado a punta de pistola en el barco. Su cuerpo pálido era lo único que ocupaba la habitación. No había nadie más. Solo estábamos su cadáver inmóvil y yo. No sé de dónde saqué la valentía, pero me acerqué al centro de la habitación, hasta donde el cuerpo descansaba en el suelo sobre un charco de sangre escarlata que se extendía a su alrededor. Contuve la respiración y empecé a revisar daños.

Solo un forense podría dictar la verdadera causa de la muerte, pero, por lo que pude ver, parecía que tenía signos de estrangulamiento, cortes por todo el cuerpo, los labios pegados con cinta americana, un cuchillo afilado en el suelo y una gran herida en el muslo. De ahí salía toda la sangre. Y, por supuesto, no me pasó desapercibido el cartel blanco manchado con gotitas de sangre que tenía colocado en el centro del pecho.

NO DEBERÍA HABER ABIERTO LA BOCA.

Me separé del cuerpo, el sudor frío me perlaba la frente y me recorría cada centímetro de la piel. Quería salir de la habitación, pero me quedé justo en el umbral e hice lo único que se me ocurrió en ese momento. Con manos temblorosas, saqué el teléfono del bolsillo y marqué aquel número que me sabía de memoria.

—Por favor, cógelo. Por favor, cógelo. Por favor, cógelo... —dije en voz alta mientras caminaba en círculos sobre la entrada de la habitación.

Dio tono. Buena señal, supuse. Y dos segundos después, escuché esa voz que tanto me había esforzado por odiar. Su voz.

Menos mal.

—¿Catty Cat? ¿Eres tú? —Por su voz ronca, supuse que lo había despertado.

—Justin... —Traté de que mi voz sonara lo más entera posible, pero no pude evitar romperme al instante.

—Catalina, ¿qué pasa? —dijo serio.

Ese dolor que tan bien conocía me hizo pensar que me iba a explotar el corazón. Me costaba respirar. ¿Por qué el aire no me entraba en los pulmones? Estaba teniendo un ataque de ansiedad en toda regla.

—Ey, Catty Cat, ¿me oyes? Respira, ¿vale? —Asentí como si pudiera verme—. Sigue mis indicaciones, ¿de acuerdo?

—Ajá —afirmé.

No podía hablar y mucho menos respirar con normalidad.

—Inspira... Espira. —Le hice caso—. Otra vez, Catty Cat, no dejes de coger aire. Inspira... Espira... Inspira... Espira... —Seguí cada una de sus indicaciones, controlando la respiración hasta que me calmé lo suficiente como para articular más de dos palabras seguidas—. ¿Mejor?

—E-eso creo... —dije con apenas un hilo de voz.

—¿Qué te pasa, Catalina? Me ha sorprendido tu llamada, yo...

No pude dejarle que terminara la frase, los nervios y el miedo me estaban consumiendo.

—Justin, te necesito... —admití sin que me importara lo más mínimo todo lo que había pasado entre nosotros.

Solo escuché silencio al otro lado de la línea, roto por el sonido característico de una cremallera. A los pocos segundos, su voz. Siempre su voz.

—Me estoy vistiendo, Catty Cat. Tú solo dime dónde estás.

—En el hospital.

De nuevo, silencio al otro lado de la línea.

—¿Cómo que en el hospital? ¿Estás bien? Por Dios, dime que estás bien, Catalina.

Su voz desprendía mucho más nerviosismo del que pensaba y entonces caí en la cuenta.

—Ah, no. ¡No! Estoy trabajando.

—Joder, qué susto...

Escuché el tintineo de unas llaves, seguido de voces a lo lejos. Me quedé en silencio, escuchando la conversación al otro lado de la línea.

—¿A dónde vas a estas horas?

Creí reconocer a Emilie. Tenía que decírselo. Ella tenía que saber lo que le había pasado a Guille. Al chico que había hablado con nosotras aquel día en la playa.

—Me voy, Catalina me necesita —contestó Justin.

—¡Emilie! —grité, me daba igual que alguien del hospital me escuchara—. ¡Justin, pon el altavoz! —Escuché un pitido que me dio a entender que lo había puesto ya—. ¿Emilie? ¿Estás ahí?

—¿Qué pasa, Cata?

—Está muerto.

Casi no me salía la voz.

—Catty Cat, más despacio. ¿Cómo que está muerto? ¿De quién hablas?

—Justin. Vas a venir, ¿verdad? —le supliqué muerta de miedo.

—Claro que sí. Voy de camino, ¿vale? En unas horas estoy contigo.

Suspiré, aliviada.

—Cata… —Escuché que me llamaba Emilie—. ¿Quién está muerto?

Tenía que decírselo, ella iba a saber qué hacer mejor que yo. Ella había estado aquel día en la playa.

—Guille. Lo tengo delante de mí. Le han… Ah, creo que lo han matado —susurré.

—¡NO TOQUES NADA, CATALINA! —dijo ella, sobresaltada.

—Catty Cat, dime que tú estás bien. Por favor, dime que nadie te ha hecho daño…

—Estoy bien, Justin. —Escuché cómo expulsó todo el aire contenido al otro lado de la línea—. Pero Guille está muerto.

—Tranquila, ¿vale? Voy para allá.

—No, no lo entiendes. ¿Sigue Emilie ahí?

—Estoy aquí, Cata.

—Emilie. Tiene los labios sellados con cinta americana y un cartel en el centro del pecho que pone: NO DEBERÍA HABER ABIERTO LA BOCA. —Me armé de valor para seguir hablando—: ¿Te acuerdas de aquella conversación en la playa? Creo que… Creo que alguien quería que lo encontrara. Y yo no sé qué hacer, porque estoy muerta de miedo, yo no sé qué…

No pude evitar que se me formara un molesto nudo en la garganta. ¿Y si…? Menuda manera de terminar el día.

—Catalina, sal de esa habitación y llama a la policía —dijo Emilie firme.

—¿Qué cojones, Emilie? ¿De qué conversación habláis? —Escuché a Justin de fondo.

—Es muy largo de contar y no tenemos tiempo —le dijo ella—. Pero, Justin, esto tiene que ser cosa de tu padre y Cormac…

—No…, Emilie… —La voz de Justin sonaba rota.

Era como si ya no pudiera soportar más decepciones.

—Ellos os estaban esperando en aquel casino cuando Guille apareció con la pistola en el barco. ¿No lo ves? —Se me heló la sangre al escucharlo—. Ve corriendo con Catalina, yo aviso a Scott.

Entonces escuché que se cerraba una puerta con fuerza. Me giré de golpe, tenía un miedo tremendo de que hubiera alguien detrás de mí. Nada, no había nadie. Habría sido la puerta de casa de Justin. O eso esperaba.

—Justin…

—Estoy aquí, Catty Cat. Estoy aquí.

—Tengo mucho miedo.

—Lo sé. —Un motor rugió al otro lado de la línea—. Estaré ahí antes de que te des cuenta, ¿vale?

—¿Me lo prometes?

Me daba igual sonar desesperada. La realidad era esa: lo estaba.

—Te lo prometo, Catty Cat. Voy a buscarte.

—Vale…

—Y ahora, cuelga el teléfono y llama a la policía, ¿de acuerdo? Diles que eres enfermera y que te has encontrado un cadáver en una de las habitaciones del hospital en extrañas circunstancias. Diles la verdad, pero no des muchos detalles. Yo me encargo del resto.

—No, no, no, Justin… No me cuelgues. No me dejes sola, por favor. No puedo… No quiero estar a solas con… él. ¿Y si aparece la persona que ha hecho esto? ¿Qué hago?

—Catalina, nadie va a hacerte daño. No estás sola. ¿Me oyes?

Asentí de nuevo tratando de calmarme mientras escuchaba el rugido del motor y su voz. A cada acelerón del coche, estaba más cerca de mí, podía sentirlo.

—¿Pero si aparece alguien? ¿Qué hago?

La voz me temblaba más de lo que me habría gustado admitir, pero no me importaba. Era él. Era Justin.

—Eso no va a ocurrir. Ya han hecho lo que querían hacer. Atacar de nuevo sería una insensatez —afirmó.

—¿Cómo estás tan seguro?

Sin querer, los ojos se me fueron hacia el cadáver. Aparté la mirada lo más rápido que pude.

—Si lo que ha dicho Emilie es cierto y se trata de mi padre y Cormac… Créeme: no van a volver a atacar hoy. Mi padre no se expondría de esa manera. Pero Catty Cat… —Oí su respiración entrecortada al otro lado de la línea—. Te han convertido en un cabo suelto.

Se me heló la sangre.

—No, no, no… Yo no… ¿Justin?

Empecé a caminar de un lado a otro, incapaz de respirar con normalidad.

—Yo no soy nadie… No puedo ser un cabo suelto. No… Yo…

—Escúchame bien: lo eres todo para mí y eso es lo único que importa.

—¿De qué hablas?

Me quedé petrificada.

—Que quieren hacerme daño, Catalina.

—¿Y qué tengo que ver yo en todo eso? —Silencio al otro lado de la línea—. ¿Justin? —Oí un frenazo brusco, seguido de una puerta de coche cerrarse.

—Todo, Catty Cat. Todo.

Entonces lo comprendí: haciéndome daño a mí, le hacían daño a él.

—Justin, por favor… Te necesito.

—Me estoy subiendo al avión, mi amor. Estoy allí antes de que te des cuenta. Te lo prometo.

—¿Ya? ¿Cómo has conseguido un vuelo tan rápido?

—No te preocupes por eso. Me has dicho que me necesitas y pienso estar a tu lado lo antes posible. Los medios son lo que menos importa.

—Por favor, no tardes.

—Vamos a despegar ya. Tengo que colgar, ¿vale? Pero te aseguro que no estás sola. Llama a la policía y después prométeme que llamarás a Emilie o a Scott. Ellos sabrán qué hacer. —Asentí, aunque no pudiera verme, y sentí que una calidez me llenaba el pecho.

Su calidez—. No te voy a fallar, Catty Cat. No esta vez. Sé que quizá no quieres oírlo, pero tengo que decírtelo...

—Justin...

—Te quiero. Voy a por ti.

Y colgó sin que me diera tiempo a que le respondiera. Un alivio me inundó hasta el último rincón del cuerpo. Justin estaba de camino.

Venía a por mí.

«Yo también te quiero, Justin Hovland».

Capítulo 28

Scott

Ni mil vidas hubieran sido capaces de borrar lo que sentía por ella. Si una bala en el corazón era lo que tenía que llevarme para que Nina estuviera a salvo, pensaba llevármela.

Las buenas noticias pueden esperar, pero las malas nunca lo hacen. Por eso, en cuanto el estridente tono de llamada me despertó sobre las doce de la noche, supe que no era para algo bueno y eso me puso en alerta. Me incorporé en el sofá y alcancé el móvil.

—¿Emilie? ¿Qué ocurre?

—No te asustes, pero estoy yendo hacia tu casa. Voy a llamar a la puerta.

Tres golpes suaves sobre la madera vieja pero maciza resonaron por todo el salón.

—¿Eres tú? —pregunté.

—Sí, ábreme y empieza a preparar café.

Me acerqué hacia la entrada, abrí la puerta y me topé con Emilie. Iba despeinada y en chándal, tenía el móvil aún pegado a la oreja.

—Hola.

Colgué la llamada y le hice un gesto para que entrara.

—Pasa, anda. ¿Qué ha ocurrido como para que vengas hasta aquí a estas horas?

Me aparté para que entrara y le busqué algo para que entrara en calor. Cuando oí a Nina, me quedé de piedra en el sitio.

—¿Emilie? ¿Eres tú? ¿Qué ha pasado?

Emilie me miró con unos ojos que conocía muy bien.

—¿Qué? —Oh, con esa mirada supe que se estaba disculpando conmigo—. No, por favor… —susurré para que solo ella me escuchara.

—Lo siento, Scott, pero tiene que saber lo que vengo a decir —dijo—. Y me temo que eso va a implicar que después hables con ella.

—Emilie, no. Sabes que no podemos.

—Te entiendo, de verdad que sí. —Me puso una mano en el hombro, con un gesto amable—. Pero esto es demasiado importante y tiene que ver con ella. No la puedo dejar fuera.

Me pellizqué el puente de la nariz y cerré la puerta, que todavía seguía abierta.

—¿Alguien va a decirme qué ocurre? —preguntó Nina con una sonrisa algo incómoda.

—Venid, vamos a sentarnos en el sofá y hablamos.

Nina me buscó con la mirada, pero yo era incapaz de sostenérsela en este momento. Ni siquiera sabía qué pasaba y ya tenía ese pálpito tan conocido de que las cosas iban a empeorar. Más aún.

Nina y yo nos sentamos juntos en el sofá, el uno al lado del otro, y Emilie se sentó justo enfrente de ambos en el borde de la mesa de café.

—A ver por dónde empiezo. —Se peinó el pelo hacia atrás mientras expulsaba todo el aire contenido.

—Emilie, te lo suplico, ¿hace falta que…?

—Scott, de verdad que lo siento, pero os tenéis que enterar de esto. Los dos.

Emilie era implacable. No era difícil ver que venía con una bomba de información. Fuera lo que fuera lo que nos tuviera que decir, iba a cambiarlo todo. El simple pensamiento de que Nina estuviera más expuesta al peligro me estaba matando.

—¿Alguien puede decirme qué pasa? Me estáis asustando… —insistió Nina con esa voz de todavía medio dormida tan bonita.

La miré y decidí grabármela en la memoria por si volvía a perderla. La cálida luz de la lámpara del salón la envolvía en un aura mágica. El pelo rubio corto, revuelto por haber estado durmiendo; los labios rosados e hinchados, como cuando nos besábamos. Ah, y esas mejillas redondeadas. Toda ella me volvía loco con su mera presencia.

El corazón me latía de los nervios cuando la miraba. Todo en mí quería envolverle esas mejillas preciosas entre las manos y comérmela a besos. Quería, pero no debía. Si lo hacía, la pondría en peligro. Más aún. Y eso era algo que jamás sería capaz de perdonarme.

Emilie se aclaró la garganta, lo que provocó que me centrara en ella.

—Justin se ha ido al pueblo —empezó.

Me tensé al escucharla.

—¿Cómo que se ha ido al pueblo? ¿Ahora? ¿Con todo lo que tenemos encima?

—Créeme, no hemos dejado de tener cosas encima de la mesa. Los problemas no han hecho más que multiplicarse.

Apoyé los codos sobre los muslos y traté de hacerme a la idea. Ella dirigió toda su atención a mi preciosa chica de ojos claros.

—Nina, lo siento mucho —dijo.

Su tono de voz hizo que Nina se tensara al instante y yo también me enderecé a su lado.

—¿Qué? ¿Por qué? —preguntó ella con cierto tembleque en la voz.

—Es Guille. Catalina lo ha encontrado en el hospital. Está muerto.

Todos mis sentidos se pusieron más alerta todavía, sentí ese desgarrador impulso de protección que me perforaba cuando se trataba de Nina. En un intento por reconfortarla, me senté mucho más cerca de ella. Le envolví la cintura con el brazo para pegarla más a mí. No pude evitarlo. A ella no pareció importarle, porque se acomodó a mi lado amoldando su cuerpo al mío. Encajábamos a la perfección, como siempre. Clavó esos ojos azules como el mar en los míos y un escalofrío me recorrió de la cabeza a los pies.

Dos palabras se me estancaron en la punta de la lengua.

«Te quiero». Quería decírselo, pero… ¿debía? Ella lo sabía. Tenía que hacerlo, ¿no? Me bloqueé y no dije nada. Sin romper el contacto visual, le deslicé una mano por la cabeza, siguiendo por el pelo y la espalda. Le sonreí, quería llevarme conmigo toda esa preocupación que le recorría el rostro y ella, a pesar de todo, respondió a mi sonrisa.

Hubiera hecho cualquier cosa por ella. Me hubiera llevado hasta una maldita bala en el pecho por ella. La quería como nunca nadie ha querido a otra persona. Era mi motivo para vivir, el aire que respiraba y el motor de mi maldito corazón herido. Ella era toda mi vida y pensaba encargarme personalmente de que todos los que se habían cruzado en su camino y le habían hecho algún tipo de daño pagaran las consecuencias. Aunque eso también me incluyera a mí.

Las palabras de Emilie nos sobresaltaron. Rompieron ese momento mágico entre ambos, haciendo que el contacto visual se rompiera.

—Nina, ¿me has oído?

—Yo… No sé… No sé qué decir.

Nina estaba en shock, así que tomé el relevo de la conversación.

—¿Cómo está Catalina?

Nina asintió a mi lado, incapaz de articular palabra.

—Bien, ella está bien. Solo se lo ha encontrado. Pero Scott… Es obvio que alguien quería que Cata lo encontrara. Sabían dónde estaba y sus horarios. ¿Sabes por dónde voy?

Joder, claro que sí. Si tenían controlada a Catalina, ¿quién me decía que no iban a tener controlada a Nina? Eso era justo lo que habíamos querido evitar. Por eso mismo la había alejado de mí una vez más aquel día en Mónaco. Me odiaba por ello, pero más me odiaba por ser el causante de que estuviera en esa situación. Agaché la cabeza y me pellizqué el puente de la nariz tratando de pensar.

—Claro que sé por dónde vas, Emilie. Claro que lo sé, joder —dije sin levantar la cabeza.

—¿Scott…?

La voz de Nina me perforó. Pero hice de tripas corazón y alcé la mirada, entonces me encontré de nuevo con esos ojos azules. La cogí de las manos con un gesto suave.

—¿Te parece si tú y yo tenemos una conversación después?

Frunció el ceño, confundida. Sin embargo, asintió.

Tenía que mentalizarme, porque no iba a ser una conversación fácil. Lo que tenía que contarle iba a complicar las cosas aún más. Nuestra vida estaba enredada en mentiras y malentendidos constantes; daba igual cuánto nos esforzásemos, siempre acabábamos atrapados en las mismas redes.

—Como iba diciendo —retomó Emilie—. Justin se ha ido al pueblo al enterarse de lo de Catalina.

—Pero mi hermana… ¿Lo ha llamado ella? —preguntó Nina.

Emilie asintió.

—He hablado con ella por teléfono cuando todavía estaba en casa de Justin. Cata lo ha llamado aterrada. Supongo que habrá sido un impulso, pero a Justin le ha faltado tiempo para salir corriendo.

—Ha hecho bien. —Yo también hubiera salido corriendo si Nina me hubiera necesitado, a pesar de los problemas que eso pudiera desencadenar.

Justin estaba rompiendo la promesa que le había hecho a nuestro padre de la misma manera que lo había hecho yo. Eso nos iba a traer consecuencias. Pero al menos estábamos con ellas y tendrían que pasar por encima de nuestro cadáver si querían tocarle un maldito pelo. Lo que más me preocupaba era que Justin estaba solo. Emilie estaba ahí, conmigo y con Nina, pero mi hermano…

—Lo sé —siguió Emilie—. No podía dejarla sola, sobre todo después de la escena que se ha encontrado…

—¿Cómo que la escena? —pregunté sin soltar a Nina de la cintura.

—Obviamente, lo han matado, Scott.

—Eso me suponía. Y no hace falta que me digas quién. También me lo imagino.

Tenía varias opciones, aunque cada una me parecía peor que la anterior.

—¿Quién? —comentó Nina con un tono de voz un poco más firme que antes.

Esa era una pregunta que me tocaba responder a mí. Centré de nuevo toda mi atención en ella. Volví a deslizarle el brazo por la cintura y la cogí de las manos con suavidad. Me aclaré la garganta mientras me preparaba para decir en voz alta la verdad incómoda y dolorosa.

—Mi padre y Cormac.

Ya estaba. Ya lo había dicho. Agaché la cabeza, porque la realidad era que me avergonzaba compartir sangre con gente así. ¿En quién me convertía eso? ¿Había algo de esa maldad en mí? Noté los dedos suaves y finos de Nina sobre la barbilla y me levantó el mentón con cuidado.

—Eh, mírame. No es culpa tuya, Scott. Lo sabes, ¿verdad?

Un nudo incómodo se me empezó a formar en la garganta. Dolía como mil demonios, pero no lo iba a dejar salir. No podía permitir que me vieran así, roto. Yo no era el protagonista. Le dediqué una sonrisa sin responder a su pregunta. Por supuesto que era culpa mía, aunque ella quisiera hacerme sentir mejor. No podía evitar sentirme responsable, porque era mi familia quien estaba causando todo ese daño. Eran mi maldito padre y medio hermano, joder.

—Scott. No es culpa tuya —insistió Nina.

Admitirlo en voz alta iba a hacer que fuera mucho más real y la verdad era que no podía evitar sentirme así. Era el hijo de una persona a la que no le importaba causar dolor para obtener su propio beneficio. Era medio hermano de un tipo sin remordimientos y capaz de matar a inocentes a sangre fría e incluso para manipular y maltratar a Nina. Yo compartía sangre con esa gente. ¿Me hacía eso cómplice de sus crímenes?

—Veo los engranajes de tu cabeza funcionando sin parar desde aquí. —La voz de Emilie llamó mi atención—. Voy a repetir las palabras de Nina. —Le dedicó una sonrisa a la aludida que esta le devolvió—: No es culpa tuya.

—Lo sé —mentí.

No creía poder explicarlo, así que decidí que eso sería más sencillo para ellas. Haría de todo aquello un dolor que llevaría por dentro.

—No tenemos mucho tiempo —siguió Emilie—. Justin llegará en un par de horas y, hasta que nos diga algo más, la única información que tenemos es que Catalina se lo ha encontrado muerto en una habitación de hospital, con los labios sellados con cinta americana y un cartel en el pecho diciendo que no debería haber abierto la boca. Eso significa que…

—Ay, Dios mío… —la interrumpió Nina. Me giré de sopetón y centré toda mi atención en ella, que miraba a Emilie perpleja—. Emilie, la conversación de la playa.

Ella asintió.

—Eso me temo. Alguien ha descubierto que había hablado de más y no ha dudado en quitárselo del medio.

—Eso me hace culpable.

Me volví para buscar su rostro.

—¡¿Qué?! No, Nina, tú no eres…

—Aquella última conversación fue conmigo, Scott. —Se me heló la sangre—. Vino a pedirme perdón a mí.

¿El hijo de puta que nos retuvo a golpe de pistola había ido a verla? ¿Al pueblo? Joder, se suponía que Nina iba a estar a salvo si me alejaba de ella. Si la echaba de mi vida y la mantenía lejos, nada le pasaría. Me lo habían prometido. Pero era evidente que también me habían mentido sobre eso. Nos habían mentido a los dos.

—Nina, no sabemos si sacó la lengua a pasear con alguien con quien no debía —continué.

—Sí lo hizo. Conmigo. Me dijo que no existía ninguna prueba, que tú… —le costaba horrores hablar. Se me encogió el corazón—. Que tú…

—Ey, ey… —le acaricié la mejilla con suavidad—. Tranquila, ojos claros, puedes contármelo. Puedes confiar en mí… —deseé que lo hiciera.

—Me dijo que estabas en peligro.

—¿Que hizo qué? —pregunté preocupado.

—Después de eso, necesitaba comprobar por mí misma cómo estabas…

Pum.

Se me paró el corazón.

¿Por eso había venido hasta Edimburgo? ¿Para comprobar si yo estaba bien? Se había puesto en peligro sin saberlo y por mí.

Si algo tenía claro era que mantener mi promesa no había sido suficiente para que Cormac o mi padre cumplieran con su maldita palabra. Y si de una manera u otra Nina iba a estar en peligro, era mejor que yo estuviera a su lado, ¿no?

Capítulo 29

Nina

Que te quede claro que mi alma buscará a la tuya en todas y cada una de las vidas que tengamos.

Después de contarnos la amarga noticia, Emilie se marchó y nos dejó solos a Scott y a mí.

Algo había cambiado en él, lo sentía. En cuanto las horribles palabras de Emilie nos envolvieron, no dudó en acercarse a mí, en pegarme a su lado con unas ganas fervientes de protegerme. O al menos eso parecía. Durante esos segundos que nos miramos a los ojos, pude notarlo. Sentí que mi Scott estaba ahí. Escondido entre mil y una máscaras, pero ahí estaba, al fin y al cabo.

Ser consciente de eso me llenó de esperanza.

«Tú no te rendiste conmigo. Yo tampoco voy a hacerlo contigo ahora».

Sus palabras me seguían rondando sin piedad por la cabeza. «¿Te parece si tú y yo tenemos una conversación después?». Por supuesto que quería hablar. Quería tener esa conversación con él y saber qué era lo que le carcomía por dentro, lo que lo hacía estar así: distante, frío. Sabía que había una razón y que se estaba escondiendo de mí. Como Cata me había dicho: «Los ojos no mienten». Y los ojos de Scott no lo hacían. Todavía brillaban.

Así que ahí estábamos, ambos con los codos apoyados sobre el alféizar de uno de los grandes ventanales del salón, al lado del otro, contemplando la preciosa noche que bañaba a la capital escocesa. Frente a nosotros había un edificio de ladrillo, tenía ese aura mágica y antigua de Edimburgo. Había varias viviendas con las luces encendidas, además de las farolas de la calle y la gran luna que coronaba el cielo.

Cuando observabas la ciudad con los ojos correctos, veías su magia y carácter, por fin lo entendía.

El aire frío nos golpeaba. Empezaban a ponérseme los pelos de punta, pero no me importó porque no quería moverme. Quería quedarme ahí, a su lado.

Scott se aclaró la garganta y empezó a hablar.

—Tengo que decirte algo y no sé ni por dónde empezar —empezó a decir todavía observando la ciudad.

Yo lo miraba a él y sentía que me palpitaba el pecho. El corazón siempre me iba a mil por hora cuando se trataba de él. Estaba aferrándome a todo lo que habíamos vivido juntos, recordando lo que una vez habíamos tenido.

—A estas alturas, ya nada me va a sorprender —respondí con suavidad.

Me miró con ojos tristes sin despegar los codos del alfeizar.

—Supongo que hemos pasado por mucho, ¿no?

—Por demasiado, Scott. —Nos sostuvimos la mirada sin decir nada. No hizo falta más para entendernos—. Cuéntamelo.

Me acerqué aún más a él y sentí su calor corporal. Él expulsó el aire contenido.

—He intentado protegerte, Nina. De todos y de todo. Pero en especial de mí mismo —dijo sin romper el contacto visual.

—¿De qué estás hablando? ¿De qué me tendrías que proteger?

—¿Ahora mismo? De mí, ya te lo he dicho. —Agachó la cabeza—. Ni siquiera debería estar hablando contigo, Nina. No deberías estar aquí, en mi casa. A mi lado.

—Sé quién eres. Sigo creyendo en ti y en nosotros, nadie me va a apartar de tu lado. Los ojos no mienten.

—¿Qué? —Alzó la cabeza y me miró de nuevo.

—Que los ojos no mienten. Así que, mientras siga viendo ese brillo en los tuyos… Mientras siga viendo que me escondes algo y que tus gestos no son capaces de ocultar que lo que hay entre nosotros es real, no pienso irme.

—Nina, no eres consciente de lo que estás diciendo —dijo derrotado.

Separó los codos del alfeizar para girarse y mirarme. Imité el gesto y nos quedamos frente a frente.

—Quizá no sepa lo que está ocurriendo. No sé lo que te está ocurriendo a ti, pero también sé que han pasado muchas cosas entre nosotros. Nos hemos querido como nadie y sé que sigues ahí dentro.

Le apoyé la mano en su pecho con cuidado. En silencio, la envolvió con suavidad.

—Por supuesto que sigo aquí, Nina. —El corazón me dio un vuelco en cuanto esas palabras salieron de su boca—. Jamás me he ido. Y jamás me iré. Eres mi vida entera, ojos claros.

Escuchar por segunda vez ese mote me calentó el corazón y me provocó que casi entrara en combustión. Scott se acercó mucho más a mí. Pegó su frente contra la mía. Me buscó la cara con las manos, me envolvió las mejillas y me hizo entrar en calor al instante.

—Por eso tengo que mantenerte lejos.

—No puedes decirme esto y mantenerte lejos, Scott. No puedes —supliqué aferrándome a sus manos.

—Cariño, no tengo otra opción. —Noté que una lágrima le recorrió la mejilla y se le perdió entre los labios como si nunca hubiera existido—. No tengo alternativa, Nina.

Se me partió el corazón.

—Siempre la hay, Scott. Siempre —insistí—. Desde aquella tarde en Mónaco, he contado los días hasta encontrarte. Todos y cada uno de ellos. Me mataba pensar en lo que pasó, sí. Pero todo lo que me dejaste: las llaves, la inscripción del llavero, esa nota… Todo me dio esperanza. Esperanza de que quizá esto no estaba tan roto como me quisiste hacer creer. Me agarré a eso y aquí estoy, luchando por ti, por nosotros. Y no pienso irme de tu lado ahora. No lo voy a hacer.

Un escalofrío me recorrió de la cabeza a los pies. Él me envolvió con sus brazos resguardándome del aire frío que entraba a esas horas de la noche.

—Nina, no digas eso —suplicó separando la frente de la mía y mirándome con esos ojos tristes.

—¿Por qué no? Es la verdad. —Lo miré desafiante y segura de mí misma.

—No puedes decirlo sin saber toda la verdad.

—Cuéntamela, entonces. Aunque dudo que eso vaya a cambiar nada. Lo sabes, ¿no?

Scott decidió cogerme de la mano. Cerró la ventana y nos guio hasta el sofá de nuevo. Me senté y él, en vez de hacer lo mismo, alcanzó la manta que descansaba sobre el respaldo del sofá y me la echó por encima de los hombros. Me arropó con cuidado y al final se sentó en el sofá, a mi lado. Respiró hondo y empezó a hablar:

—Estoy rompiendo como unas veinte reglas y promesas al contarte esto —admitió.

—¿Acaso te han importado alguna vez?

Una risa ronca y gutural se le escapó de la garganta.

—Contigo, nunca.

Se echó hacia atrás, apoyó la espalda en el respaldo mullido y clavó esos ojos color miel en los míos. Yo me acerqué aún más a él y me acurruqué contra su cuerpo. Esperé hasta que él quiso hablar y lo escuché con atención.

—Aquel día en Mónaco, me amenazaron. Aquellos tipos armados nos sorprendieron en el barco y no pudimos defendernos porque las pistolas estaban en el camarote. Cuando nos metieron a Justin y a mí en aquel coche negro, terminamos en el casino de Mónaco, frente a nuestro padre y Cormac. —Se me cortó la respiración. Él agachó la cabeza, como si le diera vergüenza hablar conmigo. Cormac siempre había sido un peligro constante en mi vida y él lo sabía. Yo se lo conté—. Nos amenazaron a los dos.

—¿Qué te dijeron exactamente?

—Me enseñaron una foto tuya y me exigieron que me alejara de ti. Que te mantuviera lejos, porque si no lo hacía, pagarías las consecuencias —admitió asustado.

—Scott…

Él me acunó las mejillas entre las manos.

—Y eso hice. Porque me daba pánico que te pudiera pasar algo, ojos claros. Pánico. —Lo miré perpleja—. Si mantenerte alejada de mí era lo único que tenía que hacer para que no te tocaran ni un pelo, para que vivieras tranquila y estuvieras a salvo, decidí hacerlo. Es lo que hice. Pero ahora no entiendo nada y…

—¿A qué te refieres?

Me empapé de su tacto, de su calor y de su aroma, lo sentía mucho más cerca de mí. Volví a ver a mi Scott.

—También amenazaron a Justin.

—Con Cata —dije en voz alta siguiendo su lógica.

—Sí, Catalina —admitió. Me apartó las manos de las mejillas y volvió a cogerme de las manos—. Pero, a pesar de la promesa que nos hicieron, no han dudado en hacerle eso a Catalina. No han dudado en jugar con ella para que encontrara el cadáver de Guille.

Pensé en él. Pese a todo, no me dolía su muerte. Él había sido una pieza fundamental para que mi vida volviera a saltar por los aires. No le debía nada. Aunque una pequeña parte de mí lloraba al amigo que un día creí tener, la otra estaba mucho más preocupada por gente que no me había fallado como lo había hecho él.

—Así que no sé qué pensar a estas alturas…

—¿A qué te refieres?

Scott jugueteó con los dedos de mi mano y los entrelacé con los suyos.

—Si no han dudado en entrometerse en la vida de Catalina para romper la supuesta promesa que le hicieron a Justin, ¿qué les impide hacer lo mismo contigo? ¿Conmigo? No hay ni ley ni promesa que les valga. Y me mata pensar que puedan hacerte algo mientras estés lejos de mí, que puedan ponerte las manos encima y que yo no esté ahí para ayudarte, para impedirlo.

—Scott…

No sabía qué decir. Mi vida no era la única que había saltado por los aires. No era la única que había cambiado de la noche a la mañana.

—Tengo miedo, Nina. Mucho miedo. Sería un imbécil si lo negara.

—Yo también lo tengo —admití con un hilo de voz.

—No, ojos claros, no lo entiendes.

Se levantó del sofá con movimientos rápidos, se arrodilló a mis pies y entrelazó de nuevo las manos con las mías.

—Tengo miedo de que por mi culpa te hagan daño —insistió—. Esa gentuza es capaz de cualquier cosa, Nina. De lo que sea con tal de obtener beneficio. Pero a la vez tengo miedo de que te alejes. Te quiero cerca, a salvo. Pero no sé si este es el mejor lugar... —Miró a su alrededor y después volvió a centrar su atención en mí—. No creo que yo sea la mejor opción.

Le brillaban los ojos, pero esta vez por una cosa muy diferente. Por eso el amor que desprendían no desapareció.

—Tú eres la única opción, Scott. La única. Siempre lo has sido.

Clavó sus ojos en mí con una intensidad feroz e hizo que me ardiera el cuerpo.

—Lo siento tanto. —Pegó la frente a la mía y me envolvió las mejillas de nuevo—. Tanto... Me pondría entre una mismísima bala y tú sin dudarlo si eso implicara que estarás a salvo, ojos claros. —Despegó la frente y me miró con intensidad—. Te daría mi vida entera porque de ti depende que sea plena. Soy tuyo desde el minuto uno. Desde aquella noche en la playa, cuando tú mirabas las estrellas y yo solo era capaz de verte a ti y sentir ese desconocido hormigueo en el estómago sin el que ya ni puedo ni quiero vivir.

No podía apartar la vista de él. Las lágrimas me empezaron a rodar por las mejillas.

—Lo siento, mi vida. Una y mil veces. Por joder tanto las cosas, por tener una vida tan complicada y no ser capaz de darte lo que tanto me gustaría. Quizá en otra realidad seamos capaces de tener nuestro final feliz. Porque que te quede claro... —Me alzó el mentón con un gesto dulce y suave, me secó las lágrimas que me recorrían el rostro—. Pienso buscarte en todas y cada una de las vidas que tengamos. En todas ellas. Y no pienso parar ni descansar hasta que tu alma y la mía tengan lo que se merecen. ¿Me oyes? Hasta que seamos uno y tengamos nuestro final feliz, ojos claros.

—No puedes dejarme. Otra vez no. —No pude evitar que se me rompiera la voz.

—No lo estoy haciendo, cariño. Ni muerto. Porque yo no sé vivir sin ti. Lo he intentado y no puedo. Soy un absoluto desastre si no estás a mi lado.

—Quédate conmigo, por favor.

Se sentó a mi lado en el sofá, me abrazó con cuidado y me envolvió con su aroma.

—Siempre, ojos claros. Siempre.

En ese instante, alcé la cabeza. Sentí esa corriente eléctrica que me ataba a él. Ese hormigueo que me recorría todo el cuerpo y que solo Scott era capaz de provocarme. Él me acarició el pómulo con sus manos anchas y, entonces, con los nervios a flor de piel, pegué los labios contra los suyos en un gesto tímido que él me devolvió al segundo. Nuestras bocas jugaron a encontrarse de nuevo. Jugaron a reconocerse, a quererse como nunca debieron dejar de hacerlo. Como jamás dejamos de hacerlo. Fue un beso suave, pero voraz. Un escalofrío me recorrió de la cabeza a los pies y me sacudió a su paso. Me hizo sentir plena, feliz.

Besarlo era estar en casa.

Besarlo era sentir que lo tenía todo.

Lo quería. Cada día más que el anterior.

Él era mi persona y yo era la suya desde aquella primera noche en la playa. Quizá incluso desde la primera mirada. Si había algo que tenía claro era que no quería pasar ni un solo día más lejos de él, sin sentir su calor, su roce y su querer.

El beso fue suave porque no necesitábamos más. Mucho menos después de todo aquello. Ese beso era nuestro reencuentro: una cálida bienvenida al futuro que me iba a empeñar en construir juntos.

—¿Scott? —susurré.

No despegué los labios de los suyos. Quería seguir sintiéndolo.

—Dime, ojos claros. —Me acarició las mejillas con los pulgares.

—Confío en ti. Hoy y siempre.

A Scott se le llenaron los ojos de un brillo descomunal. Me abrazó con fuerza, como si no quisiera soltarme ni un solo segundo. Como si le diera miedo que me fuera a esfumar.

Y eso, en vez de reconfortarme, me partió el corazón, porque me hizo ser mucho más consciente de que Scott Hovland había vivido un auténtico infierno.

Capítulo 30

Scott

Quizá me había equivocado hasta entonces, pero sabía que quedaba una persona a la que podía confiarle esa locura. Solo una. Y tenía que gastar esa última bala.

Me despertaron los tenues rayos de luz que entraban por la ventana. Eso y un peso sobre el pecho que reconocería en cualquier parte. Uno que no cambiaría por nada. Entreabrí un ojo y vi el pelo dorado esparcido sobre mí.

Nina tenía la cabeza apoyada sobre mi pecho. Mis brazos la envolvían como si me fuera la vida en ello. La verdad era que lo hacía. Vivía por y para esta chica de ojos azules. Desde el primer día, había sido suyo hasta la médula.

La confesión de la noche anterior me cayó sobre los hombros como un jarro de agua fría. Aún recordaba esa sensación de calma que me había invadido cuando nos besamos, cómo cada beso me había devuelto la vida segundo a segundo. No me arrepentía de nada, aunque no podía evitar que dos preocupaciones camparan a sus anchas por mi mente: la amenaza que me hicieron sobre Nina y la extraña ausencia de mi padre y de Cormac.

Me daba muy mala espina. Teniendo en cuenta lo que había pasado con Guille… Todo parecía apuntar a que ellos habían tenido algo que ver.

Si Nina y yo estábamos así, sufriendo de esa manera, era por su maldita culpa. ¿Por qué nos tenían que condicionar así la vida? ¿Por qué tanta obsesión con las Marín? Era algo que no entendía y que me perseguía desde aquel día en Mónaco. Estaba tratando de andarme con mil ojos, de estar atento a cualquier mínimo detalle para asegurarme de que Nina estaba bien. Y solo rezaba para que no se enteraran de que estaba ahí, a mi lado. Pero sabiendo lo de Catalina, no las tenía todas conmigo. ¿Y si seguían yendo mil pasos por delante?

Yo había estado llegando puntual al trabajo desde que habíamos vuelto, pero decidí hacer una excepción aquel día. Me daba igual llegar tarde, porque iba a acompañar a Nina a la librería de Mary. Aunque eso ella todavía no lo sabía. Cuando me había contado lo del trabajo mientras cenábamos, me había alegrado un montón. Sabía que eso la iba a hacer muy feliz, porque Mary era una mujer encantadora y a Nina iba a gustarle el trabajo. Estaba seguro de que iban a entenderse muy pero que muy bien.

Llevaba despierto un rato cuando sonó la alarma a las siete de la mañana. La apagué y, con cuidado de no despertar a Nina, me levanté despacio y le coloqué la cabeza sobre un cojín. Lo primero que hice fue encender la calefacción, porque yo estaba acostumbrado al frío de Edimburgo, pero sabía que ella odiaba levantarse tiritando. Después, fui directo a la cocina para preparar el primer café del día.

En vez de uno, hice dos. Algo tan simple como eso me llenó de alegría. Estaba cansadísimo y harto de esa máscara de frialdad y seriedad que llevaba a cuestas desde Mónaco, y la noche anterior se me había caído por completo. Nina era la única capaz de derribar todas y cada una de mis barreras.

¿Me consideraba un tipo serio? Podía serlo.

Pero ¿con Nina y la gente que me importaba? Ni de coña.

Cargar con ese peso me estaba drenando la energía. Quizá por eso me había dejado llevar la noche anterior. Me había sentado bien olvidarme de todo durante unas horas. Era como si estuviéramos juntos de nuevo: la complicidad que esta chica de pelo dorado y ojos como el mar y yo teníamos era innegable.

Me reí de mí mismo. Nina era mi talón de Aquiles. Era obvio. Vamos, si hasta le había llevado un vaso de agua la noche anterior como excusa para volver a verla antes de irme a dormir… Dios. Qué vergüenza. Estaba hasta las trancas. Y no quería ocultarlo más.

—Buenos días —dijo con voz ronca.

El sonido de su voz hizo que se me encogiera el estómago de los nervios. Daba igual que hubieran pasado años desde la primera noche de la playa. Nina seguía siendo capaz de ponerme nervioso solo con mirarme. Y con el beso de la noche anterior, más aún. La vi aparecer por la cocina, toda despeinada y adorable. Contuve la sonrisa y me aseguré de acabar de preparar los cafés.

—Buenos días. ¿Has dormido bien?

Ninguno de los dos mencionó nada sobre lo ocurrido y yo no sabía si era buena idea sacarlo a la luz, porque… ¿Cómo definíamos lo que éramos?

Era todo demasiado complicado.

—Mucho. No sabes lo cómodo que eres —dijo mientras se desperezaba y se acercaba más a mí. Alcé las cejas para responderle sin necesidad de palabras—. Bueno, quizá sí lo sabes porque te lo he dicho mil veces.

Se empezó a reír y fue inevitable que me contagiara.

—Quizá sí—contesté sin molestarme en ocultar ya la risa.

Me encantaba que durmiera encima de mí, acurrucada entre mis brazos.

—Oye…, ¿y qué haces aquí? ¿No trabajas hoy?

Vi que sacaba algo de pan del armario para hacer tostadas.

—Hoy entro más tarde.

«Mentira, solo quería estar aquí cuando te despertaras».

—Ah. ¡Pues genial! Así desayunamos juntos. —Y solo por la sonrisa que se le dibujó en la cara, supe que había valido la pena.

Tal y como había ocurrido a la hora de la cena, Nina y yo estuvimos hablando de cosas sin importancia mientras nos tomábamos el desayuno. Ninguno abrió el cajón de mierda ni habló de una de las cosas más obvias, además del beso: que Guille había muerto, que Catalina había encontrado el cadáver y que Justin se había ido.

Vi como Nina enviaba un par de mensajes, supuse que a sus hermanas. Sin embargo, intentamos ignorarlo por un minuto y seguir en esa especie de limbo en el que nos sentíamos bastante más cómodos. O por lo menos yo sí me sentía mejor así. Porque estaba convencido de que estos ratitos nos estaban dando la vida a ambos.

Justo una hora después, estábamos saliendo por la puerta de casa para ir a la librería. Era su primer día y no me lo quería perder por nada del mundo. No tuve que inventarme ninguna excusa, tan solo empezamos a caminar hacia allí como si fuera algo que hacíamos todos los días. Traté de contenerme, pero estaba seguro de que me pilló lanzándole alguna que otra miradita.

Joder, cómo me alegraba verla feliz.

Llegamos al pequeño local cuando Mary estaba abriendo. Me adelanté para ayudarla a levantar la persiana y, aunque no pesaba demasiado, resultó ser incómoda de subir. Una vez que estuvo arriba y asegurada, pude admirar el interior del local. Había que reconocer que el sitio era de lo más acogedor que conocía por la zona. Hasta el último detalle contribuía a crear ambiente: las estanterías de madera oscura repletas de libros, alguna que otra planta, velas, sillones para disfrutar de la lectura y, sobre todo, la increíble zona de la cafetería.

—Muchas gracias, muchacho —dijo Mary con alegría y ese inglés un poco cerrado al que ya estaba acostumbrado.

—No se preocupe —respondí con amabilidad en el mismo idioma.

Nina estaba a mi lado, saludando a Mary con cierta vergüenza. Quizá no lo fuera a admitir en voz alta, pero conocía demasiado bien sus gestos como para saber que estaba nerviosa. Muy nerviosa.

Ambas entraron en la librería preparadas para empezar el día.

Lo último que quería era molestar, porque seguramente tenían mucha faena. Así que, con una sensación de orgullo en el pecho y una sonrisa de imbécil que, por más que lo intentara, no podía ocultar, me di media vuelta y salí de la librería. Noté que una mano me cogía del brazo y enseguida vi la cara radiante de Nina justo enfrente de mí.

—¿Te ibas sin despedirte? —preguntó con el ceño fruncido.

—Tendréis mucho trabajo y lo último que quiero es molestar. Además, yo tengo que ir tirando ya para la oficina.

—Espera, ¿tienes dos minutos?

«Para ti tengo toda la vida».

—Sí, supongo que sí. ¿Pasa algo?

—Entra un momento —dijo mientras me intentaba arrastrar hacia dentro. Se lo puse fácil y empecé a caminar.

Entré en la acogedora librería y Nina pasó justo por delante de mí, hacia la zona de la cafetería. No me pasó desapercibido el gesto que le hizo a Mary con la cabeza. ¿Me estaba señalando a mí? Tenía toda la pinta, porque la anciana asintió y me miró de refilón. ¿Qué estaba pasando y por qué parecía ser el centro de una conversación que se estaba manteniendo sin pronunciar ni una sola palabra?

Me acerqué a la barra y me senté sobre uno de los taburetes. A los pocos segundos, Mary deslizó un café para llevar sobre la madera. Fue directo hacia mis manos.

—Para que se te haga más ameno el día —dijo con una amplia sonrisa.

—Gracias… —respondí agradecido y alcé el vaso de cartón a modo de brindis.

—No tienes que darlas. Pareces un buen chico. Algo perdido. Pero bueno, al fin y al cabo. —La sonrisa se me desvaneció poco a poco del rostro.

¿Qué clase de brujería hacían las ancianas para dar siempre en el clavo y donde más dolía? Claro que me sentía perdido. Todo lo que estaba pasando en mi vida era tremendamente confuso.

Las suaves manos de Nina se posaron sobre las mías. Y ese contacto hizo que alzara la vista y la clavara en ella.

—No te encierres en ti después de lo de anoche, Scott —me pidió. Hablaba de la confesión que le había hecho, claro—. No me dejes fuera de tu vida. Porque, si tu alma lucha para que en alguna vida tengamos nuestro final feliz, yo lucho para que lo tengamos en esta.

Le acaricié la barbilla con un gesto fugaz y le sonreí con sinceridad. Evité a toda costa responderle, porque no podía prometerle que fuéramos a conseguirlo. Al menos, no por el momento. Aunque sí tenía clara una cosa: me iba a dejar la maldita piel por acabar con todo aquello y poder vivir al lado de esa preciosidad que tenía enfrente. Iba a luchar por despertarme cada día al lado de esa chica tan fuerte, inteligente, valiente y cabezota. Iba a luchar por ella. En esa vida y en todas las que tuviéramos por delante.

Después de ese pequeño momento y de desearle a Nina un muy buen primer día, salí de la librería para volver a casa con el café en la mano dándole sorbitos por el camino. Estaba un poco más amargo de lo que recordaba, tenía un sabor muy intenso que no llegué a reconocer y que parecía enmascarar otro, pero no le di demasiada importancia. Sería algún tipo de café de especialidad.

Una media hora después, estaba aparcando el coche de sustitución en el taller. De camino a casa, había recibido un mensaje del mecánico diciendo que habían estado toda la noche currando en mi Audi y que ya podía pasar a recogerlo. Por suerte para mí, lo habían dejado impecable. Ni una sola marca. Ni un solo rasguño. Volvía a ser mi bebé de siempre, solo que con una historia que contar. Me subí al coche y, pisando el acelerador a fondo, llegué a las oficinas en menos tiempo del esperado.

De puta madre.

En vez de subir directo al despacho, me pareció buena idea bajar primero a entrenar. Así que me cambié en los vestuarios y me puse a ello. La última vez que había pisado el ring que veía al fondo de la sala fue cuando me había enterado de lo de Cormac. El mero pensamiento me repugnaba.

Una hora después, algo más cansado y sudado que de costumbre, me decidí a darme una ducha. Me pareció muy raro tener los músculos tan entumecidos, aunque no me extrañó teniendo en cuenta que Nina y yo habíamos dormido los dos pegados en el sofá. Estaba algo agarrotado. Sin embargo, cuando estaba a medio camino, vi que Emilie se subía al ring.

—¡Ey, Emilie! ¡¿Le damos?! —le propuse cambiando mis planes de irme a la ducha.

—¡Venga va! Pero luego no me vengas a llorar cuando te dé una paliza…

Llegué al ring en dos segundos. Y en otros dos, ya estaba dentro y en posición.

—Muy creído te lo tienes tú, ¿no?

—No sería la primera vez, Hovland.

Emilie era muy buena, así que no daba las cosas por hecho en lo que a ella respectaba.

—Lo mismo te digo, Ramírez.

Emilie me lanzó un golpe directo al hombro que esquivé con algo de dificultad.

—He estado trabajando toda la noche en los archivos cifrados —dijo.

—¿Y bien? —respondí sin perder la posición. Lancé un golpe que esquivó con destreza.

—Está siendo jodido, Scott. Mucho más que los últimos.

—No dudo de tus habilidades, Emilie. Tarde o temprano lo lograrás.

Esquivé el golpe que iba directo al pómulo, pero sentí que mis movimientos eran algo más lentos y pesados que de costumbre.

—Que no te quepa duda.

Esa vez, Emilie no esquivó el golpe que le di en el hombro. Solo entrenábamos a toques, nada serio.

—¿Hablaste con Nina? —preguntó sin perder la posición.

—Sí. —Me dio un puñetazo en las costillas, dejándome sin aliento por varios segundos—. ¡Emilie! Que es al toque, joder.

—¿Qué te pasa? Estás muy lento… —dijo con media sonrisa.

—Estoy cansado, ¿vale?

Me volví a colocar en posición.

—¿Habéis…? —preguntó mientras me lanzaba otro golpe hacia el hombro, el cual esquivé.

—¿Qué? ¡No! —Esquivó el golpe que le iba directo al estómago—. Solo hablamos, nos besamos y dormimos juntos.

—¡¿Os besasteis?! —Se le iluminó la cara.

—Chisss, no tiene por qué enterarse toda la compañía…

—Ay, Romeo… ¡Lo sabía! —exclamó y yo negué con la cabeza, incapaz de ocultar la felicidad.

—Bueno, poco a poco, ¿vale?

La mirada de Emilie cambió.

—Siento haberte puesto en esa situación… —Me lanzó otro golpe a las costillas que no pude evitar—. ¡Mierda! Pero ¿qué te pasa hoy, Scott? De normal me esquivas todos los golpes. ¿De verdad que estás bien?

Respiré hondo mientras recuperaba el equilibrio.

—Estoy bien, solo algo cansado —le dije.

Era verdad, no había otro motivo. Bueno, quizá el estrés y el agobio me estaban carcomiendo por dentro… Pero, quitando eso, no me pasaba nada más. Tampoco podía ser una migraña.

—Y sobre lo otro… —seguí—. No te preocupes. Me alegro de haber sido sincero con ella, a pesar de lo que eso implica.

Emilie asintió. Ambos abandonamos nuestras posiciones después del último golpe. Supimos que ahí se terminaba el entrenamiento.

—¿Nos vemos en media hora en el despacho? —Emilie asintió de nuevo quitándose los guantes—. Justin me ha enviado varios mensajes. Dice que llegó al pueblo de madrugada y está con Catalina. Seguro que tiene mucho que contarnos.

—Sí, ahora nos vemos. —Me miró fijamente—. ¿Seguro que estás bien?

Entrecerró los ojos, como si me estuviera examinando. Me notaba algo mareado, pero nada más.

—Seguro. No te preocupes por cosas que no lo merecen, anda. —Le revolví el pelo y ella reguñó, quejándose como lo habría hecho una hermana pequeña, y dejó que me fuera.

Media hora después del entrenamiento y de esa merecida ducha, subimos al despacho para llamar a Justin. Me puse las gafas, para evitar que este ligero mareo se convirtiera en una migraña. Marqué el número de mi hermano y esperamos a que diera tono.

—Scott, ¿Emilie te lo ha contado todo?

Directo al grano.

—Hola, hermano. Sí, anoche mismo. ¿Cómo está la cosa?

Emilie se cruzó de brazos a mi lado, escuchando.

—Tío, esto es una absoluta locura. Catalina está en shock, la policía no da crédito a que algo así haya pasado aquí en un hospital y, mientras tanto, no paro de darle vueltas a que esto solo lo ha podido hacer una persona. O dos.

Mi padre y Cormac, los reyes del desastre, claro.

—¿Has averiguado algo? —preguntó Emilie.

—Buenos días, señorita Ramírez —dijo Justin con ese tono bromista que nunca lo abandonaba.

—Buenos días, hermano herido —contraatacó ella.

—Hay cosas que nunca cambian… —A Justin se le escapó una risilla.

Lo conocía demasiado bien. Las bromas eran, en muchas ocasiones, su mecanismo de defensa.

—Justin, puedes contarnos lo que sea —le recordé.

—Lo sé, hermanito. —Suspiró—. Me he colado en la investigación de la policía.

—¿Que has hecho qué?

Emilie y yo nos miramos, perplejos y confundidos.

—Sí… he enseñado mi placa y, ¡PUM!, acceso VIP. Es increíble, ¿verdad?

Resoplé. Mi hermano era de otro planeta, pero lo adoraba y admiraba a partes iguales. Y sé que Emilie también lo quería.

—Ve con mucho cuidado e infórmanos de todo, ¿de acuerdo? —añadí con cierta preocupación.

—Descuidad. Sé cuidarme solo.

—Tu hombro no dice lo mismo, guaperas —se burló Emilie.

—Muy graciosa, señorita Ramírez —respondió Justin al otro lado de la línea. Emilie sonrió—. ¿Seguro que has pasado la prueba?

Hice un gesto con la mano para evitar que Emilie entrara al trapo.

—Y ahora ¿dónde estás? —pregunté.

—Con Catalina, en su casa.

—¿Has dormido con ella?

—Ni podía ni quería dejarla sola. Mucho menos tal y como estaba. Me lo pidió ella. Y tío, no pienso apartarme de su lado —dijo un poco a la defensiva.

Lo entendía. Lo entendía como el que más porque yo tampoco quería separarme de Nina. Nunca más.

—Las cosas se van a poner feas, hermano —le advertí—. Nos hemos saltado la promesa. Los dos.

—¡A tomar por culo la maldita promesa! Ellos han sido los primeros en romperla.

—Técnicamente, la rompí yo cuando Nina llegó a Edimburgo.

—Bueno… ¡Me la pela! Ya pueden ir preparándose.

—¡Tal cual! Ya es hora de que les pateemos el culo como Dios manda a esos gilipollas —reafirmó Emilie con una sonrisa pícara en su cara. Y entonces añadió—: Oye, Justin… ¿Y Laia? ¿Está bien?

Se hizo el silencio al otro lado de la línea y, para mi sorpresa, el tono de preocupación de Emilie evitó que Justin le soltara alguna que otra pullita. Sentí que se mordía la lengua y le daba a Emilie la respuesta que necesitaba.

—No la he visto todavía. Hemos llegado a casa bien entrada la madrugada y estaba todo el mundo durmiendo. Pero su puerta estaba cerrada y la casa estaba tranquila. Me aseguré de ello. Así que, no te preocupes, hermanita. Está bien.

—Vale. Gracias, Justin. Infórmanos de cualquier cosa, ¿eh?

—¡Por supuesto! Vosotros a mí también.

—Descuida, hermano, te guardamos las espaldas desde aquí.

Colgamos, pero no pude evitar dedicarle una sonrisa pilla a Emilie.

—¿Qué? ¿Tengo monos en la cara o qué? —preguntó ella algo nerviosa.

—Nada, nada. Yo no digo nada.

Alcé las manos al aire, un gesto que lo decía todo.

—Solo le he preguntado cómo estaba, idiota —añadió.

—Ya, ya. Si te he oído. Estaba aquí —seguí diciendo divertido.

Emilie me dedicó una cara de burla tratando de esquivar el tema. Era evidente que algo había. Algo había cambiado en ella y tenía que ver con la mediana de las Marín.

Decidimos ponernos a trabajar en lo que teníamos entre manos. Esa vez, nos dividimos el tiempo. Estuvimos medio día con el caso que nos habían asignado y el otro medio tratando de averiguar más información de la compañía y en qué estaba implicada de verdad. Porque si nuestro padre no nos daba respuestas, siempre podríamos encontrarlas nosotros.

Pero nada. No encontramos nada nuevo. Nada relevante. Y era frustrante de la hostia. Lo único que encontramos de pura casualidad fue la ficha sin censurar de Cormac. Eran documentos a los que, en teoría, solo tenía acceso el director de la compañía. Es decir, nuestro padre.

Averiguamos que su madre, la mujer con la que mi padre engañó a la mía, era italiana. Un dato curioso. Aunque le daba cierta lógica a todo el tema del almacén de barcos en Sicilia. Analizamos la ficha de arriba abajo, pero o bien no había nada de interés en ella, o bien estábamos pasando algo por alto, por minúsculo que fuera.

Cuando ya estaba hasta los cojones de no averiguar nada, resoplé.

—A tomar por culo —dije mientras cogía las llaves del coche—. Me largo a hablar con mi abuelo.

—¿Con Wilson? —preguntó Emilie.

—¿Con quién si no? ¿Te vienes conmigo?

—La duda ofende —añadió Emilie siguiéndome el ritmo.

Ambos bajamos con cierta prisa hasta el coche, nos montamos en él y tomamos el camino que nos llevaría hasta casa de mi abuelo. Era un hombre mayor, tenía ya setenta y cinco años. Vivía solo a las afueras, en una casa que ya se le quedaba demasiado grande. En especial desde que mi abuela había muerto un par de años antes.

Aunque no podía evitar que, cada vez que iba a aquella casa me recordara a ella, siempre me alegraba pasar tiempo con mi abuelo allí. Era un hombre con mucha vitalidad para su edad. Al igual que mi padre, también tenía gente que lo ayudaba en casa. Pero algo que siempre había admirado de él era que jamás le había visto faltarle el respeto a ni uno solo de ellos. Cosa que era una constante en mi padre. Y que me avergonzaba demasiado.

En cuanto aparcamos frente a la casa, la enorme puerta blanca de la entrada se abrió. Tras ella, apareció mi abuelo con su familiar bastón de madera.

—Pero qué alegría veros, muchachos… ¿Qué os trae por aquí? —nos saludó y nos hizo un gesto para que entráramos en casa.

Yo le di un abrazo y Emilie le dio dos besos. Después de eso, pasamos a la calidez de su hogar.

Ese iba a ser el segundo café del día, pero cuando me lo ofreció, no pude negarme. Le di un sorbo y, para mi sorpresa, sabía mucho mejor que el que me había tomado por mañana. Menos mal, me apetecía saborear el característico sabor amargo pero dulce de un buen café.

Así que, ahí estábamos Emilie y yo: a punto de contarle a mi abuelo las teorías que teníamos y los trapos sucios de mi padre. Nos sentamos los tres en el salón. Emilie y yo juntos, y mi abuelo justo enfrente. Aunque los nervios y las dudas me decían que no le involucrara, mi cabeza me pedía lo contrario. Era la opción más racional. Tenía que serlo.

Él sabía más que nosotros sobre la compañía.

—Qué sorpresa veros —musitó él, tranquilo y contento.

—Abuelo —empecé—, en realidad hemos venido aquí porque tenemos que consultarte una cosa.

Lo que tenía que decirle no era algo fácil.

—Vosotros diréis, muchachos —respondió tras darle un sorbo a su café solo.

Emilie y yo intercambiamos una mirada.

—Creemos… No. No creemos —me corregí—. Tenemos cierta certeza de que mi padre nos está mintiendo. Que lo lleva haciendo durante años y que Hovland Security no es lo que siempre ha sido.

Ya lo había dicho.

—¿Cómo dices, Scott? —Su semblante cambió a uno más serio.

Mi abuelo despegó la espalda del respaldo de la butaca para prestarnos más atención aún. Miré a Emilie buscando algo de apoyo. Ella me sonrió para animarme a seguir hablando.

—Es una historia un poco larga, pero digamos que estábamos haciendo un viaje con las chicas…

Mi abuelo me interrumpió.

—¿Qué chicas?

—Las Marín. Son las tres hijas de Daniel Marín y Ángela Rodríguez. Del pueblo, ¿te acuerdas, abuelo?

Se quedó pensativo durante unos cuantos segundos.

—Sí, me acuerdo de ellas, pero los Marín tienen cuatro hijos, no tres.

—Abuelo, solo son tres hermanas —lo corregí.

Emilie me hizo un gesto con la cabeza.

—No, muchacho. Son cuatro. —Intercambié una mirada con Emilie y lo recordé al instante—. Igual no te acuerdas porque eras muy pequeño cuando ocurrió, pero esas chicas tienen un hermano mayor.

—Sí, lo sabemos —añadió Emilie—. Verá, Wilson…

—Si no recuerdo mal, se llama Gabriel Marín —continuó el abuelo dejando su café sobre la mesa—. Se marchó de casa cuando tenía dieciocho años. Las chicas eran muy pequeñas y Justin y tú también.

Me quedé pensando en la conversación que había tenido con Emilie durante un instante. En todo lo que nos había contado y en cómo yo no conocía esa parte de la historia de Nina. Ella frunció el ceño, poco convencida. ¿Podría ser que mi abuelo no recordara todos los detalles?

—Bueno, volviendo al tema, muchachos —siguió el abuelo—. Estabais de viaje con las chicas Marín, ¿y qué?

Retomamos la conversación, a pesar de que me había dejado un poco descolocado.

—Hum, sí. Sí, eso. Estábamos de viaje e investigando sobre el caso Hunter. ¿Te acuerdas de que dispararon a Justin en el hombro? —Mi abuelo asintió pensativo—. Pues estábamos investigando a ese tío.

—Continúa —me pidió. Se me estaba haciendo duro. Me aclaré la garganta y retomé la conversación:

—Parece ser que metimos las narices donde no debíamos y, a partir de ahí, las cosas se empezaron a complicar.

Si había algo que caracterizaba a mi abuelo era su expresividad. No le estaba haciendo ninguna gracia el rumbo que estaba tomando la conversación.

—Descubrimos algunos archivos y documentos sospechosos. Entre ellos, transferencias millonarias y recurrentes a la compañía que coincidían con algunos casos sin resolver de narcotráfico. —Hice una pequeña pausa para darle un sorbo al café—. No nos olió muy bien, así que seguimos investigando.

Miré a Emilie en busca de refuerzos.

—Sí y después los chicos descubrieron que hay un almacén de barcos en Sicilia a nombre de Cormac Hunter —añadió ella.

—¿Y eso qué tiene que ver con nuestra empresa? —preguntó mi abuelo extrañado.

Me aclaré la garganta y le agradecí a Emilie con la mirada que me hubiera dado esos segundos. No me encontraba del todo bien y me costaba centrarme.

—Pues que, a pesar de que está a nombre de Cormac, ese almacén lo paga la empresa, abuelo.

El gesto que nos dedicó fue de desaprobación absoluta.

—¿Hay algo más que debáis contarme? —Por su semblante, podía intuir que no le estaba gustando nada lo que estaba escuchando.

—Bueno, Emilie consiguió desencriptar un archivo cifrado que encontramos. —Ella asintió—. Resultó ser un listado de sitios donde se celebraban reuniones. La próxima que tenían iba a ser en Mónaco. Así que nos fuimos para allá. Pero resultó ser una trampa —admití con cierto dolor al recordarlo.

—¿Qué clase de trampa, muchacho?

—La clase de trampa en la que tu propio padre y un tal Cormac Hunter te amenazan con que dos de las Marín estén en el punto de mira si no las alejamos de nuestra vida.

Mi abuelo abrió los ojos como platos ante lo que estaba escuchando.

No me detuve.

—Algo raro está pasando, abuelo. Le hicimos creer a mi padre que queremos formar parte de esto, sea lo que sea, pero no nos gusta ni un pelo lo que estamos descubriendo. —A esas alturas ya me daba igual todo. Igual me había precipitado al darle tanto detalle, pero decidí dejarlo correr—. El otro día nos confesó que la resolución de casos no es la principal fuente de ingresos de la compañía y que hay una cara oculta. Seguimos sin saber de qué se trata —puntualicé—. Ah y, por si fuera poco, Cormac Hunter es nuestro hermano biológico.

—¿Perdona, muchacho? —A pesar de su longeva edad, se puso de pie bastante rápido—. ¿He escuchado bien?

Fue Emilie quien respondió a su pregunta.

—Sí, Wilson. Scott está diciendo la verdad.

—Muy bien, ya he escuchado suficiente. A partir de ahora, me encargo yo de todo esto —dijo tajante.

—Pero, abuelo…

—Nada de peros, Scott. Necesito que sigáis como hasta ahora y que me comuniquéis sin dudar todo lo que averigüéis. —Emilie y yo intercambiamos una mirada cargada de dudas. Teníamos que contarle todo aquello a Justin—. Muchachos, a partir de ahora somos un equipo. Y vosotros sois mi pieza más importante.

Nos pusimos de pie.

—¿Qué vas a hacer, abuelo? —pregunté.

—Voy a hacer que Hovland Security vuelva a ser lo que era antes —dijo sin un ápice de duda en la voz.

—¿Y qué pasa con las chicas? —pregunté con cierto nerviosismo.

—¿Dónde están?

—Pues una de ellas, aquí, en mi casa… Y las otras dos, en el pueblo. Justin se fue anoche para allá.

Mi abuelo resopló ante mi confesión.

—¿Y eso por qué? ¿Qué hace tu hermano allí?

—Anoche Catalina se encontró a un chico asesinado en el hospital. A alguien a quien conocemos. —Mi abuelo frunció el ceño—. Creemos que han sido nuestro padre y Cormac…

—Tengo que reconocer que no me parece la mejor idea, muchacho. Ni que tu hermano esté allí ni que esa chica esté contigo dadas las circunstancias, pero puedo asegurarte que estará a salvo. Ella y todas las Marín. Tú no te separes de ella. ¿Me has entendido?

«Tampoco es que pensara hacerlo».

—Alto y claro —afirmé—. Pero… ¿cómo vas a hacer para…?

—Tengo mis contactos. Confía en tu abuelo cuando te digo que no le van a tocar ni un pelo. Ni a ellas, ni a ninguno de mis dos nietos. —Miró a Emilie con ternura—. Ni a ti tampoco, querida.

Y tras esa última frase, el hombre se acercó a darnos un abrazo. Se lo devolvimos porque se le veía afectado. Su padre había fundado Hovland Security y la empresa significaba mucho para él. Suponía que enterarse de lo que estaba ocurriendo, de lo que estaba haciendo su hijo a sus espaldas, era un golpe duro. No debía de ser algo fácil de digerir.

Sus palabras me dejaron algo más tranquilo.

«Pero puedo asegurarte que estará a salvo».

«Tengo mis contactos».

¿De quién cojones estaba hablando?

Capítulo 31

Nina

Igual Edimburgo sí que escondía magia, después de todo.

Había pasado una semana desde que Catalina había encontrado a Guille en el hospital. Y no iba a mentir, el ambiente estaba tenso. Mucho.

Por lo que sabía, Justin no se separaba de mi hermana. Además, también estaba metido de lleno en la investigación policial como profesional y colaborador externo. Todavía no había fecha para el funeral, porque el forense seguía trabajando en la autopsia. Aunque según lo que había explicado Catalina, estaba claro lo que había ocurrido, ¿no?

Todo eso me tenía muy preocupada. Que mi hermana se encontrara a Guille así, que alguien lo dejara en aquella habitación y montara esa escena justo para que Catalina lo encontrara era un claro aviso de lo que podía pasarnos. O, más bien, una especie de mensaje para los hermanos Hovland. Era cierto que todo aquello nos concernía a Catalina y a mí, pero la realidad era que nos ponía en el punto de mira para hacer daño a los chicos. ¿Qué estaba pasando?

Como cada mañana desde aquella primera que pasé en Edimburgo, después de desayunar con Scott en la cocina, llamé a mis hermanas antes de entrar a trabajar. Me gustaba empezar el día hablando con ellas y saber qué tal estaban.

—Buenos días, chicas. ¿Qué tal vuestro lunes?

—Aaagh, Nina, no grites, por Dios.

Escuché a Laia al otro lado de la línea y fruncí el ceño.

—Pero… ¿qué dice esta? —pregunté entre risas—. ¿Cata?

—Déjala, hoy va como alma en pena por la casa. Si ya tiene un humor de perros por las mañanas, hoy se le ha multiplicado por tres. —Asentí, escuchando cómo mis hermanas hablaban entre ellas—: Laia, vas a llegar tarde al trabajo, tómate el café y date una ducha. Apestas y tienes que cubrir en el periódico las noticias del caso de Guille y necesitas fuerzas.

—Por Dios, Catalina, eres como una madre —le rebatió Laia—. Y tú sí que apestas.

—No, Catty Cat no apesta, eso te lo aseguro. —Escuché que decía Justin.

Carraspeé para tratar de llamar la atención de los tres.

—¿Hola? Sigo aquí —añadí con una sonrisa, aunque no pudieran verme.

—Sí, Nina, perdona. Tu hermana me saca de mis casillas —resopló Catalina.

—Es muy temprano y no tengo ganas de nada, Catalina. Pero sé que me adoras —dijo Laia burlona.

—Anda, termínate el desayuno y dúchate. Pero sí, sí te adoro —admitió Catalina en voz alta.

—Si es que me hago de querer.

Escuché el sonido de un gran sorbo, seguido de una taza golpeando el metal del fregadero. Quizá Laia, que desayunaba a toda prisa para no llegar tarde.

—Cata —llamé su atención—, ¿cómo estás?

Le había preguntado mil veces desde que había ocurrido lo del hospital. Era una pregunta constante. Pero estaba preocupada.

Le habían dado varios días de vacaciones, para que se recuperara del susto. La verdad era que había sido muy amable por parte del hospital, ya que lo que Catalina había vivido no había sido fácil. No me había contado muchos detalles, no sabía si porque Guille había sido mi amigo en algún momento de nuestra vida o porque ella no se sentía con fuerzas como para recordarlo y compartirlo en voz alta. De cualquier manera, no quería presionarla. Sabía que me lo contaría cuando ella estuviera preparada, como siempre hacía.

Mientras tanto, me hacía sentir mucho mejor saber que Justin estaba a su lado. Por lo que pudiera pasar. No sabía exactamente qué se estaba cociendo entre ellos dos, pero de nuevo confiaba en que Catalina me lo contaría cuando estuviera lista.

—Mejor —dijo con un tono de voy más alegre que los últimos días—. Paso a paso. Pero mucho mejor.

Había estado en shock durante un par de días, cosa que me parecía de lo más normal. Pero con la ayuda de mis padres, Laia, Justin y mis llamadas diarias, ya parecía que Cata volvía poco a poco en sí. Mi primer impulso había sido coger un avión para volver al pueblo, pero tanto Scott como Emilie me habían avisado de lo peligroso que hubiera sido eso. Además, no quería añadir más leña al fuego, así que había decidido quedarme en Edimburgo. Había sido una decisión difícil pero necesaria.

Al principio, las videollamadas que hacía con ella eran casi estáticas. Cata apenas hablaba ni se movía y, si no hubiera sido porque Laia estaba a su lado, cogiendo el móvil y abrazándola, no sé qué hubiera hecho. Sabía que Catalina necesitaba compañía. Por eso, aunque fuera por videollamada, escuchamos sus canciones favoritas y vimos las películas y series que más le gustaban. Hasta incluso encontré su libro favorito en la librería de Mary y le estuve leyendo algún que otro fragmento.

Así fue como mi hermana había vuelto poco a poco a la vida. Cosa que, por otro lado, Guille no iba a poder hacer.

Al principio había pensado que su muerte no significaba nada para mí. Pensé que no me iba a afectar. Sin embargo, cuando la adrenalina desapareció… Sentía un pinchazo de culpabilidad, a pesar de todo lo que había hecho. Yo le había insistido para que hablara y lo habían matado.

—Cata, sabes que estoy aquí para lo que necesites, ¿verdad?

—Lo sé, Nina. Lo sé de sobra.

No la veía, pero, por cómo lo dijo, supe que se le había dibujado una pequeña sonrisa en la cara.

—¿Y tú cómo estás? —preguntó Cata.

—Pues a punto de irme a trabajar, pero bien.

—¿Y con Scott? —bajó el tono de voz.

—Catty Cat, estoy a tu lado. Puedo oírte cuando hablas de mi hermano. —A Justin se le escapó una risa que terminó contagiándome a mí.

Pensar en Scott me dolió un poco, porque parecía que estábamos en un limbo extraño. Después de la confesión de la otra noche, de saber lo que había ocurrido en realidad, le había pedido que no se encerrara en él mismo, que no me dejara fuera. Y a pesar de que veía que lo estaba intentando, seguíamos en la casilla de salida. Aunque con un beso de ventaja.

—Bueno, tenemos mucho de lo que hablar, supongo.

—Ajá —asintió Catalina al otro lado de la línea.

La verdad era que no quería hablar demasiado del tema, así que zanjé la conversación.

—Bueno, Cata, me voy corriendo a trabajar, que llego tarde. Te llamo esta noche, ¿vale?

—Vale, Nina, ve con cuidado, por favor. Estate atenta. Ve con mil ojos y alerta a tu alrededor. ¿Tienes espray de pimienta? ¿Quieres que te compre uno y te lo mande? Sí, eso voy a hacer… Ahora te lo mando. ¿Cuál era la dirección de…?

—Bueeeno, ya, Catty Cat. —Escuché a Justin interceder—. No te preocupes, ¿vale? Nina está bien, no le va a pasar nada. Scott y Emilie están con ella, ¿recuerdas?

—Hummm.

—Tranquila —insistió—. Puedes estar tranquila. No necesita ningún espray.

No dije nada porque podía imaginarme por lo que estaba pasando mi hermana. Después de lo que le había ocurrido en el hospital, no podía evitar pensar que eso mismo o algo peor nos pudiera pasar a nosotras, y eso la tenía asustada. Estaba segura de que Justin la había puesto al día de la situación, al igual que Scott había hecho conmigo y eso solo la ponía más en alerta. Porque ella y yo éramos el objetivo.

—Estate tranquila, Cata. Todo está bien, ¿vale? —dije con una confianza que no sentía.

—De acuerdo. Pero cualquier cosa me llamas.

—Por supuesto que sí. ¡Adiós, Cata! ¡Adiós, Justin!

Colgué con rapidez y me apoyé en la barra de madera de la cocina, un poco derrotada. ¿Por qué todo se torcía de nuevo cuando parecía que las cosas empezaban a mejorar?

Empecé a caminar con la cabeza medio agachada, mirándome los pies mientras iba hacia la habitación a terminar de vestirme. Sin embargo, me estampé contra un cuerpo sólido y duro que me cogió con confianza, me envolvió entre sus brazos para que no me cayera.

—¡Perdón! Iba pensando en... No me he dado cuenta. Perdón.

Scott me colocó los dedos sobre la barbilla y me alzó el mentón para que clavase la mirada en él.

—Buenos días, ojos claros. —Noté que el calor me subía hasta las mejillas.

—Buenos días —contesté avergonzada.

—Estás preciosa —dijo acariciándome la barbilla—. *Eres* preciosa.

Si ya antes sentía ese calor en las mejillas, en ese momento estarían de un rojo escarlata por lo menos. Él me admiraba con esos ojos brillantes y cargados de sentimiento.

—Aún voy en pijama... —admití.

—¿Y? Mi camiseta te queda como un guante y resalta esos ojos tan bonitos que tienes —dijo sin soltarme de su abrazo.

Aunque tampoco quería que lo hiciera. Apoyé la cabeza sobre su pecho para escuchar el latido de su corazón acelerado. Él me colocó una mano sobre la cabeza, me envolvió con su calidez y me acarició el pelo, provocando que un escalofrío me recorriera de la cabeza a los pies.

—¿Tienes frío? ¿Subo la calefacción?

Negué con la cabeza. Scott se había estado levantando antes todas y cada una de las mañanas para encender la calefacción y que así yo pudiera salir de la cama con esa temperatura tan cálida.

De golpe, Scott rompió el abrazo. Se abalanzó sobre el fregadero de la cocina y apoyó ambas manos sobre el borde del metal frío. Empezó a toser con una tos ronca que me preocupó. Rápida, me acerqué a él y le coloqué la mano sobre la espalda, empecé a acariciarle de arriba abajo mientras le preparaba un vaso de agua con la otra.

En cuanto se calmó un poco, se lo tendí. Él se lo tomó con ansia, buscando que el líquido transparente le calmara la garganta.

—¿Estás bien? Llevas unos días que te pones mucho las gafas y ahora esta tos —le pregunté bastante preocupada—. Igual deberías ir al médico, Scott.

—Estoy bien. No sé lo que me ha pasado, ha sido un pequeño ataque de tos, pero estoy bien. Perdón.

Volvió a rodearme con los brazos, regalándome de nuevo esa calidez que tanto quería y ansiaba. Asentí contra su pecho mientras él me depositaba un beso en la cabeza.

—Vamos, te acompaño a la librería, ¿vale?

Me separé un poco sin soltarme del abrazo, solo lo suficiente como para mirarlo a los ojos.

—¿Seguro? Hoy vas un poco tarde, ¿no?

Él me sonrió.

—Para ti siempre tengo tiempo. Anda, vamos. —Me cogió de la mano y me llevó a la habitación con él—. No quiero que tú llegues tarde.

Una vez en la habitación, busqué algo que ponerme en el armario. Un par de días atrás, Scott había sacado su ropa y la había puesto en uno más pequeño para que yo tuviera mi espacio. Un pinchazo me había atravesado el corazón al verle hacerlo, porque son los pequeños detalles los que hablan en vez de las palabras. Son los actos los que dicen a los cuatro vientos lo que a veces las palabras no pueden expresar.

—Voy a darme una ducha rápida antes de salir. Tardo dos minutos y el baño es todo tuyo.

Le sonreí asintiendo con la cabeza. La ducha del baño pequeño se había estropeado, así que solo teníamos una ducha para los dos.

Genial.

Scott entró en el baño de la habitación, entrecerró la puerta y, al poco, empecé a escuchar el agua correr. No sé lo que me hizo poner un pie detrás de otro para ir hacia el baño, mientras me quitaba la ropa, quizá fue la cálida luz que salía por esa rendija o el vapor que se colaba por ella. O quizá fue el recordatorio de que no había venido hasta Edimburgo para nada.

Llevábamos una semana en este extraño limbo, en el que nos buscábamos el uno al otro y ansiábamos el roce, pero, a la hora de la verdad, había un freno invisible entre nosotros. Y no era tonta: sabía que los demonios estaban jugando con la cabeza de Scott. Estaba en una lucha interna, dividido entre lo que se suponía que debía hacer y lo que quería hacer.

No sé exactamente lo que me dio la fuerza para entrar completamente desnuda en el baño mientras él se duchaba. ¿Amor? ¿Desesperación? ¿Protección? Porque la realidad era que estaba asustada y preocupada por él, por supuesto que sí. ¿Cómo no iba a estarlo? Lo único que quería era arroparlo entre mis brazos y no dejarlo escapar jamás. Quería llevarme conmigo ese dolor que veía en sus ojos y que solo ese brillo tan bonito volviera a aparecer en ellos. Quería hacer que todos esos demonios desaparecieran de su cabeza y que por fin pudiera descansar, olvidarse de todos los problemas que arrastraba su vida y, sobre todo, de los de su familia. Quería que estuviera conmigo. Quería cuidarlo y quererlo como se merecía. Quería estar ahí para él.

Me daba igual estar en peligro o que lo hubieran amenazado conmigo. Era mi decisión y yo elegía estar a su lado.

Con esa determinación ferviente, abrí la mampara de cristal y me metí en la ducha con él. Nada más escuchar el sonido de la mampara al abrirse y cerrarse de nuevo, él se giró sobresaltado. Y lo que se encontró, sin duda alguna, era algo que no se esperaba.

Me admiró de la cabeza a los pies. Se detuvo en mis ojos, clavándome la mirada y desnudándome aún más con ella si es que eso era posible. No quedaba ropa que él pudiera quitarme. Me sentía poderosa, querida, admirada y deseada. Ni un solo ápice de vergüenza me recorría el cuerpo.

Estaba segura de que mi mirada decía todo sin necesidad de palabras, al igual que la suya.

—¿Nina? —dijo con un hilo de voz.

Di un paso más hacia él empapándome con el agua caliente.

—Aquí no hay nadie, Scott. Solo estamos tú y yo. —Le coloqué una mano sobre la mejilla, me pinché un poco con la barba de dos días que todavía no se había afeitado—. Solos tú y yo —repetí acercándome poco a poco.

Él no se apartó. Al contrario, imitó mi gesto y también me colocó la mano sobre la mejilla.

—No te encierres en ti —insistí—. Estoy aquí y no pienso irme a ningún lado.

Pegó su frente a la mía y me envolvió la cintura con el brazo libre para pegarme más a él. Me envolvió con su calor y su pecho musculado. Ya no quedaba distancia física entre nosotros. Nuestra piel se rozaba, se tensaba a cada respiración.

—Es muy peligroso, Nina. Esa gente es capaz de todo, fueron muy claros.

—Me da igual. Yo también lo soy. —Se le escapó una risa ronca—. ¡No te rías! Lo digo muy en serio.

Me dio un beso en la nariz.

—Lo sé. Te aseguro que lo sé, ojos claros. Estás aquí y eso es prueba más que suficiente. —Asentí orgullosa, mientras el agua nos empapaba a ambos. Él tomó aire y, sin soltarme, continuó hablando—. Te quiero a mi lado, Nina. Todos y cada uno de los días. Quiero ser el último que te vea antes de dormir y el primero en cuanto te despiertes. Quiero prepararte un café cada mañana y que me regales esa sonrisa tan bonita, porque cuando lo haces me siento completo. —Le rodeé la cintura con los brazos sintiendo su calor—. Dejarte marchar es lo más difícil que he hecho en la vida, pero lo haría mil y una veces más si con eso te alejo del peligro.

—No quiero que te alejes, Scott —supliqué—. Me da igual el peligro y lo que eso conlleve. Sería una imbécil si dijera que no tengo miedo, pero ¿sabes qué?

Me deslizó el pulgar sobre el labio inferior admirándolo con deseo.

—Dime… —Las caricias no paraban.

—Más miedo me da vivir en ese bucle. No ser capaz de salir de ahí. Pero juntos podemos hacerlo, Scott.

—Cariño…

—Me da igual todo: que te amenazaran con ponerme en peligro, que te prohibieran estar a mi lado… Todo. No me importa, Scott. —Suspiré cansada—. Estoy harta de que otros decidan por nosotros. ¿Cuántas veces vamos a permitirlo?

—Esta va a ser la última vez. —Me miró con determinación y con un brillo que gritaba venganza, el cual contrastaba mucho con la dulzura con la que me envolvía las mejillas—. Pero necesito tiempo. Necesito terminar con la situación en sí. Cuando mi padre y Cormac estén entre rejas, nada ni nadie me va a apartar de tu lado. Nada. ¿Me oyes?

—¿Y mientras tanto? ¿Qué vamos a hacer? —pregunté tanteando el terreno.

—¿Qué quieres hacer? —Me acercó de nuevo el pulgar a los labios, jugando y deslizando los dedos por el inferior, que tenía ligeramente hinchado por el agua caliente.

—Quiero que todo sea como antes. Que entre estas cuatro paredes bajes las barreras y apartes los miedos. Quiero estar contigo, aunque tengamos que escondernos durante un tiempo hasta que las aguas se calmen. —Clavó esos ojos color miel en los míos con un deseo intenso—. Te quiero a ti, en todas tus formas y con todos tus miedos, porque eso es lo que te hace ser tú. Eso te hace la persona de la que me enamoré y jamás voy a renunciar a ti.

Sus ojos danzaban por mi rostro buscándome los labios. Y lo hizo. Bajó sus barreras y me dejó ver ese brillo cargado de amor infinito en los ojos. Porque los ojos no mienten, los suyos no. Y yo me había convertido en una experta en él, en sus gestos y pequeñas manías.

Pegó su frente a la mía mientras un suspiro se le escapaba de entre los labios.

—Sabes que no puedo ni quiero negarte nada. Eres mi jodida vida entera y mi único propósito es que estés bien. Lo quiero todo contigo, ojos claros. Todo.

Su voz sonaba rota y no supe identificar si las gotas que le recorrían su cara eran lágrimas o agua. Aun así, le deslicé los dedos por las mejillas para recogerlas todas. Amándole con cada gesto.

—Nina…

—Scott…

—Te quiero. Siempre.

Pum, pum. Pum, pum. Pum, pum. El corazón se me iba a salir del pecho. Una gran sonrisa se me dibujó en la cara. Le deslicé los brazos sobre los hombros y él enredó los suyos por todo mi cuerpo.

—Y yo a ti, Scott. Desde la primera noche en la playa.

—Quizá incluso desde mucho antes, ojos claros.

Me separé para mirarlo, aún sentía que el corazón me iba a explotar. Nuestras miradas se encontraron con intensidad y ahí, en su ducha, desnudos, rodeados de agua, vapor y una increíble tensión, reafirmé lo que ya sabía.

—Scott, yo también haría cualquier cosa por ti. Lo sabes, ¿no?

Scott suspiró y soltó algo de la tensión que habitaba en su cuerpo.

—¿Algún día me perdonarás lo de Mónaco, ojos claros? —dijo con voz pesada y derrotada.

—Ya estás perdonado.

Me miró con intensidad, recreándose en mí y en lo que éramos juntos.

—Voy a besarte… —susurró.

—Estás tardando.

En ese momento, sus labios se estamparon contra los míos con un deseo y un amor inmensos.

Su lengua se abrió paso en mi boca, buscándome con ansia, pero con dulzura. Me cogió con firmeza y me puso la mano sobre la cabeza para que no me hiciera daño. Entonces, me pegó la espalda a la pared de baldosas, enredando los dedos entre mi pelo mojado mientras no dejaba de besarme ni un solo segundo.

Ese conocido cosquilleo empezó a crecer, me hizo querer más de él. Jamás tendría suficiente. Pegué las caderas a las suyas y un sonido gutural de puro placer se le escapó de entre los labios. En ese instante, perdí la cabeza y caí rendida al más absoluto placer.

—Nina… —dijo entre gemidos sin dejar de besarme. Profundizando cada uno de sus besos.

—Chisss… Solo estamos tú y yo, ¿recuerdas?

Él asintió contra mis labios.

—Quiero quedarme a vivir en este maldito momento toda la vida —dijo mientras sus manos me rodeaban los muslos. Me levantó del suelo, ayudándome a que le pasara las piernas por la cintura—. No quiero verte lejos.

—Estoy aquí, Scott. Siempre —admití entre jadeos de placer.

—Te quiero, ojos claros.

Me deslizó las manos por todo el cuerpo intensificando los besos.

—Y yo a ti…

Le enredé las manos entre el pelo negro azabache mojado. Le di esos pequeños tirones que sabía que lo volverían completamente loco y que a mí me ayudaron a mantener el equilibrio. Así fue.

Los besos no paraban y ya no quedaba espacio físico entre nosotros que pudiéramos deshacer. Solo éramos él y yo. En este baño, rodeados de vapor, amor y nada más. Viviendo nuestra historia en secreto, amándonos en privado y sobreviviendo al caos que acompañaba a nuestra vida.

—No pares, Scott… —jadeé.

—Pero no tengo nada aquí.

Supe a qué se refería, pero negué con la cabeza.

—Tomo la pastilla, tú solo… —Otro pequeño grito de placer se me escapó en cuanto él pegó las caderas con más fuerza—. Uf, no pares ahora.

—¿Desde cuándo? —preguntó sin dejar de besarme.

—Fui al ginecólogo al volver de Mónaco —asintió contra mi boca.

—¿Estás segura? —preguntó dejando por un segundo los besos.

—¿Contigo? Siempre.

Entonces, Scott se hundió en mí. Su peso, todo él. Me llenó con cada centímetro de su piel; de amor y de cariño, no solo de placer. Porque él había sido y era todo para mí. Lo quería con cada pedazo de mi alma y no pensaba abandonarlo.

Aceleró el ritmo, me cogió con fuerza por los muslos y me apretó contra la pared. El agua no dejaba de empaparnos y eso solo hacía que la escena resultara más mágica aún. Le mordí el labio inferior con fuerza, provocando que otro gemido se le escapara y haciendo que creciera aún más ese fuego que habitaba en mí y que solo él era capaz de avivar.

—Me vuelves loco —dijo justo cuando una de sus embestidas me sacudió con fuerza.

—¿Sí…? —dije con picardía.

—No sabes cuánto, ojos claros.

Mantuvo el ritmo. A esas alturas yo ya no podía soportarlo más, pero me perdí del todo cuando me acercó la boca al cuello y empezó a besarme con un hambre voraz. Exploté de placer y él lo hizo conmigo, se tensó en mi interior y se vació en mí.

Pegó la frente a la mía, respirando con la misma dificultad que yo.

—Eso ha sido… —empecé a hablar.

—Uno de nuestros mejores polvos, cariño.

—Y que lo digas…

Ambos explotamos en una carcajada que inundó todo el baño.

Me dejó con delicadeza en el suelo y, hasta que los pies no tocaron el plato de ducha, no redujo la fuerza de su agarre sobre la cintura. Se aseguró de que no me resbalaba.

—Gracias, Nina. —Me acunó las mejillas entre las manos—. Por no rendirte nunca, ni aun cuando yo mismo tengo fuerzas para luchar.

Me puse de puntillas y le di un beso en los labios, saboreándolos.

—Tú no te rendiste en el barco conmigo. Yo tampoco iba a hacerlo ahora.

—Sabes que eres lo mejor que me ha dado la vida, ¿verdad?

—Sabes que podría decirte lo mismo, ¿verdad?

Le sonreí y él me rodeó con los brazos llenándome de esa calidez tan suya.

—Y ahora… —murmuró—. Déjame que te lave el pelo, preciosa.

—Scott, no tienes que…

—Quiero hacerlo. Quiero cuidarte. —Clavé los ojos en los suyos—. En estas cuatro paredes, solo estamos tú y yo, ¿recuerdas?

Asentí, contenta de que usara mis propias palabras conmigo.

Cogió el bote de champú y lo apretó hasta que le cayó suficiente cantidad en la mano. Enseguida, noté sus grandes manos masajeándome el cuero cabelludo con delicadeza, hasta que se formó la espuma. No apartó la mirada de mí en ningún momento. Yo tampoco la aparté de él. Me relajé, simplemente contemplando el amor que transmitían sus ojos. Su amor por mí, por nosotros. Iba a disfrutar de ese momento, de él. En cuanto saliéramos de entre esas cuatro paredes que formaban su piso, nuestra realidad sería otra muy diferente.

Media hora después, estábamos saliendo de casa de camino a la librería de Mary. Le dije a Scott que no hacía falta que me acompañara, pero insistió en hacerlo. Dijo que así se quedaba más tranquilo y yo, por supuesto, no protesté.

Cuanto más tiempo pasara con él, mejor.

Hacía ya una semana que había empezado a trabajar en la librería. No esperaba que Scott me acompañara todas y cada una de las mañanas. Tampoco esperaba que se pasara a echar una mano justo a la hora de cerrar. Todo cuanto había pedido era un café. De hecho, hasta incluso Emilie se había pasado alguna tarde para ponernos al día.

Lo cierto era que, cuando Emilie venía, agradecía mucho dos cosas: su compañía y tenerla como amiga en esta ciudad en la que solo conocía a dos personas más: a mi jefa Mary y a Scott.

Cada día que pasaba, estaba más y más contenta con el trabajo. El primer día había estado hecha un flan de los nervios, pero gracias a la paciencia y la comprensión de Mary, que me cuidaba y ayudaba mucho, había tardado poco en cogerle el tranquillo. Incluso nos había dado tiempo a decorar el exterior para llamar aún más la atención de los clientes y que se pasaran más menudo por Once Upon A Coffee.

Habíamos puesto un par de mesitas fuera, para quien quisiera venir solo a tomar café. También habíamos puesto plantas con flores en tonalidades anaranjadas para decorar la entrada y una pizarra en la que escribíamos pequeñas notas para intentar sacarle una sonrisa a la gente, además de anunciar el increíble café de Mary. Estábamos muy orgullosas con el resultado. Sobre todo porque, desde que lo habíamos puesto, habíamos empezado a notar que la clientela iba en aumento poco a poco.

Cada vez vendíamos más café, y, por ende, más libros. El ambiente de la librería invitaba a por lo menos echar un vistazo rápido entre las estanterías. Más de uno había entrado a por café y había terminado yéndose con un libro entre las manos.

Tras una larga jornada, Scott llegó a las seis en punto. Le tendí el café que le había preparado Mary justo antes de limpiar la máquina para el día siguiente. La verdad es que era una mujer adorable: siempre se aseguraba de que Scott y yo tuviéramos un café caliente entre las manos, para combatir el frío de Edimburgo que me llevaba loca, como si de nuestra abuela se tratara.

No me pasó desapercibida la cara que puso Scott al probar el café.

—No sé qué le echáis a este café, pero cada día me sabe más raro —susurró para que Mary no pudiera escucharlo.

—Eres un exagerado. Pero ¡si está buenísimo! Tienes las papilas gustativas más sensibles que un bebé —me reí.

Todos los días me decía lo mismo y todos los días se lo tomaba de todos modos para no hacerle un feo a Mary.

—Es verdad, Nina. Antes sabía mucho mejor..., pero ahora le noto un sabor extraño, como ácido. ¿Tú no?

—Anda, no seas peliculero —dije entre risas.

Fui a darle un beso en los labios, pero me detuve al instante. Fuera de nuestras cuatro paredes teníamos que fingir. Él me guiñó el ojo y me susurró:

—En casa te como a besos.

El estómago me dio un vuelco por los nervios y la anticipación.

Una vez que ordenamos todo en la librería y bajamos bien la persiana, nos despedimos de Mary y fuimos caminando hacia casa con tranquilidad. El frío típico de Edimburgo me golpeaba las mejillas, pero no me importaba. De hecho, había empezado a adorar esa nueva sensación: el frío de octubre en la piel, Scott caminando a mi lado mientras hablábamos sobre cómo había ido el día.

Llegamos a casa sin más. Vivíamos y disfrutábamos entre nuestras cuatro paredes. Nos prometimos la vida entera, luchar por nuestra historia. No íbamos a esperar a que nuestras almas se encontraran en otra vida, íbamos a conseguir que fuera en esta.

Scott había dejado ese comportamiento serio atrás y, poco a poco, estaba volviendo a ser el mismo de siempre. Aunque sentía que estábamos un poco estancados en esta situación extraña: ¿qué éramos?

No tenía ni idea. Pero no me importaba tanto. Me parecía bien. Por mí, podíamos vivir entre esas cuatro paredes de por vida si eso implicaba que le volvían a brillar los ojos así. Por una vez en la vida, sentía que estaba donde tenía que estar. Rodeada de caos, pero en mi lugar.

Además, empezaba a ver Edimburgo con esos ojos que, según Mary, hacían que esta fría ciudad desprendiera magia. Sin duda, podría acostumbrarme a esa vida.

Con Scott a mi lado y el peligro al otro lado de la puerta.

Capítulo 32

Scott

Con el mar como testigo, esa promesa se cumpliría algún día.

Abrí la puerta de casa con una sensación pesada en el cuerpo que me resultó un poco extraña. No parecía el inicio de una migraña, así que quizá estaba incubando algo. O quizá solo necesitaba descansar. Ya llevaba sintiéndome así un par de días, aunque decidí no darle demasiada importancia.

Cerré la pesada puerta de madera con el talón. Sentía esas ganas tremendas de estar a solas con Nina. Ella y yo solos de nuevo. En nuestras cuatro paredes. En nuestra burbuja. Acto seguido, nuestros labios estaban pegados, buscándonos.

—Cuánto te he echado de menos, ojos claros.

Enredé los dedos entre su pelo, la cogí por la nuca y la pegué más a mí.

—Ha sido un día muy largo sin ti —dijo casi sin despegarse de mis labios.

Le acuné las mejillas entre las manos. Trazando pequeños círculos sobre su suave piel.

—Ah, ¿sí?

—Ajá.

Sus besos eran el puto paraíso. Despegué los labios de ella y clavé la mirada en esos ojos que me atrapaban.

—Así que… ¿no puedes vivir sin mí? —dije con una sonrisa chulesca.

Un tinte rosado le tiñó las mejillas. No respondió, sino que me dio un suave codazo sin dejar de sonreír. Estaba muerta de vergüenza y me encantaba saber que era por mí. La había jodido a lo grande y, aun así, tenía la inmensa suerte de tenerla ahí, conmigo. Era el tío más afortunado del planeta.

Le pasé el pulgar por el pómulo, admirando el rubor en sus mejillas.

—Porque te aseguro que yo no puedo vivir sin ti. —Agrandó los ojos—. Ni quiero ni puedo, ojos claros.

Le coloqué detrás de la oreja ese mechón rebelde que siempre se le escapaba. Ella aprovechó para apoyar la mejilla sobre la palma de mi mano y yo la acuné.

—Me gusta escucharlo —admitió—. Hubo un tiempo en el que creo que me rendí, ¿sabes?

Supe enseguida de qué estaba hablando. La cogí de la mano y nos dirigí hacia el sofá. Nos sentamos el uno al lado del otro, pero tan pegados que parecíamos uno. Enredé el brazo sobre su cintura y la pegué más a mí, incapaz de aguantar la distancia. Ella se acomodó, encajando su cuerpo a la perfección con el mío. Con la mano libre, empecé a enredar los dedos entre los mechones de su pelo dorado.

—Lo sé, cariño. —Agaché la cabeza, sintiendo el peso de la culpabilidad sobre mis hombros—. Yo…

Ella me alzó el mentón con dulzura.

—Déjame terminar. —Sonrió—. Antes de que pienses mil teorías, escucha la única verdad, ¿vale?

Acerqué los labios a su frente y le di un beso, empapándome de su olor dulzón.

—Hubo un tiempo en el que creí que me había rendido, pero, viéndolo con perspectiva, jamás dejé de creer en nosotros. Ni siquiera fui capaz de odiarte allí en Mónaco. Mi corazón seguía latiendo por ti. Siempre lo ha hecho y sé que jamás dejará de hacerlo.

—Eres lo mejor de mi vida, lo sabes, ¿no? —Le llené la cara de besos.

Su risa empapó el lugar y me llenó de vida.

—Y tú eres lo mejor de la mía —dijo en cuanto le di el último beso en la mejilla.

La miré con admiración, soñando despierto e incapaz de ocultar la sonrisa que se me dibujaba en los labios.

—¿Qué pasa? ¿De qué te ríes? —Me miró con una sonrisa traviesa.

—No me río, solo pienso.

Se incorporó de golpe y se sentó en mi regazo. Nuestras miradas quedaron a la misma altura. Coloqué una mano sobre su muslo y la otra sobre su cadera, envolviéndola.

—¿Y en qué piensas exactamente? —Acercó sus labios a los míos y me dio un pico.

Le acuné las mejillas entre las manos.

—¿De verdad quieres saberlo? —Estiré el chicle, jugando con su curiosidad.

—¡Scott! ¡Claro que sí! No puedes decir eso y dejarme con la curiosidad carcomiéndome viva.

Nuestras carcajadas llenaron el salón. Ella lo negaría hasta la saciedad, pero yo la conocía; no tanto como sus hermanas, pero ella también había heredado el gen cotilla de las Marín.

—Está bien... —Le deslicé el pulgar por la mejilla—. Estaba imaginándote vestida de blanco.

Se quedó de piedra y yo me asusté. Mierda. ¿La había cagado? Enseguida se levantó de mi regazo y me dejó una sensación fría. Me levanté de inmediato y la seguí mientras caminaba en círculos por el salón.

—¿Nina? Lo siento, yo... No debería haber dicho nada. Ni siquiera somos...

Ella se giró y me clavó esos ojos enormes en los míos. Espera, ¿y ese brillo?

—Sí...

—¿Cómo? —El que se quedó de piedra entonces fui yo.

Nina se lanzó a mi cuello y me abrazó con fuerza.

—No ahora, quizá algún día. Pero sí, yo también me muero por verte vestido con traje.

Sentía que volvía a respirar. La envolví con fuerza, noté que su pecho subía contra el mío con cada respiración.

—No voy a hacerte *la* pregunta, porque no quiero que se pierda la magia. Quiero que escuches esas palabras una única vez, cuando sea el momento, pero… ¿Significa esto que tú y yo estamos juntos?

Ella rompió el abrazo y me miró a los ojos.

—Creo que jamás hemos dejado de estarlo, ¿no te parece?

—Te lo prometí un día y no pienso faltar a mi palabra. Si tú quieres, voy a estar a tu lado toda la vida.

—Quiero.

En sus ojos vi esa emoción que yo mismo sentía.

—Pues no se hable nada más.

En ese momento, tal y como le había prometido en la librería, me la comí a besos. Sentí que me quitaba un peso de encima. Esa chica de pelo dorado y yo siempre teníamos la manera de volver a los brazos del otro. Sin ningún tipo de duda, eso tenía que significar algo.

La quería con todo mi ser. Hubiera dado la vida misma por ella, porque estuviera bien, feliz y a salvo. Nina era el motor de mi existencia, sin ella no quería funcionar. Era el amor de mi vida y, algún día, se convertiría en mi mujer. Iba a mover cielo y tierra para cumplir mi promesa.

Entre besos, Nina rompió el silencio.

—Oye, ¿cuándo me lo vas a pedir?

—Oh, no… —me eché a reír—. No vas a sacarme ni una sola pista. Vas a tener que ser paciente con esto. —Nina me puso ojos de cachorrito y no pude evitar que me diera un vuelco el corazón de ternura—. Si te lo digo, arruinaría la sorpresa, ¿no crees?

Insistió con los ojos cargados de ilusión.

—Ay, no, Scott. Va, una minipista, porfa.

No pude resistirme.

—Hummm… ¿Qué te parece cuando menos te lo esperes?

—¡Eso no es una respuesta, Scott!

La cogí en brazos y la llevé al sofá. De nuevo sentados el uno al lado del otro, pero mirándonos frente a frente, empecé a jugar con los mechones de su pelo.

—No pienso arruinar la sorpresa, ojos claros —admití muerto de la ilusión.

—Vale. Pues, si no me dices cuándo, dime dónde.

No pude resistirme a esa ilusión abrasadora que le veía en los ojos. Nina estaba así, ilusionada por un futuro conmigo, y yo no podía sentirme más agradecido y afortunado por tener la suerte de compartir la vida con ella.

Porque nada ni nadie nos iba a volver a separar.

—¿De verdad quieres saber dónde? —dije con chulería, abrazándola.

—¿Lo tienes pensado de verdad? —respondió sorprendida.

—Por supuesto…

—Scott, es imposible que lo hayas pensado tan rápido.

—¿Y quién te dice a ti que lo he pensado ahora mismo, eh?

Abrió los ojos al comprenderlo.

—¿Desde cuándo lo sabes?

Las palabras me flotaban en la punta de la lengua.

—Desde la primera noche en la playa.

Lo entendió, por supuesto que sí.

No había lugar más especial para nosotros que ese rincón de la playa, el lugar donde había empezado todo y donde un día casi había terminado. El mismo lugar en el que, en un futuro, sellaríamos con amor lo que un día nos había hecho tanto daño.

Era en ese lugar o no sería.

Sería con el mar como testigo.

Después de eso, le preparé un buen plato de la sopa que tanto le gustaba, cenamos juntos y, más tarde, nos fuimos a dormir. También juntos. Estuvimos todo ese tiempo hablando y haciendo planes de futuro. Felices, ilusionados y en nuestra pequeña burbuja. Una que esperaba que algún día se rompiera para poder gritar a los cuatro vientos que esta chica preciosa, inteligente y cabezota había decidido pasar la vida a mi lado.

Que había decidido hacerme el chico más feliz del jodido planeta.

Capítulo 33

Scott

Y en cuanto lo vi, en cuanto leí un par de frases, supe cuál era el verdadero negocio de Hovland Security.

Me despertaron las sacudidas de Nina y varios gritos.

—¡Scott! ¡Despierta! ¡Llegamos tardísimo!

Abrí los ojos como pude, desorientado y confundido. Estaba en mi cama, con Nina al lado. Desde aquel día de la ducha, cuando decidimos apostar por nosotros a pesar de los riesgos, dormíamos juntos todas las noches, sintiendo el calor el uno del otro, y nos veíamos despertar con una enorme sonrisa en la cara. Me estaba acostumbrando de nuevo a esa sensación adictiva de despertarme cada mañana y saber que lo único que me separaba de Nina eran meros centímetros.

—¡Scott! ¡Corre!

Me incorporé como buenamente pude y apoyé la espalda sobre el cabecero. Sentía que los párpados me pesaban horrores. La cabeza me martilleaba y los ojos me dolían una barbaridad.

Llevaba unos días encontrándome raro. Me costaba concentrarme y no tenía la misma fuerza. Igual estaba pillando un constipado o la gripe. Pero no podía parar y descansar, tenía que continuar investigando. Mi padre y Cormac llevaban demasiados días sin aparecer por las oficinas y eso me tenía bastante preocupado.

Así que, mientras Nina iba de aquí para allá por la habitación, vistiéndose y cogiendo sus cosas a toda prisa, yo me quedé sentado sin más en el borde de la cama, desorientado.

—¿Qué hora es?

—Las nueve y media —dijo Nina mientras se maquillaba a toda prisa—. Me he confiado. Como todas las mañanas te levantas tú primero, pensaba que sería más pronto, pero he visto la hora y… ¡Madre mía, Scott, es tardísimo!

¿Me había dormido? Yo nunca me dormía. De hecho, siempre me levantaba bastante pronto. Qué raro. Debía de estar enfermando de verdad. Fastidiado, quise levantarme, pero lo hice de golpe y vi las estrellas. Me quedé de pie justo al borde de la cama, sintiendo que el mareo se apoderaba de mí.

Nina se acercó con la cara desencajada.

—¿Scott? ¿Estás bien?

Me sostuvo por los hombros, y menos mal, porque si no, hubiera perdido el equilibrio.

—Sí, sí. Solo algo mareado, habrá sido de levantarme tan deprisa. —Me estabilicé y sentí que me recuperaba poco a poco—. ¿Puedes pasarme las gafas, por favor?

—Claro. Ten.

Me las tendió enseguida y, en cuanto me las puse, vi el mundo un poco más claro.

—¿Mejor? —preguntó con esa preocupación en la voz. Yo asentí como respuesta—. Igual son migrañas…

—Es posible. Anda, vamos, no lleguemos más tarde.

Poco después, estábamos en la calle caminando todo lo rápido que podíamos hasta la librería de Mary. Le dediqué una sonrisa a Nina y, aunque me moría por besarla, lo único que hice fue lanzarle una sonrisa que decía mucho sin necesidad de palabras. Ella me entendió.

Mary me tendió el café que me preparaba cada vez que me pasaba por la librería. Ese que no me gustaba demasiado pero que era incapaz de negarle. Le di las gracias y me lo tomé de un trago en cuanto puse un pie en la calle. Estaba amargo y ácido y siempre me dejaba un regusto demasiado raro en la boca. A Nina le encantaba, pero a mí me sabía extraño.

Volví a casa todo lo rápido que pude, sentía que la cabeza me martilleaba y los ojos me escocían. Bajé al garaje y me subí al coche, expulsando todo el aire contenido y buscando algo de energía. Estaba exhausto. Me faltaba el aire. Pensé que tendría que tomarme algo para la gripe al llegar a la oficina. Si no, no me veía capaz de aguantar todo el día.

Busqué fuerzas en mi interior, arranqué el coche y conduje con cuidado porque no estaba en mi mejor momento. Me centré en la carretera y en ese sentimiento que vivía en mí. En Nina.

Cada mañana, me levantaba con una sonrisa de imbécil y seguía una rutina simple pero marcada. Primero encendía el termostato para que Nina no tuviera frío al salir de la cama y preparaba el desayuno para ambos. Un café con espuma para ella y otro para mí. Incluso los días que no íbamos con tanta prisa, se lo llevaba a la cama. Joder, adoraba convivir con ella. Adoraba tenerla a mi alrededor.

Había decidido dejar a un lado esa actitud seria y fría. Porque, para ser sincero, las palabras de mi abuelo me habían tranquilizado bastante. Confiaba en él. Más que nada porque sabía lo que significaba Hovland Security para él. Y, sin duda, enterarse de que su propio hijo estaba jugando con su legado le había hecho daño.

Desde aquella tarde en su casa, había hablado todos los días con él por teléfono y después informaba a Justin, que seguía en el pueblo con Cata. Aunque también era cierto que no le habíamos podido contar mucho porque tanto mi padre como Cormac llevaban días sin aparecer por las oficinas. Era raro e, inevitablemente, me hacía pensar mal.

Por otro lado, mi abuelo nos informaba de cada paso que daba. Al parecer, iba en serio cuando dijo que los cuatro éramos un equipo. Justin, Emilie, él y yo. Por eso confiaba en él: porque no nos estaba dejando al margen. Confiaba en nosotros y nos contaba las cosas. Nos mantenía informados y me sentía agradecido por ello.

De momento, nos había contado que había estado tirando de viejos contactos de confianza para ver si desenterraban alguna que otra cosa. También nos contó que, si la situación se ponía seria, sería inevitable que interviniera gente con más poder que nosotros. Gente de las altas esferas. A pesar de que fuéramos una de las compañías de seguridad privada más reconocidas del mundo, no teníamos tanto poder como mi padre parecía creer.

Mientras tanto, Emilie, Justin y yo seguíamos tratando de atar cabos y de recabar toda la información posible desde dentro, bien desde el pueblo o desde Edimburgo. Íbamos con mil ojos allá donde nos movíamos. Cada rincón, cada conversación. Intentábamos estar al tanto de cualquier detalle, por pequeño que pareciera.

Cuando llegué a las oficinas aquella mañana, aparqué en el sitio de siempre y fui directo al despacho. No me veía con fuerzas para entrenar con la gripe o lo que estuviera incubando. En cuanto llegué, Emilie ya estaba allí, sentada en su silla y aporreando el teclado del ordenador frustrada.

—¿Se nos han pegado las sábanas hoy o qué? —dijo burlona.

—Calla, por Dios, me va a estallar la cabeza.

Pareció darse cuenta de lo sincero que fui, porque enseguida se levantó a ayudarme.

—Joder, Scott, tienes muy mala cara. ¿Qué te pasa?

No me había mirado al espejo por la mañana y tampoco quería hacerlo en ese momento, pero me imaginaba el aspecto que tenía.

—Estoy bien, solo me duele la cabeza y estoy un poco mareado —dije. Pero me agarré a su brazo, porque la verdad era que me costaba hasta mantenerme en pie.

—Y una mierda, Scott. ¿Tú te has visto?

Me agarró con más fuerza del brazo y me ayudó a sentarme.

—Creo que estoy cogiendo la gripe o quizá es un ataque de migrañas, no lo sé —confesé.

—¿Y para qué vienes, imbécil? —Se alejó unos segundos hacia su mesa y volvió enseguida.

—Tenemos que avanzar con el caso…

—Madre mía, Scott, eres tan cabezón —resopló—. Anda, toma. —Me metió una pastilla en la boca de golpe.

—¡Emilie! —le dije sobresaltado—. ¡Podría haberme ahogado!

—Venga, no seas crío y tómatela.

Me tendió un vaso de agua. Di un gran trago, hasta que noté que la pastilla me bajaba por la garganta.

—Gracias.

Agotado, me recosté contra la silla.

—Si no te hace efecto, te llevo a casa. —Empecé a hablar, pero ella me cortó al instante—. No quiero oír ni una sola palabra más.

—Bueno, está bien.

Acepté porque la verdad era que me encontraba como el puto culo.

Unas horas más tarde, seguía agotado a más no poder, pero me encontraba algo mejor que antes, no tan mareado, por lo menos. Así que traté de concentrarme en el trabajo como pude.

—¡Sí, joder!

El grito de Emilie me sobresaltó. Me levanté como un resorte de la silla y me acerqué a su mesa tratando de no perder el equilibrio.

—Dime que tienes lo que creo que tienes...

—Descifrado y disponible para nosotros —añadió orgullosa—. Espera, que llamo a Justin.

Mi hermano cogió el teléfono al segundo tono. Enseguida, le contamos los avances.

—¡De puta madre, Emilie!

El entusiasmo de Justin al otro lado de la línea era un reflejo de lo que estábamos sintiendo los tres.

—Si es que... ¿Qué haríais sin mí? —soltó ella con chulería, mientras abría el archivo.

De repente, la pantalla se llenó de mil millones de carpetas, todas clasificadas por nombres. Pero no eran nombres cualesquiera.

No.

Eran nombres de gente importante. Gente reconocida a nivel mundial: cantantes, futbolistas, actores, políticos, científicos...

—¡¿Qué cojones...?! —dije acercándome aún más a la pantalla.

No podía creer lo que estaban viendo mis ojos.

—Esto es...

Escuché la voz de Emilie, pero estaba tan absorto en los mil y un pensamientos que me recorrían la cabeza que no dije nada.

—¡Qué! ¡¿Qué veis?! —preguntó Justin nervioso.

Le contamos todo lo que mostraba la pantalla y se quedó mudo.

—Abre una cualquiera —le dije a Emilie y señalé una al azar—: Esa misma.

Y lo que nos encontramos…

Si no hubiera sido porque lo estaba viendo, hubiera creído que era mentira. Hubiera pensado que era solo una broma de mal gusto. Sin embargo, fuimos abriendo carpeta tras carpeta para encontrarnos con la verdad. Daba igual el nombre de la persona que fuera. En todas se repetía siempre el mismo patrón. En todas las carpetas había casi lo mismo: documentos incriminatorios. En función de quién y cómo, información que destrozaría su carrera en un abrir y cerrar de ojos. En cuanto lo vi, en cuanto leí un par de frases, supe cuál era el verdadero negocio de Hovland Security.

Chantaje.

Manipulación.

Extorsión.

Los documentos eran falsos en su mayoría, informes manipulados, archivos modificados, fotos retocadas… Todo lo había creado Hovland Security para hundirles la carrera a toda esa gente. A no ser que, por supuesto, pagaran un módico precio millonario, claro.

Esas eran las malditas transferencias que habíamos descubierto: Hovland Security estaba aprovechándose de las personas más influyentes del planeta y usando el narcotráfico como tapadera. Joder. En cuanto fui consciente, sentí un asco terrible por formar parte de esa empresa. Sentí vergüenza de ser su hijo. Pero, sobre todo, sentí impotencia. ¿Todo eso había ocurrido delante de mis narices y yo no había sido capaz de destaparlo hasta entonces?

Me llevé las manos a la cabeza y me enredé los dedos en el pelo mientras trataba de mantenerme de una sola pieza. Los nervios se estaban apoderando de mí. Estaban jugando con mi mente y me llevaban al límite más absoluto. Empecé a caminar de un lado para otro por el amplio despacho y Emilie se levantó para colocarse a mi lado. Me agarró por el brazo, como si quisiera asegurarse de que no perdía el equilibrio. ¿Tan mal aspecto tenía?

—No puede ser... No puede ser... No puede ser... ¡Menudo hijo de puta! —repetí una y otra vez.

—Scott... —dijo Justin por el teléfono—. Tranquilo, hermano.

Me pellizqué el puente de la nariz al sentir las náuseas. Tenía que relajarme. Tenía que respirar.

—Vamos, ven.

Emilie me guio hasta el escritorio de nuevo. Me cedió el asiento, cosa que agradecí, porque entre el dolor de cabeza, el mareo y las ganas de vomitar, no sabía qué hacer conmigo mismo.

—¿Crees que hay más?

Emilie señaló la pantalla sin decir ni una sola palabra. No sabía si porque estaba tan en shock como yo o por qué.

—Mira esto.

—¿Qué estamos mirando? —preguntó Justin.

Decidimos pasar a una videollamada para que viera lo mismo que nosotros. Emilie trazó una línea con el dedo sobre la pantalla.

—¿No te suena de nada eso? —me preguntó Emilie.

—¿Son rutas marítimas? —dudé.

—No sé mucho de barcos, pero diría que sí.

Acercó el teléfono a la pantalla para que Justin pudiera verlo mejor.

—Sin ningún tipo de duda —corroboró mi hermano.

—Y todas parten... —empecé a decir.

Parecía mentira.

—De Sicilia —sentenció Justin, admitiendo en voz alta lo que también me rondaba a mí por la cabeza.

Emilie levantó los brazos en el aire.

—¡¿Y qué significa eso, joder?!

—Creo que es evidente, ¿no? —añadió Justin.

Acabábamos de descubrir lo que nuestro padre nos ocultaba: Sicilia, un hermano, su almacén, las rutas marítimas, la extorsión. Desde aquel día en Mónaco, había insistido en que quería que formáramos parte de eso. Quería mostrarnos la cara oculta del nuevo Hovland Security.

Pero en cuanto lo supe, lo único que quise hacer fue salir huyendo.

—Tenemos que hablar con el abuelo —aseveró Justin—. Vete corriendo a su casa y le informas de todo.

—Scott, yo conduzco —dijo Emilie colocándome las manos sobre los hombros.

Tenía un mal presentimiento. Algo me decía que la cosa no iba a acabar bien. Aun así, colgamos la llamada con Justin y nos pusimos a trazar un plan. Ese era el día en que todo aquello iba a terminar, yo me iba a encargar de ello.

Segundos después, el teléfono de Emilie empezó a sonar. Vi de reojo que era Laia. No le dije nada, solo le dediqué una sonrisa como bien pude antes de que saliera del despacho para contestar. Me levanté de la silla, decidido a preparar todo para irnos en cuanto volviera a entrar. Cuando estuve solo, por fin me apoyé sobre la mesa y dejé caer todo mi peso sobre ella.

Me pesaban los párpados. Sentía los músculos agarrotados y la simple tarea de caminar me costaba una barbaridad. La pastilla que Emilie me había dado estaría dejando de hacer efecto, pero no podía parar. Mucho menos en ese momento. Tenía que terminar con los asuntos de mi padre, informar a mi abuelo.

—Vaya, vaya, Scotty... —Esa voz. Esa maldita voz—. Cuánto tiempo sin vernos, ¿eh?

Me volví despacio, sabía de sobra a quién me iba a encontrar.

A Cormac.

Tenía esa sonrisa macabra y de superioridad en el rostro. Sentí un escalofrío nada más verlo. Me sentí indefenso. No estaba en mi mejor día. Estaba débil y para él también era más que evidente. Algo me decía que se iba a aprovechar de ello. Podría haberme derribado hasta una maldita hormiga.

—Tienes un aspecto de mierda. ¿Qué pasa? ¿No te han gustado los cafés de Mary? —Se me heló la sangre—. Qué disgusto se va a llevar la pobre mujer cuando se lo diga...

El café de Mary.

El maldito café de cada día.

—¿Qué cojones has hecho, hijo de puta?

Me sostuve de pie gracias al escritorio, aunque me temblaban las piernas.

—Digamos que estaba dispuesta a hacerme un pequeño favor a cambio de que le devolviera a su nieta sana y salva. Una chica exquisita, por si te lo preguntas —sonrió con lascivia. Se acercó a mí, amenazante—. ¿Qué es un poco de veneno a cambio de su nieta? —Me golpeó el hombro con suavidad, me hizo perder el equilibrio y caí al suelo de golpe. ¿Dónde estaba Emilie? Cada vez me notaba con menos fuerzas—. ¡Qué disposición...! Y todo para no volver a ver a su nieta en la vida. ¡Ups!

Cormac me sonrió medio instante, desde arriba, y después me dio una patada que me perforó las costillas.

Estaba hecho un ovillo en el suelo, era incapaz de levantarme. Solo quería dormir. ¿Y si cerraba los ojos durante cinco segundos? No iba a pasar nada..., ¿no? De golpe, como un flashazo, la imagen de Nina acudió a mi cabeza. Tenía que luchar. Por ella, por mí. Por nosotros. ¿De qué estaba hablando Cormac? ¿Qué había pasado con la nieta de Mary? ¿Por qué veneno? ¿Y mi padre?

Me incorporé como pude, pero él me dio otra patada en el estómago. No era capaz de controlar mi propio peso, así que caí hacia atrás y me golpeé la cabeza.

—Te dijimos que te mantuvieras lejos de ella, que la sacaras de tu vida... —siguió Cormac. Intenté abrir los ojos, pero los párpados me pesaban demasiado—. Y no nos hiciste caso. Así que ahora vais a pagar las consecuencias.

A duras penas, llegué a verlo coger impulso. Vi su pie acercarse y noté el golpe en la cabeza.

Ya no vi nada más.

Capítulo 34

Laia

Si investigar era mi destino, me iba a lanzar de cabeza a por él.

Lo que le estaba ocurriendo a mi familia era de lo más inquietante y extraño. Por eso, muchas veces terminaba el día en la habitación de Gabriel, sentada en su cama y admirando todo lo que había dejado atrás. Curioseando entre sus cosas. Después de tantos años sin él, ya me las sabía de memoria. Encontraba algo de paz cuando estaba allí. Era como si mi hermano siguiera conmigo, aunque en el fondo supiera que estaba enterrado en el cementerio del pueblo.

Ese día había entrado en la habitación para calmarme. Después de un duro día de trabajo cubriendo las noticias del periódico local para el que trabajaba, llegué a casa exhausta. Me sentía como si todo lo que me rodeaba se estuviera pudriendo. Entre lo de aquel día en Mónaco y lo de Catalina y el hospital, no sabía dónde pisar sin hundirme. Si a eso se le sumaba que no me podía quitar a Emilie de la cabeza, me sentía como si estuviera perdiendo el norte. Estaba ahí todo el día, invadiendo mis pensamientos. Y no era el momento.

Por eso, como tantas otras veces, abrí la puerta, siempre cerrada, de la habitación de Gabriel, cogí la foto que escondía en la estantería y me senté en la cama con ella entre las manos. Empecé a admirarla y a juguetear con ella. Siempre había tenido mucho cuidado con ella, pero ese día estaba demasiado nerviosa. No me podía quitar de la cabeza la foto que había visto de Guille, porque me había tocado cubrir la noticia a mí.

Por supuesto, no había puesto la foto que nos había llegado al periódico del chico tirado en el suelo del hospital que me provocó náuseas. Busqué otra distinta y escogí una que encontré en sus redes sociales de cuando aún iba a la universidad con Nina. Era lo mínimo que podía hacer. Nadie merece que su última fotografía sea la de su cuerpo en un charco de sangre en el suelo.

Estaba más nerviosa de lo normal y me arrepentí al instante de juguetear así con las esquinas de la foto, porque una de ellas se despegó.

—No, no, no. Maldita sea —dije en voz alta frustrada.

Traté de pegarla de nuevo, pero un manchurrón rojo llamó mi atención. ¿Era…? on cuidado, despegué ambas partes de la foto y descubrí que, durante todos esos años, había tenido pegada una pegatina en el reverso. Seguí despegándola con los nervios a flor de piel.

Me quedé paralizada.

Tú eres la única capaz de averiguar algún día la verdad, pequeña salvaje. Guarda esta foto hasta que seas lo suficiente mayor. Solo entonces, ten el valor de venir a buscarme. Te quiere, tu hermano mayor.

Mi hermano.

Era la letra de mi hermano.

Me había dejado un mensaje oculto.

¿De qué verdad estaba hablando? ¿De lo que le había ocurrido? ¿De su muerte? ¿O había algo más que estaba pasando por alto? ¿Acaso quería que investigara? ¿Investigar el qué? ¿«Cuando seas mayor»? ¿Qué?

Sentí que se me nublaba la vista por las lágrimas. Incapaz de contenerlas, dejé salir todas y cada una de ellas. Mi hermano me había dejado un mensaje en nuestra foto favorita. Porque siempre había sido nuestra. Él me la había regalado. Él me la había dado a mí. Él se había asegurado de que yo la tuviera con la esperanza de que algún día encontrara su mensaje.

Gabriel sabía que le iba a pasar algo. Él lo sabía. Y me tocaba a mí descubrir la verdad de su historia. A mí, sí, a su pequeña salvaje.

Con las manos temblorosas, saqué el teléfono del bolsillo y busqué el número de Emilie. Tenía que contárselo.

Descolgó al cuarto tono. Pensé que el corazón se me iba a salir del pecho.

—¿Emilie?

—¿Laia? ¿Estás bien? Pensaba que íbamos a hablar esta noche. ¿Qué ocurre? —preguntó preocupada—. ¿Ha pasado algo? ¿Dónde estás?

Enseguida, le conté lo que acababa de averiguar: la foto y la nota de mi hermano.

—Te voy a ayudar, Laia. Juntas vamos a averiguar lo que quiso decirte Gabriel, ¿vale? —Asentí a pesar de que no pudiera verme—. ¿Cómo estás?

—Pues, no sé ni qué decir. ¿Debería decírselo a Nina y Cata?

—Hummm. Él te dejó esa nota a ti. Quizá es mejor que por ahora guardes el secreto hasta que sepamos la historia. ¿Qué piensas?

—Que tienes razón. Antes de decirles nada, necesito llegar hasta el fondo de todo esto —respondí convencida—. Gracias, Em.

—De nada, Laia.

Me sentí aliviada de poder hablar con ella.

—Escucha, ahora tengo que irme —siguió—, estaba a punto de salir a investigar un par de cosas con Scott. —Escuché pasos al otro lado de la línea—. Te llamo en cuanto llegue a casa, ¿te parece bien?

—Claro que sí. Gracias. —Silencio al otro lado de la línea—. ¿Em? —Nada—.¿Emilie, estás bien?

Me despegué el teléfono de la oreja, por si acaso había colgado. No, seguíamos en llamada. Empecé a preocuparme.

—Emilie, ¿estás bien? ¡Emilie!

—No está, Laia…

—¿Qué? ¿Quién no está?

Me incorporé en la cama y me senté en el borde, nerviosa.

—Scott. No está. —Su voz sonaba agitada.

—Bueno, igual ha ido al baño, ¿no?

—No, no, no… Hay un… —Me puse más nerviosa al escuchar su voz—. No puede ser. ¡Mi hermano!

—Emilie, respira. ¿Qué hay?

—Hay sangre en el suelo y todas sus cosas están aquí. Tengo en la mano sus llaves del coche y su móvil. No ha podido irse…

—Pero… Scott es Scott. Él siempre está bien —traté de tranquilizarla.

Sabía lo que Scott significaba para ella. Aunque muchas veces la pusiera de los nervios, lo quería. No podía haber desaparecido sin más.

—Hoy estaba raro, muy raro. Como si estuviera enfermo, ¿sabes?

—Bueno, quizá…

—Laia —me interrumpió. Ese tono no podía traer nada bueno—. Creo que le ha pasado algo.

—¿Cómo va a pasarle algo? ¿No estáis trabajando? —pregunté tratando de transmitirle toda la calma posible.

—Hay sangre en el suelo, todas sus cosas están aquí y encima… —Escuché pasos al otro lado de la línea, como si caminara en círculos—. Tengo un mal presentimiento.

—Emilie, tranquila. Tenemos muchas cosas encima de la mesa. Seguro que está bien y que estamos…

—No, Laia. Lo conozco. A Scott le ha pasado algo.

No sabía qué hacer o qué decirle. Ella lo conocía mejor que yo y, a tanta distancia, solo podía tratar de tranquilizarla. No había nada que pudiera hacer por ella.

Entonces, se me encendió la bombilla.

—¿Quieres que te pase a Justin?

—¿Está ahí?

Su voz sonaba acelerada.

—Dame un momento.

Me guardé la foto en el bolsillo y salí de la habitación de Gabriel cerrando la puerta a mi paso. Abrí de golpe la puerta de la habitación de Catalina, sin molestarme en llamar.

—¡OH, DIOS MÍO! —Me quedé en el umbral de la puerta, tapándome los ojos como pude—. ¡PERDÓN! ¡PUAJ!

—¡Laia! ¡Cierra la puerta!

Justin y ella se taparon corriendo con las sábanas.

—¡Tú y tu estúpida manía de no usar los malditos pestillos, Catalina! —le grité.

—¡Cierra la puerta y lárgate!

—No puedo, joder. Tengo que hablar con Justin —dije cerrando los ojos con fuerza—. ¡Y ventilad un poco, por Dios!

—¿En serio tienes que hablar con él ahora? ¿No ves que estamos ocupados…?

—Sí, ya lo veo. Estáis ocupadísimos y yo voy a estar traumada el resto de mi vida por culpa de mi hermana mayor y… el hermano herido. AY, MADRE MÍA, ¡QUÉ HORROR! ¡Voy a tener pesadillas con esto! ¡Se me van a caer los ojos del trauma!

—¡Eres una exagerada, Laia! Va, ¿qué quieres?

Abrí los ojos con miedo. Para mi suerte, estaban tapados por completo por la sábana.

—Hermano herido…, tengo a Emilie al teléfono. Está preocupada.

—¿Qué le pasa? —preguntó.

Pero tenía cara de tonto enamorado, no podía apartar los ojos de mi hermana.

—¡Que sigo aquí! —Agité la mano en el aire para llamar su atención—. ¡Luego te la comes con los ojos o con lo que te dé la gana! Pero parece importante, así que… —Le lancé los pantalones de chándal que encontré en el suelo y me di la vuelta—. ¡Póntelos, marrano!

Un minuto después, Justin estaba con los pantalones puestos y de pie en el centro de la habitación. Catalina ni se molestó en levantarse de la cama. Puse el altavoz y ambos escuchamos a Emilie.

—Justin, eres tan oportuno…

No pude evitar reírme ante el comentario de Emilie.

—¿Qué pasa, hermanita?

—Es Scott. Creo que está en peligro.

Todo el color desapareció de la cara de Justin.

Capítulo 35

Nina

Que te quede claro: te buscaré en cada vida. Es una promesa.

Eran más de las seis de la tarde, estábamos a punto de cerrar la librería y Scott todavía no había llegado. Se me hizo raro. Extrañísimo. Desde que había empezado a trabajar allí, Scott no había faltado ni una sola tarde. Era puntual como un reloj. Una sensación extraña me recorrió el cuerpo, pero no quería preocuparme en exceso. Igual le había surgido algún problema en el trabajo o algo.

Decidí darle un poco más de margen antes de llamarlo.

Mary se había ido a casa. Al parecer, no se encontraba bien. Me había ofrecido a encargarme de la librería y cerrar yo misma, así que estaba sola. Me esforcé por dejar de montarme películas y traté de convencerme de que Scott aparecería de un momento a otro. Para no comerme la cabeza, empecé a prepararme un café. Como cada tarde.

Escuché las campanillas justo cuando estaba terminando de limpiar la máquina. Solo podía ser él, porque ya le había dado la vuelta al cartel de cerrado.

—Vaya, pensaba que hoy no venías —dije en voz alta, de espaldas a la puerta mientras seguía limpiando la máquina de café.

Oí que arrastraba un taburete de la barra para sentarse y, después, una risa grave que no reconocí.

Esa no era su voz.

Ese no era Scott.

Me volví de golpe y, en cuanto lo vi, me quedé petrificada. Fue como si el corazón me hubiera dejado de funcionar de golpe. Sentí vértigo.

—¿Co-Cormac? —tartamudeé.

Una sonrisa ladeada y cargada de maldad se dibujó en su cara. Estiró una mano y robó la taza de café que acababa de preparar.

—Hola de nuevo, Nina.

—¿Qué haces aquí?

Cormac se llevó la taza a los labios sin dejar de mirarme con sus penetrantes ojos verdes mientras sorbía el café.

—Hummm… ¿Qué es? ¿Café de especialidad? Seguro que a Scott le encanta, ¿verdad? —Alzó una ceja, sarcástico.

—¿Qué haces aquí? —repetí marcando cada palabra.

—¿No es obvio?

No sabía si mi cara desprendía alguna emoción, pero lo que sí sentía era que el corazón se me iba a salir del pecho.

—¿De qué estás hablando?

A pesar de que me temblaban las piernas, alcé el mentón para tratar de imponerme y ser fuerte. Una risa que me puso los pelos de punta envolvió cada rincón de la librería.

—He venido a llevarte a tu verdadera casa. A *nuestra* casa.

Me quedé helada con la última frase, pero saqué todo el valor que tenía en mí y le respondí seria:

—Ahora vivo aquí.

—Oooh, ¿te refieres en casa de mi hermano? —dijo con aires de superioridad.

—¿Qué? No.

—Ya lo creo que sí. —Apoyó los antebrazos en la barra y se acercó más a mí—. ¿Acaso no estás viviendo con Scott?

Di un paso atrás, pero él fue más rápido y me agarró con fuerza de la muñeca y tiró de ella. Hizo que mis caderas se estamparan contra la barra de madera. Me mordí el labio inferior para evitar soltar un mohín de dolor.

—¿Cómo sabes tú eso?

—¡Qué más da cómo lo sepa! —Cerró la mano con más fuerza alrededor de mi muñeca haciéndome daño—. ¡Se lo avisé!

—¿Qué…? ¿Qué le avisaste?

Cormac se levantó del taburete y me agarró con fuerza por ambos hombros estrujándolos bajo sus manos.

—Le dejé muy claro que eres mía.

Traté de zafarme de su agarre, pero era innegable que tenía más fuerza que yo.

—¡Yo no soy de nadie! ¡Y menos tuya!

—¡Me importa una mierda lo que digas! ¡Nos vamos!

El sudor frío de puro terror me empapaba el cuerpo. Sin que yo pudiera impedirlo, volvió a agarrarme de la muñeca con fuerza y me sacó de la librería a rastras. No sabía qué hacer. No me reaccionaba el cuerpo. Porque ahí estaba de nuevo Cormac Hunter dispuesto a no dejar de destrozarme la vida.

—¿Acaso el imbécil de Scott pensaba que no me daría cuenta de que estabas aquí? ¿No aprende tu chico o qué? —dijo con furia, arrastrándome hacia la calle.

Me cogió por el cuello. Sentí un dolor abrasador en la garganta. Con ese mismo gesto, me metió en la parte de atrás de un coche negro y cerró de un portazo. Me tomé dos segundos para coger el aire que tanto me faltaba tratando de mantener la calma.

Intenté ubicarme.

—¿No saludas a tu amor o qué? —siguió Cormac mientras se sentaba tras el volante—. Con lo que me ha costado juntaros a los dos para esta gran cita.

Sus palabras me pusieron los pelos de punta. Miré hacia mi derecha y entonces vi a lo que se refería: Scott estaba inconsciente en el asiento de al lado. Se me paró el corazón. Me abalancé sobre él y lo sacudí por los hombros con la esperanza de que reaccionara. Le envolví la cara entre las manos con cuidado.

—¿Scott? ¡Scott! —No hubo respuesta—. Scott, por favor. Reacciona, mi amor. Tienes que reaccionar. —Quité una de las manos de su mejilla y volví a agitarle por el hombro—. Me prometiste que no me dejarías…

—Si yo fuera tú, no lo sacudiría mucho. Es posible que tenga heridas internas, igual lo matas. —Cormac sonrió con una maldad que me caló los huesos. No podía estar hablando en serio..., ¿verdad?—. Aunque, si lo rematas, mejor que mejor. Así solo me quedará ocuparme de uno.

Supe al instante de quién estaba hablando: Justin.

Cormac arrancó el coche y empezó a conducir por las calles de Edimburgo como un loco. Recorrió kilómetros a una gran velocidad, pero a mí solo me importaba Scott. Volví a acunarle las mejillas entre las manos con una esperanza inútil de que reaccionara. Le deslicé una mano sobre la cabeza y, al acariciarle el pelo, lo noté: un líquido caliente y espeso.

Sangre... Le sangraba la cabeza...

¿Qué le había hecho Cormac? Quería gritar, llorar, patalear, pero no podía apartar los ojos de Scott. Del amor de mi vida.

—Scott, mi amor, por favor —supliqué—. Tienes que reaccionar. Despierta, por favor. Vuelve conmigo.

Los párpados le temblaron ligeramente, como si quisiera despertar. No lo hizo.

No me molesté en secarme las lágrimas que me rodaban por las mejillas. No era médico, pero veía que la vida se le escurría entre los dedos. Scott se estaba muriendo. En mis brazos. Y no podía hacer nada por evitarlo.

Un moratón se le empezaba a dibujar en su pómulo derecho, tenía unas ojeras azuladas que no me gustaban ni un pelo y, encima, le sangraba la cabeza. Sin soltarle la cara y aguantando todo su peso, le grité a Cormac:

—¿¡Qué le has hecho!?

—¿Qué más da? Ahora nosotros podemos vivir nuestra vida sin que mi medio hermano nos estorbe. Ganamos todos. —Apretó las manos sobre el volante y los nudillos se le pusieron blancos.

Habíamos salido de la ciudad e íbamos por una carretera desierta. Nadie nos iba a encontrar allí. Si ese iba a ser nuestro final, al menos tenía a Scott a mi lado. Sollocé. Al final nuestras almas sí que iban a tener que encontrarse en otra vida.

Cormac iba a más de doscientos kilómetros por hora, conducía como un loco y tenía una sonrisa macabra en los labios. Destilaba maldad. Scott, magullado e inconsciente a mi lado, era otra prueba más de ello.

Entonces, de la nada, un coche apareció a toda velocidad por la izquierda. No solo nos alcanzó, sino que aceleró, nos adelantó y frenó con la intención de forzarnos a reducir la velocidad. Me pareció ver una luz azul, pero no pude comprobarlo.

En lugar de eso, sostuve a Scott entre mis brazos y me preparé. La segunda vez que Cormac frenó en seco para tratar de esquivar el coche, perdió el control y empezamos a dar vueltas de campana. Conté una, dos, tres…

Protegí el cuerpo de Scott como pude y me llevé yo todos los golpes. Escuché los sonidos desgarradores del metal contra la carretera y el ruido del coche haciéndose añicos con nosotros dentro. Después de la tercera vuelta de campana, el coche paró por fin.

Quedó sobre las cuatro ruedas en vez de boca abajo.

Menos mal.

Abrí los ojos como pude, pero lo veía todo blanco y negro. Me llevé la mano a la cabeza. Sentí un dolor abrasador en la ceja. Me quemaba. ¿Estaba sangrando? ¿Qué había ocurrido? Pestañeé un par de veces y me centré como pude en Scott, que seguía inconsciente. A mí no me salía la voz. ¿Por qué no podía hablar?

Seguí pestañeando y, aunque lo veía todo en blanco y negro, empecé a ver pequeños destellos de color. Tenía que mantener los ojos abiertos, pero me pesaban tanto los párpados que parecía imposible. No podía moverme y, aunque hubiera podido, no me hubiera apartado de Scott. No lo hubiera dejado ahí, solo. Aunque se tratara de su cuerpo sin vida, pensé que me habría quedado con él para siempre.

Un destello dorado captó mi atención. Una sombra se acercaba a nosotros con paso firme. Era curioso. Me recordaba a alguien. Suspiré con cierto alivio. Se parecía a mi hermano. O por lo menos, a como yo había imaginado que sería Gabriel si lo hubiera podido ver crecer: el pelo del mismo color que Cata, los ojos azules de la familia, pero con rasgos de adulto en vez de los de sus eternos dieciocho. Lo vi acercarse al coche con intención. ¿Acaso había muerto y Gabriel era el ángel de la guarda que venía a por mí? ¿A por su hermana pequeña?

Cerré los ojos y dejé de resistirme.

Capítulo 36

Scott

Nunca voy a dejar de contar los días hasta encontrarte, ojos claros.

¿Por qué lo escuchaba todo, pero no podía moverme? Ni un solo músculo respondía a todos mis esfuerzos. Ni uno. Intenté abrir los ojos, fracasando en todos y cada uno de los intentos. Quería gritar, decirle a Nina que la quería, pedirle que dejara de llorar, decirle que estaba ahí a su lado. Pero ella no parecía escucharme. No lo hacía, porque yo era como un peso muerto a su lado. Inmóvil. Ido.

Cormac me había dado una paliza en el despacho, me había estado envenenando durante días con a saber qué y, aun así, yo todavía estaba vivo. Aún tenía fuerzas en mi interior para plantarle cara. Había resistido todos y cada uno de sus golpes hasta el momento.

No iba a acabar conmigo. Ni de coña.

Su cabeza tenía un precio y yo iba a cobrarlo.

Pero íbamos a demasiada velocidad. Hasta en ese extraño estado de trance podía notarlo, de la misma manera que sentía las suaves caricias de Nina. Como si lo hubiera predicho, chocamos contra algo y el coche empezó a dar vueltas de campana. Joder. No tenía modo de saber qué pasaba en realidad, porque me estaba costando un mundo la simple tarea de abrir los ojos. Pero eso tampoco fue suficiente para dejarme fuera de combate.

Sentía sueño y pesadez, pero no podía dejar que me vencieran. Si me dejaba sumir en ese trance, iba a dejar a Nina sola y eso era algo que no me podía permitir. Le había hecho una promesa.

El pánico se apoderó de mí. Ya no la sentía a mi lado. Sus manos no me rozaban y ya no era capaz de escuchar su respiración acelerada y entrecortada a mi lado. ¿Qué le había pasado a Nina? ¿A dónde había ido? ¿Se la habían llevado después del accidente que acabábamos de tener? ¿Se había desmayado por el golpe? ¿Le había hecho algo el hijo de puta de Cormac Hunter?

Aferrándome a ese pánico, usé la adrenalina que sentía en mi interior para abrir los ojos. Lo que me encontré allí fuera fue peor de lo podría haber imaginado: seguíamos dentro del coche, destrozado, pero Nina estaba desplomada a mi lado. Una figura que no reconocí se acercaba a nosotros, y en ese momento, Cormac puso el coche en marcha de nuevo. Vi de refilón como esa figura corría de nuevo hacia su coche, supongo que para seguirnos. Cormac conducía con dificultad. Intenté mirar por la ventanilla y solo logré ver el coche gris que nos seguía y a alguien que seguía sin reconocer en el interior. Sentí un escalofrío. ¿Quién podía ser?

Reviví por un instante y la busqué.

—Ojos claros…

La estreché contra mi cuerpo y me aferré a ella como si la vida me fuera en ello. En realidad, así era.

Cormac nos miró por el retrovisor.

—Joder, es imposible deshacerse de ti, Scotty.

Lo fulminé con la mirada, deseaba que se desplomara ahí mismo. Le sangraba la cabeza y conducía haciendo eses. No tenía ni idea de cómo era posible que el coche siguiera funcionando después del golpe, pero ahí estábamos, todavía en marcha.

Vi la desesperación en la cara de Cormac a través del retrovisor.

—¡¿Quién nos sigue?! —exigí saber.

—¡Y yo que mierdas sé! ¡Ha aparecido de repente!

Sostuve a Nina entre mis brazos y me aferré a ella con todas mis fuerzas.

—Para el puto coche, Cormac.

—¡No! ¡Tengo que terminar la misión!

—¡¿Qué maldita misión?!

Desvió la mirada de la carretera y, cuando centró esos ojos verdes en mí, lo supe.

—Papá.

Cormac asintió. Tenía… ¿miedo? Me importaba una mierda, claro. Nos había hecho la vida imposible. Ese miedo era su karma. De repente, como si me concedieran el deseo, se desplomó, soltó el volante y cayó rendido.

Estaba herido, pero me daba igual. Lo único que me importaba era sacarnos a Nina y a mí de aquel coche antes de que chocáramos contra nada.

Me abalancé hacia el asiento del conductor como pude y me hice con el volante para no perder demasiado el control. Cormac se había desmayado, pero al menos no pisaba ningún pedal. Gracias a eso, el coche fue perdiendo velocidad muy poco a poco. Alargué todo el cuerpo y cogí el volante como pude tratando de no desviar demasiado la dirección. Después de avanzar varios metros, cuando ya casi no teníamos velocidad, el coche se caló y se detuvo. Entonces, finalmente solté el volante y me centré en Nina.

Tenía los ojos cerrados y solo un par de cortes a la vista. Eso me acojonaba el doble, porque no era médico, pero, ¿y si tenía heridas internas? ¿Y si se había golpeado la cabeza? ¿Y si era demasiado tarde?

Joder, tenía que sacarnos del coche cuanto antes.

Las puertas estaban bloqueadas. Empecé a golpear el cristal como un loco y me destrocé los nudillos. No me detuve. Seguí golpeando el cristal una y otra vez, cerré los puños con todas mis fuerzas para romper la ventanilla. Cuando al final escuché el crac, suspiré aliviado. El cristal se hizo añicos y pude sacar la mano para abrir la puerta desde fuera.

Desesperado, cogí a Nina entre los brazos y la estreché contra mi cuerpo.

—Ya está, ojos claros, ya ha pasado lo peor —susurré desesperado por que me escuchara—. Todo va a estar bien.

Esperaba que pudiera oírme, pero no las tenía todas conmigo. Cargué su cuerpo como pude para sacarla por la puerta trasera.

En cuanto puse un pie en el asfalto, me giré y vi una silueta que avanzaba hacia nosotros. Era un chico rubio que se plantó justo delante de mis narices. Llevaba una pistola en la mano. Oí sirenas de fondo, hasta incluso vi a lo lejos los destellos azules. No debería haber estado tan tranquilo, pero Cormac había dicho que no sabía quién lo perseguía. Además, aunque sonara extraño, este hombre me resultaba familiar. ¿Por qué?

Tanto mi instinto como lo que me dijo aquel día mi abuelo, me dijeron que podía confiar en él.

—¿Eres Scott Hovland? —preguntó.

Apreté más a Nina contra mi pecho.

—¿Quién eres tú?

—Yo he preguntado primero.

—Me importa una mierda. Da dos pasos atrás si no quieres que tengamos problemas.

Empezaba a notar que la adrenalina desaparecía poco a poco de mi cuerpo. Me iban a fallar las piernas. Pero no podía dejar que él lo viera, ¿verdad? ¿Y si Nina seguía en peligro? Tenía que estar ahí para ella. No la iba a dejar caer.

—Chaval, estás temblando. —Alargó la mano y me agarró por el hombro. Por un momento, tuve un punto de apoyo, cosa que agradecí—. Déjame que te ayude.

Deslizó la mano que antes descansaba sobre mi hombro por la cabeza de Nina. Con un movimiento brusco, di dos pasos hacia atrás.

—Ni se te ocurra tocarla. —Lo fulminé con la mirada.

Varios coches llegaron junto a nosotros y, en ese momento, las sirenas dejaron de escucharse. Estaba mareado, pero no me iba a rendir. No sabía quién había ahí dentro. Si cerraba los ojos, tanto Nina como yo nos quedaríamos a merced de esa gente.

Pestañeé varias veces, tratando de aclararme la vista.

—¡Muchacho! ¿Estás bien?

Yo conocía esa voz. Yo confiaba en esa voz.

—¿Abuelo?

Centré la vista y lo vi llegar a mi lado. El alivio me invadió de golpe.

—Tranquilo, Scott. Lo has hecho muy bien, muchacho. Muy pero que muy bien.

Seguí agarrando a Nina con todas mis fuerzas. Ni muerto la iba a soltar. Nadie me iba a separar de su lado.

—Ahora déjanos que nos ocupemos nosotros, ¿vale?

Yo asentí. Mi abuelo era la única persona en la que confiaba en ese instante. Me agarró por los hombros y me ayudó a mantener el equilibrio.

—¿Abuelo?

Estaba luchando para que no se me cerraran los ojos.

—Dime, muchacho.

—Tengo que llamar a Emilie y a Justin, por favor… Los necesito.

Me iba a desplomar en el maldito suelo.

—¡Scott! —Escuché su voz a lo lejos.

Gracias al cielo, Emilie.

—Ha sido ella quien me ha llamado —respondió mi abuelo. Asentí agradecido.

Centré la vista y vi que Emilie venía corriendo hacia nosotros. En cuanto llegó, pasó la mirada de Nina a mí, asustada. Ella lo sabía. Sabía que estábamos en peligro y había venido a buscarnos. No iba a dejar que nos pasara nada, a ninguno de los dos.

—Puedes estar tranquilo —dijo. Emilie me ayudó a mantener el equilibrio. No pensaba soltar a Nina—. Yo me ocupo, Scott.

—Así que este es tu nieto el pequeño, ¿verdad, Wilson? —dijo el hombre rubio.

—El mismo —respondió mi abuelo ayudándome a mantenerme en pie.

Ni él ni Emilie iban a dejar que me cayera. Ellos no. Solo faltaba mi hermano: Justin. ¿Dónde estaba? ¿Y quién era ese tío rubio?

—Tiene garra, ¿eh?

—No lo sabes tú bien. —Mi abuelo sonrió.

—¿Se puede saber quién eres tú? —escupí.

No me quedaban muchas más fuerzas.

—Por la manera en la que te aferras a mi hermana como si te fuera la vida en ello, doy por hecho que tu cuñado.

¿Estaba escuchando bien? ¿O acaso estaba alucinando por el veneno? ¿Era todo esto real? ¿Cómo que mi cuñado? No era posible…

—¡¿Dónde está la maldita ambulancia, joder?! —gritó mi abuelo.

Miré al hombre rubio a los ojos y lo entendí: eran los ojos de Nina. Su hermano estaba ahí, plantado delante de nuestras narices. ¿No se suponía que estaba muerto? ¿Acaso Nina lo sabía? Me giré para mirar a Emilie. Por sus gestos, supe que ella estaba analizando toda la situación con la misma perplejidad que yo.

—Emilie… —No podía más. Me dolía todo el cuerpo—. No sé si p-puedo aguantar m-más…

—Estoy aquí, hermano, no voy a dejar que os pase nada. A ninguno de los dos. Deja que los paramédicos hagan su trabajo —me agarró con firmeza.

Asentí y me dejé ir. Perdí todas las fuerzas, pero no me separé de Nina. Iba a cumplir la promesa hasta el final. Nada ni nadie nos iba a separar, porque Nina y yo estábamos hechos para estar juntos.

Después de ese pensamiento, todo se volvió negro y me sumí en un plácido sueño.

Capítulo 37

Nina

Si de algo estaba segura era de que la vida jamás dejaría de sorprenderme. Yo solo quería calma, pero no parecía ser merecedora de ese privilegio.

El pitido incesante y rítmico inundó la calma efímera en la que me había sumido. No pasaba nada. Estaba tranquila, en paz. Pero, hasta en ese estado de ensoñación, sabía que esa oscuridad en la que todo estaba bien no era real. Ese pitido constante era confirmación suficiente. Además del fuerte dolor de cabeza que empezaba a notar.

Una sucesión de imágenes me inundó la mente: el accidente, Scott, las vueltas de campana. ¿Por qué de repente el pitido parecía más acelerado y errático? Empecé a escuchar voces a mi alrededor.

—Se le está acelerando el latido. Eso no es bueno.

¿Esa era… Catalina?

—¡Llamad a una enfermera!

—Catalina, ¡no puedes hacerlo! ¡No trabajas aquí! Te vas a meter en un gran lío.

¿Laia?

—¡Cállate! ¡Es nuestra hermana!

La respuesta no tardó en llegar.

—¿Qué necesitas que haga?

Algo no estaba bien. ¿De qué estaban hablando? ¿Se referían a mí? En ese instante, reuní todas las fuerzas que pude y abrí los ojos con dificultad. Me pesaban demasiado los párpados y esas luces cegadoras no ayudaban.

—¡Nina!

La voz de Laia me perforó la cabeza.

—Échate para atrás, Laia, no la atosigues y deja que coja aire. Acaba de despertarse.

Para mi sorpresa, Laia obedeció al instante a Catalina y dio dos pasos hacia atrás. ¿Por qué parecía que toda la alegría y el buen humor de mi hermana hubieran desaparecido?

Catalina me dio también mi espacio, revisando las máquinas y cables a los que estaba conectada. Me asusté. Me di cuenta de que estaba tumbada sobre una cama no demasiado cómoda y vestida con una bata azul. Me incorporé de golpe y me revolví para tratar de deshacerme de todo aquello. No necesitaba esos cables. Miré a mi alrededor, pero no reconocí el lugar. Lo que sí tenía claro era que estaba en un hospital. Eso solo hizo que la sensación de agobio creciera a pasos agigantados en mi interior.

—Chisss, Nina, tranquila. —Cata me acarició la mejilla.

—¡¿Qué está pasando?!

Antes de terminar la frase, la puerta se abrió. Tras ella apareció una enfermera acompañada de mis padres. ¿Mis padres? ¿Qué hacían ellos allí? Espera…, ¿dónde estaba? ¿En Edimburgo o en el pueblo? Todo era demasiado desconcertante.

—Mi niña… —dijo mi madre—. ¿Cómo te encuentras?

Se acercó a mí y me acarició el pelo. Me miró con ojos brillantes, incapaz de esconder el agotamiento. Mi padre se colocó justo a su lado, también con expresión cansada. Me cogió de la mano con gesto suave.

Yo no entendía nada.

—Hola, Nina. Soy Amber, tu enfermera —dijo la tercera figura en un inglés perfecto.

Vale, estaba en Edimburgo. Tenía que unir las piezas del puzle, porque si no me iba a volver loca.

—¿Cómo te encuentras? —sonrió con dulzura la enfermera.

—Hummm… bien, supongo. Me duele mucho la cabeza, pero nada más —respondí confundida.

Miré a mi familia, buscando respuestas. Solo encontré cuatro caras largas y preocupadas frente a mí.

—Entiendo. —La mujer revisó los cables y las máquinas.

—¿Cuánto tiempo llevo aquí? —pregunté en español mirando a Catalina.

—Solo varias horas. Te has despertado mucho antes de lo que esperábamos —respondió.

Bueno, al menos era un alivio. Mi mayor miedo era llevar días inconsciente.

—¿Alguien puede decirme qué ha pasado? —Tenía el pulso acelerado.

—Tuviste un accidente —empezó Laia.

El coche.

Scott.

¡Scott!

Entré en pánico.

—¿Dónde está Scott?

Intenté levantarme con la intención de ir a buscarlo. Las máquinas empezaron a pitar de nuevo, como si estuvieran a punto de explotar. Quizá lo que estaba a punto de explotar era mi corazón, pero no me importaba. Necesitaba encontrarlo.

—No, no, por favor… No te muevas. Necesitas reposo —dijo la enfermera en inglés.

La ignoré por completo. Empecé a recordarlo todo, hasta ese momento en el que mi mundo se volvió negro y perdí las fuerzas. Me había desmayado. Y luego ¿qué había pasado?

—¡¿Dónde está Scott?!

Mis padres me retuvieron. Ambos me miraban preocupados. Busqué con la mirada a mis hermanas. ¿Por qué nadie decía nada? ¿Qué había pasado? ¿Qué le había pasado? El último recuerdo que tenía de Scott no era muy prometedor. Estaba desplomado sobre el asiento de aquel coche, incapaz de reaccionar. ¿Y si…?

No, no podía permitirme pensar eso.

Debía aferrarme a la esperanza.

—Por favor…, necesito saber que Scott está bien. Solo eso… —supliqué. No pude contener las lágrimas y el dolor.

Tres golpecitos en la puerta resonaron en toda la habitación. Esta se entreabrió y vi una cabellera rubia.

—Como ese malnacido tenga los huevos de entrar… —dijo Laia furiosa.

Miré a mis padres confundida. Mi padre se dio media vuelta y salió por la puerta para impedirle el paso a ese chico rubio.

—¿Quién es?

Nada parecía tener sentido a mi alrededor.

Mi madre me acarició la mejilla.

—Nos ponemos al día más adelante, ¿vale, cielo?

Asentí.

—Pero, por favor, decidme dónde está Scott.

Me limpié las lágrimas con rabia. Catalina dio un paso al frente y se sentó a los pies de la cama. Laia se quedó detrás de ella con aire derrotado.

—Lo siento mucho, Nina.

Un sudor frío me recorrió de la cabeza a los pies. Empecé a negar con la cabeza, incapaz de aceptarlo.

No.

No.

No.

Scott no podía estar…

—¡No!

Los pitidos de las máquinas se aceleraron de nuevo.

—Tengo que hacerte unas pruebas, Nina. Debemos asegurarnos de que todo está bien —añadió la enfermera en inglés.

—¡Espera! —intenté retener a la mujer y luego miré a Catalina con una súplica en los ojos—: Cata, dímelo.

Mi hermana cogió aire, casi con dificultad.

—Scott está en coma. No pinta bien, Nina.

Mi mundo entero se vino abajo.

Capítulo 38

Scott

El mundo gira, pero yo no avanzo.
¿Por qué parece que esté atrapado en el tiempo?

Me desperté sintiendo en el pecho ese peso que tanto adoraba, con ese pelo rubio desperdigado y revuelto sobre mí, con ese cuerpo enredado con el mío, encajando a la perfección.

Nina, por supuesto.

Enredé los dedos en su pelo rubio largo. Qué raro, había jurado que se lo había cortado, pero… ¿Qué importaba? Me sentía en calma. Por primera vez en mucho tiempo, respiraba tranquilo.

Esa era mi merecida y ansiada paz.

Me costó abrir los ojos, pues la luz del sol me cegaba. Qué brillante era, joder. Estábamos en el barco, juntos de nuevo. ¿Y si todo lo que había pasado no era más que una pesadilla? Sí, eso era. Todo estaba bien. Nina y yo estábamos en el barco. Rodeados de nuestro mar, de ese suave sonido de las olas y de la brisa marina. Mi padre no era un problema. Cormac tampoco. Todo había sido un mal sueño. ¡Qué alivio!

Nina se desperezó a mi lado, preciosa como siempre.

—Buenos días, ojos claros.

Se incorporó a mi lado.

—Buenos días.

Su sonrisa me sacudió por dentro. Era la chica más bonita del jodido planeta.

—¿Cómo has dormido? —pregunté acariciándole el pómulo.

Sabía lo que iba a responder. «Genial… No sabes lo cómodo que eres».

—¿Tú sabes lo cómodo que eres? —contestó riéndose.

Me uní a su risa. La apretujé entre mis brazos, me empapé de ella y de esa sensación de felicidad que me recorría cuando Nina estaba a mi lado.

—¿Te preparo un café?

Ella se tapó de nuevo con las sábanas mientras asentía.

—Nada me gustaría más.

Me levanté de la cama, no sin antes darle un beso en la cabeza. Entonces lo vi: tenía el lateral izquierdo de la cabeza manchado de sangre, igual que la almohada. Ella no parecía inmutarse. Actuaba como si no estuviera pasando nada, como si no tuviera una herida abierta en el cráneo. Me quedé pálido.

—¿Nina? Cariño…, ¿qué te ha pasado?

Acuné sus mejillas entre mis manos con cuidado de no hacerle daño. Nina no mostraba ni un solo signo de dolor. No dijo ni una sola palabra.

—¿Nina? Dime algo, por Dios…

En lugar de eso, imitó mi gesto y me acunó las mejillas entre las manos.

—Scott, tienes que despertar.

La sangre le caía por la cara, le recorría la piel pálida.

—Estás delirando, ojos claros. Déjame que te ayude.

Me incorporé de golpe, con la intención de buscar algo para curarla, pero ella fue más rápida y me agarró por la muñeca con firmeza. De repente, estaba de pie junto a mí. ¿Cuándo se había levantado?

—Scott, tienes que despertar. ¿Me oyes?

Fruncí el ceño.

—¡No lo entiende! ¡Es mi hermano de quien estamos hablando! —Escuché a Justin decir en inglés. ¿Por qué estaba hablando en inglés?

Miré a Nina extrañado.

—¿Justin está en la cubierta?

Ella negó con la cabeza. Se puso de puntillas y me dio un beso suave en los labios.

—Vuelve conmigo, Scott.

Y entonces desapareció, dejándome a solas en nuestro barco.

¿Qué me estaba pasando?

Capítulo 39

Emilie

Quizá la vida no fuera justa. Quizá fuéramos de bache en bache, pero si algo tenía claro era que iba a hacer todo lo que estuviera en mis manos para que la gente a la que quería no cayera en ese abismo oscuro.

Todo había pasado muy rápido. Pasé de estar hablando con Justin por teléfono tras encontrar nuestro despacho vacío y con sangre en el suelo, a estar conduciendo a una velocidad de infarto por carretera casi desierta. Nada bueno pasaba en lugares como ese.

Scott y Nina estaban allí. Cormac estaba allí. En cuanto colgué la llamada con Justin, llamé a Wilson Hovland, era el único en el que podíamos confiar. Minutos después, me informó de que había localizado a Scott, y salí disparada hacia aquella dirección. Puse el manos libres en el coche y volví a llamar a Justin mientras seguía pendiente de la carretera.

—¡Emilie! —respondió al primer tono—. Dime por favor que estás con Scott. Dime que está bien.

—Justin…

Pisé el acelerador a fondo.

—No me vengas con ese tono, Emilie. Va a estar bien.

—Tu abuelo me ha dicho dónde está —dije seria. No hubo respuesta al otro lado de la línea—. ¿Justin?

Presté atención a su voz y a cómo se aclaró la garganta.

—¿Y bien?

—Van en un coche por una carretera desierta. Nina y él. Cormac los ha atrapado. Todavía no sé cómo están. Voy de camino.

Tenía que ser fuerte, no podía permitir que los nervios se apoderasen de mí.

—No pinta nada bien, Emilie.

—No, Justin. No pinta nada bien.

—Voy a coger el avión de vuelta a Edimburgo. No p-puedo estar lejos de él. —Se le rompió la voz.

Si Justin se rompía, yo también lo haría y eso era algo que, en esa situación, no podía permitirme. Tenía que aguantar el tipo para lo que me encontrara al llegar.

—¿Y la investigación de Guille?

—¡Qué más da! ¡Si ya sabemos quién cojones fue!

—Justin, no puedes dejar solas a las chicas. Por favor, yo…

—Tranquila, hermana. Nina está involucrada. Ellas se vienen conmigo.

—¿Estás seguro?

Seguí pisando el acelerador, se me estaba haciendo interminable el trayecto.

—En cuanto se lo cuente, dudo que ellas mismas quieran quedarse aquí. Querrán estar con ella.

—Tienes razón.

De nuevo, silencio al otro lado de la línea.

—Emilie. Por favor, cuida de nuestro hermano.

—Con mi vida, Justin. Te lo juro.

Colgué y seguí conduciendo. Me fui mentalizando para lo que fuera que estuviera por venir.

Unos cinco minutos después, llegué a la escena. Vi la fila de coches de policía y otros cuantos más de incógnito. Unos metros más allá, vi un coche destrozado, al lado del cual estaba Scott de pie a duras penas. Tenía a Nina entre los brazos y se aferraba a ella como si le fuera la vida en ello. Yo sabía que lo hacía.

Me bajé a toda prisa de mi coche y corrí hacia él.

—¡Scott!

Alzó la mirada y, cuando me vio, soltó el aire que había estado conteniendo. Le ofrecí un punto de apoyo y él confió en mí. Tenía un aspecto horrible. Miré a Nina, inconsciente entre sus brazos. Ambos tenían heridas en la cabeza y cortes en el resto del cuerpo. ¿Qué narices había pasado?

—Puedes estar tranquilo —dije sin dejar de ayudarlo a que mantuviera el equilibrio—. Yo me ocupo, Scott.

Entonces, nos cayó la bomba: el chico rubio que teníamos delante era… ¿el hermano de Nina? ¿Cómo era eso posible? Laia me había dicho que Gabriel estaba muerto, que llevaba muerto más de diez años.

Scott perdió las pocas fuerzas que le quedaban y cayó desplomado al suelo pocos segundos después. Intenté frenar lo máximo que pude el impacto y no fui la única: Gabriel se abalanzó hacia su hermana, justo antes de que los paramédicos llegasen y nos hicieran despejar la zona.

De pie, apenas a un metro de ellos, me encaré con el chico rubio.

—Escúchame bien —dije—. No te conozco y tú a mí tampoco, pero te aseguro que…

No me dejó terminar.

—Emilie Ramírez —sentenció. Me quedé perpleja. ¿Sabía quién era?—. Wilson Hovland me ha hablado mucho de ti. ¿Cómo está mi pequeña salvaje?

Se refería a Laia. Fue como un gancho de derecha que me desestabilizó al instante. Me recompuse como pude.

—¿Cómo sabes tú que…?

—¿Que has estado cuidando de Laia? ¿Que Scott daría su vida por Nina? ¿Que Justin se desvive por Catalina? —Se encogió de hombros—. Son mis hermanas. Son lo que más quiero en el puto mundo.

—Pues para quererlas tanto llevas años mintiéndoles —contraataqué—. Las abandonaste. Y a las pruebas me remito: fingiste tu maldita muerte.

—No tuve otra opción, ¿vale? —Gabriel apartó la mirada—. Pero te aseguro que, incluso desde la distancia, he estado cuidando de ellas todo lo que he podido. Aunque ellas no tuvieran ni idea.

Se me escapó una carcajada.

—Perdóname que lo dude. ¿Acaso sabes por todo lo que han pasado? —dije con rencor—. No estabas ahí.

Laia había estado llorando toda la vida la muerte de un hermano que jamás murió. Al igual que Nina y Cata.

—¡Nos los tenemos que llevar corriendo al hospital! ¡A los dos! —gritó uno de los paramédicos de repente.

Me puse en alerta al instante. Vi que colocaban a Scott en una camilla y a Nina en otra. A ambos los estaban ayudando a respirar con un aparato extraño. Joder. Cuando las puertas de las ambulancias se cerraron y arrancaron a toda velocidad hacia el hospital, me acerqué a Wilson.

—Gracias por avisarme tan rápido, Wilson.

—Gracias a ti por informarme de todo. Eres una chica excepcional y mis dos nietos te quieren como una hermana. —Sentí un pinchazo en el corazón—. Además, sé lo bien que haces tu trabajo. Di por hecho que querrías encargarte de ese de ahí.

Hizo un gesto con la cabeza señalando a Cormac. Estaba sentado en el suelo, apoyado sobre el otro lateral del coche mientras los paramédicos le atendían. Parecía un poco ido, pero estaba de una pieza. Miré a Wilson, que asintió.

—En cuanto los paramédicos terminen de atenderlo, se va directo al calabozo. —Me tendió unas esposas relucientes—. Todo tuyo.

Las cogí y me acerqué a donde estaba Cormac. Este se incorporó con ayuda de los paramédicos, que me permitieron hacer mi trabajo.

—Supongo que ha llegado mi hora —dijo derrotado.

—Supones bien —respondí, con un brillo en los ojos que gritaba venganza. Lo hacía por mis hermanos, por Nina y por todo lo que habían sufrido—. Cormac Hunter, quedas detenido por secuestro con violencia. Tienes derecho a permanecer en silencio.

Tienes derecho a un abogado y, si no tienes ninguno, se te asignará uno de oficio.

El último clic de las esposas nos envolvió a ambos y selló su destino. Lo cogí con fuerza y lo llevé hacia el coche de la policía secreta.

—¡No vais a poder conmigo!

—Estás acabado, Cormac. Este delito es solo la punta del iceberg de todos los cargos que te aplicará el juez en cuanto presentemos las pruebas que hemos ido recabando. Puedes esperar una larga y bonita vida entre rejas, capullo.

Lo obligué a entrar en el coche y cerré la puerta. Para mi sorpresa, fue Gabriel quien se acercó al asiento del conductor. No podía ser posible…

—Así que eres policía secreta… —Alcé las cejas, sorprendida.

—Interpol, en realidad —susurró—. ¿Me harías el favor de guardarme el secreto hasta que hable con mi familia?

No pude negarme a la súplica que desprendían sus ojos. Asentí y él arrancó el coche quemando rueda a su paso y dejándome atrás. Desde luego, se venían unos días la mar de interesantes.

Me despedí de Wilson con un gesto y me subí al coche con una única idea en mente: llegar al hospital tan rápido como pudiera. En el trayecto, intenté llamar a Justin. No me cogió el teléfono y eso solo podía significar una cosa: ya estaba en el avión.

Capítulo 40

Nina

Solo quería una cosa: estar a su lado. Era lo único que necesitaba y lo único que no podía tener.

En cuanto descubrí que Scott estaba en coma, la culpa tomó las riendas de mi conciencia. Todo aquello había ocurrido por mi culpa. Él me lo había dicho claramente: lo habían amenazado conmigo. Debía alejarse de mí para que estuviéramos a salvo y yo había insistido en desobedecer.

Scott estaba en coma después del accidente y no me dejaban verlo. Yo misma había sufrido un traumatismo en la cabeza y era peligroso que hiciera esfuerzos hasta que no estuviera recuperada por completo. Lo que más me desesperaba era que no sabía cuánto tiempo iba a durar esa recuperación.

Mis hermanas me ayudaron a incorporarme en la cama después de que la enfermera me trajera de nuevo a la habitación tras las pruebas.

—¿Y mamá y papá? —pregunté confusa.

Cata y Laia se miraron entre sí con aire preocupado. Ambas se sentaron a los pies de la cama.

—Mira, Nina… —empezó a decir Cata. ¿Por qué Laia parecía un fantasma? Era muy raro que no hablara por los codos—. Ha pasado algo en la familia, así que digamos que mamá y papá están lidiando con ello.

Laia se rio incómoda.

—¿Qué pasa? —insistí.

—Si con lidiar te refieres a… —empezó a decir.

—Ya está bien, Laia —la interrumpió Cata—. Acaba de despertar después de un accidente, tiene un traumatismo en la cabeza… ¡POR FAVOR!

Las dos nos encogimos en el sitio.

—Lo siento, yo… —Laia se abrazó el cuerpo—. No puedo con todo esto.

Catalina la rodeó entre los brazos. Escuché los sollozos de Laia contra su hombro, pero no tenía voz para preguntar a qué se referían. Tenía que ser algo muy grande si Laia estaba así de rota. Pero ¿qué podía ser que fuera peor que el accidente?

—Sé que todo esto es demasiado, Laia. —Catalina le pasó los dedos por el pelo para calmarla—. Pero tenemos que ser fuertes. Tiene que haber una explicación, ¿vale?

Laia asintió contra el cuello de nuestra hermana mayor.

—Chicas, ¿qué está pasando? —pregunté incómoda.

Laia se incorporó y miró a Catalina, que asintió.

—Con tacto, Laia —le advirtió.

Mi hermana me miró con los ojos rojos y llorosos. Se acercó más a mí y me rodeó las manos con las suyas.

—Gabriel está aquí.

Me reí. ¡Me reí!

No pude evitarlo.

—¿Vosotras también os habéis dado un golpe en la cabeza?

No movieron ni un músculo. Estaban más serias que nunca. Catalina se acercó, se sentó a mi lado y tomó el relevo de la conversación.

—Nina, es verdad. Gabriel está aquí. Nuestro hermano no está muerto.

La imagen regresó. Me quedé paralizada al recordar esa parte del accidente. La silueta. Pensaba que la que estaba muriendo era yo, pero no. Lo había visto de verdad. No había sido una alucinación.

—Estaba ahí —balbuceé—. Era él.

—Iba en el coche que llevabais detrás —susurró Catalina.

—Pero ¿cómo?

—No lo sabemos todavía. A mamá y papá casi les da un infarto al verlo aquí, igual que a mí. Laia se ha llevado la peor parte.

Miré a Laia perpleja.

—¿Qué ha pasado? Puedes contármelo, Laia.

Se aclaró la garganta y se limpió un par de lágrimas que le recorrían la cara. La enfermera me había dicho que tenía que hacer los mínimos movimientos posibles, así que no pude incorporarme para abrazarla. Sin embargo, Catalina se levantó de la cama y se colocó a su lado. Le pasó un brazo por los hombros y la abrazó de nuevo.

—Estoy bien, estoy bien —admitió nuestra hermana rompiendo el abrazo.

—¿Segura?

Laia asintió y después empezó a hablar.

—En cuanto Em llamó —empezó a decir—, nos montamos todos en el avión privado de Justin: papá, mamá, nosotras dos y Justin, claro. Nos vinimos hacia Edimburgo sin pensárnoslo dos veces. Nada más aterrizar, tuvimos que alquilar un coche, ya que el de Justin solo tiene dos plazas.

—Laia, ves al grano —le pedí consumida por los nervios.

Ella alzó la mirada para pedirme paciencia.

—El caso es que Cata se fue con Justin en su coche, y mamá y papá estaban tan nerviosos que me tocó conducir a mí el coche de alquiler. Frené en seco en la puerta del hospital y ellos dos se bajaron casi en marcha para ir a buscarte. Yo empecé a buscar aparcamiento mientras trataba de mantener los nervios y, justo al final, encontré un hueco. —Hizo una pausa corta—. Un coche venía justo de frente, pero no iba a dejar que me lo quitara, así que aceleré y conseguí el sitio. Por el retrovisor vi que un chico rubio se bajaba del coche, pero ya me conoces. Si quería guerra, la iba a tener. No lo reconocí, por supuesto. ¿Cómo iba a pensar que se trataba del hermano que creía muerto?

Alargué la mano para entrelazar los dedos con los suyos, para transmitirle que estaba ahí, con ella.

—Nada más verme, se quedó de piedra —continuó—. Y las únicas palabras que dijo fueron: «¿Pequeña salvaje?». Fue como si me hubieran echado un jarro de agua fría. Empecé a hiperventilar y él se acercó para ayudarme, cosa que solo lo empeoró todo. Joder, se suponía que estaba muerto…

Escuchar la historia de lo que había ocurrido me estaba desgarrando por dentro.

—En ese momento —siguió Catalina—, Justin y yo pasamos por delante con el coche y, de repente, frenó en seco. Justin se bajó del coche hecho una furia y entonces lo escuché: «¡Suéltala!».

Centré mi atención en Catalina sin soltarle la mano a Laia.

—Me giré para ver de qué se trataba —añadió—. Vi a Laia tropezar y caer suelo, y a Justin quitándole a Gabriel de encima. Supongo que quería ayudarla, pero en ese momento… Por supuesto, no sabía que era nuestro hermano. En cuanto llegué y lo vi, un escalofrío me recorrió de la cabeza a los pies.

—¿Y qué dijo él? —pregunté perpleja.

Laia soltó una risilla, pero sabía que era un mecanismo para liberar tensión.

—Literalmente soltó: «¡Vaya, el Hovland que me quedaba por conocer! Encantado, Justin».

—¿Perdón? ¿Cómo que el Hovland que le quedaba por conocer?

—Al parecer, conoció a Scott y a Emilie en el accidente, pero no tenemos más detalles —concluyó Cata.

—¿En el accidente? No lo entiendo. Si Scott estaba inconsciente, ¿cómo…?

Desesperada, me froté la cara con las manos.

—Todavía no sabemos nada sobre el accidente. Estamos esperando a que venga Emilie para ponernos al día —zanjó Laia.

—Entonces ¿nuestro hermano no está muerto?

—¿No te sorprende? —preguntó Cata.

—Creo que estoy demasiado cansada y desorientada ahora mismo como para procesarlo bien.

Laia se levantó de inmediato de la cama para dejarle espacio a Cata, que se puso a trabajar a pesar de que no pudiera ejercer en un hospital que no era el suyo. Me tomó el pulso, hizo varias cosas que no entendí y me examinó la venda que llevaba en la cabeza.

—Descansa, Nina —dijo—. Estaremos aquí cuando despiertes.

Asentí y dejé que el sueño se apoderase de mí.

***

El rumor de los susurros de Justin, Emilie y mis hermanas me devolvió a la consciencia. Me incorporé despacio, pues quería participar en la conversación. Emilie fue la primera en acercarse y abrazarme con cuidado.

—¿Cómo te encuentras? —susurró.

—Quitando el dolor de cabeza y el mareo, estupendamente —admití—. ¿Cómo está él? ¿Lo has visto?

Emilie asintió.

—Está en coma. Los médicos no saben si despertará —dijo derrotada.

—¿Por el accidente? —pregunté.

Mi intuición me decía que había algo más. Ella negó con la cabeza. Justo en ese instante, Justin se acercó.

—Hola, Nina —sonrió con tristeza.

—Hola, Justin.

—Siento mucho todo esto. Ojalá hubiera estado aquí para ayudaros y… —Cata se acercó y entrelazó sus dedos con los de Justin para darle ánimos. Observé el gesto, sorprendida—. Bueno, sobre todo, siento lo de aquel día en Mónaco. Siento no haberte podido dar respuestas y haberte tratado con esa indiferencia.

La última vez que lo había visto había sido aquel horrible día en el que Scott y yo nos habíamos separado. Le dediqué la sonrisa más cálida que pude.

—Ahora ya sé la verdad. Sé los motivos que os llevaron a actuar así. No te preocupes, pero… te lo agradezco.

Justin asintió aliviado.

—Justin… —Él clavó su mirada en mí—. ¿Qué le pasa en realidad a Scott?

Soltó todo el aire contenido y me dio la respuesta que tanto ansiaba.

—El veneno del café —explicó—. Cormac ha estado envenenando a Scott durante no sabemos cuánto tiempo.

Un escalofrío me recorrió de la cabeza a los pies. Tenía que ser el café de Mary, ese que siempre decía que le sabía fatal. Si tan solo le hubiera hecho caso... Le hice un gesto a Justin con la cabeza para que siguiera hablando.

—Su cuerpo no reacciona —siguió él—. No está luchando, Nina. Es como si se hubiera dado por vencido. Por eso no saben si va a despertar.

Me llevé las manos a la boca y ahogué un grito.

—Los médicos todavía no entienden cómo fue capaz de aguantar todo ese rato hasta que llegaron los refuerzos, ni cómo rompió el cristal de la ventanilla... Supongo que eso fue lo que terminó de agotar sus fuerzas y ahora...

—¿Cómo...? Pero, si antes de que yo me desmayara, él ya estaba inconsciente. —Respiré hondo—. Necesito que me contéis todos los detalles del accidente.

—¿Emilie? —Justin le cedió la palabra.

—¿Estuviste allí?

Emilie asintió. Tan rápido como pudo, me puso al día de todos los detalles: Scott rompiendo el cristal del coche a puñetazos para sacarnos de allí, yo entre sus brazos y él aferrándose a mí a pesar de que casi no podía ni sostenerse. También me habló de mi hermano, claro, y de la detención de Cormac. Esa parte fue la única que me alegró. Por desgracia, después de la conversación, apenas tenía fuerzas. Era demasiada información para procesarla de golpe.

Scott se había despertado.

Scott nos había sacado del coche.

Scott había luchado con todas sus fuerzas y estaba en coma.

Me incorporé de golpe, ignorando el incesante y molesto pitido de las máquinas. Catalina colocó sus manos sobre mis hombros, rápida.

—No puedes, Nina.

—Catalina, por favor. Se está muriendo…

Varias lágrimas se me deslizaron por las mejillas, pero no me importó romperme ahí mismo.

—Tú también estás en peligro. Hasta que no nos den los resultados definitivos de las pruebas, no voy a dejar que te muevas —dijo con total seriedad—. Tú elijes: puedes tener de enfermera no oficial a tu hermana o puedo llamar a las enfermeras del hospital para que te seden.

Negué con la cabeza mientras me secaba las lágrimas.

—Necesito estar con él… —Mi voz era un susurro.

Toda la habitación se sumió en un gran silencio. A todos nos dolía lo que le estaba ocurriendo a Scott.

—Céntrate en recuperarte, ¿vale? Entonces, podrás ir a verlo —dijo Laia triste.

Asentí. Después de todo lo que me habían contado, entendía por qué mi hermana parecía un fantasma y ese humor suyo tan característico había desaparecido.

Un rato después, cuando alguien tocó a la puerta, Emilie y Justin se despidieron para ir a ver a Scott, no sin antes prometerme que vendrían pronto para contarme cómo estaba.

Una vez que estuvieron fuera, entraron mis padres con cara de circunstancia. Miraron a Catalina, la enfermera de la familia, de refilón. Esta asintió.

—Cielo, tus hermanas ya te han puesto al día, ¿verdad? —preguntó mi madre, mientras me cogía de la mano.

Yo afirmé con la cabeza sintiendo un nudo en el estómago.

—¿Quieres verlo? —añadió mi padre. El cansancio parecía haber multiplicado las arrugas de su frente.

Miré a mis hermanas, que se acercaron más al lateral de la cama, como si quisieran protegerme en caso de que dijera que sí. Estaba con mi familia. No podía pasarme nada malo. Ellos estaban conmigo. Y era Gabriel, ¿no?

Al final asentí, aunque no estaba muy segura de ello. Mi madre agachó la cabeza ocultando las lágrimas. Mi padre se adelantó y abrió la puerta con cuidado.

—A la mínima que ella no esté cómoda, te largas —advirtió con seriedad.

Después, la puerta se abrió de par en par y un chico rubio cruzó el umbral. Era el mismo chico al que había visto antes de perder la consciencia.

Mi hermano.

—Hola, renacuaja. —Mi padre refunfuñó por lo bajo. Yo sentí un pinchazo en el corazón al escuchar el mote—. ¿Cómo te encuentras?

Había pasado años llorando su muerte en vano.

—Perfectamente, pero no por ti —respondí a la defensiva.

Cata y Laia se acercaron más a mí y me bloquearon un poco la vista.

—Chicas, no voy a hacerle daño —dijo Gabriel con cierto pesar.

—Bueno, por lo poco que sabemos de ti, eso podría ser otra mentira —escupió Laia con dureza.

—¿Qué haces aquí? —pregunté seria.

Gabriel dio dos pasos más al frente. Ni mi padre ni mis hermanas le quitaban el ojo de encima. Mi madre ni lo miraba, como si no pudiera soportarlo.

—Wilson Hovland me llamó —explicó él—. Llevo años investigando a Cormac Hunter. Y, cuando me dijo que vosotras estabais involucradas… —Nos miró a las tres, a sus hermanas. Recordé la foto que Laia me enseñó y sentí un pinchazo en el pecho—. No lo dudé. Rompí el protocolo y me metí de lleno en la investigación, a pesar de que sabía lo que eso desencadenaría.

Nadie dijo nada.

—¿El protocolo? —pregunté con el ceño fruncido—. ¿Quién eres?

—Soy tu hermano, Nina.

—Ya, eso puedo verlo. Eres un calco de papá —dije. Mi madre levantó la vista para mirar a su hijo—. Mi pregunta es: ¿quién se supone que eres como para romper protocolos?

—Esa es una historia muy larga —dio un paso al frente.

—Qué suerte tienes, entonces. Tenemos tiempo de sobra —contraatacó Catalina.

—Catita, escúchame…

—¡No la llames así! —Mi padre salió en defensa de su hija mayor—. Por lo menos, no por ahora, Gabriel. No puedes aparecer de repente y hacer como si no hubiera pasado nada. No voy a consentirlo. No sabes lo que hemos pasado en casa, lo que te hemos llorado y lo que hemos sufrido. Quizá para ti no haya sido así y siempre nos hayas visto como tu familia, intacta en la distancia. Pero no hagas eso. No aparezcas de la noche a la mañana y les hables como si jamás hubieras desaparecido, como si no te hubieras esfumado, porque no es justo ni para ellas ni para nosotros.

Gabriel se aclaró la garganta y asintió.

—Soy agente de la Interpol —admitió al final—. No me quedó más remedio que desaparecer. Por cosas que ocurrieron aquel año, no podía volver al pueblo y solo me quedaba una única salida: fingir mi muerte.

Laia empezó a aplaudir, despacio al principio y acelerando el ritmo al final.

—¡Que le den un Oscar a ese tío! ¡Muy bien, Gabriel! ¡Muy pero que muy bien! —Los aplausos cesaron—. ¿En serio no había otra excusa?

—Es la verdad. Ojalá pudiera contaros más, pero no puedo, ¿vale? Suficiente estoy arriesgando ya. Pero aquí estoy. Estoy aquí por mi familia. Por vosotras.

Se hizo el silencio.

—Eso no hay quien se lo crea —escupió Laia.

Desesperado, Gabriel se pasó las manos por la cara. De repente, alzó la vista, decidido, y clavó su mirada en Laia.

—Has encontrado el mensaje de la foto.

Laia se quedó paralizada por completo, todo el color se le fue de la cara.

—No —sentenció con rapidez.

—Sí, por eso estás tan a la defensiva. Sabía que lo harías. —Una sonrisa se dibujó en la cara de mi hermano—. Lo sabía, Laia.

Mi hermana se convirtió en un mar de lágrimas. Mi padre tardó menos de dos segundos en acercarse a ella y envolverla entre sus anchos brazos.

—¿Y qué si lo he encontrado? ¡Eso no cambia nada!

—¿De qué están hablando? —me susurró Cata.

Me encogí de hombros.

—No lo sé. Laia me enseñó una foto de nosotros cuatro de pequeños. Como no tenga que ver con eso, ni idea —confesé.

Catalina me estrujó la mano con más fuerza y ambas seguimos escuchando con atención, al igual que nuestra madre.

—¡Eso cambia todo, Laia! —contestó Gabriel—. ¡Todo!

—Me dejaste tirada… —susurró—. Faltaste a nuestra cita de entrenamiento.

—Lo sé, Laia, y lo siento. Muchísimo. Pero era la única salida posible…

—No te voy a perdonar así como así.

Laia se soltó del abrazo de mi padre.

—Lo sé.

—De hecho, creo que jamás te voy a perdonar.

Gabriel dio dos pasos hacia delante.

—Lo entiendo y estás en tu derecho.

—¡Me dejaste sola! Cata y Nina se tenían la una a la otra, ¡y tú me hiciste creer que te había perdido!

—Lo siento mucho, hermanita.

Gabriel le sostuvo la mirada y Laia no aguantó más: se lanzó a sus brazos. Él la estrechó contra su pecho, susurrándole una y otra vez lo mucho que lo sentía.

Yo busqué la mano de mi madre.

Quizá no lo sabíamos, pero ese fue el primer paso que empezó a unir de nuevo a mi familia, que ya no estaba tan rota.

Capítulo 41

Scott

Quizá solo era cuestión de contar los días, minutos y segundos hasta encontrar la manera de salir de esa calma que empezaba a ahogarme.

No era consciente del tiempo que estaba pasando porque me resultaba imposible medirlo. No sabía si eran segundos, minutos, horas o días. Lo que sí sabía con certeza era que algo no iba bien.

No veía nada, pero escuchaba a mi hermano y a Emilie cantar mi canción favorita a todo volumen. ¿Estábamos en una fiesta? En esa oscuridad, sentí que unos dedos finos se enredaban entre los míos. Escuché una voz que reconocí: mi madre. ¡Hasta ella estaba en la fiesta! Pero parecía que estaba llorando y me suplicaba que no me rindiera.

¿Rendirme? Pero si todo estaba bien, ¿no?

En algún que otro momento, escuché la voz de mi abuelo: «Vuelve pronto, muchacho». Eso fue lo que me dijo. ¿Volver de dónde? Si estaba justo ahí.

También estuve con Nina en el barco, aunque era raro. Era como existir en un *déjà vu*. Estábamos en Formentera, navegando por unas calas preciosas. Pero ¿no estábamos en Edimburgo? Bueno, ¿y qué más daba? Estaba con ella y eso era todo lo que me importaba. Aun así, Nina siempre me repetía lo mismo: «Scott, tienes que despertar». Bueno, su boca lo decía, pero yo no llegaba a oír su voz con claridad.

En ocasiones escuchaba a Justin contándome batallitas, unas veces más alegre y otras más triste. Emilie también me hablaba. Me contaba cosas de Laia y de lo que le había pasado a lo largo del día.

Espera, ¿del día? ¿Habían pasado días? ¡Qué tontería! Emilie no sabía lo que decía. Si el tiempo pasaba superdespacio aquí...

¿Aquí?

¿Dónde?

Exactamente no sabía dónde estaba, porque lo veía negro, pero estaba en paz. Y cada vez tenía más ganas de caer rendido ante ese sueño extraño y profundo. Pero algo me decía que no, que todavía no era momento de caer, pero parecía tan apetecible...

Capítulo 42

Nina

Si algo tenía claro era que iba a luchar con uñas y dientes hasta traerlo de vuelta. No iba a parar hasta que estuviera de nuevo a mi lado, de donde nunca debió irse.

Llevaba una semana postrada en esa horrible cama de hospital. Una semana con un nudo enorme en el pecho por no poder ver a Scott, por no poder estar a su lado en un momento como ese. Sentía que me moría. Los segundos parecían horas y las horas, días. Mi familia se turnaba para hacerme compañía. Emilie y Justin también se habían pasado cada día por mi habitación para contarme novedades.

Pero no era tonta: veía las ojeras que tenían. Veía lo que la preocupación y el dolor les estaba causando. Y yo no estaba ahí, con él. Scott estaba a solas consigo mismo. ¿Podría escuchar a su familia mientras le hablaban y le rogaban que volviera?

No tenía ni idea, pero yo necesitaba hablar con él. Necesitaba verlo. Emilie y Justin me habían contado que le hablaban cada día, que los médicos decían que eso ayudaba, pero nada parecía funcionar. Scott solo estaba empeorando y cada vez estaba más débil.

Tan solo una semana después del accidente, mi enfermera entró en la habitación con buenas noticias: las últimas pruebas que me habían hecho mostraban que me estaba recuperando muy bien. Estaban sorprendidos, porque un accidente como el que yo había sufrido dejaba secuelas más grandes, pero no era mi caso. Yo sabía el motivo: mis ganas y mi determinación por curarme para estar al lado de Scott.

Ese mismo día, a eso de las ocho de la tarde, me dieron el alta. Dejé la parte médica en manos de Cata y me puse en pie. En cuanto crucé el umbral de la puerta de la que había sido mi habitación, vi a Justin y a Emilie esperándome fuera, listos para acompañarme a la habitación de Scott.

A cada paso que daba, el corazón amenazaba con salírseme del pecho. Sabía lo que me iba a encontrar. Me habían avisado. Pero nada me podría haber preparado para lo que vieron mis ojos. Era demasiado.

Scott estaba tumbado sobre la cama conectado a mil y un cables, como lo había estado yo. Sin embargo, él tenía muchas más máquinas y goteros a su alrededor. Su aspecto físico había cambiado. Había perdido varios kilos y unas ojeras moradas se le marcaban bajo sus ojos. Esos ojos color miel que no veía porque los tenía cerrados. Le había crecido la barba. Tenía la cabeza vendada y cortes por la cara. También tenía vendadas las manos. Supuse que se había destrozado los puños al romper el cristal del coche.

Su madre, Teresa, estaba a su lado, peinándolo con los dedos. Le susurró algo que no alcancé a escuchar desde la puerta. La mujer alzó la vista en cuanto nos escuchó entrar.

—Nina Marín.

Una sonrisa triste pero cargada de esperanza inundó su rostro.

—Hola, Teresa. —Me acerqué—. Cuánto tiempo sin verte.

Quise guardar las distancias, pero ella me envolvió con dulzura entre sus brazos.

—Ha sido mucho tiempo, sí. —Rompimos el abrazo y vi que los ojos se le empezaron a llenar de lágrimas, igual que me pasaba a mí—. Tienes que intentarlo, Nina. Cada día que pasa estoy más convencida de que eres la única capaz de traerlo de vuelta.

—Lo voy a intentar, Teresa. Con todas mis fuerzas. —Mi voz era un susurro.

Justin se colocó justo detrás de su madre, le puso las manos sobre los hombros y la guio hacia la salida.

—Vamos a dejarlos solos, mamá. —Teresa asintió.

Emilie los siguió, pero justo antes de cerrar la puerta, escuché la voz de Justin:

—Nina, por favor, trae a mi hermano de vuelta.

Asentí, muerta de miedo. No sabía si iba a ser capaz. No sabía si Scott me escucharía, pero no me iba a rendir.

Me senté a su lado, justo en el borde de la cama y empecé a acariciarle con suavidad las mejillas, raspándome con la barba. Tenía una herida en la ceja derecha.

Había pasado una semana desde el accidente y todavía no se le había curado.

—Hola, mi vida. Soy yo, ojos claros. Ojalá puedas escucharme, estés donde estés…

Me recosté a su lado con todo el cuidado del mundo. Le hablé de todo lo que se me pasó por la cabeza, de cualquier detalle, aunque fuera mínimo.

Empecé por darle las gracias por habernos sacado de aquel coche, por haber luchado como solo él sabía hacerlo. Le conté lo de mi hermano, todo lo que había ocurrido y que mi familia se iba reconstruyendo poco a poco. Iba a ser un camino largo hasta recuperar la confianza, pero la alegría de tener de vuelta a Gabriel era inmensa. Le hablé de que ya estaba mucho mejor y de lo poco que me gustaba la comida del hospital. Le hablé incluso de aquellos días en Formentera. Sin embargo, no hubo reacción por su parte.

No hizo nada.

Una hora después, Justin entró en la habitación.

—Hola, cuñada, ¿alguna novedad?

Me incorporé con cuidado. Me senté a los pies de la cama y negué con la cabeza. Justin se acercó a mí, se colocó justo enfrente y suspiró exhausto.

—¿Siempre es así?

—¿Así cómo? —preguntó colocándome una mano sobre el hombro en un intento de darme ánimos.

—Pues así. Que no hay ninguna reacción, por mínima que sea.

Justin miró a su hermano y después asintió. El corazón me dio un vuelco. No iba a tirar la toalla a la primera de cambio, pero me dolía verlo así. Era como si me arrancaran el corazón de cuajo.

—No quiero llorar delante de él —admití.

—Yo tampoco, Nina —reconoció Justin—. Pero me duele tanto verlo así... Tendría que haber estado con él. Tendría que haberme llevado yo el golpe por él.

Un sollozo se le escapó de lo más profundo de la garganta. Justin no pudo contenerse más y rompió a llorar, estaba desesperado por la situación de su hermano. Me levanté de la cama y lo rodeé con los brazos, incapaz de aguantarme el dolor. Nos fundimos en un abrazo y en un mar de lágrimas. Compartimos nuestro dolor y lo dejamos salir. Sin dejarnos caer el uno al otro.

Cuando nos separamos, Justin intentó aligerar el ambiente.

—Creo que te he manchado la camiseta con las lágrimas —soltó.

—Lo mismo digo.

Ambos rompimos a reír por un instante, a pesar del dolor. A su manera, era una promesa silenciosa. Ninguno de los dos nos íbamos a rendir.

—Hoy me toca quedarme por la noche a cuidarlo —dijo—. ¿Te quedas con nosotros?

Asentí al instante. No pensaba separarme de Scott ni un solo minuto.

—Pero ¿podemos pedir algo de comida? Algo rico. Llevo comiendo comida de hospital demasiado tiempo.

—Pide por esa boquita, cuñada, y en media hora tienes aquí lo que más te apetezca.

Tal y como me había prometido Justin, media hora después teníamos entre nuestras manos dos hamburguesas grasientas y deliciosas. Nos sentamos cerca de Scott, como si él también estuviera invitado a la cena.

—No sabes lo que te estás perdiendo, hermano —bromeó Justin.

Sonreí y decidí que era buena idea. Mientras cenábamos, Justin y yo lo incluimos en la conversación. Albergábamos la esperanza de que nos estuviera escuchando y algo en él lo impulsara a seguir luchando, a salir de ese trance.

Esa noche dormí a su lado y Justin, en el sofá. Antes de que el sueño me atrapara, le susurré al oído:

—Scott, tienes que despertar.

Después el cansancio se apoderó de mí.

***

Horas más tarde, cuando el sol empezó a salir, me desperté. Estaba al lado de Scott, pero él seguía tan inmóvil como la noche anterior.

—Buenos días, Scott —le dije—. Hoy he dormido fenomenal. ¿Sabes lo cómodo que eres? —Deslicé las yemas de los dedos por su rostro.

Nada.

Le di un suave beso en la mejilla.

—Tienes que despertar, Scott. Tienes que luchar. No puedes dejarme sola. —Entrelacé mis dedos con los suyos—. Voy a luchar hasta el final para que nuestras almas tengan el final feliz que se merecen en esta vida, pero para eso te necesito despierto. Te necesito a mi lado, Scott.

Y entonces lo noté: fue muy sutil, pero sus dedos se movieron. Sentí un apretón fugaz.

—¡Scott! Inténtalo. Sigue luchando, mi vida... ¿Scott? ¡Scott!

—Ey, ey, ey... Nina. —Justin se acercó. Lo había despertado sin darme cuenta—. ¿Qué pasa? ¿Estás bien?

—Se ha movido, Justin. Te lo juro. —Se le iluminó la cara—. Te juro que ha movido los dedos.

—Nina...

—Se ha movido, Justin. ¡Se ha movido!

Nos abrazamos, incapaces de esconder nuestra alegría. Después, Justin salió corriendo a llamar a las enfermeras. Pero, para nuestra desgracia, la alegría duró poco.

Estuvieron haciéndole pruebas todo el día, pero no se volvió a mover. Nada. Nos dijeron que quizá había sido un movimiento muscular involuntario, porque todo seguía igual en las pruebas que le hicieron. Sin embargo, yo no perdí la esperanza.

Me quedé con él una semana entera. No salí de la habitación ni un solo minuto. Mi familia me traía la ropa y me duchaba en la habitación. Compartí las noches con Justin, con Emilie, con su madre o con su abuelo, Wilson.

Scott nunca estaba solo: yo dormía a su lado cada noche, esperando con impaciencia que se volviera a mover. Pero no ocurría nada.

Al séptimo día, todos habíamos empezado a perder un poco la fe. Los médicos no nos daban buenas noticias y Scott seguía sin mejorar.

Esa misma tarde, mis hermanas entraron en la habitación. No me sorprendió ver a Gabriel con ellas. Se había estado esforzando mucho por recuperar la relación con nosotras, Laia y Cata cada día parecían estar más cómodas a su alrededor. Yo, por el contrario, no había tenido mucho tiempo de estar con él. Se pasaba todos los días a verme, pero yo tenía otra persona de la que preocuparme.

No podía evitarlo.

—Hola —los saludé, sentada junto a Scott—. ¿Qué hacéis aquí tan tarde?

Catalina se acercó con tacto.

—Nina, hemos venido a llevarte a casa. Tienes que descansar un poco.

Me cerré en banda.

—No pienso moverme de aquí.

—Nina, si no descansas un poco no vas a poder estar al cien por cien para él —siguió Laia.

—He dicho que no me muevo de aquí —aseveré.

—Sabes que no es una sugerencia, ¿verdad, renacuaja? —dijo Gabriel.

—Os lo repito: no pienso separarme de su lado.

—No va a estar solo en ningún momento, Nina. Puedo quedarme yo con él esta noche si así te quedas más tranquila. Justin y yo cuidaremos de él —dijo Catalina.

Me giré para mirarla. La verdad era que estaba agotada. Justin entró en la habitación en ese instante. Se acercó a mi hermana y le dio un beso en la mejilla.

—Hola, Catty Cat.

—Hola —respondió mi hermana con dulzura.

—¿Cómo estás, Nina?

Clavé la mirada en Justin.

—¿Tú también estás aquí para convencerme? —le dije.

Él se encogió de hombros.

—¡Ninaaa! Vengo a hacerte compañía —canturreó Emilie, entrando por la puerta y colocándose justo al lado de Laia.

—No me lo puedo creer. ¿Os habéis puesto todos de acuerdo para echarme?

—Nadie te está echando, Nina —dijo Justin—. Todos estamos preocupados por ti. Llevas siete días sin salir de esta habitación…

—Y así voy a seguir hasta que se despierte.

—Te vas a poner mala —insistió Justin.

—Me da igual.

—Anda, no seas tonta, que luego me toca a mí cuidarte —añadió Catalina.

Mi hermano se acercó, seguido de Laia y Emilie. Llegó a la altura de Cata y Justin. Estaba rodeada.

—Si Scott estuviera despierto, le gustaría verte bien, Nina. Las palabras de Justin me calaron en lo más hondo.

—No puedo irme… —dije con algo de súplica en la voz—. ¿Y si se despierta y no estoy aquí?

Unos brazos cálidos me envolvieron: Gabriel.

—Si tu Romeo se despierta —empezó Emilie—, serás la primera en saberlo. Tienes nuestra palabra.

Cedí. Mi hermano me ayudó a bajar de la cama, pero volví a acercarme a Scott antes de irme.

—Tienes que despertarte, Scott… Lucha por salir de ahí, ¿vale? —Le di un suave beso en los labios—. Te quiero. Hoy y siempre.

Le acaricié la mejilla y me di media vuelta. Salí de la habitación de hospital en la que el amor de mi vida estaba en coma, acompañada de Gabriel, Laia y Emilie.

Me subí al coche de mi hermano, Laia y Emilie vinieron conmigo. No hizo falta que le dijera a ninguno de ellos que me negaba a ir a un hotel. Cuando quise darme cuenta, estaba en la puerta del piso de Scott. Necesitaba estar ahí. Gabriel nos dio el espacio que necesitaba, así que fueron Emilie y Laia las que se quedaron conmigo.

Al abrir la enorme puerta de madera del piso, su olor me inundó, lo cual me hizo añorar lo que no tenía y lo que no sabía si volvería a tener algún día. Scott estaba en el hospital y yo estaba ahí, en su casa, sin él. Me di una ducha, recordando todo lo que habíamos vivido en ese piso y, después de cenar algo rápido, me metí en su cama. La misma que habíamos compartido las últimas semanas. Caí rendida.

No sé cuánto tiempo había pasado cuando escuché que sonaba el teléfono. No lo había puesto en silencio por motivos obvios. No miré quién llamaba, solo descolgué y respondí.

—¿Hola? —La voz me salió más cortada de lo que esperaba.

—¿Ojos claros?

Me incorporé de inmediato al escuchar su voz. Me llevé las manos a la boca, me temblaban a más no poder.

—¿Scott?

—Ajá —afirmó.

—¿Eres tú de verdad?

—No te notaba a mi lado, así que he tenido que despertarme para ver por mí mismo qué pasaba. —Escuché su sonrisa—. ¿Qué te parece?

No pudimos evitar soltar una carcajada. Tampoco pude contener las lágrimas que se me formaban en los ojos y, acto seguido, me rompí.

—No llores, ojos claros. Estoy aquí.

—No sabes lo mucho que te he echado de menos —sollocé.

—Lo mismo que yo a ti, mi vida. —No podía dejar de llorar—. Sentí cada una de tus caricias. Te notaba dormir a mi lado cada noche y escuchaba cada una de tus palabras. He intentado volver con todas mis fuerzas, como me pedías. Siento no haberlo hecho antes.

—No digas eso. Vuelves a estar aquí y eso es lo importante.

Me sequé las lágrimas.

—Te quiero, Nina. Con cada pedazo de mi alma.

—Y yo a ti, Scott. Con cada pedazo de la mía.

Colgué la llamada y me vestí lo más rápido que pude, luego desperté a Laia y a Emilie. Cinco minutos después, estábamos de camino al hospital con los nervios a flor de piel.

Incapaz de controlar más esos nervios, abrí la puerta y ahí estaba.

Scott Hovland. El amor de mi vida.

Despierto.

Había vuelto a la vida.

Capítulo 43

Scott

El que la sigue la consigue, y yo no iba a parar hasta tener mi feliz y dulce vida con Nina.

Cuando comprendí que nada estaba bien, empecé a reaccionar. Cada vez era más consciente de lo que me rodeaba. Nada estaba en calma. Nada estaba en paz. Tenía que abrir los ojos. Tenía que despertar, tal y como me pedía mi niña de ojos claros.

Porque la sentía a mi lado. A Nina. Ella estaba ahí fuera, suplicándome que no me rindiera, que volviera a su lado. Cuando sus palabras me hicieron clic en la cabeza, no dejé de esforzarme por conseguirlo. Precisamente, el miedo de no sentirla a mi lado fue lo que me dio el último empujón que necesitaba. Las últimas fuerzas que me hicieron abrir los ojos. ¿Y si le había pasado algo? ¿Y si no estaba bien? ¿Y si estaba en peligro? Tenía que comprobar por mí mismo lo que ocurría.

En cuanto conseguí abrir los ojos, la oscuridad me invadió, pero no era como antes.

Estaba en una habitación, eso seguro. Y estaba conectado a unas máquinas. ¿Por qué? En cuanto me moví un poco, los trastos empezaron a pitar y la figura de una mujer me pilló por sorpresa.

—Chisss, Scott. Tranquilo. —Alguien me colocó las manos sobre los hombros para que me tumbara de nuevo con cuidado—. Estamos aquí.

Un momento, yo conocía esa voz.

—¿Catalina?

—Ajá.

Ella asintió y toqueteó las máquinas con destreza.

—¿Hermano?

Esa voz: Justin. Estaba ahí, justo a los pies de la cama. Nos miramos el uno al otro y, antes de que pudiera pararle, él se abalanzó sobre mí sin ningún cuidado. Me abrazó con fuerza.

—Auch —me quejé. Me dolía todo.

—¡Cuidado, Justin! No seas bruto. Está débil —insistió Catalina.

—¡Estás despierto!

—¿Me has echado de menos o qué? —dije burlón y dolorido. Me apoyé mejor en la cama siguiendo las indicaciones de Catalina.

—Como un condenado, joder.

—Y yo a ti, hermano. Y yo a ti.

Miré de un lado a otro: Nina no estaba. Hice amago de volver a levantarme, pero Catalina me lo impidió.

—Ni se te ocurra, Romeo.

Me reí ante el comentario. Así me llamaba Emilie.

—¿Dónde está?

Cata y Justin intercambiaron una mirada cómplice.

—Decidme que está bien, por Dios —supliqué.

—Está en casa, en tu piso —me tranquilizó Justin—. Llevaba siete días enteros sin salir de la habitación, no se ha separado de tu lado, tío. Necesitaba que le diera el aire.

—¿Siete días?… Mierda. Debe de estar derrotada.

—La habíamos mandado a casa a descansar, pero viendo que has vuelto a la vida… ¿Qué te parece si la llamas? —Catalina me tendió su móvil con una gran sonrisa.

Sin pensar en la hora que era, la llamé. En cuanto escuché su voz de nuevo, respiré tranquilo.

Poco después, las enfermeras llegaron para comprobar que todo estaba bien. Eso parecía, aunque me dejaron claro que me esperaba una larga ronda de pruebas médicas. En cuanto se fueron, la única persona a la que quería ver entró con timidez por la puerta.

Nuestros ojos se encontraron y esa chispa volvió a crecer dentro de mí. Su chispa. Porque Nina era la única capaz de hacerla brillar.

Avanzó con paso decidido hacia mí, a la vez que los demás nos dejaban nuestro espacio. En cuanto estuvo a mi lado, se abalanzó sobre mí y yo la envolví en mis brazos, empapándome de su calidez, sintiéndome vivo.

—No sabes el miedo que he pasado —sollozó contra mi cuello.

—Estoy aquí, ojos claros. Contigo. —Le acaricié la cabeza con suavidad—. Ya nada me va a separar de tu lado, ¿me oyes? Nada. —Ella asintió.

La atraje más hacia mí, invitándola a que se tumbara a mi lado. Lo hizo enseguida y yo, de nuevo, la pegué más a mí. Su contacto era lo único que me aseguraba que estaba despierto, que lo peor ya había pasado. Ella era mi ancla. Siempre lo había sido.

Lo será hasta el final de mis días.

Nina se quedó dormida entre mis brazos, la pobre debía de estar agotada. Yo, sin embargo, no pegué ojo. Bastante había dormido ya. Lo único que hice fue disfrutar de su calidez y su presencia, sintiéndome agradecido por estar despierto de nuevo.

***

Después de la larga ronda de pruebas médicas, mi hermano, Emilie, mi madre, mi abuelo, y, por supuesto, Nina, me esperaban en la habitación. Me pusieron al día, no solo de todo lo que había ocurrido durante esas últimas dos semanas (porque sí, había pasado dos semanas en coma), sino también de todos y cada uno de los detalles del accidente.

Yo lo recordaba todo. Todo hasta que mi mundo se tiñó de negro, por supuesto.

Mi padre estaba en paradero desconocido, pero mi abuelo y toda la Interpol estaban trabajando codo con codo para encontrarlo y meterlo donde merecía estar: en la cárcel. El mismo lugar que, al parecer, ya era residencia oficial de Cormac Hunter.

Durante esas dos semanas, mi hermano y Emilie le habían presentado todas las pruebas al juez: el propósito real de Hovland Security era la extorsión y el chantaje a personas influyentes y ellos eran los verdaderos responsables. En cuanto eso salió a la luz, el juez lanzó una orden de búsqueda y captura.

Tan solo quedaba una gran incógnita por despejar: ¿qué iba a ocurrir con la empresa? No lo sabía y, en ese momento, tampoco me importaba. Lo que sí estaba claro era que esa vez teníamos la sartén por el mango.

Habíamos ganado.

Al menos de momento.

Aun así, sentía una sensación agridulce en el centro del pecho. Tenía que terminar lo que había empezado.

Capítulo 44

Nina

Scott volvió a mí una fría madrugada de otoño y, en ese momento, me enamoré un poco más de él. Si es que eso era posible.

No me separé de Scott ni un solo segundo. Seguí de cerca su recuperación. Lo vi ganar los kilos que había perdido y recuperar su vitalidad. Sin embargo, esa cicatriz de la ceja derecha no desaparecería. Sería un recordatorio constante de lo que nos había ocurrido.

Toda su familia venía a verlo, a estar con él y a hacerle compañía. Esa familia incluía la mía. Mis padres lo trataban como a un hijo más, le estaban muy agradecidos de que aquel día me salvara la vida.

Cada día mejoraba un poco más. Íbamos paso a paso, porque recuperarse de un coma no era algo sencillo. Sin embargo, su positividad y su determinación hacían que la recuperación fuera mucho más rápida. Pero yo se lo veía en los ojos. Había algo más. Algo que le carcomía por dentro.

Esa noche, cuando estuvimos solos, le pregunté. Y, para mi sorpresa, no me hizo falta insistir. Me lo contó todo. Scott sentía que tenía que terminar lo que había empezado y eso significaba ir a ver a Cormac. Necesitaba poner las cartas sobre la mesa con su medio hermano y dejarlo en el pasado de una vez por todas. Le prometí que estaría a su lado cuando eso ocurriera y tres semanas más tarde, cuando los médicos le dieron el alta definitiva, visitamos a Cormac en la cárcel acompañados de Justin y Emilie.

Cuando llegamos, nos esperaba en la sala de visitas.

—Te sienta bien el naranja, chaval —le soltó Justin.

Cormac se revolvió tras el cristal, pero poco más podía hacer. Estaba atrapado en una cárcel de máxima seguridad.

—¡Todo esto es por tu culpa! —dijo señalando a Scott con rabia.

—Ya, esto también es por la tuya, imbécil.

Scott se señaló la cicatriz de la ceja.

—¡No lo entendéis! ¡Yo no debería estar aquí! ¡Me han vendido! ¡Jack me ha vendido!

Desesperado, Cormac se abalanzó contra el cristal. Parecía que esos ojos verdes se le fueran a salir de las órbitas.

—No me das ninguna pena, gilipollas. Tienes lo que te mereces —escupió Justin.

Cormac centró su mirada errática y desesperada en Emilie.

—No deberías haberme puesto esas esposas. No tendrías que haberlo hecho. ¡Yo no soy el culpable aquí! ¡Era un maldito peón!

—Pues permíteme que te diga, peón, que has caído —contestó Emilie—. Hasta las torres más altas caen con los golpes adecuados.

Cormac estaba furioso y fuera de sí. Empezó a reírse como un maniaco. Sin duda, algo en su cabeza no andaba bien. Pero, tal y como había dicho Justin, a mí tampoco me daba ninguna pena. La risa continuó. Clavó su mirada en Scott.

—Me sorprende verte aquí —soltó—. Vivo, quiero decir. —Se relamió los labios—. Después del veneno que estuviste tomando durante días... Va a resultar que sí es imposible deshacerse de ti, Scotty.

—¿Qué te voy a decir? Supongo que mala hierba nunca muere, rubito.

Scott le guiñó un ojo, lo que hizo que la furia de Cormac se descontrolara. Empezó a golpear el cristal y centró su atención en mí. Al parecer, me había llegado el turno.

—Y tú, Nina... Deberíamos haber tenido nuestro final feliz. ¡Se suponía que eras mía! —dijo con lascivia—. ¿Sabes qué? Aun así, te quiero...

Scott se tensó a mi lado. Yo le cogí la mano, le acaricié el dorso trazando círculos con los dedos.

—Tú no sabes lo que significa el amor. Lo que significa amar a una persona por encima de todo. —Miré a Scott, que me devolvió la sonrisa—. Y nunca lo sabrás. Estás podrido por dentro, Cormac. Tienes lo que te mereces.

En ese instante, los cuatro nos dimos la vuelta, decididos a marcharnos y a dejar que Cormac se pudriera entre rejas.

—¡No! ¡Esperad, por favor! —gritó él desesperado—. ¡No podéis dejarme aquí! ¡Sois mis hermanos!

Ni Scott ni Justin parecieron inmutarse. Siguieron caminando con paso firme. Yo tampoco me volví y dudo que Emilie lo hiciera.

—¡Hora de volver a tu celda! —gritaron los de seguridad en el momento en el que nosotros abandonábamos la sala.

Una vez que estuvimos fuera, sin soltarle la mano, detuve a Scott para preguntarle algo:

—¿Te sientes mejor?

Me miró con calma, me acunó las mejillas y me dio un suave beso en los labios.

—Ya he cerrado un capítulo —dijo—. Ahora toca escribir el nuestro. Tranquilos. En paz. Juntos.

Le devolví el beso enredando los brazos alrededor de su cuello. Disfruté de cada segundo. Habíamos vivido lo suficiente como para saber que cada momento podía ser el último.

—Vamos, tortolitos, que este sitio me da repelús —dijo Justin burlón—. ¿A ti no te pone los pelos de punta, hermanita?

Emilie le golpeó el brazo.

—Yo sí que te voy a poner los pelos de punta, Justin. Déjales respirar un segundo, que han pasado por mucho.

—Uy, qué manera más fea de hablarle al hermano que te acoge en su casa, señorita Ramírez.

Emilie soltó un bufido y Scott y yo no pudimos evitar reírnos.

—Eso ha estado feo, hermano herido…

—¡Emilie! ¡Ya no estoy herido! Por si no te has dado cuenta, Catty Cat y yo estamos… Bueno no sé cómo estamos, poco a poco.

—Lo siento, hermano herido, pero te has quedado con el mote para toda la vida. —Emilie se rio.

—Pues menuda me espera entonces… Joder con Laia y sus motes.

Todos explotamos en una carcajada.

—¿Estás lista para empezar nuestra nueva vida? —me preguntó Scott con una sonrisa preciosa en los labios.

—Estoy lista.

—Pues vamos allá, ojos claros.

Nos montamos en el coche, dejando un horrible capítulo de nuestra vida atrás. Fue como dejar que se lo llevara la marea: para cuando quisimos darnos cuenta, ya no quedaba ni rastro de él.

Capítulo 45

Justin

Esta vez no voy a fallar. Cueste lo que cueste, voy a estar ahí para ti.

Todo lo que nos había sacudido la vida en los últimos meses empezó a pasarnos factura poco a poco.

Mi madre se había llevado la peor parte. Parecía muerta en vida. Enterarte de que toda tu vida fue una farsa, que tu marido era un delincuente y que encima te engañó, parecía un golpe aún más duro que el que pudiéramos haber recibido nosotros. Por eso, incluso con la recuperación de Scott de por medio, le hicimos compañía todo lo que pudimos. Queríamos que supiera que a nosotros no nos perdería jamás. Éramos sus hijos y siempre podría contar con nosotros.

Por otro lado, mi abuelo, Gabriel, Emilie y yo estábamos trabajando codo con codo para dar con el paradero de mi padre. Habíamos obligado a Scott a quedarse fuera, porque no estaba en condiciones de volver a la acción. Necesitaba reposo y tranquilidad por el momento. Ya había tenido suficiente. Lo dijeron los propios médicos.

Después del gran escándalo de Hovland Security, mi abuelo había tenido que tomar las riendas de nuevo, aunque solo fuera de forma provisional, claro. Por el momento, el negocio necesitaba una cara conocida en la que volver a confiar, y Wilson Hovland era esa persona. El propósito de la empresa había vuelto a sus orígenes: ayudar a la gente y resolver los casos con honor.

En esos momentos, el mayor caso que teníamos entre manos era personal: encontrar a mi padre y meterlo entre rejas. Había pruebas suficientes: los informes y el caso de la muerte de Guille. Todo apuntaba a que, en cuanto lo pilláramos, no volvería a ver la luz del sol.

En cuanto a Catty Cat, no había nada claro entre nosotros. No quería cagarla, pero el amor que sentía por ella iba a desbordarme. La parte buena era que por lo menos ya no me odiaba. Al menos no con esa intensidad de antes. Pero supongo que esa era otra historia...

En cuanto a mí, ahí estaba: tomando junto a mi abuelo las riendas de una compañía de la que nunca había querido ser líder. Para mí, el puesto de jefe siempre sería de mi hermano, pero, mientras él se recuperaba, iba a hacer lo que estuviera en mi mano por ayudar a mi abuelo en todo lo que pudiera. Incluso prepararme para asumir algún día el mando, si era necesario.

Supongo que, al final, a pesar de los caprichos del destino, todo vuelve al lugar al que pertenece.

Epílogo 1

Nina

Al final, todo termina donde empieza. El mar siempre encontraba la manera de traernos de vuelta.

Después de pensarlo durante semanas, ahí estábamos Scott y yo: en un avión volviendo al pueblo. De vuelta al mar que nos había visto enamorarnos por primera vez y del que nunca tuvimos que habernos alejado. Todo lo que habíamos vivido nos había llevado de vuelta a ese lugar, así que, en realidad, no me arrepentía de nada.

En cuanto los médicos le dijeron a Scott que era seguro que volara, no lo dudamos: hicimos las maletas y pusimos rumbo a nuestro hogar. El insensato de Scott nos había comprado una casa en el pueblo sin pensárselo dos veces. En lo alto del acantilado para ser más exactos. Sí, la misma casa de dos plantas que siempre dijimos que sería nuestra cuando estuvimos juntos la primera vez. Nunca la habíamos visto por dentro, pero... ¿qué más daba?

Scott también lo había organizado todo para que trajeran el barco al pueblo. Parecía que la vida con la que siempre habíamos soñado iba a hacerse realidad.

En cuanto aterrizamos, mis padres, mis hermanas y mi hermano nos estaban esperando. A pesar de los riesgos, Gabriel estaba ahí. Supongo que, a esas alturas, reconstruir la relación con la familia era más importante para él que el trabajo. Mi familia al completo nos había estado ayudando con la mudanza, haciendo videollamadas interminables y ayudándonos a adecentar la casa en la distancia para que estuviera lista cuando llegáramos.

Y por fin había llegado el momento: Scott y yo íbamos a abrir la puerta de nuestro nuevo hogar por primera vez.

Giramos la llave juntos y la calidez de la casa nos dio la bienvenida.

Era aún más bonita que en las fotos. Tenía suelos de madera oscura y la decoración que habíamos escogido juntos hacía juego con la tarima. El jardín, la piscina... Mi padre hasta se había molestado en colgar algunos cuadros en la pared.

Estábamos en casa.

Por fin.

Scott y yo nos miramos a los ojos, sentíamos la misma emoción. Lo habíamos conseguido, después de todo. Habíamos sobrevivido a todos los problemas que se nos habían puesto por delante.

Él se acercó a mí y me envolvió con sus brazos, lo que me hizo sentir todavía más en casa.

—Nina, sabes que eres lo mejor que me ha dado la vida, ¿verdad? —Le rodeé la cintura en un abrazo y apoyé la cabeza en su pecho—. Confía en mí. Jamás dejaré de estar agradecido por tener la inmensa suerte de que quieras compartir la vida conmigo. Pienso cuidarte todos y cada uno de los días de mi vida. Te quiero, ojos claros. Hasta el final de mis días.

—Y yo a ti, Scott.

—Siempre —dijimos a la vez.

En ese instante, no pude sentirme más feliz.

La vida, por fin, lo ponía todo en su lugar. Porque el lugar de este chico de pelo negro y ojos color miel y el mío era juntos.

Hasta que la muerte nos separara.

Epílogo 2

Scott

Solo hay que esperar a que llegue el momento. Y, cuando llegue, el mar será el único testigo.

Llevábamos meses viviendo en la casa del acantilado.

Se había convertido en nuestro hogar. Un hogar que olía a flores, a dulce, a café y a mar. A todo lo que siempre soñé, en realidad. Un hogar repleto del desorden de Nina, ese que tan vivo me hacía sentir. Me daba igual tropezarme con sus zapatillas por el pasillo o lo que fuera que estuviera de por medio ese día. Hasta me gustaba, porque eso significaba que ella estaba a mi lado. Y, si Nina estaba a mi lado, nada podía salir mal. Ya no.

Aparqué en la entrada de la casa y, antes de salir del coche, respiré hondo. No quería que se me notara.

Una respiración, dos, tres…

Venía de comprar. En realidad, venía de comprar algo que me quemaba en el bolsillo: una caja de terciopelo roja. Dentro había un anillo dorado con un diamante ovalado precioso.

Dios, me temblaban hasta las pestañas.

Entré en casa con total confianza y ella corrió hacia la entrada nada más escuchar las llaves. Me recibió con un abrazo cálido y un beso, en ese momento me sentí el chico más feliz del jodido planeta. Ya solo me quedaba encontrar el momento perfecto para hacerle la gran pregunta. Cuando eso ocurriera, el mar sería nuestro único testigo.

Siempre el mar.

Siempre ella.

Siempre nosotros.

La historia de Nina y Scott no ha terminado.
Quizá no sean los protagonistas de la siguiente novela,
pero todavía tienen mucho que contar. Nunca dejarán
de contar los días para tenerse y encontrarse.

Playlist de Nina y Scott

Ordinary (Alex Warren)
You Found Me (The Fray)
The First Time (Damiano David)
Complicated (Avril Lavigne)
Right Where You Left Me (Taylor Swift)
Mastermind (Taylor Swift)
Daylight (Taylor Swift)
Imgonnagetyouback (Taylor Swift)
London Boy (Taylor Swift)
King Of My Heart (Taylor Swift)
The Way I Loved You (Taylor Swift)
Carry You Home (Alex Warren)
Die With A Smile (Lady Gaga & Bruno Mars)
She Looks So Perfect (5 Seconds Of Summer)
The Night We Met (Lord Huron)
Sparks (Coldplay)
We Fell In Love In October (Girl In Red)
Fade Into You (Mazzy Star)
The Winner Takes It All (ABBA)
Every Breath You Take (The Police)
Rosas (La Oreja de Van Gogh)
Cama vacía (Pignoise)
Till Forever Falls Apart (Ashe, FINNEAS)
I Don't Want To Miss A Thing (Aerosmith)
Como si fueras a morir mañana (Leiva)
Take On The World (You Me At Six)

Agradecimientos

No me creo que esté escribiendo los agradecimientos de mi segunda novela. Es literalmente un sueño hecho realidad. Pero sí, está pasando. Así que allá vamos.

En primer lugar, quiero dar las gracias a mis personajes: Nina, Scott, Catalina, Justin, Laia y Emilie. Gracias de corazón por haberme hecho crecer como autora. Gracias por haber hecho que esto sea una realidad y que ahora las lectoras tengan este libro entre las manos. La historia de esta familia aún no ha terminado, porque... todavía hay muchos más personajes que explorar a fondo, ¿no creéis?

En segundo lugar, quiero dar las gracias a mi alma gemela. A la persona que me acompaña en cada paso que doy y la que siempre me anima a dar lo mejor de mí. Gabi, te quiero con toda mi alma, sin ti nada de esto tendría sentido.

Gracias también a mi familia por apoyarme y acompañarme en cada paso que doy. A mis amigas, por ser las fans número uno que todo el mundo quisiera tener. Vuestro apoyo lo significa todo para mí.

Gracias a mis editoras: Ana, Paula y Zaida. Gracias por vuestra paciencia infinita, hasta cuando hago correcciones en el último momento (✨la historia es la historia y, si algo piden los personajes, hay que plasmarlo sobre el papel ✨). Ana, gracias por confiar en aquel primer manuscrito que me cambió la vida, esto es un sueño para mí.

Por supuesto, gracias a la editorial Penguin Random House por la enorme oportunidad que me ha dado. Gracias por cuidar cada detalle de mis libros como si fueran vuestros. No podrían estar en mejores manos.

Y, por último, gracias a vosotras, las lectoras. Sin vosotras, nada de esto sería posible. No sabéis lo feliz que me hace leer todas y cada una de vuestras reseñas. Pero, sobre todo, gracias por dejarme ver como os emocionáis con estos personajes tanto como lo hago yo. Gracias por acompañarme en cada paso que damos juntas.

¡Nos vemos pronto! ♥

Este libro se terminó de imprimir
en el mes de noviembre de 2025.